KB053844

삶의 허상과 소설의 진실

김치수

1940년 전북 고창에서 태어났다. 서울대학교 문리대 불문과를 졸업하고 같은 과 대학원에서 석사학위를, 프랑스 프로방스 대학에서 「소설의 구조」로 박사학위를 받았다. 1966년 『중앙일보』 신춘문예 평론 부문 입선으로 등단하였고, 『산문시대』와 『68문학』 『문학과지성』 동인으로 활동하였다. 1979년부터 2006년까지 이화여대 불문과 교수를 역임, 2011년부터 2013년까지 이화학술원 석좌교수로 재직하였고, 2014년 10월 지병으로 타계했다.

저서로는 『화해와 사랑』(유고집) 『상처와 치유』 『문학의 목소리』 『삶의 허상과 소설의 진실』 『공감의 비평을 위하여』 『문학과 비평의 구조』 『박경리와 이청준』 『문학사회학을 위하여』 『한국소설의 공간』 등의 평론집과 『누보로망 연구』(공저) 『표현인문학』(공저) 『현대 기호학의 발전』(공저) 등의 학술서가 있다. 역서로는 알랭 로브그리예의 『누보로망을 위하여』, 미셸 뷔토르의 『새로운 소설을 찾아서』, 르네 지라르의 『낭만적 거짓과 소설적 진실』(공역), 마르트 로베르의 『기원의 소설, 소설의 기원』(공역), 알랭 푸르니에의 『대장 몬느』, 에밀 졸라의 『나나』 등이 있다. 현대문학상(1983), 팔봉비평문학상(1992), 올해의 예술상(2006), 대산문학상(2010) 등을 수상했다.

김치수 문학전집 6

삶의 허상과 소설의 진실

펴낸날 2016년 11월 15일

지은이 김치수
펴낸이 주일우
펴낸곳 ㈜문학과지성사
등록번호 제1993-000098호
주소 04034 서울 마포구 잔다리로7길 18(서교동 377-20)
전화 02) 338-7224
팩스 02) 323-4180(편집) / 02) 338-7221(영업)
전자우편 moonji@moonji.com
홈페이지 www.moonji.com

ISBN 978-89-320-2790-6 04800

이 책은 〈오뚜기재단〉의 학술도서 연구비의 지원을 받아 발간되었습니다.

이 도서의 국립중앙도서관 출판예정도서목록(CIP)은 서지정보유통지원시스템 홈페이지(http://seoji.nl.go.kr)와 국가자료공동목록시스템(http://www.nl.go.kr/kolisnet)에서 이용하실 수 있습니다.
(CIP제어번호: CIP2016026725)

김치수 문학전집 6

삶의 허상과 소설의 진실

문학과지성사

지난 35년 동안 나의 삶에서
말 없는 동반자가 되어준 아내에게

김치수 문학전집을 엮으며

여기 한 비평가가 있다. 김치수(1940~2014)는 문학 이론과 실제 비평, 외국 문학과 한국 문학 사이의 아름다운 소통을 이루어낸 비평가였다. 그는 '문학사회학'과 '구조주의'와 '누보로망'의 이론을 소개하면서 한국 문학 텍스트의 깊이 속에서 공감의 비평을 일구어냈다. 그의 비평에서 골드만과 염상섭과 이청준이 동급의 비평적 성찰의 대상이 되는 것은 자연스러웠다. 문학 이론들의 역사적 상대성을 사유했기 때문에 그의 비평은 작품을 지도하기보다는 읽기의 행복과 함께했다. 그에게 문학을 읽는 것은 작가와 독자와의 동시적 대화였다. 믿음직함과 섬세함이라는 덕목을 두루 지녔던 그는, 동료들에게 훈훈하고 한결같은 문학적 우정의 상징이었다. 2014년 그가 타계했을 때, 한국 문학은 가장 친밀하고 겸손한 동행자를 잃었다.

김치수의 사유는 입장을 밝히는 것이 아니라 입장의 조건과 맥락을 탐색하는 것이었으며, 비평이 타자의 정신과 삶을 이해하려는 대화적 움직임이라는 것을 확인시켜주었다. 그의 문학적 여정은 텍스트의 숨은 욕망에 대한 심층적인 분석에서부터, 텍스트와 사회구조의 대응을 읽어내고 문학과 사회의 경계면 너머 그늘의 논리까지 사유함으로써 당대의 구조적 핵심을 통찰하는 데까지 이르고 있다. 그의 비평은 '문학'과 '지성'의 상호 연관에 바탕 한 인문적 성찰을 통해 사회문화적 현실에 대한 비평적 실천을 도모한 4·19 세대의 문학 정신이 갖는 현재성을 증거한다. 그는 권력의 폭력과 역사의 배반보다 더 깊고 끈질긴 문학의 힘을 믿었던 비평가였다.

이제 김치수의 비평을 우리가 다시 돌아보는 것은 한국 문학 비평의 한 시대를 정리하는 작업이 아니라, 한국 문학의 미래를 탐문하는 일이다. 그가 남겨놓은 글들을 다시 읽고 그의 1주기에 맞추어 〈김치수 문학전집〉(전 10권)으로 묶고 펴내는 일을 시작하는 것은 내일의 한국 문학을 위한 우리의 가슴 벅찬 의무이다. 최선을 다한 문학적 인간의 아름다움 앞에서 어떤 비평적 수사도 무력할 것이나, 한국 문학 비평의 귀중한 자산인 이 전집을 미래를 위한 희망의 거점으로 남겨두고자 한다.

2015년 10월

김치수 문학전집 간행위원회

머리말

2000년대에 들어서면서 새로운 밀레니엄에 대한 기대와 전망이 각 분야에서 진행되고 있다. 그 가운데 가장 관심의 초점이 되고 있는 분야가 문학을 중심으로 한 미래의 문자 문화다. 개인용 컴퓨터의 보급 확대에서부터 시작되어 인터넷의 보편화가 불러일으키고 있는 디지털 문명의 위력은 오늘날 우리의 일상적 삶의 모습을 근본적으로 변화시키고 있다. 세대 사이에 달라지고 있는 생활 방식의 차이, 정보의 홍수 속에서 심화되고 있는 빈부의 격차, 제조업의 생산을 근간으로 하지 않는 정보 산업의 약진, 기업의 벤처화로 인한 직장 개념의 변화 등은 반성을 기본적 덕목으로 가지고 있는 문학을 비롯한 인문학 전반의 위기를 초래하고 있다. 그 위기는 변화에 쉽게 대응하지 못하는 인문학 본래의 성격에서 유래하는 것도 있지만, 변화에 대응하기보다는 변화하지 않고자 하는 인문학자의 태도에서 유래하는 것이 더욱 많다.

문학은 비교적 그러한 변화에 유연성을 지닌 분야다. 독자의 절대적인 힘의 작용을 받고 있는 문학은 이미 한 세대 전에 '저자의 죽음'을 논할 정도로 변화에 대해 민감한 반응을 보여왔다. 그럼에도 불구하고 많은 사람들이 문학의 위기를 거론하는 것은 인터넷의 일반화가 문자 문화를 이용하지 않게 만들고 모든 평가 기준에서 속도가 우선순위를 점하게 되기 때문이다. 인터넷을 통해서 쏟아지고 있는 정보를 받아들이고 반성적인 문자 문화를 외면하기 시작한 오늘의 독자들은, 천재들이 쓴 걸작의 독자로만 남아 있기를 거부하고 스스로 표현할 수 있는 기회를 갖고자 함으로써 글의 특권화를 인정하지 않게 되었다. 통신 문학의 등장은 익명 혹은 무명의 문학의 가능성을 열어놓고 있다. 최근에 이루어진 한국 소설의 변화는 그러한 문학적 환경의 변화를 인정하게 한다.

그러나 그러한 변화가 문학 형태의 변화에 영향을 미칠 수는 있지만, 이야기로서의 문학의 본질을 돌려놓을 수는 없다. 많은 사람들이 영화와 비디오가 보편화됨에 따라 이야기로서의 문학의 역할이 끝날 것처럼 이야기한 적이 있다. 또 라디오와 텔레비전의 대중화는 신문의 존재를 위협할 것으로 예언한 거짓 미래학자들이 있다. 인터넷의 보급으로 종이가 필요 없는 시대가 올 것으로 예언하는 사람들도 있다. 그러나 그 모든 예언은 문자 미디어와 영상 미디어의 역할과 기능의 차이를 간과한 데서 일어난 착각일 수 있다. 그러한 예언자들은 이 세상에 기능적이고 실용적인 것만 필요하지, 문학이나 인문학과 같은 반성적이고 비판적인 것의 존재가 무용하고 유해하다고 생각한다. 이러한 거짓 예언자들로 인해서 오늘날 대학에서의 문학 교육이나 인문 교육이 필요 없는 것으로 취급되고 자연을 파괴하고 생태학적 질서를 깨뜨리는 기술 교육만이 필요한 것으로 인식하고 그것만을 발전의 척도로 생각한다.

라디오와 텔레비전이 보편화되어도 신문이 건재한 사실, 영화와 비디오의 발달에도 불구하고 소설이 많은 독자를 확보하고 있다는 사실 등은 멀티미디어의 발달이 문학의 죽음을 가져올 수 없다는 것을 이미 입증하고 있다.

프랑스의 누보 로망이 1950년대에 이미 이야기로서의 소설의 종말이나, 영웅으로서의 주인공의 죽음이나, 구성으로서의 소설 구조의 붕괴를 주장한 것은 문자 그대로의 종말과 죽음과 붕괴를 의미한 것이 아니라, 그 이전까지 존재해온 그 모든 것의 양상에 대한 반성을 의미한 것이다. 그것은 새로운 작중인물, 새로운 이야기, 새로운 구성을 생각하지 않는 소설을 받아들일 수 없음을 의미한다.

소설이란 우리 일상적 삶과 관련된 하찮은 이야기에 지나지 않는다. 그러나 그 하찮은 이야기가 중요한 것은 우리에게 한 번밖에 살 수 없는 삶을 여러 번 살게 하고 반성하게 하고 그리하여 다른 사람의 삶도 이해하게 하는 데 있다. 그것은 보다 나은 삶에 대한 꿈을 갖게 하고 남과 함께 사는 삶의 보람을 생각하게 하며 각자에게 진정한 가치 있는 삶을 발견하게 한다. 그런 점에서 아직도 문학이 많이 읽히고 있는 우리 사회는 희망이 있는 사회이고 살 만한 사회임에 분명하다.

『공감의 비평을 위하여』 이후 9년 만에 평론집을 내면서 그동안 우리의 소설 가운데 어떤 작품이 우리 소설의 흐름을 형성하고 있는지 생각해보았다. 그 가운데 주류에 속하는 작품이라고 생각하면서도 게으름 때문에 그것에 대한 글을 쓰지 못한 작품도 많고 거기에 속할 수 없는 작품이지만 의미 있다고 생각해서 다룬 작품도 있다. 매일 한 권의 시집이나 한 편의 소설을 읽는 행복을 누리면서도 그 결과를 글로 쓰는 것은 대학이라는 제도 속에 살고 있는 사람으로서는, 특히 글을 빨리 쓰지 못하는 사람으로서는 힘든 일이다. 앞으로 써야 할 목록만 작성해놓고 글을 쓸 수 있는 시간이 더 주어지기를 기대할 수밖에 없다. 여기에 그동안 써놓았던 소설에 관한 글만을 모으면서 한국 소설의 풍요로움을 다시 한 번 확인한다. 작품을 읽는 도중에 자신의 모든 것을 던지는 작가의 치열하고 처절한 정신과 부딪칠 때마다 느끼는 감동과 전율은 때로는 외경심으로 밤을 새우게 했고 때로는 문학을 공부한 행복감에 도취하게 했다. 그 감동과 행복에 비하면 여기 모아놓은 글들은 너무나 빈약하고 초라해 보인다. 그렇지만 이 책이 한국 소설을 이해하고 사랑하는 데 조금이나마 도움이 될 수 있다면 더 이상 바랄 것이 없겠다.

2000년 6월

이화동산의 연구실에서

김치수

차례

일러두기

1. 문학과지성사판 〈김치수 문학전집〉은 간행위원회의 협의에 따라, 문학사회학과 구조주의, 누보로망 등을 바탕으로 한 문학이론서와 비평적 성찰의 평론집을 선별해 10권으로 기획되었다.
2. 원본 복원에 충실하되 '한글 맞춤법'과 '외래어 표기법'은 국립국어원에 따라 바꾸었다.

I

소설의 진실」은 인터넷이나 디지털, 영상 매체의 등장으로 인해 급변한 20세기와 21세기 문학의 결절점에서 김치수 문학 비평이 보여준 응전의 궤적이다. 수록된 평문들의 제목이나 실제
저항과 순응, 남성과 여성, 파괴와 창조 등 서로 대립적이면서도 상보적인 개념들이 많이 등장하는 것도 두 극단 사이를 오가는 탄력을 통해 시대의 변화와 문학

해방 50년의 한국 소설

1

1995년은 해방 50년이 되는 해다. 여러 분야에서 지난 반세기를 되돌아보면서 다가오는 21세기에 대한 전망을 시도하고 있다. 일반적으로 미래에 대한 전망은 지금처럼 속도가 중요시되는 시대에서는 무의미할 수밖에 없고 그래서 모두들 오늘의 시점에서 가능한 전망을 내놓으면서도 그것의 적확성에 대해서는 큰 기대를 걸지 않는다. 그러나 우리가 자신의 삶에 대해서 매 순간 검토하고 반성함으로써 우리의 삶 자체를 의식화하는 것과 마찬가지로 해방 50년의 우리 소설에 대해서 되돌아보는 것은 해방이 오늘의 우리에게 지니는 의미와, 해방과 함께 이루어진 문학적 성과의 궤적을 점검하는 일이 된다. 그것은 오늘의 우리 문학의 위상을 점검하고 다가오는 21세기의 우리 문학을 가늠

하는 데 필요하다. 우리가 살아온 지난 반세기의 역사가 험난했고 또 오늘의 역사가 너무도 숨가쁘게 돌아가고 있어서 자신을 돌아볼 겨를이 없는 것이 우리의 현실이다. 특히 후기 산업사회는 속도에 모든 가치를 부여함으로써 반성하고 사유하는 정신을 허용하지 않기 때문에 우리는 우리 자신마저 그 속도에 맡김으로써 오늘의 문명에 대한 이의를 제기할 수 없게 만든다. 문학의 특성은 원래 모든 것이 속도 경쟁을 벌이고 있는 현실에서 그 속도의 진정한 의미가 무엇인지 질문하고 반성함으로써 우리로 하여금 속도의 노예가 되지 않도록 하는 데 있다. 사실 우리 문학은 지난 50년 동안 우리 사회가 변화한 것과 마찬가지로 여러 가지 변화를 겪었다. 소설의 소재가 달라졌고 기법이 다양해졌으며 언어가 달라졌다. 거기에 따라 작가의 감각과 상상력 또한 달라졌다. 그런 점에서 소설은 그것을 태어나게 한 사회의 변화에 상응하는 변화를 겪은 셈이고 그 변화를 좇아가본다는 것은 우리 소설의 미래에 대한 전망을 가능하게 한다.

2

해방 후 우리 소설은 아직 남북 분단의 심각성과 전쟁의 위협에 대한 의식을 갖지 못했고, 오히려 일제강점기의 고통스러운 기억과 해방의 감격을 노래하는 데 집약되어 있었다. 우리의 해방이 진정한 해방이 되기 위해서는 시간이 필요하다는 시각에서 발표된 소설은 채만식의 「소년은 자란다」 정도였던 것으로 보인다. 그러나 분단의 현실은 해방을 진정한 해방으로 만들지 못했을 뿐만 아니라 그것이 얼마나 큰 민족적인 비극인지 인식하게 만들었고, 그로 인한 전쟁은 우리의 삶을 뿌리부터 바꿔놓는 계기가 되었다. 더구나 전통적인 농업 중심의 산업

구조 속에서 해방으로도 겪지 못했던 근본적인 변화가 전쟁으로 인해 각 분야에서 일어나게 됨으로써 가족·계층·사회·풍속 등을 뒤흔들어 놓는 체험을 하게 만든다. 이러한 체험은 전쟁의 소용돌이가 인간의 본성 자체를 의심하게 만들고, 가족이나 인척 관계를 얼마든지 변화시킬 수 있으며, 친구와 이성 관계의 파탄을 가져올 수 있다는 것을 보여준다. 사회적으로는 계층 간의 이동이 일어나고, 개인적으로는 이념의 선택이나 그 순간에 따라 비극의 주인공이 되거나 그렇지 않은 경우가 생긴다. 이러한 참담한 현실 속에서 개인은 인간으로서 살아남기 위해서 고통받는다. 김동리·황순원·김성한·장용학·손창섭·서기원·오상원·이호철로 대표되는 1950년대 문학은 한국전쟁을 소재로 한 것으로서 전통적 가치의 파괴, 토속적인 사회의 붕괴, 실존적 자아의 발견을 다룬다. 이들 문학이 가지고 있는 특성은 작중인물들이 극한 상황 속에서 인간으로서 자신의 생존과 존엄을 지키기 위한 대가를 철저하게 지불하는 현장을 제시하고, 그것을 통해서 전쟁의 참담함을 고발하면서 자기 시대의 아픔을 증언한다. 그렇기 때문에 그들은 전쟁의 생생한 모습을 제시하는 것, 그 가운데서 고통받고 있는 개인의 모습을 적나라하게 보여주는 것을 문학의 역할로 생각한다. 그들은 그들 사회가 지향하고 있는 이데올로기를 검토하거나, 수행하고 있는 전쟁의 의미를 질문하거나, 앞으로 살아야 할 사회를 생각할 여유를 갖지 못하고 역사와 현실의 피해자로서만 존재할 뿐이다. 그런 점에서 그들이 생각한 소설이란 현실을 재현하고, 그 현실의 부조리를 고발하는 사실주의적 성질을 띨 수밖에 없다. 그러나 작가들은 그들의 문학 자체를 사실주의라고 부르기보다는 휴머니즘으로 부르기를 선택했고, 그중 일부는 실존주의라는 명칭을 선택하고자 했다. 그들이 휴머니즘을 주창한 것은 인간의 본성이 땅에 떨어진 상황에서 인간의 존엄성을 지키고자 하는 문학적 노력의 표현이다. 그들이 실존주의 문학을 이야기한 것은 그들의 주인공들이 처해 있는 상황이 극한적이고, 그 선택이 그들의 운명을 좌우하며, 그들 존재의 유한성에 대한 비극적 인식이 그들의 문학을 가능하게 했기 때문이다. 전쟁이라고 하는 부조리한 현실 속에서 살아남는다는 것은 어떻게 보면 우연이고, 어떻게 보면 선택의 결과이지만 두 경우 모두 삶의 가치를 긍정적으로 인식하는 것이 아니라 의미 없는 부정적인 것으로 파악하는 것이다. 그들이 살고 있는 세계가 굶주림과 공포의 지배를 받더라도 그것은 전쟁의 결과이고, 그들 가운데 일부가 돈과 권력을 쥐게 되더라도 그것은 전쟁의 혼란으로 이루어진 것이다. 그것은 그들 주인공이 자신이 선택한 삶에 대한 어떠한 책임도 질 필요가 없는 상황임을 입증한다. 전쟁의 현장에서 삶과 죽음의 갈림길을 헤매는 급박한 현실을 살고 있는 1950년대의 작가들에게는 전쟁의 원인을 제공한 분단의 현실에 대한 질문을 제기할 여유가 없다. 또 전쟁으로 인해서 완전하게 양자택일이 강요된 상황 속에서는 그러한 질문을 제기하는 것 자체가 사치로 보였을 것이다.

3

분단의 현실을 이데올로기의 대립으로 파악하기 시작한 것은 4·19 혁명 이후 최인훈의 『광장』에서부터라고 할 수 있다. 4·19 시민혁명은 비록 그것이 5·16 군사혁명에 의해 좌절되기는 했지만, 개인이 역사의 피해자로만 인식되어온 자아를 역사와 자유의 주체로 인식할 수 있는 계기를 마련해준다. 아직 가난의 질곡을 벗어나지는 못했지만 세계 속에서 개인이 누려야 할 자유와 권리가 무엇인지 최초로 눈을 뜨게 된 1960년대의 문학은 전쟁이 당대 세계를 지배하는 두 이념의 대립의 산물이며, 거기에서 체험한 개인의 비극적인 삶은 세계 안에서의 비극적 존재로서의 자아 인식의 틀을 마련해준다. 개인과 그 개인을 지배하고 있는 사회 사이의 화해할 수 없는 대립과 갈등을 삶의 비극적 성질로 파악한 1960년대 문학은 인간다운 삶을 부르짖던 1950년대의 휴머니즘도, 삶의 의미를 질문하는 실존주의도 아닌 이른바 개인주의 문학을 성립시킨다. 산다는 것이 얼마나 참담한 것인지 비극적인 상황을 깨닫게 하는 김승옥·이청준·서정인·박태순 등의 문학, 전쟁의 비극적 상황에 대한 기억을 지니고 생존을 위한 온갖 수모를 이겨내는 개인을 그린 김원일·김주영, 전쟁을 삶의 일반적인 상황으로 바꿔놓고 있는 홍성원의 소설 등은 거대한 상황 속에서 왜소화된 개인의 발견을 중심으로 전개된다. 이들은 전후에 학교 교육을 받은 최초의 한글세대로서 한글로 사유하고 한글로 표현하여 우리 소설에 이른바 '감수성 혁명'을 가져온 세대이다. 그들의 문체는 신선한 개성을 띠고, 그들의 어법은 사려 깊고, 그들의 구성력은 탁월하여, 그들의 문학적 특징은 한마디로 요약할 수 없다. 그들은 그 이전의 세대에 비해서 훨씬 작은 문제를 관찰하기 시작하였고, 그들의 기법은 모더니즘에 가까워졌다. 이들의 문학이 지니고 있는 왜소성 때문에 1960년대 후반의 한 평론가는 이들의 문학을 소시민의 문학으로 규정하면서 새로운 시민 문학론을 제창하기에 이른다.

그러나 여기에서 시민 문학론의 제창은 한편으로는 개인주의 문학에 대한 문학적 대응 방식의 모색이면서, 다른 한편으로는 5·16 군사쿠데타에 의해 지배권이 강화된 군사 문화에 대항하는 새로운 문화의 주창이다. 이른바 참여론에 의해서 주장된 시민 문학론은 그 후 민중 문학론·민족 문학론으로 진행되면서 문학의 사회적·역사적 역할을 강조하고, 문학인의 저항 정신을 고취하여 우리 사회의 민주화에 큰 기여를 한다. 우리 사회의 민주화는 이들 참여론자에 의해서만 아니라, 문학의 현실 참여적인 성질을 인정하면서도 문학의 자율성을 지키지 않으면 문학도 결국은 어떤 이데올로기의 도구로 전락해서 파멸을 가져온다고 주장하는 자유주의 문학론자에 의해서 문학적인 지원을 받는다. 사실 한국 소설은 여기에서부터 두 가지 무거운 짐을 떠맡게 된다. 문학은 군사정권의 강화로 인한 정치적 탄압에 대항하고 산업화 과정에서 야기되는 소외와 양심의 문제를 제기함으로써, 언론이 군사정권의 통제 아래 들어간 상황에서 언론 대신에 대중 전달과 현실 인식의 기능을 하는 한편, 그로 인해 문학의 시사화와 당대화 그리고 도구화가 이루어지는 것을 방지하기 위해 문학의 자율성을 주장하고, 문학의 본질과 역할에 대한 근원적인 질문을 끊임없이 제기하고, 나아가서는 변화하는 현실에 대응하는 문학적 양식을 개발해야 하는 문학 본래의 모습을 잃지 않고자 한다. 참여 문학론과 자유주의 문학론이 맡아온 이 두 가지 역할은 오늘의 우리 문학이 30년의 군사 통치 밑에서 존속할 수 있었고, 독자들의 외면을 당하지 않을 수 있었던 요인이며 한국 문학이 가지고 있는 힘이었다.

4

1970년대의 우리 사회는 정치적으로 3선 개헌과 유신의 선포를 거쳐 군사정권의 통제가 강화되고, 경제적으로는 산업화의 새로운 단계에 접어들었다. 이 시대의 문학은 그러한 상황에 대처해야 할 방법을 모색하지 않을 수 없게 된다. 그 첫번째 대응 방법은 권력의 부패와 현실의 부조리를 고발한 문학으로서 김지하·황석영 등의 작품으로 대표되고, 두번째 대응 방법은 농촌의 피폐와 도시 변두리의 빈곤을 다룬 이문구·박태순의 작품으로 대표되며, 세번째 대응 방법은 산업화의 와중에서 소외되고 희생된 삶을 다룬 윤흥길·조세희·조선작의 작품을 들 수 있고, 네번째는 근대화되어가는 과정에서 도시의 중산층의 삶이 가지고 있는 허위의식과 위선적인 세계를 다룬 최인호·조해일·송영·박완서·오정희·이청준·서정인의 작품을 들 수 있다. 1970년대 문학의 특징은 정치적인 억압이 강화되면 될수록 한편으로는 이에 직접적으로 저항하는 문학의 목소리가 커지고, 다른 한편으로는 정치적인 패배 의식에도 불구하고 문학은 무엇이어야 하는가 하는 문학의 내면적 성찰이 깊어지는 것으로 나타난다. 이러한 변화에서 시작된 것이 대하역사소설의 탄생이다. 박경리의 『토지』, 김주영의 『객주』, 홍성원의 『남과 북』, 황석영의 『장길산』으로 대표되는 1970년대 대하소설은 당대의 역사적 조건이나 현실이 조선 왕조 시대에서부터 한말을 거쳐 일제강점기에 이르는 민족사의 한 흐름이라는 인식을 가질 수 있도록 민중적인 삶을 파헤친다. 1970년대의 대하역사소설이 종래의 역사소설과 다른 점은 그것이 피지배 계층인 서민들의 삶의 모습을 중심으로 전개된다는 데 있다. 왕조 중심의 지배 계층의 영웅들을 주인공으로 내세우던 전통적인 역사소설과 달리 이들 1970년대 대하소설은 역사 속에 이름 없이 살다 간 민중들을 주인공으로 내세우며 그들의 이야기를 소재로 삼았다는 데 획기적인 의미가 있다. 그러므로 1970년대 문학은 군사정권의 폭압이나 산업사회의 소외가 단순히 당대의 문제로 파악되고 있는 것이 아니라 몇백 년의 역사적 맥락에서 파악될 수 있음을 보여준다. 역사적으로 지배 계층과 피지배 계층 사이의 갈등이 서민들의 비극적 삶의 근원으로 작용하고, 오늘의 참담한 역사의 원류로 작용한다. 이들의 문학은 군사정권의 강화에 대한 민중적 저항을 역사적 근거로서 제시하여 당대 사회의 참담한 현실에도 불구하고 민중들이 잡초처럼 그 생명력을 잃지 않음을 제시한다. 그것은 이들의 문학이 민중적 삶을 대변함으로써 암담한 현실에도 불구하고 희망을 갖게 하는 역할을 하였음을 입증한다.

1970년대 문학의 또 하나의 특징인 농촌소설과 도시빈민소설은 따라서 민중의 고통스러운 삶의 역사적 근원을 밝힌 대하역사소설과 같은 맥락에 놓여 있다고 볼 수 있다. 이문구의 작품처럼 농촌을 다룬 소설들은 산업화 속에서 피폐해져가는 농민의 삶과 농경 사회의 전통적인 가치가 무너져가는 농촌의 모습을 그리고 있고, 박태순과 같은 도시빈민소설은 농촌에서 일터를 찾아 도시로 진출한 서민들이 도시에 뿌리내리지 못하고 그 변두리에서 배회하는 비극적인 현실을 그린다. 이들 소설은 산업화의 와중에서 소외되고 뿌리뽑힌 사람들의 힘든 삶의 모습을 통해서 유년기의 절망적인 체험, 선택의 문제가 아니라 삶의 의미의 문제, 한국의 농촌과 전통 사회의 붕괴의 모습 등을 보여주는 동시에 근대화의 결과로 팽창해가는 도시의 모습을 드러내준다. 이들 주인공은 도시, 특히 서울의 변두리 삶을 형성함으로써 근대화된 사회 속에서 또 다른 소외 계층을 형성한다. 바로 이들 소외 계층이 집 없는 설움을 맛보면서 공장에서 저임금 노동자의 삶을 살아갈 때 우리 사회는 새로운 문제에 부딪히게 된다. 그것은 조세희에 의해 '난장이'로 상징화된 또 다른 왜소한 개인들이 부당한 대우에 항거하고자 하지만 모두 실패하여, 근대화에도 불구하고 우리 사회가 살 만한 사회로 인식되지 못하는 불만의 축적 현상을 가져온다. 주인공들이 변두리에서 뿌리뽑힌 채 살 수밖에 없는 이유를 분단과 전쟁의 피해자로 묘사한 조선작이나 조해일, 가진 자들의 오만과 사용자의 무례로 끊임없이 착취당하는 근대화의 허구성을 그리고 있는 조세희, 그리고 그러한 허구성에 반항하고 저항하는 것이 무모한 도전에 지나지 않는다는 참담한 삶의 모습을 제시한 윤흥길 등의 작품은 문학이 지배당하고 소외되고 억울한 삶을 사는 사람들을 존재화시키고 표현화시킬 수 있음을 입증하고 있다. 이처럼 부당하고 부조리한 삶에도 불구하고 정치적으로 유신이 선포되고 군사정권의 탄압이 강화되자 김지하는 민중 문학을 주장하면서 그 생명력을 저항의 힘으로 표명하기에 이른다.

5

1970년대 말 독재자의 몰락과 함께 서울의 봄을 노래할 즈음 우리 사회는 20년 전의 좌절을 다시 체험하게 된다. 이른바 광주민주화운동의 실패로 표현되는 새로운 군사정권의 등장은 겨우 정치적 압력에서부터 자유로워지게 된 한국 소설에 새로운 암흑의 장막을 드리운 결과를 가져온다. 여기에서 특징으로 찾을 수 있는 것은 1980년대 초의 불모 상태를 넘어선 소설에 새로운 기운이 싹튼다는 사실이다. 그것은 이청준·김원일·박완서·김주영·현길언·조정래·이문열·임철우 등의 소설에서 나타나는 비극의 원인 찾기와 김원우·이인성·최수철 등의 소설에서 나타나는 새로운 형식 찾기, 그리고 유순하·김영현·김향숙·정도상·김인숙 등의 소설에서 볼 수 있는 민주화 운동의 권리 찾기 등이다. 1960년대에는, 아버지 세대가 빨치산이라든가 좌익이었다는 사실은 겉으로 드러내지 못하고 앓아왔던 상처였다. 바로 그러한 감춤이 1980년대의 폭력적인 상황을 가능하게 한 것임을 밝혀내는 이들 소설은, 한편으로 리얼리즘 기법의 확대로 1970년대에 시작된 대하소설을 더욱 번창하게 하였고, 다른 한편으로는 이러한 폭력의 시대에 문학이 무엇일 수 있는가 하는 문학의 위상에 관한 깊은 회의와 함께 보다 모더니즘에 가까운 실험소설을 시도하게 하였으며, 또 다른 한편으로는 산업화의 부조리를 고발하던 소극적인 노동소설에서 민주화를 위해 투쟁하고 악덕 기업주에 대해 권리를 주장하는 새로운 형식의 노동소설을 유행하게 한다. 1980년대 초 광주의 비극을 겪었음에도 불구하고 세계적인 3저 현상의 도움을 받아 급속도의 경제 발전을 이룩한 우리 사회는 노동자들이 노동 인구의 8할을 점유하게 되면서 선진국형 노조 운동의 자유를 요구하게 된다. 광주민주화운동의 진상을 밝히고 민주화로 나가야 한다는 주장과 노동 운동을 통해서 노동자의 권익을 확보함으로써 평등 사회를 구축해야 한다는 주장을 받아들인 문학은 노동자와 농민을 사회 개혁의 주체로 인정하고 그들을 위해 복무해야 한다는 노동자주의의 입장을 취하기도 하고, 반면에 문학의 자율성과 전문성을 옹호하지 않고는 문학이 도구화되어버림으로써 문학의 죽음을 가져온다는 문학주의자의 입장을 취하기도 한다.

여기에서 짚고 넘어가야 할 것은, 정치적으로 억압 구조에 있으면서 경제적으로 자유 구조에 있다는 것은 여러 가지 예기치 않은 문화를 탄생시킨다는 사실이다. 두 개의 중요한 문학 계간지를 비롯하여 많은 문학지가 폐간되는 무시무시한 상황 속에서 이른바 무크지 문화가 탄생한 것은 어쩌면 당연한 결과일 수 있다. 이 무크지의 탄생은 공식 기구로 등장하던 작가들을 비공식적으로 양산함으로써 누구나 작가가 될 수 있게 만들었고, 마치 게릴라 작전처럼 문학을 반정부 운동의 첨병으로 삼을 수 있게 만든다. 이 시기가 어쩌면 우리 문학의 위기로 표현될 수 있을 것 같다. 문학이 재능 있는 개인의 영역이 아니라 모든 민중의 영역이라고 주장하면서, 문학의 장르를 해체하고 집단 창작을 표방하며, 문학이 사회 변혁의 주체가 되어야 한다는 움직임이 강력하게 대두되고, 그것이 다른 경향들을 압도했기 때문이다. 광주 항쟁과 군사정권의 강권으로 언론이 제대로 구실을 하지 못할 때, 무크지와 그것을 통한 문학이 군사정권에 강력하게 맞서서 민주화 운동의 불꽃을 당길 때, 아무도 문학의 위기와 같은 '한가로운' 생각을 말할 수 없었다. 그러나 노동자주의가 노동자에 편승하여 자신의 소시민성을 은폐하려는 사람의 사유 체계라고 생각하며, 묵묵히 문학을 지키고 문학의 위치를 확립시키고자 하는 작가들은 광주 항쟁이나 신군부의 등장이 모두 분단의 상처로부터 가능했다는 사실을 파헤치면서, 한편으로는 분단 현실의 극복을 위해 아픈 과거를 드러내고 지식인들이 억압받는 상황이 한말부터 이루어졌음에 천착하는 문학적 노력이 『먼동』『미망』『늘푸른소나무』『영웅시대』『아버지의 땅』『태백산맥』 등의 작가들에 의해 이루어지고, 다른 한편으로는 절망적인 상황에 희망적인 언어가 아니라 절망적인 언어로 비극적 삶의 모습을 제시하는 지식인소설이 『낯선 시간 속으로』『화두 기록 화석』의 작가들에 의해 이루어진다. 1980년대 문학의 특징으로는 분단의 문제, 군부 독재의 문제, 산업화의 문제가 우리의 삶 전체를 규제하고 억압하는 조건으로 작용하고 있음을 논리적으로 깨닫고 현실적으로 타파하고자 하는 것이다. 그것은 지금까지는 비극적 운명으로 받아들였던 현실을 극복의 대상으로 삼고자 하는 태도이며, 따라서 분단을 모든 문제의 근원으로 보고 통일을 모든 문제의 해결로 보는 태도이다. 그리하여 군사정권이 표방하고 있는 친미 반공 정책에 대한 역행을 분단 현실을 극복하는 길로 생각하고 모든 실천적인 문학은 그러한 방향으로 진행된다. 오직 투쟁을 앞세운 이들 실천적인 문학은 사실 문학이라기보다는 구호에 가까운 것이었지만, 그것이 투쟁의 대상으로 삼고 있는 군사독재의 부당성 때문에 그들의 문학에 이의를 제기하기는 어려운 상황이었다. 아우슈비츠 이후 문학이 존재할 수 있는가 하는 회의가 문학인 스스로의 마음속에 자리 잡고 있는 것 이상으로 문학의 위기가 있을 수 있을까?

6

다행히도 6월 항쟁과 함께 군사독재가 무너지고 문민 정부가 들어서는 과정에서 동구권까지 몰락함으로써, 지난 30년 동안 외적 현실과 싸워온 문학은 스스로의 위상을 되돌아볼 수 있는 기회를 갖게 된다. 그것은 분단의 극복을 사회주의적 전망에 기대할 수 없다는 사실을 확인하게 됨으로써 마치 군사독재의 타파를 위한 유일한 이론적 근거를 상실한 것과 동일한 결과를 가져온다. 1990년대 문학은 그런 점에서 문학의 새로운 전기를, 그보다 1세대 전의 1960년대 문학이 체험한 것과 비슷한 변혁을 가질 수밖에 없다. 그것은 독재 정권이 민중의 힘에 의해 밀려나고 새로운 문민 정부가 들어섬으로써 자유와 권리를 싸워서 얻은 경험과 그동안의 경제 발전으로 인해 급속도로 산업화된 현실이 가능케 한 새로운 대중매체의 활용이 한편으로는 문학 외적 현실과 그 현실이 감추고 있는 보이지 않는 의도를 드러내면서 그것을 비판적으로 극복하려는 노력으로서의 문학을 낳게 하고, 다른 한편으로는 후기 산업사회가 가지고 있는 문명의 이기에 자신을 맡김으로써 그것이 가져올 수 있는 온갖 가벼움을 누리는 문학을 낳게 한다. 전자의 경우는 어려웠던 시절에 사회적인 변화와 정치적인 억압에도 불구하고 우리가 살고 있는 삶의 공간이 살 만한 곳인가 하는 문제와 그 문제를 문학적으로 제기하는 방법론적인 고찰을 통해서 문학의 반성을 이끌어온 1960년대 문학의 전통을 창조적으로 계승한 것이고, 후자의 경우는 지금까지의 문학적인 방법으로는 오늘의 변화를 수용하지 못하고 그 속에서 달라진 문학의 위상을 정립하지 못한다는 자각 아래 영상 매체를 이용할 줄 아는 전혀 다른 문학적 전통을 창조한 것이다.

한 세대 전의 선배들이 그들의 육친이 연루된 6·25라는 역사적 상처를 '어두운 실존적 체험'으로 안고서 그것을 의식화하기 위해 힘든 싸움을 벌였던 것과 마찬가지로 1980년대에 입었던 상처의 아픈 기억을 달라진 현실 속에서 거리를 두고 의식화시킨 최윤·임철우·이창동·구효서의 소설과, 실천적인 삶에 뛰어들었다가 젊은 날의 열정이 황량한 슬픔으로 변해버린 좌절당한 삶의 비극적인 현실을 그리고 있는 김영현·공지영·송기원·박일문의 소설, 후기 산업사회의 소비성과 감각성 그리고 즉물성을 그리고 있는 하일지·이순원·이인화·장정일·하재봉·신경숙 등은 우리 소설의 현 단계를 알아보게 하는 중요한 작가들이다. 이들의 소설은 이미 1960년대부터 작품을 써온 선배 작가들의 여러 가지 경향에 비추어볼 때 그들 세대의 문제를 수용하면서 그들 세대의 개성을 드러내는 작품 경향을 띠고 있다. 가령 1960년대 작가들이 6·25라는 유년 시절의 상처를 의식화시키면서도 5·16이라는 당대의 상처를 직접적으로 의식화시키지 못한 것에 비하면 이들이 1980년대의 광주 항쟁을 자신들의 어두운 실존으로 의식화시키고 이를 타파하기 위해 정면으로 대응할 수 있었던 것은, 그들이 자기 세대의 문제를 제대로 수용하는 용기와 능력을 가졌음을 의미한다. 또 1960년대 작가들이 영상 매체의 등장에도 불구하고 그것을 이용할 줄 몰랐던 것에 비하면 이들의 문학은 후기 산업사회의 풍요 속에서 영상 매체의 활용을 성공적으로 이룩한다. 이러한 현실은 1990년대의 문학이 변화하는 시대에 대처하는 능력을 갖고 여러 가지 경향으로 발전하고 있음을 알 수 있게 한다. 그것은 1960년대 소설이 가지고 있던 모더니즘적 전통과 1970년대 소설이 발전시킨 리얼리즘적 전통, 그리고 1980년대 소설이 개발한 지식인소설과 노동자소설의 전통을 발전적으로, 그리고 창조적으로 계승하고 있다는 것을 의미한다. 특히 최근에 와서 급속도로 발달한 영상 매체의 대중화는 오늘날 젊은이들의 삶의 양식과 감각을 바꾸어놓고 있다. 이러한 변화는 이미 위성방송의 보급으로 문화적 국경의 의미가 완전히 변질됨으로써 가속화되고 있다. 급변하는 현실 속에서 전통적인 문학 양식만을 고집하는 것은, 독자에게서 외면당하고 시대에 뒤떨어지게 되어 '문학의 죽음'을 가져올 수도 있다. 그런 점에서 이른바 포스트모더니즘을 주장하는 문학적 경향은 달라진 세계에 상응하는 문학적 변화의 한 방법이라고 할 수 있다. 암흑의 1980년대의 체험을 가진 사람들이 1960년대 리얼리즘 문학의 주창자들처럼 그 참담한 기억을 망각 속에 묻으면 안 된다고 이들의 문학을 비판하는 것은 정당하지 못하다. 정치적인 투쟁을 위해 당대의 문학을 불태워버린 과거의 기억에서 자유롭지 못한 것은 오늘처럼 급박하게 돌아가는 사회적 변화 속에서 자기 정체성을 발견하지 못하게 한다. 우리 민족에게 분단이라는 현실은 분명히 19세기적인 유물이거나 아니면 냉전 시대의 유물이지만, 우리가 살고 있는 삶은 자동화되고 무선화된 위성 통신과 영상 매체의 후기 산업사회이다. 이처럼 변화된 세계 속에서의 삶을 받아들이고 인정하는 것이 참다운 리얼리스트의 태도이다.

7

이른바 '감각의 혁명'이라고 할 수 있는 1990년대의 문학이 가지고 있는 이러한 특성은 그러나 많은 사람들의 우려의 대상이 되고 있다. 그것은 모든 가치가 속도에 의해 결정되는 영상 매체 시대에 문학이 지나치게 영합한다는 인식에서 출발한다. 사실 최근에 나타나고 있는 PC소설은 인쇄 매체의 문학을 영상 매체의 문학으로 바꿔놓으면서 문학의 위상과 역할을 흔들어놓고 있다. 문학을 마치 유희의 대상처럼 마음대로 변형시킬 수 있는 가벼운 게임으로 인식하고 있는 것이다. 그것은 지금까지 문학이 맡아온 비판과 반성의 역할을 벗어나는 것으로, 어쩌면 새로운 시대의 요구에 부응하는 자유롭고 개성 있는 변화일 수 있다. 그러나 그렇게 함으로써 문학이 일회용 식품처럼 하나의 소비재로 전락하게 될 때 문학은 후기 산업사회의 문명 속에 함몰하고 만다. 그것은 이상과 현실 사이의 갈등과 괴리를 파악하고 그 극복의 길을 모색하는 지금까지의 문학적 역할을, 다시 말하면 그 생산적 역할을 포기하는 것으로서 '문학의 죽음'을 가져올 수 있다. 더구나 풍부한 상상력을 소유한 젊은 작가들이, 그 상상력으로 새로운 '문학의 탄생'을 가져오기 위해 고통스러운 노력을 기울이는 것이 아니라 패스티쉬다, 패러디다라고 하며 기존의 작품을 오려내고 덧칠하고 짜깁기하고, 그것으로 포스트모던한 작품을 만들었다고 주장하는 경우, 그들의 풍부한 상상력은 독창적인 세계를 만들어내기도 전에 과거의 상상력에 기생하는 결과로 전락하게 된다. 이러한 현상은 새로운 상상력을 창조적으로 사용하는 것이 아니라 소비해버리는 것이다. 작가가 나이가 들어서 역사소설을 쓰는 것은 젊은 날의 독자적 상상력을 문학적 상상력으로 바꾸어놓기 위해서다. 따라서 젊은 작가들이 패스티쉬와 패러디라는 이름으로 타인의 상상력을 변형시켜 자신의 것으로 삼는 것은, 자기 안에 넘쳐나는 독자적 상상력을 제대로 사용하지도 않고 버리는 것이며, 이미 존재하는 상상력에 의존하는 게으른, 기계화된 모방에 지나지 않는다. 그들 작품이 섹스를 남용하는 것도 바로 그러한 게으른 정신에서 유래한다. 이러한 점을 극복하는 것만이 1990년대 문학이 살아남는 길이다. 그렇지 않으면 문학은 다른 소비재와 다를 바 없어서 굳이 문학을 찾을 필요도 없어지고, 그 결과 문학의 죽음을 가져올 수밖에 없다. 영상 매체의 창조적 이용이 문학에서 더욱 진지하게 검토되고 이루어져야 하는 이유도 여기에 있다. 삶의 순간들을 반영하고 질문하고 사유하여 보다 나은 삶에 대한 꿈을 꾸게 하는 문학은 살아남을 수 있지만, 가볍고 감각적이고 즉각적이며 유희적인 성질에만 머무른 소설은 문학을 소비재로 전락시켜버린다. 이것이 오늘의 새로운 문학이 가장 경계해야 할 점이다. 〔1995〕

예술의 자율성과 현실 참여

1

우리나라에서 예술의 자율성과 현실 참여에 관한 논의가 시작된 것은 1920년대의 카프 문학 논쟁에 그 기원을 두고 있다고 하겠지만 그것이 오늘날까지 한국 문학의 가장 뜨겁고도 지속적인 쟁점인 것은 누구도 부인하지 못한다. 해방 후 김동리와 김동석의 논쟁에서부터 이어령과 김수영의 참여 문학 논쟁을 거쳐, 시민 문학 논쟁, 농촌소설 논쟁, 민족 문학 논쟁, 민중 문학 논쟁, 노동소설 논쟁, 포스트모더니즘 문학 논쟁에 이르기까지 한국의 작가·시인·비평가 들이 마치 타고난 원죄처럼 어느 쪽에 가담하든지, 그 어느 쪽에도 가담하지 않든지 자유롭게 생각할 수 없었던 것이 문학의 자율성과 현실 참여의 문제였다. 그것은 한국인이 살아온 역사의 굴레만큼이나 집요해서 글을 쓰고자 하는 모든 사람에게 자유롭게 글 쓰는 것을 방해하거나, 혹은 자신이 쓴 글이 어느 쪽에 속하는지 질문하게 한다. 그것은 문학을 무엇이라고 생각하느냐 하는 근본적인 질문에 속하기 때문에 글을 쓰는 사람이 자신의 글을 통해서 규명해보고자 하는 궁극적인 목표이지 이미 해답을 가지고 그것을 증명하는 것은 아니다. 그러나 이렇게 이야기하는 것은 자칫하면 순이론적인 논의가 되어 공허해질 수 있기 때문에 보다 구체적인 개념을 가지고 접근해볼 필요가 있다.

신문학 초기 춘원은 문학이 계몽적인 역할을 해야 한다고 생각한다. 그래서 그의 소설의 주제는 봉건적인 인습을 깨뜨리는 이야기였다. 자유연애를 구가하고 신학문을 배우고 농촌을 계몽시켜야 한다는 그의 문학론은 문학이 우리 사회의 발전에 기여해야 한다는 것을 전제로 하고 있다. 그의 신문학의 개념은 문학이 무엇을 위해 사용된다는 '유용성'을 내포하고 있다. 반면에 김동인이나 그 후의 구인회에 속하는 작가들은 문학이 그 자체로 예술적인 완결성을 추구하는 것으로 보면서 '예술성'을 강조하게 된다. 넓게 본다면 이 두 가지 태도는 모두 우리 문학론의 발전과 지성사의 전개에서 빼놓을 수 없는 중요성을 띠고 있지만 서로 상보적인 관계에 있어야 할 현실성과 예술성이 마치 대립적인 관계에 있는 것으로 오해하게 만든다. 현대 한국 문학에서 참여/순수의 첫번째 대립이라고 볼 수 있는 이러한 현상은 그 후 카프 문학/민족주의 문학으로 연결되면서 식민지 현실의 극복과 민족 해방의 달성이라는 역사적인 당면 과제와 얽힘으로써 자유로운 토론의 장에 수렴되지 못하고 이론적인 진전 없이 정치적인 탄압의 대상이 된다. 말하자면 어느 한쪽은 자유롭게 말할 수 없다는 통제를 받고 있고, 다른 한쪽은 무슨 말이나 할 수 있다는 공정하지 못한 현실은 토론 문화의 발전뿐만 아니라 문학 이론의 발전에 별로 기여한 것도 없이 이견만 확인하게 한다.

이러한 현상은 지난 25년의 세월 속에서도 지속된다. 3선 개헌이 이루어지고 유신이 선포되고, 10·26과 5·18에 의해 제5공화국이 출현하고, 6·10 항쟁에 의해 제6공화국이 들어서고 마침내 30여 년 만에 문민 정부가 탄생하기까지 한국 사회 전체가 지불한 대가는 엄청난 것이다. 특히 문학은 억압적인 군사정권 아래서 우리 사회가 안고 있는 모든 문제를 문제로서 인식하고 제기하는 짐을 진다. 경제 성장이라는 명목 때문에 피폐해가고 있는 농촌과 고향을 떠나 공장의 주변으로 모여든 젊은 노동자들을 도시와 사용자와 비교함으로써 상대적 빈곤을 의식하게 만들기 위하여 리얼리즘 문학을 주장하는 참여론자들은, 그들의 문학만이 민족의 정체성을 발견하고 민중을 위한 문학이기 때문에 그것을 통해서만 분단 상황의 극복이 가능하다고 주장한다. 이러한 주장은 그것이 현실과 직결되어 있기 때문에 즉각적이고 강력한 호소력을 지닌다. 너무나 절박한 현실 앞에서 그와 다른 주장을 펼치는 것은 마치 군사정권을 도와주는 결과를 초래할 것으로 보일 정도다. 특히 반공적이고 독재적인 군사정권 아래에서 공포와 고통을 느끼고 있는 문학인들은 문학의 참여적 성질에서 문학적인 역할을 강조하는 주장에 대한 공격이 군사정권에 유리하게 작용할 것을 두려워하고, 또 그것이 군사정부에게 그런 주장을 탄압하는 구실을 제공할 것을 염려한다. 왜냐하면 문학을 도구로 생각하는 참여론자들에게는 사회주의 리얼리즘과의 유사 관계가 가장 큰 위험으로 작용하기 때문이다.

사르트르처럼 시적 언어와 산문 언어를 구분하여 시적 언어는 사물로서의 언어이고, 산문 언어는 도구로서의 언어라고 구분하여 문학인을 자족적인 시적 언어를 다루는 사람으로 제한한다면 문제는 간단하다. 롤랑 바르트는 말을 공들여 다루는 사람을 '작가érivain'라 부르고, 말을 도구로 사용하는 사람을 '지식 서사érivant'라 부른다. 그에 의하면 작가에게 글을 쓴다érire는 것은 자동사여서 그의 작품은 세계를 설명할 수 없고, 설사 설명하는 체할 경우에도 그 설명은 현실의 모호한 산물이 되어버린다. 반면에 지식 서사에게 글을 쓴다는 것은 타동사여서 그들의 글은 하나의 목적을 위해 말을 사용한 것이다. 그들은 자신의 말이 세계의 모호성에 종말을 가져오고 이론의 여지가 없는 정보를 남겨준다고 생각한다. 바르트는 현대 사회가 작가와 지식 서사라는 구분을 뚜렷이 하지 않는 특징을 갖고 있고, 대부분의 개인이 그 둘을 겸하고 있는 '사생아' 같은 존재라고 말한다. 그것은 작가가 언어를 공들여 다듬는 작품만으로 존재하기 어려워진 현실을 이야기할 뿐만 아니라 말을 도구로 삼는 지식인도 말을 공들여 다듬지 않고는 견딜 수 없는 현실을 이야기한다. 그것은 문학이 인문주의와 마찬가지로 위기에 처해 있음을 의미한다. 이러한 주장대로 말하면 지난 사반세기 동안 한국 문학은 엄청난 위기를 겪은 셈이다.

그러나 한국 문학이 하나의 사회적인 제도로서 역사적인 역할을 수행한 것에 대해서는 자랑으로 생각해야 한다. 권위적이고 억압적인 군사정권이 지배하던 지난 사반세기 동안 가장 큰 수난을 겪은 것은 한국의 언론이다. 인간의 기본권인 말하는 자유를 억압함으로써 자신들의 불의와 비리를 감추어온 군사정권은 협박과 회유로 언론이 제 기능을 수행하지 못하게 만든다. 이러한 현실에서 한국 문학은 언론의 역할을 떠맡는다. 경제 성장을 제일의 목표로 삼고 있는 정책의 실현 과정에서 이루어진 부정과 부패를 고발하고, 경제 성장의 그늘에서 신음

하는 사람들의 삶을 드러내고, 정권을 탈취하기 위해 수많은 희생자를 내고, 그것을 유지하기 위해 은폐한 사실들을 들추어내고, 허약한 정통성을 보장받기 위해 외세에 의존하는 부도덕성을 비판하는 역할을 수행한 문학은, 바로 그러한 현실을 극복하기 위해 민족주의 문학, 민중주의 문학, 분단 시대의 문학, 통일 시대의 문학을 이론적으로 주장한다. 바르트가 말하는 지식 서사가 해야 할 역할을 맡은 한국 문학은 정치적 억압으로 인해 언론이 제 기능을 하지 못할 때 그 기능을 대신한다.

그런 점에서 한국 문학은 경향성이 가장 강한 문학 가운데 하나일 것이다. 경향성이 강하다는 것은 문학이 근본적으로 이야기다라는 서사 구조의 이론에서 별로 벗어나지 않고 있음을 의미한다. 이처럼 문학이 이야기 문법에 충실하다고 하는 것은 그만큼 실험 정신이 부족하다는 말로 번역된다. 사실 우리 문학에서 가장 결여된 부분, 적어도 부족한 부분이 있다면 그것은 문학의 지진과 같은 실험적인 작품이다. 그 원인에는 여러 가지가 있을 수 있다. 오랜 유교적 엄숙주의의 전통 속에서 살아온 개인이 철저한 유희 정신이 아니고는 불가능한 실험적인 작품을 시도한다는 것은 너무나 큰 모험일 것이고, 급박한 현실 문제에 너무나 진지하게 매달려 있는 상황에서 유희적인 정신을 발휘할 만한 여유가 없을 것이다. 또 독자 쪽에서도 유희적인 정신의 산물인 실험적인 작품을 읽을 준비가 되어 있지 않았을 것이다. 그러나 시 한 구절에서 토씨 하나의 있고 없음이 세상을 바꿔놓을 수 있다는 문학적인 사유가 위대한 문학을 낳을 수 있다는 것을 감안한다면, 우리 문학의 엄숙주의는 지금까지의 역사적인 역할을 인정함에도 불구하고 앞으로 극복의 대상으로 보인다. 우리보다 훨씬 험난하고 힘든 현대사를 관통한 라틴아메리카 문학이 가지고 있는 상상력의 자유로움과 방내함은 우리 문학의 풍요성을 위한 타산지석이 아닐 수 없다.

그럼에도 불구하고 한국 문학의 가능성은 그 건강성에 있다. 개인적인 문제를 사회적인 문제로 확대해보고자 하는 끈질긴 생명력은 현실에 관심이 있는 많은 독자들을 확보함으로써 세계에 자랑할 만한 문학 독자를 갖고 있다. 더구나 문학이 본질적으로 언어의 문제라는 인식 아래 묘사의 쇄말주의에 빠져버린 서구의 문학이 일반 독자에게서 외면당하고 기껏해야 문학 전공자의 관심의 대상이 되어버린 현실을 볼 때 한국 문학은 아직 행복한 고민에 빠져 있다고 할 수 있다. 그러나 그것이 곧 한국 문학의 우수성이나 탁월성을 보장하는 것은 아니다. 문학이 사회 속에 제도로서 존재한다면, 그 문학은 끊임없는 자기반성을 하지 않으면 죽은 문학이다. 문학은 하나의 제도이면서 그 제도를 혁신하는 길을 모색할 때, 다시 말하면 그 제도를 깨뜨릴 때 살아 있는 문학이 되는 것이다. 비슷비슷한 관심사를 다룬 작품만이 존재하는 문학은 이 세계 전체를 문제 삼아야 하는 문학의 사명을 떠난 문학이다. 그런 점에서 오늘의 한국 문학은 현실에 대해서 발언을 하면서도 끊임없이 자기 변화를 모색하고 있다.

2

지난 25년의 한국 문학을 돌이켜볼 때 우리의 시와 소설이 많은 변화를 이룩했다는 것을 알 수 있다. 가령 소설은 오랫동안 그 주류를 형성했던 단편소설보다 장편소설의 확대가 눈에 띄는 현상으로 보이고, 시는 전통적인 형식에서 형태 파괴적인 경향으로 중심 이동을 한 느낌이다. 이러한 평가는 한국 문학의 변화를 지나치게 단순하게 표현한 점에서 비판의 대상이 될 수 있지만 역사의 격변기를 체험한 우리의 현실에 비추어볼 때 그 단순화의 거침에도 불구하고 수긍할 수 있는 것처럼 보인다. 실제로 1970년대 중반까지만 해도 우리의 소설 문학은 단편소설이 그 질과 양에서 압도적인 비중을 차지하고 있었다. 그러나 1970년대 후반 홍성원의 『육이오』, 박경리의 『토지』와 함께 등장하기 시작한 대하장편소설은 황석영·김주영·김원일·조정래·이문열로 이어지면서 한국 소설의 전반적인 호흡을 길게 하는 데 기여하면서 괄목할 만한 성과로 평가되고 있다. 그들의 작품은 한국의 근·현대사의 중요한 시기나 사건을 소재로 삼아서 우리가 반성하지도, 논의하지도 못한 문제들을 제기하면서 전형적인 인물들을 창조함으로써 문학적인 형상화에 성공하고 있다. 또 1970년대까지의 한국 시가, 서정적인 시든 서사적인 시든, 이미 형성된 시적 형식 틀의 존재를 인정하면서 그 안에서 시적인 메시지를 형상화하고 있다면, 1980년대 이후의 시는 이미 존재하고 있는 시적인 틀을 깨뜨리면서 시의 존재 양식 자체에 대한 가장 격렬한 질문과 도전을 시도하고 있다. 이와 같은 한국 문학의 변화는 우리가 살아온 역사의 변화와 밀접하게 관련되어 있겠지만 동시에 문학에 대한 작가·시인 들의 생각의 차이에서 비롯된다고 하지 않을 수 없다. 시인이나 작가가 문학에 대해서 취하는 태도는 그들이 문학을 무엇이라고 생각하느냐에 따라 결정될 수 있다. 한 개인이 문학을 무엇이라고 생각하는 것 자체가 타고나면서 결정되는 것이 아닌 이상 그것은 개인의 생활 속에서 형성된다. 개인이 생활한다는 것은 역사 속에서 산다는 것을 의미한다. 어떤 점에서는 개인의 사고란 그 자신의 타고난 기질에 의해 결정될 수도 있지만 역사가 개인의 사고의 틀을 결정하는 데 중요한 조건의 역할을 한다고 볼 수 있다. 그런 점에서 본다면 문학이나 예술은 두 가지 요소의 작용에 의해 변화를 겪을 수밖에 없다. 하나는 그것이 묘사하고 표현하고자 하는 대상이 달라짐으로 인해서 오는 변화이고, 다른 하나는 스스로 하나의 제도적인 언어가 되었다는 자각에 의해 제도를 벗어나고자 하는 데서 오는 변화이다. 묘사의 대상이 달라졌다는 것은 문학을 생산하고 있는 상황 자체의 변화를 의미한다. 그러한 변화를 타율적인 것이라고 한다면, 문학이 스스로 판에 박은 것을 싫어해서 새로운 형식을 추구하는 변화는 자율적인 것이다.

1970년대 이후의 문학이 대하장편소설을 추구하게 된 데는 그 두 가지 요소가 모두 작용하고 있다. 1970년대 초 유신 정권이 선포된 다음 정치적으로는 암울한 시대를 맞이했지만 경제적으로는 새로운 도약의 시대를 맞이한다. 이때 작가들은 정치적 암흑기가 얼마나 지속될지 짐작할 수 없는 절망을 체험한다. 이 절망 속에서 작가들은 역사를 길게 보지 않고는 그 터널에서 빠져나올 수 있다는 희망을 품을 수 없다. 그것은 작가들로 하여금 과거의 절망을, 역사 속의 절망을 되돌아보게 하고 그곳에서 빠져나온 체험을 되살리게 한다. 우리에게 제일 가까운 절망적인 역사는 한국전쟁 체험이고 그보다 더 오래된 절망적 체험은 일제강점기의 그것이다. 아무도 전쟁이 언제 끝날지도 모르고, 외국의 지배에서 언제 자유로워질지도 모르는 상황은 유신이 얼마나 지속될지 모르는 시대의 상황과 다를 바 없다. 그런 점에서 당시의 절망적인 상황은 역사의 교훈에 의해 막연한 희망을 갖게 하는 문학을 요구하게 만든다. 절망 속에서 오래 살기, 혹은 당대에 이루지 못하면 다음 세대에 물려주면서까지 희망 찾기, 이러한 문학이 요구될 때 나타난 것이 대하소설이고 역사를 무대로 한 소설이다. 이러한 대하장편소설은 1980년대 초 잠시 주춤하는 경향을 띤다. 그것은 1980년 5월의 폭력적인 상황의 체험과 상관관계에 있다. 5·18을 전후로 해서 신군부는 권력을 쥐기 위해 그들에게 반대하는 어떤 언어도 허용하지 않으며 공포 분위기를 조성한다. 그들은 광주에서 양민을 학살하고 정치인들을 검거하는 한편, 깨어 있는 언론인과 뜻있는 교수들을 현직에서 강제로 추방하고 당시 여론을 주도하던 신문·방송·잡지 등을 통폐합하거나 폐간하면서 정권을 탈취한다. 이러한 공포정치의 와중에서 스토리 중심의 소설 문학이 일시적으로 위축될 수밖에 없는 것은 어쩌면 당연하게 보일 수도 있다. 하고자 하는 이야기를 분명하게 말해야 하는 이야기로서의 소설은 당면한 현실의 충격을 언어화하는 데는 그만큼 큰 위험부담을 안을 수밖에 없다. 그러나 좀더 가까이서 관찰해보면 다른 장르에 비해 변화가 느린 소설은 급변하는 상황에 재빨리 대처하는 능력을 보이지 못했다고 할 수 있다. 다시 말하면 소설은 형태의 변화 가능성으로 볼 때 가장 비능률적인 장르이다. 그렇지만 1980년의 충격이 어느 정도 흡수된 시점에서 소설은 가장 큰 발언의 도구가 된다. 김주영·홍성원·김원일·조정래·이문열 등의 대하소설은 마치 한국 문학의 주류가 장편소설이 아닌가 생각하게 만들고, 수많은 신인 작가들로 하여금 야심적인 장편소설을 꿈꾸게 만든다. 작가들은 이제 그것을 통해 소설적인 금기를 깨뜨리는 기회로 삼고 금기의 장벽을 뛰어넘기 시작한다. 지금까지 소설적인 인물로 다루기 어려웠던 월북한 인물이라든가, 남쪽에서 빨치산으로 활동한 인물이 소설의 주인공으로 등장하여 소재의 금기를 깨뜨린다.

이와 같은 금기의 타파는 곧 소설의 형태상의 금기 타파로 발전하게 된다. 이른바 포스트모던한 소설의 등장이 그것이다. 이야기 자체를 선조적으로 전달하지 않고 문단마다 새로운 장면을 제시하여 문단과 문단 사이에 어떤 인과관계나 선후 관계를 느낄 수 없게 하고 개개의 문단이 톡톡 튀는 느낌을 주고, 작중인물이 진지한 문제에 대하여 관심을 보이지 않다가 어느 순간 자신의 눈길을 끄는 사소한 일에 열정을 보인다. 모든 일에 무관심하면서 동시에 무슨 문제에나 관심을 가질 수 있는 이 변덕스러운 인물들은 자신에게 주어진 여건들을 즉각적으로 소비하거나 전혀 고려하지 않는다. 그렇기 때문에 그들의 소설은 만화나 영화처럼 장면 중심의 전개를 보여주면서도 선조적인 독서에 익숙한 사람에게는 스토리를 좇아갈 수 없게 만든다. 이것은 소설의 형태나 소재에 있어서 획기적인 변화라 할 수 있다.

이와 같은 소설의 변화에 비추어볼 때 시의 변화도 괄목할 만한 것이다. 1970년에 이미 한국의 현대 시에 전통적인 판소리의 리듬과 풍자적인 어법을 도입하여 독창적인 세계를 개척한 한국 시는 현실 풍자적인 서사시에 새로운 가능성을 열어놓는다. 정치적인 상황이 경직되고 독선적인 도덕주의가 자유로운 정신을 억압하는 현실 속에서 한국 시는, 한편으로 그러한 현실이 가지고 있는 위선과 비인간성을 드러내고 불의와 억압의 정체를 고발하는 역사적인 사명을 수행하고 있고, 다른 한편으로는 부당하고 왜곡된 현실의 간섭에서 문학을 지키고 자유로운 정신의 표현을 시적인 현실로 형상화하고자 하는 문학적인 사명을 수행하고 있다. 1960년대에 이미 김수영이 제기하고 실험하며 갈등을 느꼈던 문제들이 1970년대에 와서 고은·김지하·신경림 등의 서사적인 세계와 황동규·정현종·오규원 등의 지적인 노력에 의해 발전적으로 전개된다. 이들의 시는 이미 정치적인 억압과 산업화의 모순 속에서 문학이 무엇이며 어떻게 존재할 수 있느냐 하는 근원적인 물음에 대답하고자 하는 고통스러운 노력의 표현이다.

이러한 시적 전통은 1980년대와 같은 무자비한 폭력적인 상황에 직면해서 많은 사람들이 아직도 문학이 가능한가라는 질문을 던졌을때 대답할 수 있는 시적 대응 방식을 갖추게 만든다. 황지우·이성복·박남철 등의 출현은 정치적 쿠데타에 대항한 시적 혁명으로 표현할 수 있다. 폭력과 탈법을 이성과 합법으로 가장하여 말을 불가능하게 만든 추문의 현실을 풍자한 이들의 시는 언어의 불가능성을 형태 자체의 파괴를 통하여 표현함으로써 새로운 시적 언어와 형식을 획득하게 된다.

이들이 이룩한 전통은 세계적으로 동서 냉전 체제의 붕괴와 국내적으로 군사정권의 퇴조 이후 전혀 다른 양상으로 발전한다. 유하·장정일 등이 보여주는 새로운 시는 운동권의 뜨거운 열정이 식어버린 자리에 물밀듯이 밀려오는 첨단 영상 문화와 풍요한 물질 생활이 자리 잡게 된 현실의 형상화를 위해 급격한 변화를 겪게 된다. 이른바 신세대 문학에 속하는 이들의 시는 같은 세대의 소설이 그러한 것처럼 전통적인 메시지 전달의 형식에서 탈피하여 유희로서의 예술적인 성격이 강화되고 있음을 확인하게 한다. 그것은 과거의 텔레비전 광고가 메시지 전달에 중점을 두어 영상 매체로서의 이점을 제대로 살리지 못하고 거칠고 투박한 수준에 머물렀던 데 반하여 최근의 텔레비전 광고가 선전하고자 하는 상품의 메시지와 직접적으로 연결되지 않으면서도 독창적이고 세련된 영상과 음향으로 시청자의 시각과 청각을 붙드는 효과를 거두는 것과 유사한 양상을 띠고 있다. 만화의 주인공과 중요한 장면을 내세워서 시적인 이미지를 형성하거나 포스트모던한 소설이나 상품 광고의 구절을 차용하여 시적인 현실로 삼거나 컴퓨터 게임을 시적 서술의 대상으로 표현하는 이들의 시는 모든 사물을 진지하게 보려는 습관을 가진 기성세대의 눈에 참을 수 없이 가벼운 유희와 같은 형식을 띤다.

그러나 그들의 문학이 겉으로 보이는 유희처럼 가벼운 것만은 아니다. 그것은 마치 텔레비전에 중계되는 이라크 전투처럼 겉으로 보기에는 컴퓨터 게임 같은 유희로 보이지만 그것이 영화도 만화도 아닌 실제 상황으로서 엄청난 사상자가 난 비극의 현장이기 때문에 가볍게 구경하고 즐기기만 할 유희로 생각해서는 안 되는 것과 마찬가지다. 신세대 문학이 가지고 있는 이러한 성질은 낙관적인 외양에도 불구하고 비관적인 내면을 가진 이중적 성격을 띠고 있다. 이들의 문학적 본질은 우리가 살고 있는 오늘의 문명 사회—그것이 후기 산업사회든 포스트모던한 사회든—의 본질과 상통하고 있다. 그것은 극도로 많아진 정보의 홍수 속에서 모든 정보를 검토하고 받아들이는 것은 무용하고 불가능한 정열에 지나지 않기 때문에, 모든 정보를 유희처럼 구경하며 흘려보내는 과정에서 즉각적이고 순간적으로 흥미를 유발시키는 것만을 이용하는 심각한 현실의 형상화에 다름 아니다.

3

예술의 자율성은 예술의 근대성과 관련된 개념이다. 문학의 근대성은 문학 자체의 형식이 굳어져서 제도화되는 것을 방지하기 위해 스스로 자기 혁신을 시도하는 데 있다. 그렇기 때문에 문학의 근대성은 전위 운동과 관련된다. 작가가 글을 쓴다는 것은 기존의 다른 사람의 작품을 모방하거나 모사하는 것이 아니라 누구도 쓴 적이 없는 독창적인 작품을 쓴다는 것을 의미한다. 문학에 있어서 독창성이 '무엇을' '어떻게' 쓰느냐 하는 문제로 집약된다면 오늘의 한국 문학은 일대 전환기에 와 있다. 지난 30년 동안 우리의 뒷덜미를 악몽처럼 붙들고 있던 현실적인 문제들이 눈앞에서 사라진 이상(모든 현실적인 문제가 사라진 것이 아니라 자유를 억압하던 군사정권과 동서 냉전 체제가 사라진 것을 말한다) 아직도 그 건강성 때문에 참여성에만 얽매여 있을 수 없다. 더구나 언론이 자유롭게 말하고 있는 현실에서, 문학이 그 역할에서 해방된 것은 우리 역사는 물론 문학을 위해 바람직한 일이다. 지난날의 한국 문학 가운데서 외국어로 번역된 작품이 많지 않은데도 불구하고 한국 문학에 대해서 벌써 비슷하다는 인상을 갖게 된 외국 독자가 있다는 것은 한국 문학이 진정으로 반성해야 할 때가 왔음을 의미한다. 어떤 소재가 독자의 호감을 샀다고 거기에 매달리는 것은 소재주의에 지나지 않는다. 무엇을 어떻게 쓸 것인가 하는 문제를 근본적으로 다시 제기하는 작가만이 살아남을 수 있는 시대가 온 것이다. 참여라고 하는 답답한 장막이 눈앞에서 사라진 오늘날 아무것도 없는 백지에서 자유로운 상상력에 의해 처음부터 다시 시작할 수 있는 작가만이 진정한 작가라고 할 수 있다. 처음으로 자유를 획득한 날 처음으로 무엇을 할 것인지 자유롭게 생각할 것이라고 한 마르쿠제의 말이 생각난다. 그 어느 때보다 문학의 자율성이 가능한 여건이 조성되었기 때문이다. 〔1995〕

문학과 인문학의 새로운 조건*

1

한국문화연구원으로부터 '정보적 시대를 위한 지구촌적 패러다임'이라는 어려운 제목을 가지고 연속 강좌의 한 회를 맡아달라는 주문을 받았을 때 나는 처음에는 좀 당황하고 그것을 어떻게 해석해야 할지 난감했다. 그러나 좀더 깊이 생각을 하면서 이 강좌의 전체 제목이 '새 천년의 한국 문화'라는 사실을 고려할 때 그것이 우리 문화 전체와 관련이 있는 인문학적 사유의 새로운 전망이라는 생각을 하게 되었다. 왜냐하면 오늘의 우리 사회가 경험하고 있는 기술 문명의 발달은 우리

* 이 글은 1999년 5월 7일 이화여자대학교 한국문화연구원 주최 '새 천년의 한국 문화' 연속 강좌에서 '정보적 시대를 위한 지구촌적 패러다임'이라는 제목으로 한 강연의 원고를 수정·보완한 것임.

의 삶의 양상을 근본적으로 바꿔놓고 있으며 그로 인해서 우리가 지켜야 할 가치와 누려야 할 행복에 질적인 변화가 일어나고 있다고 보았기 때문이다. 가령 우리는 요즘 TV 뉴스에서 코소보 사태로 표현되고 있는 기묘한 전쟁에 관한 보도를 보게 된다. 그 전쟁의 밑바탕에는 종교적 갈등에 의한 '인종 청소'라는 야만적 살육 행위가 깔려 있지만 그것을 해결하고자 하는 유럽 연합 또한 항공기와 미사일에 의해 그에 못지않은 인명 피해를 가져오고 있다. 반면에 그 사건과 직접적인 관련이 없는 세계의 시청자들은 그 엄청난 폭격과 폭파와 피란 행렬을 보면서 마치 스포츠 중계 방송을 보듯이 편안한 자세로 카메라가 이끄는 대로 자세하게 구경하고 있다. 여기에서 우리는 첫째, 밀로셰비치가 자신의 집권을 연장하기 위해서 종교적 분리주의와 인종적 차별주의를 군사적 방법으로 실천하고자 하는 새로운 나치주의, 둘째, 범죄적 인종 차별주의를 징벌한다는 명목으로 새로 개발한 무기의 성능을 시험하고 있는 악덕 자본주의, 셋째, 전쟁을 스포츠 게임처럼 아무런 여과 장치 없이 생중계하는 언론의 상업주의, 넷째, 전쟁의 사실적 재미에 이끌려 타민족의 불행을 구경거리로 생각하는 시청자의 도덕적 불감증 등을 생각할 수 있다. 또한 여기에는 이러한 문제에 관한 인문학적 반성이 결여되어 있다. 나는 여기에서 코소보 사태에 대한 어떤 해석이 옳다는 주장을 하기 위해서 이 이야기를 하는 것이 아니다. 내가 여기에서 말하고자 하는 것은 우리에게서 약화되고 있는 인문학적 사고가 어떤 식으로 나타날 수 있는지 지적하고자 하는 것이다.

2

지난 35년 동안 한국의 역사를 돌이켜보면, 우리 사회는 '조국 근대화'

와 '선진국 대열에의 진입'이라는 목표만을 위해 모든 것을 희생했고 모든 것을 바쳤다. 그것은 학문에 있어서도 인문학이 소외되고 과학기술과 경영·경제 분야에 집중적인 투자가 이루어지는 것으로 나타나고 있다. 지하자원이 부족한 나라에서 외채에 의존한 경제 개발은 다른 분야의 희생 없이는 불가능할 것이다. 그러나 선진국에서 경제 발전이 응용과학의 도움을 얻어 이룩된 것처럼 보이지만, 실제로 그 밑바탕에는 세계를 전체적으로 보는 인문·사회과학과, 모든 응용과학의 토대를 이루는 기초과학이 튼튼하게 자리 잡고 있다. 서양의 대학이 학부 과정에서는 인문·사회·자연이라는 순수 기초 학문을 연구하고 가르쳐서 그러한 교양을 갖춘 '자유인'을 양성하는 것을 목표로 하고 있는 반면에 전문인의 양성은 전문 대학원에 맡기고 있다. 그것은 대학이 전문인을 양성하기 위해서는 교양인을 먼저 만들어야 한다는 스스로의 사명과 역할을 분명하게 자각하고 있음을 의미한다. 이와는 달리 우리나라에서는 단시일 안에 이룩해야 하는 경제 발전이라는 목표 때문에 전문 분야에 따라 과학기술을 분화하고 모든 분야에 경영 개념을 도입함에 따라 기초 학문은 상대적으로 위축되고 소외되었다.

미국의 유명한 대학들이 세계적인 평가를 얻고 있는 것은 전문 대학원의 높은 질적 수준에 기인하고 있는 것 같지만, 사실은 그 저변에 인문학humanities 중심의 학부 대학의 높은 질적 수준에 기인하고 있다. 근대적 대학의 기원이라고 할 수 있는 유럽의 대학이 '신학 교육'으로 출발한 사실은 대학 교육의 중심이 인문학임을 입증한다. 고대 그리스의 교육이 진리의 발견을 통한 인간의 해방과 자유, 인간적 욕구의 충족에 그 가치를 두고 있었던 것도 동일한 맥락이다. 인간을 어둠에서 자유롭게 하고 그 자유를 통해서 인간답게 만들 수 있다고 생각한 고대 그리스 정신은 문학·역사·철학을 기본으로 하고 있는 '인문학'적 발상의 실현을 목표로 하고 있다. 그것은 완전한 시민을 양성하는 것이며, 문학 연구는 그것을 실현하는 한 방법이다. 왜냐하면 문학 연구는 인간을 이해하고 세계를 균형 있게 파악하고 인간의 자기 완성에 도달하는 데 문학만큼 총체적인 분야가 없다는 인식에 토대를 두고 있기 때문이다. 일회적인 삶의 매 순간에 실존적인 선택을 하도록 운명 지어진 인간에게 개개인의 생각이나 경험을 수시로 반성하고 미리 체험하게 하는 데는 문학 이상의 좋은 교과서가 없다고 생각된다. 따라서 그 교과서를 읽고 분석하고 이해하고 해석하고 종합하는 과정을 방법론적으로 연구하는 것은 세계 전체를 내다보고 인간의 이해에 이르는 길이다. 그렇기 때문에 선진국의 대학에서 인문 교육, 특히 문학 교육이 강조되고 중요시된다.

인문학은 그 자체가 생산성을 갖고 있지 않을 뿐만 아니라 때로는 생산성에 저해 요소가 될 수도 있다. 특히 현대 사회에 와서 첨단 기술 문명이 지배하는 고도의 자본주의 사회에서는 문학은 한낱 비현실적이고 사치스러운 문화적 장식품으로 떨어지는 경향이 있고, 더 심한 경우에는 오락적인 소비재로 취급당하기도 한다. 그것은 현대 자본주의 사회가 경제적 생산에 활용되는 지식에만 가치를 부여하고 정당성을 인정하고 있기 때문에 정신적이고 지적인 만족을 주고 인간을 자기 완성에 이르게 하는 인문학, 혹은 문학 연구를 도외시하는 데 기인한다. 기술 문명이 발달하고 모든 분야가 전문화되는 현대 사회에서 개인은 기능적인 측면에서만 평가되고 자기 완성과 같은 전인적인 자아 형성은 경제적 무능력으로 취급되고 있다. 따라서 인문학을 하는 사람처럼, 전체를 보는 교양인이 설 곳이 없어지고 첨단 지식과 기술을 갖춘 전문인만이 평가받는다. 그로 인해서 대학은 전인적인 자아 형성을 시도하는 교양인을 양성하는 것이 아니라 하나의 기술을 갖춘 직업인만을 배출하는 직업 학교로 전락할 위기에 놓여 있다.

첨단 지식과 기술에의 투자가 우리 사회의 기적적인 경제 발전을 이루는 데 일조를 한 것은 사실이지만, 개인에게 상대적인 빈곤감을 증가시키고 불행 의식을 확대시킴으로써 사회 전체는 배금주의의 지배를 받게 만든다. 개인은 자신에게 진정으로 가치 있는 삶을 추구하는 대신에 돈을 가져다주는 일에 매달리게 된다. 사람답게 사는 것과 재화를 소유하는 것이 하나로 통합되지 못하고 분리된 사회는 불행한 사회이다. 그것은 인문학 교육이 제대로 이루어지지 않고 인문학적 사유가 통용되지 않은 사회라는 것을 의미한다. 이러한 사회적인 분위기는 문학 작품에서 더 구체적으로 드러나고 있다.

3

흔히 신세대 작가라고 불리는 작가의 작품은 몇 가지 특징적인 현상을 지니고 있다. 첫째, 그 주인공들은 세계에 대한 관심을 크게 보이지 않는다. 전통적인 소설의 작중인물들이 자신이 살고 있는 세계에 질문을 던지고 때로는 거기에 반항하고 때로는 고민하면서 고통스럽게 살고 있었던 데 반하여 이들의 주인공들은 자기의 세계에 대해서 무관심하고 자기에게 주어진 환경에 대해 수동적이며 사소한 일에 흥미를 보인다. 그것은 전통적인 소설이 추구해야 할 가치를 전제로 하고 이를 실현하기 위해 도덕적인 주제를 다룸으로써 작중인물로 하여금 갈등 속에 빠지게 하는 데 반하여, 이들의 소설은 존중해야 할 가치도 없이 즉각적이고 즉물적인 현실을 다룸으로써 작중인물들로 하여금 어떤 망설임이나 갈등을 겪게 만들지 않는 데서 유래하는 것 같다. 개인의 경험에 대한 다양한 의미를 탐구하기 위해 여러 가지 문학적인 시도를 하고 있는 전통적인 소설과는 달리, 이들 신세대의 소설은 개인의 경험이 어디까지나 하나의 경험으로 끝나기 때문에 거기에서 의미를 찾고자 하는 것 자체에서 벗어나고자 한다. 그들에게는 생활을 하는 고통, 이 세계에서 먹고살기 위해 돈을 버는 생존의 고통이 없다. 삶의 구체적인 고통이 없는 안락한 생활은 그들로 하여금 남과 함께 사는 공동체적 이상에 대한 꿈을 잃어버리게 하고 대량생산 사회의 소비자가 되게 한다. 그 결과 이들 작중인물은 자신이 속한 사회가 어떤 사회인지 이해하려고 하지 않고, 가족과 사회제도와 같은 전통적인 가치와 권위에 대해서 어떤 구속도 느끼지 않으며, 원초적 욕망에 따라 소비한다. 그들은 사회적이고 종교적인 모든 관행과 의식을 희화하거나 무시하고 그것의 위반에서 자신의 정체성을 발견하기도 한다.

그들은 가능한 한 짧은 문체를 써서 전달하고자 하는 메시지가 애매해지는 것을 방지하고 가능하면 자신의 감정이나 정서적인 반응을 배제하려 한다. 그들은 이야기 자체의 줄거리를 단선화하지 않고 단편적인 장면을 입체적으로 제시함으로써 영상 문화에 익숙하지 못한 사람은 그들의 활자 문화마저 접근하기 힘들게 만든다. 어떤 작품은 만화에서나 볼 수 있는 미래의 자신을 주인공으로 삼아 1990년대의 삶을 옛날부터 전해오는 이야기처럼 단편적으로 전하기도 하고, 어떤 작품은 남녀의 작중인물들이 서로의 감정의 추이와는 상관없이 육체적인 관계를 갖기도 하고, 어떤 작품은 바로 그 육체적인 관계에서 지금까지 묘사의 대상이 되지 않던 디테일을 의도적으로 과장해서 서술하기도 하고, 어떤 작품은 동성애의 관계를 이성 사이의 관계처럼 아무런 거리낌없이 이야기하고 있다. 그들은 앞 세대가 존중해왔던 가치나 규범에 대해서 추구와 추종의 의지를 가지고 있지 않으며 지금까지 금기시되어온 것을 아무런 거리낌없이 위반하기도 한다. 필요에 따라서는 기성 작품을 모방하고도 그것을 패러디나 패스티시라는 이름으로 정당화하면서 그것이 곧 자기 세대의 문화와 정신을 표현한다는 것을 서슴없이 주장한다.

그들은 문학을 예술적인 완성으로 보는 것이 아니라 유희처럼 수행의 과정에 의미를 부여할 수 있는 장르로 인식하고 있다. 그렇기 때문에 그들의 작품에서는 사건들이 어떤 인과관계로 진행되는 것이 아니라 우연과 즉흥적인 기분에 따라 진행된다. 그들의 여행은 그 행선지를 예측할 수 없고 그들의 행동은 목적 없이 이루어진다. 때로는 그들이 지나치게 육체적인 쾌락만을 추구하여 마치 「감각의 제국」을 연상시키고 때로는 지나치게 정신을 폄하하여 철저한 유물론자의 삶을 연상시킨다. 그러나 그들의 작품은 에로티시즘과 같은 심미적인 경지를 꿈꾸고 있지도 않고 이데올로기의 실천을 위한 열정적인 삶을 사는 것도 아니다. 그들은 자신의 현재에 대해서 권태를 느끼는 것처럼 보이기도 하고 자신의 과거에 대해서 환멸을 느끼기도 한다. 그래서 그들은 그들에게 굴레로 존재해온 도덕적인 삶이나 윤리적인 규범을 거스르는 일에 즉흥적인 열정을 보이기도 하지만 그 모든 것에 대해서 금방 흥미를 잃어버리기도 한다. 그러나 끊임없이 기억의 저편 망각의 세계에 자리 잡고 있으면서 그것이 기억의 표면으로 부상할 때 그들이 감당하지 못하고 피하는 것이 있다. 그것은 그들이 젊음의 열정을 바쳐 싸웠던 기억이다. 그토록 치열했던 의식의 그림자는 찾아볼 수 없게 되고 일상인이 되어버린 쓸쓸하고 씁쓸한 자아를 발견한 그들은 이

제 자신의 과거가 역사라고 하는 컴퓨터 게임의 한 전사의 그것에 불과하지 않을까 하는 회의를 갖는다.

그렇다면 이러한 현재를 살고 있는 그들의 과거란 어떤 것일까? 그들은 대부분 유년 시절을 어둡고 무시무시한 유신 시절에서 보내고, 소년 시절에 1980년의 악몽을 풍문으로 듣고 성장했으며, 대학 시절에 최루탄 가스 속에서 민주화 운동의 현장을 산 세대이다. 그들이 사회인이 된 지금 우리 사회와 세계는 엄청나게 달라져 있다.

지난 30여 년간 이 땅을 불화와 대립과 갈등 속에 몰아넣었던 군사정권이 사라지고 오랜만에 들어선 문민 정부가 과거의 부정과 비리를 척결하면서 새로운 모습의 정치가 자리를 잡는 것과 동시에, 밖으로는 전 세계의 노동자들에게 희망의 메시지로 존재했던 소련을 비롯한 동구권이 그 허구성을 드러내며 몰락하고, 동서 양진영을 가로막고 있던 장벽이 무너져버렸다. 이를 계기로 지난날의 군사정권에 대항하기 위해 이데올로기의 열풍에 휩쓸렸던 젊은이들은 갑자기 그 치열했던 싸움의 대상을 잃어버리고, 마치 갇혀 있던 수인이 자유의 몸이 되었을 때 겪게 마련인 불안과 허망으로 무엇을 어떻게 해야 할지 모르는 양상을 보이고 있다. 이데올로기라는 허상에서 삶의 현장으로 돌아와보니 전혀 다른 세계가 이미 그들의 눈앞에 전개된 것이다. 종합 유선방송이 온종일 전파를 내보내고 있고, 위성방송이 세계의 소식을 즉각적으로 전달하고 있고, 휴대전화로 언제 어디에서나 원하는 사람과 통화를 할 수 있고, 컴퓨터 통신으로 전 세계의 온갖 정보를 소유할 수 있게 되고, 일상적인 구매 활동을 통신으로 대신할 수 있게 되었다. 컴퓨터를 비롯한 새로운 멀티미디어의 위력은 걸프전과 같은 엄청난 전쟁을 안방에서 중계 방송을 통해 직접 볼 수 있게 함으로써 현실적으로 입증된다. 대규모의 인명을 살상하는 전쟁 자체가 하나의 운동 경기처럼, 혹은 전자 게임처럼 '나'에게 아무런 위협도 주지 않은 채 눈앞에서 구경거리로 제공된다는 것은 개인이 도덕적인 판단을 하고 실존적인 결단을 하기에 앞서 모든 심각한 문제를 유희로 받아들이게 만든다. 이 얼마나 끔찍한 일인가? 심지어는 컴퓨터를 통해 인간의 원초적인 욕망마저 대리 만족시킬 수 있다는 가설이 머지않은 장래에 실현될 수 있을 것으로 예견되고 있다. 이러한 일상생활의 변화 속에서 문학은 결코 자유로울 수 없다.

신세대 문학의 새로움은 이와 같은 그들의 체험과 현대의 첨단 문명과 거기에 토대를 둔 상상력에 기인하고 있다. 그들이 살고 있는 삶은 그들의 선배들이 살았던 것과는 다르고 따라서 그들이 생각하는 문학도 그 이전의 그것과는 달라질 수밖에 없다. 그들은 그들의 삶에 대해서 느끼는 감수성이 달라짐으로써 그것을 표현할 수 있는 문학적인 형식을 모색하고, 그 이전에 있었던 문학을 거부하고 거기에 저항한다. 그들의 문학은 PC 통신에서 볼 수 있는 것과 같은 재치와 유머로 가득 차 있으면서도 전체적인 구성이 없이 단편적인 양상을 띠고 있고, 만화와 같은 황당한 상황의 전개를 보이기도 한다. 이러한 새로운 문학 작품에 대해서 리얼리즘과 모더니즘에만 익숙했던 사람들은 문학의 종말을 본 것처럼 당황하고 한심하게 생각하지 않을 수 없다. 이제 문학은 무엇이며 무엇을 할 수 있는가라는 질문과 회의를 다시 하지 않을 수 없다.

문학이란 무엇인가 하는 질문은 문학을 하는 모든 사람이 궁극적으로 가지고 있는 질문이다. 많은 사람들이 문학을 한다고 하는 것은 그 질문에 대한 나름대로의 대답을 모색하는 것이다. 소설가가 소설을 쓰는 것은 소설이란 이런 것이다라고 할 만한 작품을 쓰는 것이며, 시인이 시를 쓰는 것은 시란 이런 것이다라고 할 만한 작품을 쓰는 것이다. 그런데 시인이나 소설가가 이런 것을 작품이라고 할 만하다고 할 경우 그것은 시대에 따라 장소에 따라 편차를 보일 수밖에 없다. 그러나 일반적으로 고전이라고 불리는 작품은 그것이 문학적 전통으로 인정받고, 시대적이고 공간적인 제약을 어느 정도 초월한 작품이다. 따라서 고전이란 '문학적 형식과 표현으로 하나의 전범을 이룬 책'이라고 정의할 경우 그것이 당대에는 새로운 형식과 표현으로 평가받았지만 시간이 흐름에 따라 문학적 전통을 형성하고 그 가치를 더욱 인정받는 작품이다. 가치를 인정받는다는 것은 심미적으로, 정서적으로, 사상적으로, 형식적으로 독자에게 공감과 감동을 불러일으키는 것이고 새로운 메시지를 전달하는 것이다. 독자에게 감동을 불러일으키는 문학이란 삶과 세계에 대한 새로운 인식을 가능하게 할 뿐만 아니라 문학의 개념을, 시와 소설의 개념을 심화·확대시키는 것이다. 그러므로 모든 고전이란 당대에는 새롭고 전위적인 것으로 새로운 문학적 전통을 창조하는 것이다. 이 경우 문학이란 인간 정신의 한 표현으로서의 역할을 충분히 하게 된다.

그렇다면 오늘의 달라진 신세대 문학을 우리 시대 정신의 표현이라고 할 수 있으며 우리의 문학적 전통이 될 것으로 평가할 수 있을까 질문하게 된다. 아마도 이 질문에 대답하기는 그렇게 쉽지 않을 것이다. 왜냐하면 이들의 문학이 기존의 문학적 전통을 깨뜨리고자 여러 가지 시도를 하고 있음에도 불구하고 그것이 하나의 새로운 전통을 창조하기에는 어딘가 미흡해 보이기 때문이다. 원래 전통이란 파괴됨으로써 창조·계승되는 것이지 있는 그대로 물려받는 것은 아니다. 그렇기 때문에 전통이란 그 자체가 파괴의 대상이라는 숙명을 지닌다. 그러나 이때의 파괴는 곧 새로운 창조를 전제로 한다. 문학적 전통을 새롭게 하기 위해서는 장르나 형식의 파괴를 통해서 새로운 장르와 형식의 창조에 이르러야 한다. 그런데 오늘날 우리 사회에서 볼 수 있는 새로운 세대의 문학은 문학의 형식을 깨뜨리는 데는 어느 정도 성공을 거두고 있으나 그것이 새로운 형식의 창조에 이르렀다고 하기에는 미흡한 것으로 보인다. 여기에서 결정적으로 드러나는 약점은 새로운 가소성plastisit이 모자란다는 사실이다.

문학의 역사에는 수많은 전위적인 운동이나 시도가 있었지만 그것이 모두 성공한 것은 아니다. 그 가운데 새로운 가소성을 지닌 것만이 문학적인 가치를 인정받고 문학사에 기록될 수 있었다는 사실에 주목해야 한다. 그뿐만 아니라 이념적으로나 이론적으로 뒷받침되지 않은 작품이 지금까지 묘사된 적도 없고 서술된 적도 없는 새로움을 지니고 있다는 이유만으로 문학적인 의미를 부여받는 것은 절대 아니다.

예를 들어서 성적인 장면을 묘사하면서 지금까지 없었던 묘사를 한다고 하더라도 포르노그래피의 수준에 머물고 있는 작품은 그 자체가 가장 비문학적이고 반문학적이다. 실제로 신세대의 문학에 많이 나타나는 성적인 묘사는 전통적인 문학과 비교해보면 훨씬 대담하고 노골적인 것은 사실이다. 그것은 그동안 우리 사회가 지니고 있는 성의 억압적인 구조 때문에 일어난 반작용으로 볼 수 있다. 그러나 뻔뻔스럽게까지 보이는 그러한 성적인 묘사 자체를 새로운 것으로 착각을 해서는 안 된다. 왜냐하면 그러한 묘사는 새로운 묘사가 아니라 포르노그래피의 담론에 얼마든지 있었고 지금도 있다. 따라서 그것은 포르노그래피의 단순한 베끼기에 지나지 않을 뿐 어떤 독창성이 있는 것이 아니다. 문학의 이름으로 모든 것이 허용된다는 것은 사실이지만 포르노그래피를 문학이라고 강변할 수는 없는 일이다. 성적인 묘사는 철저한 가소성이 있을 때 에로티시즘이나 바이탈리즘으로 설명할 수 있겠지만 그러한 가소성이 없을 때, 혹은 저급한 가소성만 있을 때 그것은 포르노그래피 담론으로 떨어지고 만다.

4

문학에서 이러한 현상의 원인은 여러 가지로 규명될 수 있지만 오늘의 문명에 비추어서 살펴볼 때 영상 문화의 영향에서 찾아질 수 있다. 컴퓨터가 보급되고 PC 통신이나 인터넷이 일반화되면서 개인에게 부과되었던 온갖 금기들이 해제되었다. 그렇기 때문에 누구나 통신에 들어가면 자기가 생각한 것을 표현할 수 있고, 또 그 모든 표현이 익명의 상태로 가능하기 때문에, 문학 작품이란 꼭 저명한 엘리트만이 쓸 수 있는 것이 아니라는 생각을 하게 된다. 더구나 인터넷을 통한 정보의 제공은 정보를 소비의 대상으로 만들고 상업화시킨다. 그것은 고급 정보뿐만 아니라 저급 정보를 모든 수신자들에게 노출시키고 정보의 홍수 속에서 쓸데없는 정보로 인한 엄청난 낭비를 초래한다. 인터넷에 뜨는 정보는 그것이 시간에 의해 지불되어야 하기 때문에 활자에 의해 제공되는 정보와는 전혀 다른 성질을 띠게 된다. 활자에 의한 정보는 받아들이는 사람에게 생각하고 분석하고 해석할 시간을 주는 데 반하여 모니터에 의한 정보는 즉석에서 받아들이거나 거부해야 한다. 그래서 전자가 생산적이라면 후자는 소비적이라 할 수 있다. 그렇기 때문에 영상 문화와 시청각 문화는 '정신의 세속화'를 불러일으키는 것으로 보인다.

그렇다고 해서 영상 문화를 언제까지나 외면하고 무시할 수는 없는 것이 오늘의 현실이다. 그것이 이미 우리의 삶에 절대적인 영향력을 행사하고 있고 그것을 떠난 현대인의 삶을 상상할 수 없다면, 그것을 제대로 관찰하고 분석해서 우리들 각자의 표현의 수단으로 삼을 수 있어야 한다.

문학에 있어서 통속적인 것과 그렇지 않은 것을 구분하는 것은 문체style이다. 문체는 피상적인 형식의 문제가 아니라 소재와 대상에 접근해가고 그것을 포착하는 방법에 속한다. 따라서 문체에 대한 탐구가 드러나지 않은 작품은 그 자체의 독창성을 인정받기 어려우며, 그것은 상투적인 작품에 지나지 않는다는 것을 의미한다. 이러한 관점에서 본다면 모니터에 뜨는 익명의 PC 통신 문학은 문체에 대한 탐구가 있을 수 없는 작품으로서 상투성의 운명을 타고났다고 할 수 있다. 신세대 문학이 PC 통신 문학과 연결되어 있는 것은 그것이 영상 문화 자체가 가지고 있는 소비주의와 쾌락주의의 성향을 띠고 있음을 의미한다.

이러한 신세대 문학이 활자화되어서 많은 독자들에게 읽히고 있음에도 불구하고 오늘날 비평의 위기가 논의되고 있는 것은, 문학 소비의 매개자 역할을 담당해온 비평이 문학 소비의 현장에서 상업 광고에 압도되고 있기 때문이다. 여기에서 다시 한 번 생각해보아야 할 것은 비평이 왜 광고에 압도되었느냐 하는 것이다. 그것은 광고가 가지고 있는 소비적 요소가 비평이 가지고 있는 생산적 요소를 압도했기 때문이기도 하지만, 그보다도 활자 문화에 익숙한 비평이 영상 문화에 대한 관심을 갖고 있지 않았고 연구하지도 않았기 때문이라고 할 수 있다. 앞에서 신세대 문학의 한계를 지적한 것은 내 자신이 전통적인 문학관에서 벗어나지 못한 기성세대의 비평가라는 데 원인이 있을 수 있다. 신세대의 관점에서 보면 인간의 모든 행위는 절대적인 가치를 지니고 있는 것이 아니다. 인간의 존재 자체는 매 순간 여기 있을 뿐이고, 그것은 시간과 공간에 따라 달리 보일 수 있을 뿐, 절대적인 의미를 가지고 있는 것은 아니다. 그렇기 때문에 젊은 세대들은 신세대 소설을 자신들의 삶의 모습으로 인식하고 거기에 재미를 느끼며 공감을 한다. 전통적인 비평이 그것을 폄하하고 비판하는 것은 시간과 공간의 가소성을 받아들이고자 하지 않기 때문이다. 그것은 마치 벽에 걸어놓고 감상할 수 있는 미술 작품만을 예술로 인정하고 백남준의 예술을 이해하지 못하고 무시하는 전통적인 미술 비평가와 다를 바 없다. 백남준의 비디오 예술은 그것이 시간과 공간의 가소성을 보여준 최초의 시도라는 점에서 이해해야 하고 그 점 때문에 브리태니커에서는 그를 '비디오 아트의 아버지'라고 명명하고 있다. 신세대 문학을 절대적인 관점이 아니라 상대적인 관점에서 보려는 노력을 기울이면 그것이 가지고 있는 영상적 요소, 다시 말해서 감정이입을 최대한 억제하면서 삶의 단면을 있는 그대로 묘사하고 있는 측면을 이해하게 된다. 바로 그 때문에 전통적인 문학관을 가진 경우에도 작품이 영화화되었을 때 훨씬 이해하기 쉽다. 한 사회의 비평적 역할을 맡고 있는 인문학의 경우에도 사정은 마찬가지다.

21세기를 영상 문화의 세기라고 하는 것은 멀티미디어가 곧 연필의 역할을 할 것이기 때문이다. 컴퓨터 기술의 발전이 가져온 '정보화'의 물결은 18세기 산업혁명이 그랬던 것처럼 인간 생활 전반에 걸쳐 변화를 요구하고 있다. 이제 정보화란 정보의 집적과 유통만을 의미하는 것이 아니라 근본적으로 새로운 세계관과 역사 인식을 요구하고 있다. 따라서 정보화 사회가 갖는 문명사적 의미를 탐구하고 매체의 변화 양상의 차원에서 사회적 의미를 탐구하며, 정보화로 인한 새로운 인간관과 철학관을 규명하여 정보화의 인식론적 의미를 탐구하고, 정보화가 인문학에 미친 영향을 밝히는 작업이 이루어져야 한다. 영상 언어는 인간의 가소적plastic 공간에서 발생하는 디지털적 언어라는 점에서 일상 언어와 구별된다. 가소적 공간은 '현실적'이지만, 현실 자체는 아닌 가능성의 공간이며 영상 문화 현상(영화·회화·TV·광고 이미지·애니메이션·컴퓨터 게임)의 장이다. 그런 점에서 영상 언어는 신체성을 포함한 총체적 논리의 사유 체계이다. 제도적으로 영상 언어는 인문학 내부의 세부 전공을 통합하는 새로운 패러다임을 가능하게 한다. 새로운 패러다임이 요구되는 것은 지금까지의 인문학이 문학·역사·철학의 장벽을 높여옴으로 인하여 현대인의 소외, 기술 문명의 확산, 정치적 전체주의, 경제적 갈등 등에 아무런 해결책을 마련하지 못했기 때문이다.

학문적으로 인문학의 위기 조건은 다음 다섯 가지로 요약될 수 있다. 첫째, 자연과학과 사회과학의 성공이 인상적이고 현저한 만큼 인문학의 영향력과 영역은 그만큼 축소되었다. 둘째, 인문학은 전공 분야에 따라 세분화 과정을 거침으로써 넓고 깊게 보는 안목을 잃고 역사적 예언자의 목소리를 잃어가고 있다. 셋째, 절대주의의 쇠퇴와 다원주의의 등장이라는 지성 논리의 변화는 인문학 발언의 장이었던 거대 담론의 종언을 가져왔다. 넷째, 인문학의 고유한 접근 방식이고 내용이었던 질적 인간 이해는 사회과학적인 접근 방식인 인간의 양적인 이해에 의해 대치되고 있다. 다섯째, 사회과학과 자연과학은 그 실질적 내용을 인문학적 글쓰기로 표현함으로써 설득력을 얻어가고 있다.

이러한 위기 조건에서 인문학이 살아남기 위해서는 '이해의 인문학'

이라는 소극적 인문학에서 '표현 인문학'이라는 적극적 인문학으로 전환되어야 한다. 그것은 첫째, 몸과 마음이 분리된 이원론적 시각이 아니라 통합적 시각으로 사람다움의 표현을 시도하는 것이다. 둘째, 표현의 개인성과 표현의 통합성을 동시에 목표로 삼아야 한다. 셋째, 인문학은 정보 사회의 콘텐츠웨어를 창출할 수 있어야 한다. 넷째, 인문학의 대상을 영상으로 확대해야 한다. 따라서 영상 언어에 대한 학문적 접근은 인문학의 새로운 패러다임을 구성하게 될 것이다. 왜냐하면 지난 2천 년 동안 철학과 종교는 국가와 인종, 개인과 사회 사이에 있는 벽을 허문다고 주장해왔으나 갈등과 분열만을 초래하였기 때문이다. 이제 인문학은 모든 집단을 연결시키고 통합시키는 새로운 문화를 창출해야 한다. 그것은 영상 문화라는 도구를 통해서 '표현 인문학'을 만드는 것이다. 1999년 5월 7일 이화여자대학교 한국문화연구원이 '영상 문화의 미래'라는 제목으로 마련한 국제 학술 심포지엄은 여기에 관한 보다 광범위하고 심도 있는 논의를 하기 위한 것으로 보인다. 나는 여기에서 새로운 밀레니엄을 맞이한 인문학과 문학이 어떻게 변모해야 되고 그 영역을 어디까지 확대해야 할지 그 가능성을 내다볼 수 있다고 확신한다. 그런 점에서 영상 문화에 대한 비평은 새로운 시대의 인문학의 화두가 될 것이다. 〔1999〕

Ⅱ

진실」은 인터넷이나 디지털, 영상 매체의 등장으로 인해 급변한 20세기와 21세기 문학의 결절점에서 김치수 문학 비평이 보여준 응전의 궤적이다. 수록된 평론들의 제목이나 실제
순응, 남성과 여성, 파괴와 창조 등 서로 대립적이면서도 상보적인 개념들이 많이 등장하는 것도 두 극단 사이를 오가는 탄력을 통해 시대의 변화와

남성 문학의 세계
—홍성원의 소설

1

작은 키에 다부지게 생긴 몸, 어떻게 보면 매섭다가도 어느 틈에 부드러워지는 눈빛, 말할 때는 언제나 확신에 찬 어조, 웃음 속에는 어쩔 수 없이 드러나는 장형 같은 관대함, 아직 풍부하지만 회색에 가까워진 머리칼, 이런 것들이 최근에 홍성원을 만났을 때 받은 인상이다. 이런 인상은 곧 그가 엄청난 분량의 작품을 써낸 힘을 소유한 작가이고 아직도 정력적으로 활동하는 작가라는 것을 알아볼 수 있게 한다. 흔히 그를 말할 때 '소설 공장'이라는 이름으로 부르는 것도 그가 그만큼 많은 작품을 '생산'해냈기 때문이다. 그러나 그가 이렇게 많은 작품을 썼다고 해서 아무 작품이나 썼다는 것은 아니다. 1964년 「빙점 지대」라는 작품으로 『한국일보』 신춘문예와, 『디데이의 병촌』으로 『동아

일보』 장편소설 현상 모집에 당선되어 문단에 데뷔한 이후 최근의 『먼동』에 이르기까지 그가 발표한 작품의 수는 대하소설 3편에, 장편소설 20여 편이며 단편소설은 그 수를 헤아릴 수 없다. 그러나 이렇게 많은 작품을 발표했음에도 불구하고 그에게는 태작이 없다. 그뿐만 아니라 지난 30년 동안 그의 작품 연보를 보면 어느 해에 작품이 치중되어 발표된 것이 아니라 거의 매해 골고루 발표되고 있다. 이처럼 30년을 거의 동일한 리듬으로 작품을 발표한다는 것은 그에게 직업 작가로서의 투철한 의식이 있음을 의미한다. 이처럼 긴 세월을 한결같이 작품을 써온 경우는 그 예를 찾아보기 힘들다. 그것은 그에게 아직도 문제의식이 식을 줄 모른다는 것을 말한다. 또 그가 다루어온 세계는 초기의 군대와 전쟁 문제에서부터, 도시적 삶의 고통과 좌절, 조직과 폭력의 문제를 거쳐, 최근의 역사 문제에 이르기까지 대단히 방대한 것이다. 그것은 한 사람의 작가로서 자기 시대를 열정적으로 살아왔다는 것을 증명하고도 남는다. 이러한 작가에 관한 글을 쓰기란 그의 글을 계속해서 읽어온 경우일지라도 대단히 힘들다. 왜냐하면 긴 세월과 함께 문학에 대한 생각과 관심이 변해왔기 때문에 그 과정을 추적하는 것이 그리 쉬운 일은 아닐 것이기 때문이다.

2

홍성원의 세계 가운데서 제일 먼저 주목할 것은 군대소설이라는 점이다. 「빙점 지대」 「기관차와 송아지」 『디데이의 병촌』 등 그의 데뷔 시절의 작품에서부터 『육이오』라는 이름으로 발표했다가 나중에 『남과 북』으로 제목을 바꾼 작품에 이르기까지 이 계열에 속하는 작품들은 군대 사회를 무대로 벌어지는 현실에 대한 탐구이다. 그는 누구보다도 군대 사회 내부에서 일어난 사건들을 생생하게 그릴 줄 아는 경험과 상상력을 동시에 가지고 있다. 초기의 작품에서 전쟁의 잔혹성과 삶의 부조리, 그 속에서 인간의 존엄성과 조직의 비정함을 보여주는 데 탁월한 재능을 보여준 그는 『남과 북』에서 그의 군대소설의 집대성을 보여준다. 『남과 북』이 군대소설의 결산인 것은 그 이전의 작품에서 그가 다루었던 여러 가지 문제들과 그 이후의 분단 문학에서 거론될 수 있는 문제들이 모두 종합적으로 나타나 있는 것이 이 작품이기 때문이다. 이 작품은 그의 최초의 대하소설로서 그 규모가 방대하기도 하지만, 그 안에는 당시의 우리 사회에 있을 수 있는 온갖 종류의 인물들이 전쟁이라는 무자비한 현실을 어떻게 체험하고 있는지 보여준다. 거기에는 학자와 기자 등의 지식인도 있고, 지주와 소작인이라는 사회적인 계층도 있고, 교사와 간호사란 직업인도 있으며, 월남민과 고아 출신의 뿌리 뽑힌 사람들도 있다. 요컨대 우리 사회를 구성하고 있는 모든 집단, 모든 계층, 모든 신분을 통해서 전쟁을 겪는 과정을 그림으로써 전쟁에 대한 질문을 던진다. 기자들은 전쟁이 세계에 어떻게 전달되고 받아들여지는지 알려주고, 사학자는 전쟁의 의미와 그에 대한 역사적 관점을 제시한다. 전쟁에 참여하고 있는 군인들은 전쟁의 상황과 그 현장을 보여주고, 후방의 여성들과 아동들은 고달픈 피란살이의 모습을 재현한다. 나이가 든 계층은 전통적인 사회와 제도가 무너지는 데 대하여 고통을 느끼고, 젊은이들은 언제나 삶과 죽음의 불안 속에서 정신적으로 피폐해간다. 이처럼 많은 인물의 삶을 그리고 있는 『남과 북』은 전쟁 문학의 한 장을 열고 있다고 할 수 있다. 그것은 이 작품이 전쟁의 현장을 생생하게 그리고 있을 뿐만 아니라, 전쟁으로 인한 피란민의 참혹한 생활과 민족의 대이동이라 할 수 있는 1·4 후퇴의 기막힌 모습을 묘사함으로써 반전 의식을 갖게 하는 데서 나온 평가이다. 모든 뛰어난 전쟁 문학은 이 세계에서 부조리하고 폭력적인 전쟁에 반대하고, 평화가 얼마나 소중한가를 보여준다.

그러나 이 소설의 보다 중요한 의미는 그것이 분단에 대한 뛰어난 의식을 보여주는 데 있다. 전쟁의 현장에서 전투를 하는 장교가 "이건 전쟁이 아니다, 이건 살인이다"라고 외치는 것은 6·25가 동족 간의 전쟁이어서, 이민족 간의 전쟁에서 볼 수 있는 최소한의 룰마저 지켜지지 않고 살육과 보복, 광기와 폭력, 맹목성과 무자비성, 증오와 복수심으로 가득 차 있는 것에서 연유한다. 동족 간의 전쟁을 남쪽에서만 그리고 있기 때문에 북쪽에서는 어떤 일이 일어나는지 단편적으로밖에 알 수 없는 반면에 남쪽에서 이루어지는 이러한 반성은 전쟁이 맹목적인 살육 행위로 치닫고 있는 것을 신랄하게 고발하면서, 그 모든 것이 분단에서 연유하고 있음을 밝혀준다. 작가는 6·25가 한국에서 일어났으면서도 한국인의 의지나 선택과는 상관없이 일어난 것이며, 한국인만을 희생시키는 '대리 전쟁'이라는 사실을 강조한다. 그것은 분단의 원인이 동서의 대립과 냉전에 있지 한국인의 선택에 의한 것이 아니라고 하는 데서 이 작가의 분단 의식을 엿보게 한다. 그는 작중인물로 하여금 공산주의와 민주주의라는 사상적 대립이 외국에서 꾸어온 '생각'의 대립이라고 주장하며, 누가 한반도에 38도 선을 그었느냐고 항변하게 한다. 따라서 오늘날까지 지속되고 있는 분단 상황에 대해서 『남과 북』은 이미 해결의 가능성을 어디에서 찾아야 하는지 이야기하고 있다. 그것은 자주적인 평화통일이지만, 외세가 그것을 허용하기를 기다리는 것이 아니라, 스스로 그럴 수 있는 힘을 소유해서 국제적인 상황을 바꿔놓는 것이다. 이러한 잘못된 대리 전쟁이라는 의식은 홍성원의 다른 전쟁소설에서도 일관되게 볼 수 있다. 그래서 6·25의 가장 큰 비극은 "한국인이 당한 희생 자체에 있다기보다 그 희생에도 불구하고 희생의 책임을 스스로에게 물을 수도 없고 보상은커녕 전쟁의 마무리 작업에도 참여할 수 없다는 데 있다"는 인식을 읽을 수 있다.

이 작품의 뛰어난 점은 이러한 역사의식에서 찾아볼 수 있지만 그것이 주는 감동은 작중인물 하나하나가 상황 속에서 치열하게 싸우면서 살고 있는 삶에 있다. 그들이 싸워야 하고 죽어야 하는 비극적 운명은 그 절망적 상황에 대해서 전율을 느끼게 한다. 산골짜기 전장에서 총에 맞아 죽어가는 작중인물이 "아, 나는 죽는다. 내가 죽는다. 나 혼자 죽는다"고 외치는 것은 자신이 죽는다는 것을 알면서 죽을 수밖에 없는 운명을 억울해하는 모습을 생생하게 전달해준다. 그의 인물들은 이처럼 개개인의 운명이 지닌 비극성을 자각하고 그것과 싸우면서 자기 존재의 허무를 체험하는 실존적인 인물들이다. 그래서 그들이 삶의 매 순간에 하고 있는 선택은 부조리하지만 감동 없이는 읽을 수 없다. 삶과 죽음의 양자 선택만이 가능한 그 운명의 잔혹성을 확인할 수 있다.

3

홍성원 소설의 두번째 계열의 소설은 프티 인텔리겐치아가 등장하는 여행소설이다. 물론 이미 『남과 북』에서도 지식인이 등장하지 않는 것도, 여행의 요소가 없는 것도 아니지만 그것은 전쟁이라는 압도적인 상황에서 살고 있는 각계 각층의 인물들로 구성되어 있기 때문에 이 범주에 들어갈 수 없다. 그의 여행소설 가운데 대표적인 것은 중편소설인 「주말여행」, 단편소설 「무전여행」이다. 이미 20여 년 전에 주말에 서울을 벗어나고자 하는 작중인물들은 그들의 젊은 나이에도 불구하고 서울의 생활에 지쳐 있다. 그들에게 서울은 허위로 가득 차 있고 구질구질해 보인다. 그들은 서울이 아닌 다른 곳에 가면 진실되고 깨끗하며 생명감으로 넘쳐날 것을 기대한다. 그러나 그들의 서울 탈출은 번번이 그들에게 실망만 안겨주고 그들은 서울로 되돌아오게 된다. 그들이 서울을 탈출한 것은 결국 서울로 되돌아오기 위한 것이다. 그들이 서울을 벗어나서 찾게 되는 것은 맛있는 것과 여자와 돈이다. 그것은 그들의 여행이 진정한 탈출을 의미하는 것이 아니라 그들이 살고 있는 답답한 현실의 일시적인 망각의 방책에 지나지 않는다는 것을 의미한다. 그렇다면 그들의 답답한 현실이란 무엇인가? 그것은 「즐거운 지옥」 「서울 보통 시민」 「탈신」 등에서 볼 수 있는 현실이다. "시골로 도망친 몇몇 순진한 친구들을, 그들은 과거에 혀를 차면서 비판하거나 꾸짖었다. 그러나 도망치지 않은 자들은 남아서 결국은 참담한 굴욕을 맛보았을 뿐이다"라는 고백은 젊은 시절에 큰 '목표'를 세워 살던 그들의 삶이 갈수록 왜소해지고 무기력해지는 데 대한 자각에서 비롯되고 있다. 그들의 큰 목표는 어디로 가버렸는지 알 수 없고 그들이 추구하는 것은 사소한 쾌락에 지나지 않는다. 작가인 「주말여행」의 작중인물은 자신의 작업이 아주 쉽거나 위태롭다는 것을 안다. "생활비만을 벌기 위한 목적이면 그는 사어들로 국화빵만을 찍어내면 된다. 문제는 그가 이 사어들의 무력을 얼마만큼 발작 없이 견딜 수 있는가 하는 것이다"라고 하는 그의 고백에서 볼 수 있는 것처럼, 자신의 문학이 아무런 힘을 갖고 있지 않다는 무기력함을 확인한다는 것은 그들로 하여금 진정한 가치를 추구할 수 있는 힘을 상실하게 하고 따라서 사소한 것만을 추구하게 만든다. 그것은 그들의 삶이 그만큼 고통스럽다는 것을 의미한다. 그들의 삶이 고통스러울 수밖에 없는 이유는 「무사와 악사」에서 "일제 시대와 대동아 전쟁, 조국의 해방과 남북 분단, 6·25와 동족 상잔, 4·19 의거와 5·16 혁명…… 뭘 했냐, 너는? 이때 너는 어디 있었냐? 네가 한 일이 대체 뭐냐? 우리 모두가 살아남은 게 고작이었다. 반만년 역사 동안 우리 영감들이 그랬듯이 우리도 그냥 똥이나 싸고 아침저녁으로 자식들이나 만들었을 뿐이다"라는 자기반성에서 알 수 있다. 그것은 거대한 역사 속에서 역사에 적극적으로 참여하여 무엇을 이루어놓은 것 없이 생존에 급급한 자신의 발견으로 나타난다. 그것은 5·16 군사혁명으로 군사 통치가 시작되면서 4·19로 획득된 자유가 억눌리고 삶의 상황이 막혀 있는 데서 기인한다. 홍성원은 그런 이야기를 직접적으로 하지 않고 있으나 이 계통의 작품이 1960년대 중반 이후에 나타나는 것으로 보아 그런 유추를 가능하게 만든다. 그의 주인공 작가들은 삶에서 실패하고 현실에 아무런 영향을 주지 못하면서 창작 행위를 하는 것이 일종의 자위 행위가 아닐까 자조적인 세계에 빠진다. 그의 월급쟁이 주인공들은 자기들에게 어떤 창조적인 삶도 허용하지 않고 기계적이며 단조로운 생활을 살고 있어서 권태와 무의미를 느끼고 있다. 그들이 '주말여행'을 떠나는 것은 이러한 삶에서의 단순한 도피에 의미가 있다. 그들은 이 공간적 이동이 그들에게 삶의 신선한 충격과 활력을 주리라고 기대하지만, 현실은 그들을 다시 한 번 실망시킨다. 이 도피의 불가능성이 그들의 절망적인 현실이지만 「주말여행」의 결말은 그것마저 희극적으로 만들어버린다. 즉 "우리 손으로 직접" 잡아먹으려 한 개가 그들의 손아귀를 벗어나 달아나버린 사건은 그들의 시도가 하나의 슬픈 코미디에 지나지 않다는 것을 보여준다.

현실에 대한 이러한 태도는 홍성원의 젊은 날의 고백을 읽는 것 같아 그와 동시대를 살아온 사람들에게는 지난 세월의 잊혔던 앨범을 보는 것 같은 친밀감을 준다. 대개 그러한 작품들이 1960년대와 1970년대에 씌어졌다는 사실도 그것을 뒷받침해준다. 그러나 이 계통의 작품의 진정한 의미는 그것이 오늘날에도 유효한 현실 인식이라는 데 있다. 정치적인 군인들이 정권을 잡고 고위 관리들이 권력의 비호를 받아 온갖 부정과 불의를 자행할 때 작가를 포함한 지식인들과 고등교육을 받은 월급쟁이들이 무력감과 절망감에 빠지는 것은 오늘의 현실과 무관할 수 없다.

4

홍성원 소설의 또 하나의 세계는 『달과 칼』 『먼동』으로 대표되는 역사소설이다. 400년 전의 임진왜란을 다룬 『달과 칼』에 이어 『먼동』을 썼다는 것은 그가 역사소설이라는 분야에 새롭게 뛰어들었다는 것을 의미한다. 역사소설이란 과거의 사실을 다루는 역사와 있을 수 있는 상상의 세계를 다루는 문학을 결합시킨 것이라고 할 수 있는데 홍성원이 역사소설을 쓴다는 것은 무슨 의미가 있을까? 그것은 그 자신이 가지고 있는 문학과 삶에 대한 질문의 계속적인 추구로 해석해야 할 것이다.

『먼동』은 1900년부터 3·1 만세 운동이 일어난 직후까지 '남양 성주골'을 중심으로 우리 사회가 겪어야 했던 격동의 역사를 재현하고 있다. 작가는 양반과 중인과 노비라는 세 집안을 구성원으로 한 사회를 뛰어나게 재구성하고 있다. 일제의 침략으로 나라를 빼앗기고 서양의 새로운 문물이 들어와 풍속과 전통이 변화하는 이 시기에 우리 사회를 구성하고 있는 계급사회의 변화를 추구하고 있는 이 작품은 인물들의 사회적 지위와 신분의 변화뿐만 아니라 인물들 개개인의 성격과 세계관의 변화까지 포착하고 있다는 점에서 소설적으로도 더 발전된 모습을 띠고 있다. 서울에서 공조판서를 지내고 남양 성주골로 낙향한 김대감 댁은 양반 계층을 대표하는 하나의 가문이고, 그 집의 외거 하인 출신으로 김대감 댁의 마름과 선두를 겸하고 있는 송근술 일가가 노비 계층을 대표하고 있으며, 한의로서 김대감을 수행하여 북경에 다녀온 박종학 일가가 중인 계층을 대표한다. 전통적인 지주이며 권력의 상징인 김대감 댁은 일제의 침략과 함께 몰락의 길로 들어서게 된다. 김대감의 손자들은 의병을 끌어들였다가 발각되어 장손을 잃게 되고, 유일한 적손이 된 태환은 독립운동에 가담했다가 생명의 위협까지 받게 되며, 그러한 과정에서 진 빚으로 몰락하게 된다.

김대감 댁의 몰락에 결정적인 역할을 하는 것은 송근술이다. 그는 자신의 출생 비밀을 알게 되면서 김대감 댁 피를 받고 태어났음에도 불구하고 그 집안에서 종살이를 한 사실을 억울하게 생각하고 도조 500석을 가지고 달아난다. 그러나 2년 만에 붙잡혀 장남 준배를 장문으로 잃고 속량되자, 한편으로 일제에 협력하여 돈을 벌고 다른 한편으로 김대감 댁 장토를 사들여 새로운 지주로 등장한다. 반면에 중인 출신인 종학의 집안은 동생이 의병을 일으켰으나 집안이 몰락하지는 않는다. 또한 아들 인섭은 양의사로서 독립운동이나 친일 단체에 가담하지 않고 중립을 지키며 자신의 사회적 역할을 증대시켜나간다.

이러한 줄거리는 한말에서 3·1 만세 운동에 이르는 불과 20년의 세월 속에 우리 사회의 변화가 얼마나 급박하게 돌아갔는지 알게 한다. 그것은 첫째, 반상의 구분이 없어지는 사회적 신분 변동이고, 둘째, 우리 사회의 빈부의 계층이 바뀌는 경제적 권력의 이동이고, 셋째, 새로운 문물에 눈뜬 계층의 뿌리내린 직업의식이다. 남양 성주골의 지배직인 권력과 금전이 불과 20여 년 만에 김대감 댁에서 외거 하인 송근술에게 넘어가고, 의사가 된 박인섭이 여러 가지 역경을 뚫고 사회 속에 확고하게 자리 잡는다. 이러한 현상은 일제가 우리나라의 전통적인 지주들의 몰락을 재촉함으로써 그들에게 협조하는 친일 세력을 키웠음을 확인하게 하며, 그런 도중에 우리 사회가 폐쇄적인 농업 국가에서 개방적인 상업 국가로 변화하는 과정을 보여준다. 특히 인섭과 동년배인 태환과 쌍순의 운명의 변화는 이를 뒷받침해주고 있다. 권력의 미움을 받으면 김대감 댁처럼 엄청난 재산을 소유했음에도 불구하고 몰락할 수밖에 없고, 권력의 비호를 받으면 쉽게 재산가가 될 수 있는 현실을 작가는 이미 과거의 역사에서 읽어낸 것이다. 따라서 이 작품은 일제의 침략으로 인해서 전통적인 민족 자본이 무너지고 새로운 친일 자본이 형성되고 있음을 보여준다. 그것은 이 작가의 문학적 상상력이 역사적 상상력과 만남으로써 한 세기에 가까운 시간의 간격을 뛰어넘고 있음을 알게 한다.

5

홍성원의 다양한 문학적 세계가 하나로 통합되는 것은 그의 문학이 남성 문학이라는 점에서다. 여기에서 남성 문학이라는 것은 그의 문학이 미묘한 심리 변화를 추적하는 것이 아니라 굵직한 성격 창조를 추구한다는 점, 이야기의 구성에 대담한 생략법을 사용한다는 점, 문체가 감상에 젖지 않고 메마르면서 핵심을 분명하게 드러내 애매하지 않다는 점으로 요약할 수 있다. 더구나 그의 소설은 다른 작가의 작품에 비해 여자 인물이 적을 뿐만 아니라, 여성에 대한 묘사가 풍부하지 않다.

어쩌다가 관능의 묘사가 나올지라도 대부분 간단한 묘사에 지나지 않으며, 육체의 아름다움에 대한 찬탄에 인색한 편이다. 그의 소설에서 감탄의 대상이 되는 것은 섬약한 것보다는 강인한 것, 인위적인 것보다는 자연적인 것, 여성적인 것보다는 남성적인 것이다. 그가 『역류』에서 백정의 육체를 찬탄하면서 "내가 백정에게 감동을 받는 것은 백정이 보여준 빈틈없는 남성미 때문이었다"라고 고백하는 화자를 내세운 것은 바로 그러한 이유에서다. 그의 소설에서 가장 자주 문제가 되는 것은 현대 소설에서 특징적으로 나타나는 갈등의 미학이라기보다 거기에서 더 나아가 대결의 미학이라는 사실도 그의 문학이 남성 문학이라는 특징을 설명해준다. 그런 점에서 그는 우리 시대의 독창적인 작가 가운데 한 사람이다. 〔1993〕

개인과 역사 1
—홍성원의 『먼동』

1

최근의 한국 문학을 생각하는 자리에서 개인과 역사의 문제를 다시 한 번 되돌아보는 것은 의미 있는 일인 것처럼 보인다. 우리 사회에 갑자기 밀어닥친 역사소설의 물결은 가히 가공할 정도라고 할 수 있다. 역사적 사건이나 역사적 인물, 혹은 역사적 저작물을 과감하게 제목으로 내세운 많은 작품들이 알려지지 않은 작가에 의해 발표되어 베스트셀러의 주요한 자리를 차지하고 있으며, 그 작품의 거대한 광고가 연일 일간신문의 지면을 뒤덮고 있다. 이처럼 무명의 작가가 많이 등장하고 있다는 것은 한국 문학의 장래를 위해 경하해야 할 일이고, 그들의 작품이 독자의 관심을 끈다는 것도 문학 인구의 증가라는 점에서 긍정적으로 볼 수 있으며, 문학 작품의 광고가 신문 지면을 차지하고 있는 것도 문학의 가치가 상품화될 수 있다는 점에서 새로운 가능성으로 비쳐질 수 있다. 그러나 얼른 보면 이와 같은 여러 가지 긍정적인 요소로 인정할 수 있는 현상들은 좀더 자세히 관찰하면 여러 가지 함정을 가지고 있을 뿐만 아니라 우리 문학의 위기를 예감케 하는 부정적인 요소로 가득 차 있다. 우선, 역사가 과거의 사실을 기록한다면, 문학은 있을 수 있다고 상상되는 것을 기록하는 것이다. 역사소설이란 이 두 가지를 결합시키는 작업으로 이루어진 작품이다. 역사가 집단의 공유물이라면 문학적 상상력은 개인의 재능에 의해 이루어진다. 여기에서 문학적 상상력이 개인의 차원을 넘어서는 것은 그것이 집단적 설득력을 가질 때이다. 역사소설에서 문학적 상상력은 역사적 사실을 왜곡하지 않으면서 그것에 대한 새로운 이해와 해석을 가능하게 할 수 있어야 한다. 이러한 관점에 비추어볼 때 최근의 역사소설은 역사에 대한 정확한 이해 이전에 이미 알려진 역사적 사실을 과장함으로써 신비화시키고, 역사적 인물의 삶을 행위의 차원에서만 파악함으로써 그 인물이 하나의 행위를 하기 위해 겪어야 했던 내면적 성찰이나 고통을 도외시하고 그 행동의 극적 요소만을 강조하고 확대한다. 또 문학 작품을 일회용 소비재처럼 한 번 읽고 버릴 수 있는 것으로 인식하게 함으로써 문학의 가치를 가볍게 만들고 활자 매체가 아닌 첨단 매체의 이야기들보다 열등한 것으로 만든다. 역사적 사실의 신비화란 역사소설에서 '역사' 부분의 이해를 소홀히 한 것이기 때문에 본래의 취지에 맞지 않을 뿐만 아니라, 역사를 인간의 것이 아닌 신의 것으로 만든다. 그것은 역사에 대한 이해를 방해할 뿐만 아니라, 미래에 대한 왜곡된 전망을 갖게 한다는 점에서 무익하고 해로운 것이다. 인물의 행동에 중요성을 부여한 소설은 역사적 사실이 일어나게 된 배경이나 그 과정을 추적하는 것이 아니라 사건 자체라는 천박한 관심에 호소함으로써 모든 질문을 배제해버린다. 질문이 없는 역사 이해는 사실에만 매달리거나 감정에만 의존하는 양극화 현상을 불러일으킨다. 사실에만 매달리면 역사를 전체적으로 파악할 수 없어서 대국적 전망, 즉 역사의 숲을 볼 수 없고, 감정에 의존하면 보고 싶은 측면과 왜곡된 모습, 즉 특수한 안경을 통해서 볼 수 있는 것만을 보게 된다. 그것은 역사 이해에 아무런 도움을 주지 않을 뿐만 아니라 역사를 잘못 해석하게 한다.

이러한 역사소설이 무명의 작가들에 의해 씌어진다는 것은 무슨 의미를 갖는 것인가? 물론 누구나 역사소설을 쓸 수 있다. 역사소설이 역사를 소재로 한 소설이라는 것이 보편적 사실이라면 작가가 되고자 하는 사람들이 일반적으로 역사소설로 출발하지 않는 것은 상식으로 보인다. 왜냐하면 작가 지망자는 역사소설이 아니라 그냥 소설을 쓰고자 하는 사람일 것이기 때문이다. 지금까지 어느 누구도 쓰지 않은 소설, 그러므로 자기가 아니면 그 어떤 작가도 쓴 적이 없는 작품을 세상에 내놓음으로써 작가로서의 자신의 존재를 선언하고자 하는 야심을 가진 경우에 작가로 등장할 수 있기 때문이다. 그런 이유로 인해서 작가가 되는 데 여러 가지 공식·비공식적 제도가 있지만 문학은 그렇다고 해서 이 제도적 제약에 얽매여 있는 것은 아니다. 누구나 좋은 작품을 썼을 경우 작가가 될 수 있는 것이 문학에서는 가장 좋은 제도이기 때문이다. 그런데 그러한 야심을 가진 작가가 역사소설을 가지고 출발한다는 것은 그의 문학적 상상력의 빈곤을 고백하는 것에 지나지 않는다. 그가 살고 있는 '지금-이곳'에서 그의 모든 상상력이 출발할 수 있을 터인데 과거의 역사에서 그 출발점을 찾는다는 것은 자신의 삶에 대한 아무런 문제의식도 없음을 고백하는 것에 지나지 않는다. 자신의 현재 삶에 대한 치열한 문제의식 없이 작가가 되고자 하는 것은 일종의 허위의식에 지나지 않는다. 그것은 문학을 명성을 얻는 도구나 돈을 버는 수단으로 생각하는 것이다. 그 경우 현실에 대한 고통스러운 성찰을 거치거나 삶의 심연에 대한 깊이 있는 탐구를 거쳐서 작품을 쓰는 대신에 대중의 관심에 영합하면서 많이 팔릴 수 있다고 생각되는 소재에 매달리게 된다. 현실에서 문제의식을 찾지 못하고 과거의 역사 속으로 넘어간다는 것은 역사를 현실과의 관련 아래, 현실을 알기 위한 방법으로 삼는 역사 인식이 아니라, 현실과 상관없는 과거의 사실로 역사를 파악하고자 하는 안이한 역사 인식이다. 그러한 문학은 필연적으로 역사를 왜곡시키고 문학을 타락시켜 천박한 재미에 호소하게 한다. 실제로 최근에 베스트셀러에 올라 있는 역사소설 가운데 상당 부분은 무협소설처럼 씌어졌다. 이런 소설들의 특징은 좋은 사람과 나쁜 사람, 옳은 행동과 그른 행동, 우리 편과 상대 편 등의 구분이 너무나 뚜렷해서 그 구분 자체에 대해 어떤 질문도 허용치 않고 소설 속의 구분에 절대 복종하기만 하면 되게 씌어져 있다. 그러나 문학의 존재 이유는 그러한 형식상의 구분이 인간이나 삶의 이해에 도움을 주지 않는 양분법임을 밝혀내고, 보다 설득력 있고 깊이 있는 이해를 위해 그 양분법의 허구성을 드러내기에 충분한 삶의 역동성과 인간의 복합성을 총체적으로 제시하는 데 있다. 그러한 문학이 현재의 삶에 대한 고통스러운 질문과 문학에 대한 반성으로 가득 찬 반면에 양분법에 의존하고 있는 소설은 그 질문과 반성이 없거나, 있다고 하더라도 포즈에 지나지 않는 흉내만을 가지고 있을 뿐이다.

최근의 베스트셀러 가운데 후자와 같은 소설이 많다고 하는 것은 여러 가지 이유에 근거를 두고 있을 것이다. 그것을 알아보기 위해서는 문학사회학적인 분석이 있어야 하겠지만 가장 대표적 현상은 문학 광고의 대형화이다. 한 편의 소설책 출판을 알리기 위해 전 5단으로 광고를 한다는 것은 얼마 전까지만 해도 상상하기 힘든 일이었다. 그러한 대형 광고는 백화점의 할인 판매를 알리기 위해서나 대기업의 기업 이미지를 심기 위해서나 대량 소비가 가능한 새로운 제품을 선전하기 위해서였다. 그런데 최근에는 일간신문의 전 5단뿐만 아니라 가끔은 전면 광고에, 심지어는 텔레비전 광고에 소설책이 등장한다. 이러한 현상을 우리 문학이 대기업의 대량 소비재만큼이나 상품 가치가 있다는 점에서 우리 사회의 문화적 수준을 평가하는 잣대로 볼 수 있을지 모른다. 그러나 한 번에 몇천 권의 책을 완전히 쏟아붓는 식의 이러한 광고를 긍정적으로만 볼 수 있을까? 그것은 어쩌면 오늘과 같은 후기 산업사회에서 출판업이 살아남을 수 있는 하나의 방법일 수 있다. 또 영상 매체가 압도적으로 지배하는 소비사회에서 문학이 존재할 수 있는 하나의 방법일 수도 있다. 그러나 소설을 광고에 의존해서 상품화하는 이러한 현상은 문학을 위기에 빠뜨리는 함정일 수 있다는 것을 알아야 한다. 첫째, 이러한 대형 광고는 작품을 읽고 그 평가에 의해서 널리 보급되던 문학을 다른 소비재처럼 광고에 의해 좋은 상품인 것처럼 독자에게 강요하는 결과를 가져온다. 따라서 한 편의 소설을 읽고 평가함으로써 그 작품의 가치를 결정하는 것이 아니라, 광고에 의해 좋은 작품이라는 이미지를 심어줌으로써 독자로 하여금 작품을 선택하게 만들지 않고 소비하게 만든다. 둘째, 이렇게 소비되는 소설은 다른 소비재와 마찬가지로 많이 팔리는 것이 좋은 작품이라는 등식을 가져와, 양적 가치가 질적 가치를 대신하는 결과를 가져올 수 있다. 그것은 독자들로 하여금 자신의 삶과 현실에 대해서 사유하고 반성하게 하는 작품보다는 가볍고 감각적인 즐거움을 제공하는 작품을 선호하게 만들어 진지한 작가들의 입지를 없앤다. 셋째, 오랫동안 여러 편의 작품을 발표함으로써 문학적 평가를 받아온 작가 대신에, 한 편의 작품으로 돈과 명성을 한꺼번에 얻으려는 모험주의적이고 일회적인 작가가 많아짐으로써 문학을 돈과 명예의 수단으로 타락시키는 결과를 가져올 수 있다. 넷째, 쉽고 가벼운 문학이 대량으로 소비됨에 의해 문학 작품의 자기반성적이고 반영적인 기능은 퇴화되고 오락적 기능만 강화됨으로써 문학의 역할이 줄어든다. 가령 첨단 기술의 발달이 우리의 삶의 모든 분야에 속도 위주의 양상을 가져올 때 문학은 천천히, 그리고 확실하게 사물의 진행을 관찰하고 반성하게 하는 역할을 수행한다. 모든 것이 속도를 추구하는 현대 사회에서 활자로 된 문학만이 속도와는 반대되는 반추와 반성을 추구함으로써 이 세계의 균형을 유지하게 한다. 그러한 문학에 오락적인 성질만 부여하게 될 때 세계의 균형 감각은 깨어지게 된다. 문학은 문학으로서의 역할을 할 수 없을 때 위기에 처하게 된다.

역사적으로 문학은 수많은 위기를 겪었지만 그때마다 그것을 극복하는 자생 능력을 갖추었다. 대부분 윤리와 제도에 의한 위기가 가장 많았지만 오늘날처럼 문학 자체에 의해 내적인 위협을 받은 적은 별로 없다. 이른바 혼성 모방이라는 이름으로 문학이 문학을 모방하고, 여러 작가의 작품을 짜깁기해서 자기 작품으로 만들며, 아무런 근거 없는 무용담과 연애담을, 그리고 유유자적의 적당한 포즈를 기성 작품의 틀에 맞추어 엮어놓으면 광고에 의해 확대 포장되어 베스트셀러가 되는 오늘의 풍토는 진정으로 문학의 위기가 아닐 수 없다. 이 위기는 다른 어떤 것에 의해서 극복되는 것이 아니라 진정한 작가의 작품과 그 작품을 읽는 독자에 의해서만 극복될 수 있다. 삶을 천천히 살며 관찰하는 사람이 읽을 수 있는 작품은 이 세계에 대해서 문제 제기적인 것이며, 삶의 원리에 대해서 회의적인 것이고, 문학의 존재에 대해서 반성적인 것이다. 그러한 작품은 이 세계의 느린 변화를 포착하고 개인의 운명이 가지고 있는 오묘한 모습을 그리며 현실이 가지고 있는 불가해한 요소에 어떤 실마리를 제공한다. 진정한 작품은 천천히 읽는 사람이 아니면 읽을 수 없는 불편을 동반하지만 스스로의 속도 때문에 모든 것을 잃게 하는 오늘의 삶에 균형을 유지하게 하는 유일한 장치의 역할을 한다. 홍성원의 『먼동』과 김원일의 『늘푸른 소나무』는 문학의 위기에 대응하고 있는 문학 자체의 노력으로 비쳐지는 괄목할 만한 작품이다. 그것은 이 두 작품이 여러 가지 문학적인 시도를 겪은 결과로 나온 이들 작가의 대표작일 뿐만 아니라 단순한 역사소설도 아니고 상업주의를 지향한 작품도 아니라는 데서 연유한다. 우연히도 이 두 작품은 한말인 1900년경부터 1920년에 이르는 기간을 시대적 배경으로 삼고 과거의 역사를 토대로 씌어진 작품이다. 그런 점에서 역사소설의 범주에 들 수도 있겠지만 이 두 작품의 중요성은 그 역사성보다는 오늘의 현실을 이해하고 설명하는 데 여러 가지 도움을 주는 것에 있다. 그 밖에도 이 두 작품은 똑같이 일간신문의 연재소설이면서도 대중소설이 아니라 작가의 야심적인 대하소설이라는 공통점을 지니고 있다.

2

홍성원의 『먼동』은 1900년부터 3·1 운동이 일어난 직후의 우리 사회를 그리고 있다. 이 소설에는 대하소설답게 엄청난 숫자의 인물이 등장한다. 역사적으로 이 시기는 우리 역사에서 유래를 찾아볼 수 없는 변화와 수난을 겪은 시대이다. 대한제국을 선포했다가 국권을 이민족에게 빼앗기고, 그 과정에서 의병을 일으키고 독립운동을 벌이면서 수많은 백성이 목숨을 잃거나 고향 땅을 버리고 외국으로 떠나가는 유민이 되어야 했다. 말하자면 한편으로는 치욕의 역사가 진행되었고, 다른 한편으로는 민족의 자존과 독립의 열망을 성취하기 위해 개인과 재산을 바치는 운동이 진행되었다. 따라서 이 작품에서 작가는 적어도 한 시대의 사회 전체를 총체적으로 제시하고자 하는 야심을 보이고 있다. 역사의 진행과 그에 맞서서 싸우는 백성을 그린다는 것은 그 사회의 총체적 제시가 아니고는 불가능하기 때문이다. 그러기 위해 작가는 한말의 우리 사회의 구성원을 양반과 중인과 노비로 구분하고 이들 계층 상호 간의 관계가 어떻게 변화하는지 추적하고 있다.

이 소설의 중심적인 가문은 '남양 성주골의 김대감 댁'이라는 양반이다. 서울에서 공조판서 벼슬을 지낸 제1세대가 성주골로 낙향하여 그곳 제일의 장토를 갖고 살아가는 과정에, 제2세대가 그 토지를 잘 관리해오지만 일제가 이들의 권위와 지배를 허용하지 않는다. 결국 제3세대는 그러한 일제에 저항하고 독립운동을 벌이다가 장손이 장문으로 죽고 장토는 다른 사람에게 넘어가고 나머지 식구들은 산지 사방으로 흩어진다. 제3세대의 막내는 만주로 독립군을 찾아가고, 제4세대는 만세 운동에 가담하거나 주동자가 되어 혹은 감옥에 갇혀 있거나 석방되어 언제가 될지 모른 채 훗날을 기대하고 있다. 이들 양반 계층과 대립하는 이 소설의 또 하나의 중심적 인물은 '김대감 댁'의 외거노비 송근술 일가다. '마산포'에서 "김대감 댁 사선을 부리는" 선두가 된 송근술은 우연한 기회에 자신이 김대감 댁 피를 받고 태어났다는 사실을 알고 김대감 댁 도조 500석을 밀매하여 준배·학배라는 첫째, 둘째 아들을 데리고 도망갔다가 2년 만에 붙잡힌다. 관아에서 형문을 받다가 장독으로 큰아들 준배를 잃은 송근술은 속량이 되어 남양만을 떠나 광산과 철로 공사장에서 돈을 벌고, 일진회에 가담해서 일제에 협력하여 엄청난 부를 축적한다. 그때부터 그는 기울어져가는 김대감 댁 땅과 집을 사들여서 옛날 자신의 상전 대신에 새로운 자산가로 등장한다. 이들 두 가문 사이에 있는 또 하나의 가문이 중인 출신의 한의사 박종학 일가다. 김효순이 사신으로 중국에 갈 때 수행하기도 한 박종학 일가에서는 의병 운동을 일으킨 동생 승학과 양의학을 공부한 아들 인섭이 역사적 전환기를 맞이한다. 을사 보호 조약이라는 이름으로 국권이 반쯤 상실되었을 때 의병을 일으켰다가 쓰라린 패배를 체험한 승학은 한일 합방이라는 이름으로 일본이 이 나라의 국권을 완전히 장악하자 독립군을 일으켜 게릴라식 전법으로 일본과 친일 세력을 괴롭히지만 독립이라는 목적을 달성하기도 전에 무고한 백성의 희생을 목격하고 자신이 거느린 부대를 해체한 뒤 속세를 떠나 외롭고 괴로운 세월을 속죄하는 심정으로 살아간다. 반면에 그의 조카 인섭은 양의학을 배워 광제원 의사가 되지만 일본인들의 침투와 지배에 실망을 느끼고 수원으로 낙향한다. 그는 의술에 의해 신분의 보장을 받아 가문의 계승자가 되고 밖으로 도는 승학 일가의 가족들을 돌본다. 특히 승학의 아들 영조의 뒷바라지를 해줌으로써 다음 세대에 희망을 건다.

이러한 줄거리는 1900년에서 1920년 사이에 우리 사회가 겪어야 했던 수난의 역사가 어떠한 것인지 알 수 있게 해준다. 그것은 첫째, 반상 사이의 사회적 신분의 변동이고, 둘째, 경제적으로 우리 사회의 가진 자와 못 가진 자 사이의 이동이고, 셋째, 신학문에 의한 새로운 직업의식의 뿌리내림이다. 남양 성주골의 지배적 재력이 불과 20년 만에 김대감 댁에서 그 외거 하인 출신인 송근술에게 넘어가고 의사인 박인섭이 여러 가지 역경에도 불구하고 큰 수난 없이 사회 속에 확고하게 자리를 잡아간다. 의사의 사회적 지위가 올라가고 상업이 부를 축적하는 데 농업보다 빠르다는 것을 보여주는 이러한 현상은 우리 사회가 전통적이고 폐쇄적인 농업 국가에서 어쩔 수 없이 개방적인 상업 국가로 변화하는 과정을 드러내준다. 그러나 이러한 역사적 변화만을 이 소설에서 읽을 수 있다면 굳이 그것이 소설일 필요는 없다. 중요한 것은 그러한 변화에 이르는 과정에서 인물과 인물 상호 간에 어떤 사적 관계가 그런 공적인 의미를 띠는 관계로 변형되느냐를 보여주는 데 있다.

이 소설에서 전통적인 자산가인 김대감 댁에서 신흥 자산가인 송근술에게 지배적인 권력이 이동하는 데 불씨로 작용하는 것은 혈연관계다. 그것은 송근술이 출신 성분에 어긋나는 모든 행동을 하게 된 것이 자신의 출생의 비밀을 알고 난 다음이라는 사실로 설명된다. 자신이 하인으로 있는 집의 피를 받고 태어났음에도 불구하고 그 집안 혈통을 인정받지 못하고 있는 현실을 알게 된 그는 사실을 감추고 있는 자신의 아버지에게 어떤 방식으로든지 원한을 갚고자 한다. 도조 500석을 갖고 달아난 것은 그때까지 자신이 하인으로 살아온 억울한 심정에 대한 앙갚음일 수 있다. 또 그 도조가 '주인'의 것이 아니라 '아버지'의 것이라는 심리도 작용했을 것이고, 설령 발견된다 할지라도 철저한 치죄를 당하기보다 자신의 출생의 비밀을 인정받을 수 있으리라는 기대가 무의식중에 깔려 있을 것이다. 그러나 김대감 댁 입장에서 보면 그를 가족으로 받아들이기로 결정하지 않는 한 그에게 양반의 피가 섞여 있다는 사실은 건드려서는 안 될 금기에 해당한다. 왜냐하면 그것을 건드린다는 것은 반상의 구별이라는 신분제도의 파괴를 의미하기 때문이다. 따라서 그가 도조를 가지고 도주한 것은 개인적인 원한 관계보다 더 위험한 계급적 도전이기 때문에 혹독한 대가를 치를 수밖에 없다. 그가 치른 대가는 어머니의 자살과 같은 비극에서부터 출발하고 있지만 장남 준배의 장살과 본인이 당한 혹독한 장문으로 나타난다. 반상의 구별이라는 제도에 대한 도전은 이처럼 혹독한 대가를 치를 수밖에 없다. 이러한 대가를 통해 그가 속량이 되었다는 것은 그의 신분 이동에 있어서 중요한 전환점이 된다. 왜냐하면 그것이 양반집 하인에서 사회의 새로운 자본가로 변신하는 데 중요한 계기가 되기 때문이다.

물론 그가 자본가가 되는 데에는 쉬운 길만 있는 것은 아니다. 우선 그에게 깊은 원한이 있어서 그것을 갚겠다고 하는 철저한 복수심이 작용하지 않을 수 없다. 그는 일찍이 그것으로 인해 어머니를 잃었을 뿐 아니라 자신의 큰아들을 잃고 어린 쌍둥이와 그보다 더 어린 막내를 마포리에 남겨놓고 고향을 떠나야 했다. 그는 광산과 철로 공사장에서 일을 하며 일본인과 가까워지고 마침내 일진회에도 가담한다. 말하자면 자신의 성공을 위해 당시의 새로운 권력인 일제에 자연스럽게 접근한다. 그것은 양반의 사회적 지위가 권력에 의해 보장된 것과 마찬가지로 새로운 자본가가 새로운 권력인 일제의 보호를 받는 것에 해당하는 것이다. 그는 당대 사회의 권력이 우리의 왕권에서 일제로 넘어가는 것을 재빨리 간파하고, 자신의 신분 이동에 그것을 이용한다. 그 때문에 3·1 만세 운동 때는 아들 필배에게 나라를 빼앗아간 일제에 협력하는 사실에 대한 비판을 받기도 하고, 옛날에 알고 지내던 사람들에게 지탄의 대상이 되지만 그에 아랑곳하지 않고 자신의 부를 축적하고 김대감 댁에 대한 복수의 불꽃을 태운다. 그가 김대감 댁의 집과 토지를 사서 새로운 주인으로 자리 잡게 되는 것은 전통적인 지주 계급의 몰락과 새로운 자본가의 탄생을 알리는 상징적인 사건이다. 그의 신분이 하인에서 주인으로 바뀜으로써 일제강점기의 사회 변동의 한 단면을 볼 수 있게 되며, 감정적으로는 오랫동안 억눌러온 원한을 풀게 된다.

반면 김대감 댁의 몰락은 한편으로는 양반 제도를 뒷받침해온 국가 체제의 붕괴와 일제의 침략에 그 원인이 있지만, 다른 한편으로는 개인적 원한을 산 것에도 많은 영향을 받고 있다. 송근술이 어느 날 장쇠의 장례를 치르고 와서 술을 마시고 행패를 부린 사건이나, 도조 500석을 가지고 달아난 사건은 김대감 댁의 장래에 상서롭지 못한 예감을, 불길한 예감을 준다. 그것은 제1세대인 김효순이 본의와는 상관없이 저지른 송근술의 출생을 인정하지 않은 데서 연유한다. 제3세대인 김영환이 의병들을 끌어들여서 친일 세력을 벌하고자 했을 때 필연적으로 부딪치게 된 것도 송근술 일당이다. 이 사건은 송근술로 하여금 더욱더 원한을 갖게 만들어 그로 하여금 사건이 있을 때마다 일제가 김대감 댁을 핍박하게 만드는 구실을 제공하게 한다. 이러한 행동 때문에 김대감 댁 사람들로 하여금 항일운동에 깊이 개입하게 만들고 나아가서는 장손인 김영환을 일제의 고문에 못 이겨 죽게 만든다. 이것은 송근술의 장남 준배가 장문으로 죽은 것에 대응하는 것으로서, 김대감 댁은 송근술에게 준배의 죽음에 대한 완전한 대가를 치른 것이다. 그러니까 김영환의 죽음은 준배의 죽음과 같은 값의 구조를 갖는다.

이 소설에는 이처럼 동일한 구조 속에 이루어지는 사건이 많다. 가령 송근술의 출생이 한 사람의 양반이 하룻저녁 객고를 풀다가 이루어진 것이라면, 쌍순이 자신의 상전 김태환의 아이를 갖게 된 것도 본인의 의지나 사랑에 의한 것이 아니라 강제에 의한 것이다. 태환의 서형 경환은 이러한 사실을 두고 "제가 저지른 짓 몰라라 허는 게 김씨 집안의 내림인 모양일세. 돌아가신 대감마님께서는 제 자식 송근술이를 몰라라 허시드니 이제는 자네가 죄 없는 그 아이를 사촌누이에게 떼넘기며 몰라라 허네그려"라고 질책한다. 여기에는 경환이 서얼 자식으로서의 설움 같은 것을 토로하는 내용도 포함되어 있지만 근친상간에 대한 문책도 들어 있다. 또 의병들에게 붙들려 죽음에 처한 송근술을 몰래 풀어주게 한 것이 김상민인 것처럼, 장문으로 사경을 헤매는 김태환을 석방시키는 데 힘을 써준 것은 송근술이다. 이러한 동일 구조의 반복은 삶에 있어서 가해자와 피해자, 힘있는 자와 힘없는 자, 악한과 선인의 역할이 얼마든지 돌고 돌 수 있다는 것을 우리에게 보여주는 것이다.

여기에서 하나 짚고 넘어가야 할 것은 당대의 친일 세력들이 대부분 그 사회에서 억눌리고 핍박받던 사람인 데 반하여 항일운동에 가담한 세력은 대단히 다양하다는 사실이다. 그것은 사회의 질서와 가치의 변화를 바라는 사람들이 새로운 세력인 일제에 접근했으며, 국가에 대한 투철한 의식을 가진 사람들이 출신 성분을 떠나 항일운동에 가담했다는 사실에서 알 수 있다. 친일 세력을 대표하는 인물로는 송근술·송보경·이두헌 등으로 이들은 조선이라는 나라가 이 세상에 존재하지 않는다고 생각한다. 송보경은 김태환에게 "일본에 합병된 조선은 이제 이 세상에 나라로는 존재하지 않아요. 만세 외치구 총칼 들구 싸워 될 일이면 저두 조선의 독립 반대허지 않겠세요. 허나 나라두 작구 백성두 약허구 싸울 힘두 달리는 우리가 어떻게 저 강한 일본과 싸워 잃은 나라를 되찾을 수가 있겠세요?"라고 말한다. 이들은 강한 일본에 압도되어 빼앗긴 나라를 다시 찾을 수 없다고 믿고 일제에 협력하고 일제의 힘을 빌려 돈과 권력을 갖고자 한다. 또 송근술은 자신이 의병들에게 붙들려 목숨이 위태로울 때 "그가 왜인들과 가까이한 것은 성주골 김대감과 같은 조선 양반들의 압제와 횡포를 피하기 위해서였다. 그들에게 맞서 싸울 힘이 자신에게 없기 때문에 그는 친일 단체인 일진회에 가입하여 조선에 새로운 강자가 된 왜인을 등에 업고 그들과 잠시나마 맞섰던 것뿐이다. 그 덕에 그는 왜기름 장사로 돈을 벌어 김대감 댁 해문리 논밭을 탈없이 살 수 있었다"라고 생각한다. 여기에서 볼 수 있는 것은 송근술이나 송보경이 친일하게 된 것은 결과적으로 그들이 옛날의 상전인 김대감 댁과 동일한 부와 권력을 누리기 위한 것이다. 그것은 그들이 돈을 벌기 위해서 집을 사고 벌어들인 돈으로 논밭을 사서 소작을 주며 농민들을 상대로 돈놀이를 하는 것으로 나타난다. 김대감 댁이 농민 위에 군림한 것과 똑같이 돈을 번 송근술이 농민 위에 군림하는 것을 보면 그것을 알 수 있다. 이들이 양반과 다른 점은 돈을 버는 방법이다. 양반들이 토색질과 착취로 돈을 벌었다면 이들은 장사로 돈을 번다. 그렇기 때문에 부동산 투기로 돈을 번 송보경은 "제 나라 백성을 살피거나 거두어주지 않는 국가나 군주는 백성이 목숨 걸구 지켜줄 가치두 의무두 없습니다. 한 가지두 베풂은 없이 온갖 세와 신역만을 강요허는 이 나라는, 백성이 등돌려 마땅헌 달갑지 않은 역겨운 나랍니다. 이 나라가 왜적의 속국이 되는 것두 어쩌면 인과응보, 당연한 결과인지 모릅니다. 백성은 수중에 지닌 것이 없어

왜적의 세상이 되더라두 더는 잃는 것이 없습니다. 〔……〕 적빈이 된 이 나라 가여운 백성들은 세상이 바뀌구 상전이 바뀌어두 그것이 크게 두렵거나 걱정되지 않사외다"라는 논리를 편다. 그들에게는 현재의 반상 제도가 바뀌지 않고는 그들의 삶의 조건이 바뀌지 않는다. 나라가 그 제도를 인정하고 보장하고 있기 때문이다. 나라가 그들의 가난을 외면하고 그들의 종 신분을 강요한 사실로 인해서 그들은 나라에 대한 사랑도 충성도 없고 세상이 바뀌기를 바란다. 그래서 송보경은 "내가 아는 여러 백성은 합방 후 더욱 살기 좋아졌다고 허든 걸요. 전기 들어오구 철도 놓여 우선 살기가 편해졌구, 왜인들 덕에 양물들 늘어 살림살이가 풍족해지구, 무엇보다 관의 탐학이 없어 백성들이 마음 놓구 일헐 맛이 난다구 허든 걸요. 일본이 합방허지 않었으면 조선은 아직두 캄캄한 미몽에 잠겨 있을 것이 분명해요"라고 주장하며 항일운동의 타당성을 늘어놓는 김태환에게 어긋나는 발언을 한다. 이러한 발언은 작은 탐학이 없어졌다고 해서 나라 전체를 삼킨 일본의 침략을 보지 못하는 것으로서, 부분적인 진실 때문에 전체적이고 대국적인 진실을 외면하는 결과를 가져온다. 이러한 논리는 송보경이 오빠인 필배와 나누는 대화에서도 나타난다. "우리 집안의 젖값으루 조선의 독립을 위해 힘을 써야 되지 않겠느냐"는 질문에 대해 그녀는 "조선이 우리에게 무엇이관대요? 우리 집안 식구 종으루 부린 양반의 나라 조선이 무엇이관대요? 〔……〕 옛적 종살이가 그리두 그리워 조선의 독립 위해 목숨까지 바치시려오?"라고 되묻는다. 자신의 나라가 종살이로 직접 연상되는 사람에게 나라를 찾자고 하는 것은 설득력이 없다. 그들은 누구나 일제의 조선 침략을 찬성하는 것이 아니라 나라가 망한 현실을 받아들이고자 하며 그들 가운데 누구도 조선이 독립하리라고 생각하는 사람은 없다. 반면에 그녀의 오빠는 "내가 구하자는 것은 양반 아닌 조선이란 나라야. 조선이 어찌 양반들의 나라냐? 양반은 대한제국이 죽었을 때 나라 따라 함께 죽었어. 이제 우리가 왜적에게서 되찾을 나라는 우리 백성이 주인이 될 바루 우리네 백성들의 나라야." 여기에서 볼 수 있는 것처럼 필배가 꿈꾸며 독립을 위해 싸우는 나라는 자유와 평등이 보장된 민주적인 나라다. 그것은 과거의 왕조가 아니라 새로운 민주 국가라는 데까지 발전해 있다. 이러한 역사의식이 있기 때문에 그는 자신의 출신에도 불구하고 항일 독립운동에 뛰어들 수 있는 것이다.

3

이 작품을 이끌어가고 있는 힘은 그러나 이러한 사회 변동이나 역사 인식이 아니다. 그것은 그러한 역사와 변동 속에서 볼 수 있는 개인 운명의 변화다. 그러한 변화의 실체를 보여주고 있는 인물군으로는 제1세대의 송근술과 박승학이고, 제2세대의 쌍순과 태환과 인섭이다. 김대감 댁 마름과 선두 노릇을 하던 송근술이 자신의 출생 비밀을 아는 순간부터 갖게 된 원한과 고통은 그에게 더 큰 시련과 재난을 가져오고, 그것을 극복하고자 하는 그의 노력은 일제의 힘을 빌려서 그의 신분 이동을 가능하게 한다. 이렇게 해서 성립된 친일 자산가가 해방 후 우리 사회의 중요한 자본가의 일부를 형성한다는 것을 알 수 있다. 송근술이라는 인물이 보여주는 이런 운명의 변화는 이 작품의 핵심적 주제라 할 수 있다. 여기에 덧붙여서 또 한 사람의 기억할 인물이 박승학이다. 중인 출신으로서 의병을 일으킨 그는 자신이 의병으로 끌어들인 백성들이 목숨을 바쳐 일제에 항거하여 싸웠음에도 불구하고 상황의 개선은커녕 백성의 희생만 커져가는 것을 보고 결국 의병을 해산하고 은거의 생활 속으로 들어간다. 그가 희생된 동료의 누이동생과 애틋한 사랑에 빠졌으면서도 하나의 가정을 이루지 못하고 떠도는 영혼처럼 산중에서 은거하고 있는 모습은 스스로 비극적 운명을 선택한 한 장수의 감동적인 삶을 대변하기에 충분하다. 더구나 자신이 타고난 시대와 자신의 역할에 대한 자각과 기다림의 시간을 가져야 되겠다는 판단은 그가 선택한 삶에 대한 동의 여부를 떠나 충분한 감동으로 받아들일 수 있다.

이들 두 인물에 비해서 쌍순과 태환과 인섭이라는 인물은 성장소설의 주인공과 같다. 종의 딸로 태어난 쌍순이 양반집 몸종으로 들어갔다가 아버지의 잘못으로 역경 속에 빠지고 동생을 돌보기 위해 자신의 몸을 태환에게 허락하는 과정이 그녀의 피동적인 삶이었다면, 서양인의 양녀가 되어 물려받은 자산으로 자본을 늘리고 신여성으로서 살아가고자 하는 과정은 그녀의 능동적인 삶이다. 여기에서 쌍순은 송보경으로 이름을 바꿈으로써 새로운 인물이 되고자 하지만, 이름만 바꾸고 성을 바꾸지 않음으로써 스스로 아버지를 부인하는 결과에까지 이르지는 못한다. 그것은 그녀의 노력이 어쩔 수 없이 송근술의 딸이라는 범주를 벗어날 수 없음을 이야기한다. 그녀의 운명의 비극성이 당대에서는 완전히 극복될 수 없음을 스스로 보여주는 것이다. 따라서 그녀가 자신의 아들 현우를 양자라고 우기다가 마지막에 인정하는 것도 삶의 비극성을 숙명처럼 받아들인 결과다. 반면에 처음부터 당대의 지식인임을 자부하는 태환은 신학문을 배우고 나라의 장래를 걱정하면서도 반상의 구별이나 신분 제도의 모순에 대해 아무런 의식도 없이 쌍순의 몸을 차지하기 위해 온갖 기득권을 이용한다. 그 후 그가 이끌고 있는 '계정회'는 나라를 구하기 위한 젊은이의 모임이라는 점에서 그의 의식의 성장을 엿보게 하지만 구체적인 이념이나 활동 내용이 없는 것은 아직도 그의 의식의 미성숙함을 보여준다. 그는 일제에 의해 구속되고 죽을 고비를 넘기면서 한 사람의 지사로 성장한다. 반면에 인섭은 중인 출신답게 과격한 행동에는 뛰어들지 않고 자신의 직업에 충실함으로써 미래 사회의 주역이 될 관리자로 남는다. 그가 물려받고 벌어들인 돈으로 학교를 세우려는 것은 나라에 필요한 인재를 기르기 위한 것이다. 이들 개개인의 운명의 변화는 이 작품을 이끌어가는 힘이다. 거기에서 주는 감동이 없다면 이 작품은 오늘의 사회를 이해하는 데 큰 도움이 되지 못할 것이다. 〔1993〕

개인과 역사 2
—김원일의 『늘푸른 소나무』

1

개인이 역사 속에서 살고 있는 운명의 비극성이 소설의 재미를 주도한다면, 김원일의 『늘푸른 소나무』도 그러한 역사소설의 속성을 그대로 지니고 있다. 이 소설의 배경이 되는 시대는 홍성원의 『먼동』과 거의 동시대인 1910년대로 우리 민족이 일제의 강점에 항거하는 시기다. 대개의 역사소설이 그러한 것처럼 이 작품은 1910년 전후의 역사적 사건을 배경으로 삼고 있으면서 작가가 만들어낸 주인공들을 그 속에서 살고 있는 실재 인물들과 함께 생활하게 함으로써 그들의 삶에 역사적 정당성을 부여하고 있다. 가령 이 소설에는 을사오조약의 체결을 전후로 한 많은 의병들의 활동이 실명과 함께 거론되고, 수많은 의병장들의 활약상이 서술된다. 그러나 그러한 거론과 서술이 역사적 사실의 차원에 머무른다고 한다면 굳이 소설이라는 장르가 필요 없을 것이다. 소설은 역사적 사실 속에서 겉으로 드러나지 않는 개인의 삶과 운명을 알아보고자 하는 것이며, 그것을 통해서 역사적 사실의 진정한 의미를 드러내고자 하는 것이다. 그렇기 때문에 작가는 허구적인 개인을 역사적 상황 속에 위치시키고 그 안에서 생활하게 만든다. 그런 점에서 역사소설에서의 허구적인 주인공은 역사의 문제를 푸는 데 도움을 주는 열쇠 역할을 한다. 그것은 마치 기하학에서 직접적으로 측정할 수 없는 거리를 측정하기 위해 긋는 보조선과도 같다. 역사의 입장에서 본다면 작중인물이 관심의 대상인 것이 아니라 그들로 인해서 얻을 수 있는 해석이 주된 관심 대상이다. 반면에 문학에서는 역사에 대한 해석에 그들이 어떻게 기여하든 주된 관심사는 그들의 삶과 운명의 변화이다. 그것은 과거의 역사를 과거 속에 위치시키는 것이 아니라 현재의 삶과 관련지어 관찰하고자 하는 문학 고유의 관심사이다. 사람이 살아가는 꼴을 통해서 삶 자체에 대한 평가는 물론이고 그 삶을 가능하게 한 삶의 조건이나 사회제도와 풍속, 그리고 그 모든 것을 가능하게 한 가치 체계를 한꺼번에 알아보는 것이 문제가 되기 때문이다.

역사에서 그 모든 것을 한꺼번에 알아본다고 하는 것은 그 시대를 사는 인물을 통해서이며, 그들의 삶의 꼴을 통해서이다. 옛날의 역사소설은 역사적으로 실존한 영웅을 주인공으로 삼았다. 그들에 관한 기록은 역사의 기술에서도 이미 나타나고 있지만, 소설에서 다루고 있는 그들의 기록은 역사의 기록과는 전혀 다른 양상을 띤다. 역사의 기록에서 그들은 공적인 존재로서 어떤 결정을 내렸고 어떤 행동을 했는지, 그 결과 그들이 얼마나 위대한 인물이고 혹은 실수를 저지른 인물인지 평가되고 있다. 반면에 소설에서 서술되는 그들은 사적인 존재로서 어떤 결정과 행동에 앞서서 엄청나게 많은 고민과 망설임 속에서 괴로워했다는 것을, 그들의 실패는 얼마나 인간적인 선택의 결과였고, 그들의 성공은 어떤 우연과 실수의 결과였는지 이야기한다. 그러니까 역사 서술이 역사적 인물의 공식적이고 객관적인 평가를 제시하기 위한 것이라면, 문학적 서술은 역사적 인물의 사적이고 인간적인 이해를 가능하게 하기 위한 것이다. 따라서 이순신이 한산대첩을 가져오기 위해 많은 장수들의 반대에도 불구하고 어떤 작전을 구사했고 그 결과 얼마나 큰 승리를 거두었는지 이야기함으로써 그가 얼마나 애국심이 강했고 얼마나 탁월한 전술가였는지 드러내는 것이 역사의 서술이라면, 큰 전투를 앞에 두고 여러 가지 생각으로 잠 못 이루며 "한산섬 달 밝은 밤에 수루에 혼자 앉아……"라고 지도자의 외로움을 노래하고, 자신이 선택한 작전이 실패할 경우에 오게 될 결과에 대해 괴로워하며 음식도 들지 못하고 뜬눈으로 밤을 새우는 이순신의 인간적인 모습을 드러내는 것이 문학의 서술이다. 역사에서는 그가 투철한 애국심과 탁월한 전략과 통찰력 있는 세계관의 소유자였고 그것이 역사적 사실 속에 어떻게 구현되었는지 서술함으로써 그의 영웅적 측면을 부각시키고 있는 데 반하여, 소설에서는 그의 애국심과 전략과 세계관이 그의 내부에서 끝없는 시련을 겪는 과정과 실패의 유혹에 자신을 맡길 수 있는 가능성의 순간들을 통해서 그의 고민과 고통을 드러나게 함으로써 그의 인간적인 측면을 부각시킨다.

역사소설의 주인공이 과거에는 역사적 영웅이었으나 오늘날에는 이름 없는 민중이 된 것은 과거의 역사 해석이 일방적이고 단의적이었던 데 반하여 오늘의 그것은 문제 제기적이고 다의적인 것임을 이야기한다. 영웅을 주인공으로 삼는 것은 이미 알려진 인물에 대한 새로운 해석의 시도라는 측면도 있지만 역사가 그들에 의해 이루어진다는 영웅 중심적 역사관의 또 다른 표현이다. 반면에 이름 없는 인물들을 주인공으로 내세우는 것은 역사의 진행에 눈에 보이지 않는 요인들의 작용을 받을 수 있음을 보여줌으로써 역사에 대한 새로운 해석을 가능하게 하고자 하는 민중 중심적 역사관의 표현에 해당한다. 이 경우 그 인물 자체의 다양성이 얼마든지 가능한 것이기 때문에 그들을 내세움으로써 역사의 해석이 얼마든지 달라질 수 있다. 그래서 봉건적이고 중앙 집권적인 가치가 지배하던 시대에는 영웅을 중심으로 한 역사소설이 지배적이었다면, 자유와 평등이라는 민주적 가치가 지배하는 시대에는 이름 없는 서민 영웅이 나타나거나 일상적인 서민이 주인공으로 등장하는 역사소설이 지배적인 위치에 선다.

2

『늘푸른 소나무』에도 우리가 역사에서 확인할 수 있는 역사의 영웅들이 무수하게 나온다. 이강년·유인석·허위 등의 의병장을 비롯하여 박상진·김좌진·홍범도 등 나라를 지키기 위해 목숨을 바친 실재 영웅들의 이름이 나온다. 그러나 박상진을 제외하고는 그들은 이 소설에서 이름으로만 나타날 뿐 실제로는 등장할 수 없는 입장에 있다.

소설의 무대가 그들이 생존한 시대가 아니기 때문이기도 하지만 그들의 기치 밑에 독립운동에 가담한 이름 없는 사람들의 이야기가 소설의 주제가 되기 때문이다. 이 작품은 이미 그 제목이 이야기하고 있는 것처럼 1910년 일제가 강제로 우리나라를 침탈한 직후 국권이 상실된 시기에서부터 3·1 만세 운동 이후까지 15년여에 이르는 가장 어두운 시대를 살았던 지사적 인물들을 형상화하고 있다. '늘푸른 소나무'는 선구자적 이미지로서 작가 자신이 내세우고 싶은 가치로 보인다. 여기에서 주인공은 한 사람으로 보기 어려운 점이 있다. 그만큼 많은 인물들이 중요한 역할을 수행하면서 소설의 전체적인 구조에 기여하고 있다.

소설의 서두부터 눈에 띄는 인물은 울산에서 '백군수 댁'이라 불리는 사대부 집안의 둘째아들 '백상충'이다. 지주의 아들인 그는 선비로서의 기개와 유생으로서의 애국심으로 무장한 당대의 지사들이 갖추어야 할 여러 가지 요소를 다 갖추고 있다. 일제의 침략 정책이 노골적으로 드러나자 일본인 통감의 암살 계획에 연루되어 옥고를 치르고 의병장 이강년의 휘하에서 싸우다가 붙잡혀 절름발이가 된 경력이 있을 정도로 행동하는 지식인의 모습으로 등장한 그는 이 소설이 끝날 때까지 소설의 표면에서 사라지지 않고 사건의 핵심에 자리 잡고 있다. 그는 한일 합방 이듬해 동운사에 칩거하며 한편으로는 '박상진'이 주장하고 있는 무력 투쟁을 위한 거사 자금을 모집하며 '영남유림단'이라는 독립운동 단체를 조직하고 다른 한편으로는 고등보통학교를 세우는 일에 열성을 바친다. 그는 의병에 가담했던 전력 때문에 일본 헌병대의 감시 대상에 올라 그들에게 핍박과 수모와 고문을 당하면서도 자신의 기개를 꺾지 않는다. 그는 동운사의 초가에서 동지들과 접촉하고 근동의 유지들에게서 의연금을 모집하며 '영남유림단'의 조직에 참여한다. 또 '박상진'이 주축이 된 전국 규모의 '대한광복회'가 조직되자 가세가 이미 기울어지고 있음에도 불구하고 집을 잡혀 3만 원이라는 거금을 내놓고 영남 본부의 책임을 맡는다. 이러한 그의 활동은 그 자체로도 그가 역사에서 볼 수 있는 영웅에 손색이 없는 인물임을 말해준다. 독립운동에서 그의 역사적 성격은 '대한광복회' 총사령

이 된 박상진과 대비되는 것으로 나타난다. 그와 마찬가지로 영남의 명문 출신인 박상진이 조선 땅과 만주를 무대로 거국적인 조직을 결성하고 독립 자금을 모으면서 이에 응하지 않는 인물들을 응징하는 적극적인 활동을 하고 있다면, 그는 그 휘하에서 영남 본부의 책임을 맡고 있다는 점에서 지역적인 인물이다. 그러나 그가 박상진에 비해 소설적 인물로 나타나는 것은 박상진의 서술이 공적인 활동에만 근거를 두고 있는 데 반하여 그의 서술은 사적인 사유와 행동까지 비교적 소상하게 다루고 있기 때문이다. 요컨대 박상진과는 달리 백상충은 자신의 사람됨, 한 개인으로서의 형상화가 이루어진 인물로 묘사되고 있다. 그는 유교적 전통에 뿌리내린 양반 출신임에도 불구하고 아들인 '형세'의 머리를 깎게 하고 자신의 몸종인 '어진이'를 속량하여 자신의 제자로 삼아 글을 가르친다. 또 독립운동과 옥살이로 부인을 혼자 살게 한 자신의 미안함을 면하려다가 부친상을 당한 상주로서 지켜야 할 도리를 지키지 못하는 과오를 범하여 많은 사람의 비웃음의 대상이 되기도 한다. 그가 지나가는 길에 도둑의 누명을 쓰고 고초를 겪는 아녀자를 방면하도록 '한초시'에게 부탁하다가 오히려 봉변을 당하는 것은 매사에 의협심이 강한 그의 성격이 때로는 그의 삶에 고통을 가져다주는 좋은 예에 속한다. 그의 강직한 성격은 그가 여러 차례 일본 관헌에게 끌려가서 말로 다 할 수 없는 고초를 겪으면서도 한 번도 이에 굴하지 않는 것으로 나타난다. 특히 '한초시'에게 의연금을 요구했다가 '영남유림단'의 옛 조직이 드러나는 과정에서 그가 당한 고문은 인간으로서의 한계를 시험당할 정도로 극악한 것이었음에도 불구하고 끝까지 버텨내는 그의 모습은 감동 없이는 읽을 수 없다. 그의 일생은 독립운동과 일제에 의한 고문과 감옥 생활로 점철되어 있다. 3·1 운동 때에는 동료들과 함께 서울의 만세 운동에 가담하고 언양의 고향으로 내려와 그곳에서 다시 만세 운동을 주도하다가 일제에 붙들려 모진 고문을 당한다. 그는 다시 실형을 선고받고 복역하게 되고 출옥하자마자 다시 만주의 독립운동에 합류한다. 그는 자신의 주장과 신념을 굽히지 않고 대일 항쟁의 길을 걷는다. 복역 중에 그는 아내도 잃고 자신이 경쟁의 대상으로 생각했던 '박상진'도 잃는다. 그런 점에서 그는 어떤 비바람에도 꿋꿋한 '늘푸른 소나무'에 비유될 수 있다.

그러나 그를 주인공으로 생각하기에는 여러 가지 문제가 제기된다. 우선 그의 생각과 태도가 한결같다는 점을 들 수 있다. 물론 생각과 태도가 한결같다는 것 자체가 문제가 될 수 있는 것은 아니지만, 사람이 자신의 생각과 태도에 대해서 하나의 의심도 하지 않고 산다는 것은 그 인물 자체의 역동성에 의심을 갖게 한다. 인간은 누구나 하나밖에 할 수 없는 선택에 대해서 괴로워하며, 자신의 선택이 가져올 미지의 결과에 대해서 두려워하고 괴로워한다. 자신의 이러한 선택이 옳은 것인가, 자신의 신념이 세상을 바꿀 수 있는가 등의 회의가 없다면 이 세계에서의 삶은 너무나 편안하고 용이할 것이다. 우리가 공부하고 생각에 잠기는 것은 편안하고 용이한 삶을 살기 위한 것이 아니라 고통스럽지만 진정한 삶을 살기 위한 것이다. 그리고 그러한 노력 속에 삶의 역동성이 있다. 운명이 바뀌고 삶의 질이 달라지고 사회적 지위가 변화하는 역동성이 우리로 하여금 삶을 살 만한 것으로 만들어준다. 그러나 백상충은 양반으로서, 스승으로서, 지도자로서 자아를 인식하고 있을 뿐, 늘 남을 위에서 내려다보는 입장을 떠나지 않는다. 그는 다른 사람을 의논의 상대로 대하는 것이 아니라 자신의 결정과 결심을 실천하는 사람으로 생각한다. 그것은 그의 이데올로기의 옳고 그름을 떠나서 그를 생명감 있는 인물로 평가할 수 없는 요소가 된다. 둘째로 문제가 되는 것은 그가 자신의 운명을 바꾸지 못하고 변화 없는 삶을 끝까지 사는 동안 그것이 소설의 전체적인 줄거리를 이끌어가지 못하고 소설의 배경을 이루고 있다는 점이다. 그 때문에 소설의 상당 부분은 그와 아무런 상관없이 진행되고 있고 그의 존재는 전혀 무시된 채 다른 사람들의 삶에 의해 진행된다. 물론 그의 존재가 문제되지 않는다고 하더라도 그가 주인공이기 위해서는 다른 사람들의 삶이 끊임없이 그와의 관련 속에서 이루어져야 하며 그의 존재의 그림자가 어느 구석이든지 드리워져 있어야 한다. 그의 존재가 완전히 망각의 상태에 있다든가 그것이 역동적으로 작용하고 있지 못할 경우, 그 순간 그의 존재는 소설의 구조에서 벗어나게 된다. 소설 속에서의 그의 삶의 많은 부분이 고문을 당하거나 감옥에 갇혀 있는 상태로 제시되는 것은 주인공으로서의 그의 한계를 드러내는 것이다. 그것은 그의 행동이나 사유에 대해 독자가 생각할 수 있는 여지를 주지 않기 때문이다. 그는 옳고 그의 선택은 이미 최선의 것이다.

그가 소설의 표면에 마지막으로 돌아오는 것은 제9권 서두에서다. 그는 감옥에서 나오자 다시 만주로 떠나기로 작정하고 석주율의 삶의 방식이 민족의 독립을 가져올 수 없으리라는 단언을 내리면서 조선의 독립을 위해서는 온 민족이 최후의 일인까지 싸우는 수밖에 없다고 주장한다. 그러면서 자신의 만주행에 따라나서겠다고 하는 어린 둘째 딸의 주장에 곤혹감을 느낀다. 열네 살인 딸에게 만주로 따라나서기에는 너무 어리다고 말하면서 자신이 주소를 정하면 만주로 불러들이겠다고 함으로써 그는 소설의 표면에서 사라진다. 그것은 첫째, 그의 주소가 정해진다는 것이 기대할 수 없는 일이라는 것을 감안할 때 독립의 그날까지 정처 없이 떠도는 그의 운명을 예견하게 하고, 둘째, 그가 벌이는 독립운동이 당대로 끝나는 것이 아니라 독립이 이루어질 때까지 다음 세대로 계승될 것임을 이야기한다. 여기에서 박상진의 상대역으로서의 그의 역할은 충족되지만 소설 전체의 주인공으로서의 그의 역할은 이 작품의 중반 이후에 완전히 축소되고 있음을 알 수 있다. 그는 당대의 유교적 지식인의 비극적인 삶을, 갑오경장 이후의 사회적 변화와 경술국치 이후의 역사적 변화에 맞서 싸우다가 온갖 고통에도 불구하고 좌절은 하지 않되 이 땅에서 그 근거를 빼앗긴 지식인의 비극적인 삶을 충분히 표상하고 있다.

3

이 방대한 소설의 진정한 주인공은 '어진이'라는 아명을 가진 '석주율'이다. 그는 백상충 집안의 노복인 '행랑아범'의 막내아들로 태어나 백상충의 몸종 노릇을 하다가 속량된 인물로서 그 파란만장한 생애와 유위변전의 삶은 이 소설을 읽는 독자의 관심의 핵심에 자리 잡는다. 그의 일생은 길지는 않지만 파란만장한 것으로서 소설 전체의 줄거리를 지배하고 있어서 그를 소설의 주인공이라 하는 데 이의가 있을 수 없다. 그가 종의 신분에서 벗어나는 것은 그를 통해서 사회적 계급의 변동을 드러내주고, 그가 옛 주인인 백상충을 스승으로 삼아 그에게서 문자를 배우고 민족과 역사의 현실에 눈을 뜨는 것은 식민지 시대에 전통적인 지식인이 아니라 새로운 지식인이 어떻게 형성되는지 알게 한다. 또한 이 소설의 감동은 식민지 시대 우리 사회의 격변하는 역사를 인식하게 되는 것이 바로 어진이라고 하는 종 출신의 비극적인 운명을 통해서 가능하다는 데 있다. 그는 자신의 출신 성분에 맞게 대단히 겸손하고 소극적인 성격의 소유자다. 그는 글을 배우고 스승의 심부름을 하는 자신의 위치에 대해 불안해하면서 무식한 농군으로 농사나 짓기를 바란다. 그러나 일단 글을 알고 스승의 편지 심부름을 다니기 시작한 뒤에는 그 일에서 손을 떼고자 하는 의지에도 불구하고 스승과 공동 운명의 길을 걸을 수밖에 없다. 그것은 식민지적인 현실에서는 전통적인 지식인이나 새로운 지식인이나 동일한 역사관을 갖고 있는 한 공동의 운명을 걸을 수밖에 없음을 이야기하기에 충분하다. 그는 심부름을 하다가 처음으로 일경에 붙들려 심한 모욕과 고문을 당하게 되자 스승에게서 글을 배운 사실에 대해 후회하며 농사짓는 일로 되돌아가고자 한다. 그러나 그는 일제의 탄압과 고문을 통해서 성장하고 그 나름의 역사관과 세계관을 갖게 되며, 그의 정신은 더 큰 세계로 확대되어감으로써 그의 성장을 가져온다. 의연금을 전달하려다 제일 첫번째 큰 고문을 겪게 되자 그는 절에 들어가 선문의 세계에 몰입하고자 한다. 그리고 훌륭한 선승이 되기 위해 고행의 길을 걷고자 한다. 그것은 그에게 있어 자신의 과거와의 완전한 단절을 의미한다. 왜냐하면 그는 표충사에 들어오기 전에는 비록 주인인 '백상충'에 의해 속량되었다고 할지라도 스승과 제자라는 명목으로 그에게 예속되다시피 했기 때문이다. 그는 독립된 인격체이기보다 스승의 지시에 따라 움직이는 인물에 지나지 않았다. 따라서 그가 중이 되고자 절에 들어간다는 것은 옛 주인과 몸종이라는 상하 관계, 스승과 제자라는 수직 관계의 완전한 결별을 의미한다. 그는 보이지 않는 주종 관계로 자신을 묶고 있던 속세에서 벗어나 하나의 독립적인 인격체로 성장할 수 있는 새로운 선문의 세계로 나아간 것이다.

이러한 그의 시도가 상징적으로 드러나는 것은 그가 이름을 바꾼 것이다. 지금까지 불려온 '어진이'라는 아명이 성도 없는 종의 이름을 표상하고 있다면, 방장스님이 그에게 지어준 '석주율'이라는 이름은 그를 종의 신분이었던 과거에서 완전히 결별한 새로운 인격체로 승화시켜준다. 그런 점에서 그가 중이 되기 위해 고행하는 과정은 석주율이라는 새로운 인격체의 탄생을 위한 아픔의 과정이라 할 수 있다. 그렇기 때문에 그는 다른 사람들보다 더 열심히 고행의 과정을 밟을 수 있었다. 그는 이제 영남유림단에서 곽돌·경후 등과 함께 만주에 파견되어 온갖 난관을 겪으며 무기 구입의 임무를 수행하고 귀국한다. 그는 자신이 일제에 무력으로 맞서는 일을 할 만하지 못하고 다른 사람을 죽이지 못한다는 이유로 선승으로만 남기를 원하면서 독립운동에서 멀어지고자 한다. 그러나 대한광복회 사건으로 노출된 영남유림단의 조직 때문에 그의 만주행이 탄로 나면서 그는 모진 고문에 시달린다. 징역을 살고 나온 석주율은 자신의 출옥 환영 법회를 거북하게 생각하며 승적을 떠난다. 그는 스스로 빈민굴에 들어가 구빈 사업을 벌인다. 빈민촌이 일제에 의해 철거되자 그는 빈민들을 이끌고 고향인 범서골에 들어가 '석송농장'과 '한얼사숙'을 운영하며, 그들을 자립하게 하고 교육시킨다. 3·1 운동이 일어나자 여러 가지로 망설이다가 야학당 학생들과 함께 참여, 또다시 옥고를 치른다. 감옥에 갇혀 있는 동안 벌목 부대에 동원되어 온갖 고통을 받지만 위기에 처할 때마다 좌선의 시위로서 이를 극복하는 초인적인 힘을 보여준다. 출옥 후 석송농장에 돌아온 석주율은 이제 일제의 토지 개혁으로 인해 도요오카 농장의 소작인이 되어버린 농민들의 의견을 대변하면서 농민운동의 이론가로서 글을 발표하고 실천가로서 농민들의 이익을 위해 앞장선다. 그는 일제의 위협과 회유에 굴하지 않는 지도자로 성장했으나, 수리조합의 수세에 반대하는 농민들의 시위에서 일제의 총에 맞아 생을 맺는다.

그의 이러한 일생은 10대 후반에서 시작해서 30대 초반에 완성되는 것으로서 미천한 종의 신분에서 거대한 사회적 지도자로 성장하는 개인적인 드라마이며 동시에 수난의 역사로 점철된 민족의 드라마이다. 그가 특히 역동적인 인물로 형상화될 수 있었던 것은 신념으로 가득 찬 백상충과는 달리 그 자신이 본인의 의도와는 상관없이 끊임없이 현실과 부딪치면서 매 순간 구체적인 선택을 강요당하고, 그 선택에 의해서 그의 지식이나 생각은 물론 육체까지도 시련을 겪는 과정을 설득력 있게 제시한 데서 연유한다. 그의 사람됨은 소박함과 겸손함과 소심함으로 인해서 초기에는 괄목할 만한 것이 되지 못했으나, 그가 시련을 겪고 새로운 상황과 체험을 함에 따라서 그 크기가 상상을 초월할 정도로 외유내강형이 된다. 그가 이처럼 성장할 수 있었던 것은 그의 종교적 체험이 크게 작용하고 있는 것처럼 보인다. 그가 맨 처음 알게 된 것은 불교의 선의 세계이고, 그다음으로는 그가 두 번에 걸쳐 만주에 다녀오는 과정에서 대종교를 통해 알게 된 민족의 정체성이고, 세번째로는 만주 가는 길과 감옥에서 알게 된 기독교의 박애와 평등 정신이다. 그는 이 세 종교적 체험을 통해 생명을 존중하는 비폭력 무저항의 항일 운동에 이르게 되고 여러 경향의 사회 사상의 독서를 통해서 구휼 활동과 같은 사회운동을 독립운동 못지않게 중요하게 생각하기에 이른다. 문맹의 소년에서 장년의 독립운동가요, 사회운동가요, 사상가로 성장하는 주인공을 보면, 이 소설이 한 편의 훌륭한 성장소설임을 알 수 있다.

그러나 그가 이렇게 성장하기까지 그의 스승 백상충처럼 정신의 흔들림이 없는 것은 아니다. 그는 출신 성분에서 드러나는 것처럼 내세울 만한 선험적인 정신의 가치나 신념을 가지고 있지 않다. 그의 정신은 형성되어가는 과정에 있기 때문에 끊임없는 위기를 체험하게 된다. 그가 모진 고문을 당할 때 몇 번이나 흔들리는 것은 그 위기를 설명하기에 충분하다. 그가 독립군으로서 만주에서 일본군과 싸울 때 어쩔 수 없이 일본군을 죽이고 나서 일으킨 발작은 얼마 동안 그를 트라우마의 상태에서 헤어나지 못하게 할 뿐만 아니라 그를 사회운동으로 가게 하는 결정적인 계기를 마련한다. 그가 살아 있는 인물일 수 있는 이유는 이처럼 그에게 선험적인 가치가 있는 것이 아니라 새로운 가치가 형성되고 있음을 보여주기 때문이며, 그가 이미 만들어진 인물이 아니라 생성 중에 있는 인물이기 때문이다. 그가 주인공으로서 이 작품에 우리들의 관심을 집중시키게 하는 것은 작중인물로서 가진 이러한 역동성에 기인한다.

4

물론 이처럼 불확실성 속에 있는 주인공의 성격이 이 작품의 성공에 긍정적으로만 기여하고 있는 것은 아니다. 가령, 첫번째 감옥살이를 하고 난 다음 홀연히 표충사를 떠나기로 결심하고 부산으로 가서 빈민운동을 한다든가, 오랜 감옥살이를 하고 돌아온 다음 갑자기 1일 2식 주의자가 되어 점심을 거르게 된 것이라든가, '정심이네'의 헌신적이고 눈물겨운 사랑과 뒷바라지에도 불구하고 이를 외면하는 것이라든가, 산역을 하는 동안 뒷바라지를 해준 봉순네에게 자신의 몸을 허락하는 것 등은 필연적이라기보다는 대단히 우발적인 사건처럼 보여서 작품의 짜임새에 부정적으로 작용한다. 작품의 짜임새로 말하자면, 이 작품에서 주인공이 지나치게 자주 너무 많은 고문을 당한다거나, 감옥

생활을 지나치게 오래한다는 것이 우리 민족이 일제에 의해 당한 고통을 구체적이고 사실적으로 보여준다는 장점에도 불구하고 주인공의 적극적인 행동이나 모험을 제약한다는 점에서 작품 전체의 균형에 크게 기여하지는 못한다는 인상을 준다. 그러나 이와 같은 지적은 모두 9권의 대작에 대한 일종의 투정에 지나지 않을 뿐 작품의 문학성에 전혀 손상을 입힐 수 있는 것이 아니다. 오직 한 가지 의심스러운 것이 있다면, 지적인 성장에도 불구하고 그가 개인적인 성공을 위해 아무런 욕망을 가지고 있지 않다든가, 아직 면천하지 못한 자기 부모들을 위해 무엇인가 해야 되겠다는 의지가 없다든가, 자신의 행복을 위한 아무런 의식을 소유하지 않는다는 사실이다. 요컨대 그는 개인의식을 철저히 배격하고 민족의 독립이라고 하는 집단의식에 온통 사로잡혀 있다. 그것은 그가 스승인 백상충에게 받은 교육 때문인 것으로 보인다. 전통적인 유학자 출신 독립투사인 백상충은 잃어버린 국가를 되찾기 전에는 어떠한 개인적인 행복도 불가능하다는 인식을 지니고 있다. 그에게서 교육을 받은 석주율은 스승과 다른 방식으로 일제에 대항하고 있음에도 불구하고 스승과 마찬가지로 개인의 이익이나 행복이나 권리에 아무런 관심이 없다. 그래서 그는 자기 동료들을 일제의 탄압에서 구하기 위해 혼자 단식투쟁을 하고, 선량한 농민들의 정당한 요구가 받아들여지도록 단식투쟁을 벌인다. 그것은 몸을 학대하여 정신의 승리를 얻고자 하는 이른바 살신성인의 유교적 정신주의를 스승에게 배우고, 중이 되고자 하는 과정에서 불교적 금욕주의를 표충사의 고행에서 얻은 데서 기인하는 것으로 보인다.

이와 같은 그의 정신주의가 백상충의 그것과 만나는 것은 작가 자신의 정신주의와 관계가 있지 않을까 유추하게 만든다. 왜냐하면 이 작품에 나타나는 대부분의 긍정적인 인물들이 고귀한 정신의 소유자인 반면에 그렇지 못한 인물들은 현실적 성공이나 물질적 부를 축적하고 있기 때문이다. 일본의 보조 헌병 강중우는 자신의 현실적인 출세를 위해 동포들에게 보다 악질적으로 대하여 보조원의 딱지를 떼게 되고, 백충헌의 장인 조익겸은 일본 관헌들과 적당히 어울리면서 부를 축적하고, 울산의 장판관 댁 아들이며 백상충의 동료인 장경부도 결국 광명보통학교 교감이 되면서 독립운동 대열을 벗어난다. 반면에 백상충의 아버지 백하명이나, 그의 동료인 박상진이나 글방을 운영하는 함명돈, 대장간을 운영하는 박생원 등은 모두 고귀한 정신의 소유자로 나타난다. 그러나 이보다 더 적나라하게 그의 정신주의가 드러나는 것은 섹스의 문제가 부정적인 것으로만 다루어지고 있는 데서 찾아볼 수 있다. 가령 석주율에게 연정을 품었던 여성 가운데 육체적인 접근을 시도하지 않은 '정심네'만이 긍정적으로 그려져 있을 뿐 첫사랑을 고백한 '삼월이'를 부정적으로 그리고 있으며, 석주율의 동정을 빼앗은 '봉순이네'가 그것을 후회하며 용서를 빈다든가 하는 것은 성을 순수하지 못하고 불결한 것으로 생각하는 정신주의의 한 표현이라고 볼 수 있다. 그 결과 이 작품 전체에서 성은 사랑이나 생명의 완전한 표현으로서는 한 번도 나타나지 않는다. 백상충의 형인 백상헌이 평생을 주색으로 보내다가 병사하게 된 성, 조익겸이 자신의 금권과 정력의 과시로 소비하는 성, 자신의 완력으로 많은 여성을 농락하고 겁탈하다가 마침내 남근을 잃고 마는 김기조의 성은 정신적 사랑이 결여된 육체적 쾌락이 얼마나 추한가를 보여주기에 충분하다. 그렇지만 이 작품 전체에 그렇지 않은 성, 사랑과 생명의 완전한 표현으로서의 성이 전혀 나타나지 않은 사실은 이 작가가 에피큐리언과는 정반대에 자리 잡은 유교적 정신주의와 깊은 연관이 있는 것처럼 보인다. 그런 점에서 석주율에게 헌신적이었던 정심네를 석송농장의 박장쾌와 결혼을 시킨 것은 작가가 의도적으로 만들었다고 말할 수 있다. 그리고 이것이 김원일의 다른 작품에서도 나타나는 현상인지 확인해보는 것은 그의 소설을 이해하는 데 대단히 재미있는 주제가 될 것이다.

5

김원일의 『늘푸른 소나무』에는 그 밖에도 다른 작품 같으면 주인공이 될 수 있는 인물들이 무수하게 나온다. 소작인 출신의 김기조, 백상충의 장인이며 친일파인 조익겸, 어진이에게 연정을 품었던 탐욕스러운 삼월이, 석주율에게 충성스러운 정심네, 한말의 군인 출신으로 헌병 보조원이 되어 동포들을 핍박하는 강중우, 보부상 출신으로 독립운동을 하는 곽돌 등은 각자가 독특한 개성을 갖고 있는 훌륭한 소설적 인물들이다. 작가는 이 방대한 작품에서 이처럼 많은 인물들을 형상화시킴으로써 그들의 삶이 소설의 전체 구조에 기여하게 만든다. 그들을 통해서 당대 사회의 우리 민족이 체험한 삶의 진정한 모습을 보여줄 뿐만 아니라 오늘의 서민들이 살고 있는 삶의 뿌리를 읽게 한다. 작가는 많은 등장인물에도 불구하고 대단원의 순간 그들의 삶이 정리되었다는 인상을 줄 정도로 이 시대의 역사에 대한 이해를 가능하게 해준다. 많은 민족의 지도자들 뒤에는 그보다 훨씬 많은 민중들의 보이지 않는 삶과 죽음, 기쁨과 고통, 환희와 절망이 있고, 그것으로 인해 역사는 역류하지 않는다는 작가의 세계관과 역사관을 읽게 만드는 것이 『늘푸른 소나무』이다. 그런 점에서 역사적 상상력으로 가득 차 있는 그의 문학이 이 작품으로 집대성되었다고 말할 수 있다. 바로 그 때문에 새로운 문학적 상상력으로 가득 찬, 그의 야심에 가득 찬 변모된 세계에 우리는 또 다른 기대를 걸게 된다. 〔1994〕

한의 삶과 삶의 한

—이청준의 『서편제』

이청준의 『서편제』는 다섯 편의 연작으로 묶여 있는 「남도 소리」와 「눈길」 「살아 있는 늪」 「해변 아리랑」 등 모두 여덟 편의 작품으로 구성되어 있다. 최근 동명의 영화가 공전의 성황을 이루고 있어서 갑자기 독자들의 관심을 끌고 있지만, 이 작품들이 발표된 것은 15, 6년 전부터였다. 이미 1987년 『남도 소리』라는 제목으로 연작을 묶어서 출간한 바 있는 이 작가가 다시 『서편제』라는 제목으로 작품집을 재구성하여 출판한 것에는 강력한 의도가 엿보인다. 작품집 『남도 소리』가 작가의 기대와는 달리 그 당시 독자들의 커다란 호응을 얻지 못했던 것이 그 하나이며, 그 후에 발표된 몇 편의 작품들이 작품집 『남도 소리』를 보완해줄 수 있어서 독자들의 보다 큰 호응을 기대하게 된 것이 다른 하나가 아닐까 생각된다. 실제로 이러한 보완 작업이 독자에게 이해되어서인지 영화의 성공에 영향을 받아서인지, 새로운 작품집 『서편제』는 베스트셀러의 목록에 올라 있다. 그것은 이 작품집이 어떻게 엮어졌는지 우리로 하여금 검토하게 만든다.

이 작품집의 전반부는 「서편제」「소리의 빛」「선학동 나그네」「새와 나무」「다시 태어나는 말」 등 '남도 소리' 연작들로 구성되어 있다. 이 연작은 이미 그 제목에서 알 수 있는 것처럼 소리꾼 일가의 삶과 죽음을 그리고 있다. 한 소리꾼 사내가 어떤 과부와의 사이에서 태어난 딸에게 소리를 가르치려 든다. 그 딸은 어머니의 죽음과 함께 출생했다는 점에서 비극적 운명을 지니고 태어났다. 소리꾼은 원래 과부의 아들에게 소리를 전수하려 하였으나 그가 소질을 보이지 못했을 뿐만 아니라 열심을 보이지도 않기 때문에 그의 딸에게 소리를 가르치고자 한다. 어미 없는 두 아이를 거느리고 여기저기 떠돌아다니며 소리를 해주고 연명을 하는 소리꾼은 온갖 멸시와 가난 속에서도 소리를 연마하고 전수하고자 하며, 소리에 대한 자부심을 잃지 않는다. 북잡이를 시켰던 사내아이가 아무도 몰래 그들 곁을 떠나자 부녀는 소리를 하며 어려운 떠돌이의 삶을 이어간다. 어느 날 소리꾼은 딸의 소리가 진전을 보이지 않자 그녀의 두 눈을 멀게 한다. 눈을 멀게 함으로써 딸을 명창으로 만들고자 하는 소리꾼의 집념은 전율을 느끼게 하는 비극성을 갖고 있다. 눈을 잃은 딸은 그의 뜻대로 명창이 되지만 그들의 고달픈 삶은 조금도 개선이 되지 않고 한을 키워줄 뿐이다. 그녀는 소리꾼 아버지가 죽자 그의 소원대로 명당 자리에 묻어주고 떠돌이 소리꾼의 삶을 계속한다. '남도 소리' 연작은 작가의 많은 작품에서 볼 수 있는 것처럼 달아났던 사내아이가 성인이 되어 자기 누이를 찾아 '남도' 전역을 헤매는 이야기로 엮어져 있다. 그의 이러한 삶은 대단히 상징적이다. 왜냐하면 누이를 찾아 떠도는 그의 삶이 비록 소리꾼의 삶을 떠났을지라도 소리꾼 부녀의 삶의 궤적을 그대로 좇고 있기 때문이다. 마치 탐정이 범인을 쫓고 있는 것처럼 하나하나 의문을 풀어나가는 작가의 소설적 기법은 그의 소설을 이야기처럼 줄거리만 좇아가게 하지 않고 독서의 순간순간에 머뭇거리고 생각에 잠기게 한다. 이것은 그의 소설을 빨리 읽지 못하게 만들고, 일회용의 소비재처럼 한 번 읽고 버리지 못하게 한다. 읽으면서 느끼고 느끼면서 음미하고 음미하며 따져볼 때, 그의 소설의 진정한 재미를 느낄 수 있다. 따라서 「서편제」는 소리꾼 남자와 오누이의 관계, 그리고 소리꾼 부녀를 찾아 나선 오라비의 정체를 밝혀주고, 「소리의 빛」은 오라비가 명창이 된 누이를 만나 그녀의 소리와 함께 하룻밤을 지새우고 떠나가는 그들의 한 많은 삶의 모습을 전해주고, 「선학동 나그네」는 아비의 유골을 들고 선학동에 돌아온 장님 소리꾼이 소리로 다시 학이 하늘을 날게 만들 정도로 절창을 하고 아비의 유골을 묻은 뒤에 마을을 떠나는 이야기를 담고 있고, 「새와 나무」는 소리꾼만이 자신의 한을 안고 사는 것이 아니라 많은 사람들이 한을 쌓아가면서 소리꾼과 같은 떠돌이의 삶을 이어가고 있음을 확인하게 하고, 「다시 태어나는 말」은 소리와 다도에 대한 해석으로, 앞의 네 작품에 대한 해석이자 결론 같은 것이다. 이 작품에서 작가는 작중인물의 말을 빌려 의붓아버지와 누이와 소리를 떠난 것이 "그 이상한 소리의 마력에서 자신의 의붓아비에 대한 미움과 복수심을 지키기 위"한 것임을 밝힌다. 그리고 그들을 떠난 지 30여 년이 흐른 뒤부터 10여 년 동안 의붓아비와 누이를 찾아 헤매는 그의 행동은 그가 그 미움과 복수심에서 벗어났음을 의미한다.

사내의 헤맴은 말할 것도 없이 자신의 삶에 대한 깊은 화해와 용서의 마음 때문이었다. 아비를 죽이고 싶어 한 부질없는 자신의 원망을 후회하고, 그 아비와 누이를 버리고 달아난 자신의 비정을 속죄하고…… 그러나 이제 와선 이미 서로를 용서하고 용서받을 길이나 사람이 없음을 덧없어하면서, 그 회한을 살아가고 있는 사내였다.

이러한 해석은 화해와 용서에 도달했다 해서 한을 쌓지 않는 것이 아니라 삶 자체가 한을 쌓는 것이기 때문에 한을 안고 살 수밖에 없는 소리꾼의 숙명이 한 많은 사람들의 보편적인, 그러면서도 비극적인 숙명임을 상징적으로, 그러나 아름답게 제시하고 있다. 그래서 '남도 소리'는 한의 가락이 아니라, '한 풀이 가락'이 된다. 그것은 "우리의 마음속에 그 몹쓸 한을 쌓는 것이 아니라, 거꾸로 그 한으로 굳어진 아픈 매듭들을 소리로 달래고 풀어내는 것"이다. 그래서 "그 한의 매듭이 깊은 사람들에겐 그것을 풀어내는 일 자체가 삶의 길이 되는 수도 있"기 때문에 이청준의 연작에서는 그것을 소리나 다도에서 찾고 있다. "참다도란 이를테면 자신의 삶 가운데서의 용서의 길"이라고 하는 주인공의 말은 다도가 소리와 상통하는 것임을 이야기하는 단서가 된다. 다도에서 "예법이 있어 그것을 익혀 따르는 것이 역시 멋대로 차를 마시는 것보다 마음이 편할 것 같"지만 예법을 "넘어서버리는 일 또한 쉬운 노릇이 아닐" 것이다. 그래서 「다시 태어나는 말」의 주인공 '지욱'은 다음과 같이 말한다.

차를 마심에서도 법도에만 매달리면 부질없는 형식에 떨어진다 하셨던가요. 거기엔 사람의 삶이 사무쳐 채워지고 있어야 비로소 올바

> 른 법도가 된다고 말입니다. 말이란 것도 마찬가지인 듯싶군요……
> 옳은 차 마심의 마음을 익히려는 사람이나 그 누이의 소리를 찾아 남도 천 리를 헤매 다니는 사람이나, 알고 보면 모두가 그 한마디 말에 자신의 삶을 바쳐 살고 있음이 아니겠습니까. 그것도 필생의 삶으로 말입니다. 그래 그 용서라는 말은 운 좋게도 몇 번 다시 태어날 수가 있었겠지요.

여기에서 '말'은 "사람들 사이에 아직도 살아서 숨을 쉬고 있는 말, 믿음을 지니고 살아 있는 말, 그런 말"을 의미한다. 그것은 소리나 차 마심에서나 마찬가지로 이론이나 규범에만 얽매여 있을 경우에 삶의 구체성을 얻지 못하여 허구적인 것이 된다. 작가가 작품집 제목을 '서편제'로 삼은 것은 그런 점에서 이해된다. 소리의 세계에서 서편제는, 규범에 충실해야 하는 동편제와는 달리, 소리꾼 자신의 한을 내면화시킴으로써 개성 있는 소리의 획득을 목표로 하고 있다. 그것은 자신의 처절한 삶의 표현의 절정을 지향하되, 내면화되고 풀어버린 한의 표현이어야 한다.

그렇다면 이들의 한은 어디에서 유래하는가? 이 질문에 대한 해답을 제시하고 있는 것이 이 작품집의 제2부에 해당하는 「눈길」「살아 있는 늪」「해변 아리랑」 등이다. 특히 「눈길」은 몰락해가는 살림 속에서 타인에게 양도하기 전에 어린 아들에게 집을 보여주고 떠나보내는, 어머니의 한에 가득 찬 모습을 감동적으로 그리고 있다. 집이 없어지기 전에 어린 아들을 한 번 더 그 집에서 맞고자 하는 어머니는 자신의 한에 대해서 한마디 말도 하지 않고 그것을 내면화시킨다. 이처럼 한을 쌓으며 살아온 어머니이기 때문에 아들에게 요구할 것이 있어도 언제나 딴청을 부린다. 가난과 억압 속에서 살아온 한국의 서민적 삶의 정서라고 볼 수 있는 이러한 어머니의 모습은 고난의 역사 속에서 우리 서민들이 이기고 살아남을 수 있었던, 저항하고 용서할 수 있었던 힘으로 표현된다. 개인적으로 이 작품집에서 가장 빼어난 절창을 「선학동 나그네」와 「눈길」로 생각하는 나로서는 작가가 이 작품집을 집요한 애정으로 고집한 것이 1980년에 남도에서 사라져간 무수한 영혼들을 위로하면서, 우리 서민들의 놀라운 생명력을 보여주기 위한 것이라는 생각을 떨칠 수 없다. 〔1994〕

함께 사는 꿈을 위하여
—박완서의 소설

1

모든 소설에는 등장인물이 있다. 시에는 시의 화자가 있을 수 있으나 등장인물이 없어도 된다. 그러나 소설에 등장인물이 없는 경우는 없다. 이것은 소설이 '사람이 사는 이야기'를 다루는 문학 장르임을 입증한다. 그러나 소설 속에 등장하는 인물은 '사람'인가? 소설의 등장인물은 분명히 사람의 모습을 띠고 있다. 그는 우리처럼 때로는 우리 주변에서 볼 수 있는 성과 이름을 가지고 있고, 때로는 사랑과 미움으로 얽혀 있는 가족이나 친구나 경쟁자를 가지고 있으며, 때로는 성공과 실패의 과정을 통해 희로애락의 체험을 하고 있다. 그는 우리처럼 하루 세끼를 먹기도 하고 외출을 하기도 하며 자신이 살고 있는 삶이 의미 있는 것인지 회의하기도 한다. 그런 점에서 작중인물이란 우리와 같은 사람의 모습을 가지고 있다. 그러나 작중인물이 우리와 결정적으로 다른 점이 있다면 그는 글자로만 만들어져 있는 데 반하여 사람은 육체와 정신으로 만들어져 있다는 것이다. 따라서 작중인물이 아무리 사람의 모습으로 그려져 있다고 해도 그가 곧 사람이 될 수는 없다.

그렇다면 사람이 아닌 작중인물은 사람보다 어떤 유리한 점을 갖고 있는가? 사람의 삶은 일회적이다. 사람은 누구나 자신의 삶의 순간을 한번 경험하면 다시 경험할 수 없다. 그런 점에서 우리는 삶의 매 순간마다 필연적으로 여러 가지 가능성 가운데서 실존적인 선택을 할 수밖에 없다. 하나의 선택을 하는 순간 우리는 그 순간에 있는 모든 다른 가능성·개연성을 포기한다. 바로 그러한 이유 때문에 우리는 매 순간의 선택에 대해 우리 자신이 책임을 질 수밖에 없으며, 그 선택이 잘못되었다고 판단되었을 때 그것을 무를 수 없다. 그런데 작중인물이란 그것이 문자로 되어 있기 때문에 일단 만들어진 다음에는 얼마든지 다시 살아볼 수 있는 인물이다. 그의 삶은 작품 속에 고정되어 있으나 독자가 그것을 읽을 때마다 새로운 체험으로 받아들여질 수 있다. 뿐만 아니라 작가가 개작을 시도하거나 새로운 작품을 쓰게 되면 작중인물의 삶은 다시 만들어진다. 말을 바꾸면 우리의 삶이 일회적인 데 반하여 작중인물의 삶은 일회적이 아니다. 이와 같은 이유로 삶에 있어서 많은 실패를 체험한 사람일수록 자신의 삶을 소설로 쓰고자 시도하며, 자신의 삶에 실패를 남기지 않으려는 사람들은 소설을 많이 읽게 된다. 다시 말하면 사람들은 자신의 삶에서 있을지도 모를 순간들의 선택에 앞서서 그 순간들의 선택이 어떤 가능성을 갖고 있는지 자신이 체험하기 전에 소설을 통해서 미리 알아본다. 그 알아봄이 바로 소설이 독자에게 하는 역할이라고 한다면, 작가에게 있어서 소설은 삶의 여러 가지 가능성들을 미리 '상상해봄'이다. 작가는 자신이 주변에서 보고 들은 삶이나 책에서 읽은 삶을 토대로 어느 순간의 선택이 삶의 전개에 어떤 결과를 가져오게 될지 미리 상상해본다. 작가는 바로 그렇게 상상한 것을 삶의 구조와 유사한 방식으로 우리에게 제시한다. 작가의 이러한 제시는, 우리가 살고 있는 삶에서 아무런 생각 없이 지나치는 것을 의식화시키고, 우리가 느끼고 있는 불편이나 불행에 대해서 생각하게 하고, 삶의 조건이나 양상에 대해서 문제를 제기한다.

그렇다면 작가가 그리고 있는 삶이란 있는 그대로의 삶인가 혹은 있어야 할 삶인가? 오늘날 많은 사람들이 소설에 대해서 이러한 질문을 제기하는 것은 정당한 것인가? 물론 누구나 어떤 종류의 질문을 제기할 수 있으며 따라서 질문 자체를 부인할 수는 없다. 다만 질문을 이런 방식으로 제기해야 하는 문제가 우리에게 남는다. 왜냐하면 작가가 삶의 모습이나 순간을 그릴 때에는 자신이 있는 그대로 그렸다고 생각할 수도 있고 있어야 할 모습을 그렸다고 생각할 수도 있기 때문이다. 그러나 이미 문자로 삶을 그린다고 하는 것은 문자가 가지고 있는 상징적 성질 때문에 이미 삶 자체를 제시하는 것이 아니라 일차적으로 삶의 상징적 모습을 제시하는 것이다. 또 작가가 있어야 할 삶을 그린다고 하는 것은 작가의 지극히 주관적인 판단에 의존할 수밖에 없는 문제이다. 다시 말하면 작가가 어떤 세계관을 갖고, 어떤 인간관을 갖고서 '있어야 할 삶'이라고 생각했느냐를 따져보아야, 그가 그린 삶이 과연 있어야 할 삶인지 인정할 수도 있고 거부할 수도 있기 때문이다. 따라서 작가가 그린 삶이 있는 그대로의 것이냐 있어야 할 것이냐 하는 식으로 문제를 제기하는 것은 잘못된 방식이다. 중요한 것은 작가가 제시한 삶이 우리 삶의 어느 순간, 어느 양상과 관련되어 있는지 알아보는 것이며 그것이 과연 우리의 고통과 불행과 갈등을 제대로 인식하게 하는지, 그리하여 우리의 판단이 개인의 감정이나 어떤 계층의 이해에 좌우되지 않도록 정당하게 고민하게 하는지 질문하게 만드는 것이다.

2

박완서의 작품들은 모두 우리 삶의 익숙한 모습을 그리고 있지만, 그 사소한 일상적 이야기를 따라가다 보면 어느 틈에 우리로 하여금 삶의 조건 가운데 가장 본질적인 문제와 부딪치게 만든다. 이 점이 아마도 이 작가를 특이한 재능의 소유자로 평가하는 이유가 되겠지만, 이 작가는 그 점에서 '이야기'의 작가라고 할 수 있다. 우리 삶의 주변에서 일어남직한 사소한 이야기를 끌고 가는 그의 재능은 어느 틈에 독자를 문제의 본질로 끌어들인다. 가령 「지 알고 내 알고 하늘이 알건만」과 같은 작품은 한 사람의 죽음을 중심으로 그 주변에 있는 사람들의 반응을 묘사하고 있다. 죽음 그 자체는 심각한 것이고 그래서 죽음 앞에서는 모두 정직해지고 겸허해지고 엄숙해지는 것이 통례로 되어 있지만 이 작품은 바로 그러한 통례 뒤에 감추어진 삶의 모습을 적나라하게 보여주고 있다. 그것은 우선 며느리인 '진태 어머니'의 기절로 나타난다. 홀로된 시아버지가 중풍으로 쓰러지자 효부를 가장하고 '성남댁 할머니'를 집안으로 들여와서 환자의 수발을 들게 한 그녀는 과시적인 효성의 표현으로 온갖 간계를 부리지만 결국 '성남댁 할머니'를 이용하기만 하고 '13평 아파트'를 자기 것으로 만들면서 치상중에는 계속 슬픔을 못 이기는 척 기절한 것처럼 누워 지낸다. 둘째로는 그 며느리의 친구들로서, 초상집을 거들러 온 그녀들은 죽음 자체와는 아무런 관계도 없기 때문에 죽은 자를 중심으로 온갖 외설스러운 논의를 서슴지 않으며 그들의 시간을 보내고 있다. 그녀들은 심지어 죽은 사람과 '성남댁 할머니' 사이에 있었을지도 모를 관계를 두고 그들의 성적 불만을 해소시키는 농담을 주고받는다. 그것은 그들이 그 집에 와 있는 것이 죽은 사람 때문이 아니라 살아 있는 사람 때문임을 입증한다. 이 경우 죽음은 그들에게 아무런 의미가 없는 것이고 그래서 두려움도 엄숙함도 그들에게 불러일으키지 못한다. 죽음마저도 그들에게는 재미의 대상이 된다. 반면에 '성남댁 할머니'로서 보면 그 죽음이 가장 진실되게 나타난다. 원래의 약속에 의하면 환자를 돌보면 나중에 '13평 아파트'를 물려받기로 된 그녀에게 환자의 죽음은 인간적 배신을 체험하는 계기가 된다. 그의 죽음은 그녀에게서 그의 곁에 있을 수 있는 권리를 박탈해버린다. 그 순간부터 그녀는 그 집 안에서 비존재나 다름없는 사람이 된다. 그녀는 부엌에도 나올 수 없고 죽은 자 곁에도 있을 수 없어서 구석방에 혼자 갇히게 된다. 동네 여자들의 입놀림의 대상이 되었으면서도 나서지 못하고 듣고 있으며, 약속된 아파트가 이미 며느리에 의해 처분된 것을 알고도 아무런 항변을 하지 못한다. 결국 화장지에까지 가서 혼자 화장의 현장을 지키고도 그 재를 받지 못하고 완전한 타인으로 나설 수밖에 없는 그녀의 운명은 죽은 사람 이상으로 비극적인 형태를 띠게 된다. 그러나 그녀는 전혀 비관하지 않고 자신의 현금을 저축한 것을 다행으로 여기며 본래의 집으로 되돌아온다.

여기에서 작가는 작중인물 가운데 어느 한 사람의 편에 서서 사건을 묘사하고 있지 않다. 그것은 작가가 이 소설 속에서 그리고자 한 인물이 있어야 할 당위적인 인물이 아니라 있는 그대로의 현존적인 인물이기 때문이다. 그것은 작가가 누구의 시점을 빌려서 사건을 묘사하고 있는 것이 아니라 언제나 서술 주체의 시점을 취하고 있는 것으로 나타난다. 이것은 작가가 이미 가치 판단을 마친 상태에서 사건을 서술하는 것이 아니라 서술된 사건 자체가 생동감 있게 그려지도록 서술하는 것이다. 그러니까 박완서의 작중인물은 그들이 그 사건 속에서 맡고 있는 역할에 따라 채색되어 있으며, 따라서 그들의 존재 이유는 얼마나 자기에게 주어진 역할을 생동감 있게 구현하고 있느냐에 달려 있다. 다시 말하면 그들은 인격적으로 완벽하거나 이데올로기적으로 바람직하거나 할 필요가 없다. 그들에게 주어진 역할 속에서 얼마나 살아 움직일 수 있느냐 하는 것은 그들을 통해서 우리의 삶이 가지고 있는 가짜성을 보다 깊이 인식하게 만드는 데 결정적인 힘을 발휘한다.

또한 「로열 박스」도 일상의 의례적인 인간관계가 삶의 가짜성을 드러내고 있으면서도 그 밑에서 보석처럼 반짝이는 진실을 내보이고 있다. 가난한 집안 출신으로서 재벌의 아들과 결혼한 주인공 '선희'는 이 소설 속에서 세 가지 관계를 드러내며 살고 있다. 그 하나는 정신병원에 입원하고 있는 남편의 주치의와의 관계이다. "병적으로 드러내 보인 지배욕" 때문에 병원에 입원한 남편을 치료하고 있는 의사는 그 병의 원인을 '선희'의 가족 관계에서 찾으려고 한다. 그 결과 그녀는 자존심을 상하면서까지 의사의 질문에 대답해야 하고, 의사는 될 수 있는 한 내밀한 부부 생활을 밝히려 든다. 다른 하나는 보험 계약서를 들고 온 친구와의 관계이다. 잘사는 집에 시집온 덕택에 '선희'는 친구의 보험 계약 권고를 수없이 받아주지만 용무가 끝난 친구는 노골적인 적의와 시기를 보이며 떠난다. 셋째는 남편 없는 집에 혼자 사는 며느리를 자신이 살고 있는 아파트 단지로 이사 오게 한 시아버지와의 관계다. 매일 저녁 10시에 인터폰으로 며느리의 육성을 확인하는 시아버지는 "그 밑에 거느리고 돌보는 일이 온통 이상 없음을 최종적으로 확인하는 마무리 작업인이 기계로 찍어낸 것처럼 완벽하게 독선적이고 완벽하게 인자한 목소리를" 지니고 있다. 이 일상적인 세 가지 인간관계는 '선희'가 비록 '로열 박스'에 살고 있음에도 불구하고 그 삶이 결코 문자 그대로의 '로열 박스'에 있는 것이 아님을 보여준다. 그것은 그녀의 일상적 삶을 끊임없는 긴장과 피곤 속에 가두어놓는다. 이 가운데서 '선희'가 편안감을 맛보는 것은 "아가, 외롭냐"라고 하는 시아버지의 숨결과 체온이 느껴지는 육성에서이다. 이것은 정신분석학적인 측면에서는 근친상간의 한 유형으로 보일 수 있겠지만 의례적인 일상생활에 갇혀 있는 '선희'에게는 진실의 한 모습이다. 왜냐하면 홀로 사는 시아버지는 자신의 체험에 의해서 홀로 사는 며느리에게 이러한 내면의 고백을 한 셈이기 때문이다. 이것을 법으로나 도덕으로 다루는 것이 현실이라면 문학은 바로 그런 현실을 뒤집어볼 수 있는 장점을 가지고 있는 것이다.

3

위의 두 단편소설에서 이미 이 작가가 재래의 가족 관계가 가지고 있는 여러 가지 문제를 조금씩 제기하고 있음을 파악한 독자는 박완서의 『서 있는 여자』라는 장편소설이 갖고 있는 문제의식을 제대로 인식할 수 있을 것이다. 가족 및 가정이라는 제도 속에서 여자가 차지하고 있는 위치에 대한 반성이라고 할 수 있는 이 소설은, 가령 기성의 도덕관이나 풍속의 입장에서 보면 대단히 충격적인 작품이라고 할 수 있다. 왜냐하면 남녀평등을 주장하는 주인공 '연지'는 집안의 반대에도 불구하고 가난한 남자 친구 '철민'을 남편으로 선택하여 철저하게 평등의 논리를 주장하다가 그것이 실패하자 결연히 이혼을 선언하고 혼자 사는 길을 선택하기 때문이다. 현실에서라면 이런 주인공의 태도는 아직도 우리 사회에서 부도덕한 것으로 받아들여질 것이지만, 이 작품 속에서는 상당히 진취적으로 다뤄지고 있다. 그러나 이 작품의 중요성은 이런 여주인공의 진취적인 태도라든가 기존의 도덕관념에 대한 강력한 도전에 있는 것이라고 말할 수 없다. 왜냐하면 태도의 진취성이라든가 도전의 정당성이란 소설의 양식으로만 이야기될 수 있는 것이 아니며 동시에 논리적인 당위성만으로 소설의 감동을 설명할 수 있는 것도 아니기 때문이다. 실제로 이 작품의 결말에서 주인공이 자신의 뜻을 이룩하고 '혼자 서'는 데 성공한다는 것이 이 작품의 감동과 상관된다면 그것은 낭만적인 감동이거나 헛된 꿈의 감동에 지나지 않을 것이다. 작품에 있어서 진정한 감동은 우리의 삶이 가지고 있는 모순의 비극성을 삶의 과정을 통해서 구체적으로 체험할 수 있을 때 가능한 것이다.

이 작품에서도 일상적 삶의 사소한 이야기들이 작가의 재능에 의해 제시되고 있는 것은 사실이다. 박완서의 다른 주인공들과 마찬가지로 이 작품의 두 세대의 주인공들도 생활의 자질구레한 양상을 그대로 살고 있으면서도 바로 그 속에서 문제의 본질에 도달하고 있다. 여기에서 말하는 두 세대의 주인공이란 하나는 어머니인 '경숙 여사'로, 다른 하나는 딸인 '연지'로 대표된다. 우선 '경숙 여사'는 겉으로 보기에 부러울 것이 없는 행복한 주부의 조건을 갖추고 있다. 대학교수인 남편 하석태 씨와의 사이에 1남 1녀를 두고 있는 그녀는 아들을 결혼시켜 미국 유학을 보내고 물질적 풍요 속에서 요리·꽃꽂이·수영·가구 수집·관상목 재배 등의 취미 생활을 하며 딸의 좋은 혼처를 구하고 있다. 그 점에서 그녀는 부러울 것이 없는 행복한 주부라고 할 수 있다.

그러나 딸의 결혼과 함께 그녀가 감추고 살았던 일상생활의 허위가 드러나게 된다. 그것은 학문에만 몰두하고 있는 남편의 행동에 대해서 의심을 품었던 6년 전의 사건 때문에 그녀가 한 가정에 살면서 남편과 별거하고 살 수밖에 없었던 여성의 전통적인 고민의 표면화이다. 마치 학문이라는 것이 극도로 성스러운 것이나 되는 것처럼 신비화하면서 그 속에 몰두하고 있는 남편에 비해서 반라의 몸으로 굳게 닫힌 서재의 문을 두들기는 아내의 모습은 거의 절망적인 몸부림처럼 보인다. 이러한 고민을 매일 밤 안고 살면서도 낮에는 요조숙녀와 같이 행복을 가장할 수밖에 없었던 그녀의 삶은 논리 자체로 볼 때 위선에 다름 아닌 것이다. 그러한 그녀의 위선이 가면을 벗게 되는 것은 딸을 결혼시킨 다음 남편이 6년 전의 약속—딸을 결혼시킨 다음에 이혼하자고 한 약속을 이행하고자 했기 때문이다. 그녀는 남편이 정말로 그렇게 나올 줄 모르고 있다가 큰 충격을 받고 이혼의 선배인 친구들을 찾아 나선다. 그러나 그렇게 결심하기까지 그녀의 행동이 모두 남편에 의해 피동적으로 이루어진 것과 마찬가지로 그녀의 이혼 견습은 이혼을 결행하기 위한 것이 아니라 이혼을 하지 않을 구실을 찾기 위한 것이다. 그것은 마치 물에 뛰어들어 자살을 결심한 사람이 물의 온도가 얼마나 차가운지 알아보고자 하는 것과 마찬가지다. 그녀가 평소에 이혼녀로서 존경해왔던 산부인과 의사 '박순임'이나 대전에서 빌딩을 갖고 부유하게 사는 '곽은선'을 찾아가서 확인하게 되는 것은 혼자 사는 여자의 겉으로 드러나지 않은 비참함이다. 그녀는 이들 친구의 삶의 실상을 확인하는 순간, 남편에게 어떤 굴욕을 당하더라도 이혼하지 않겠다고 하는 결심을 하게 된다. 말하자면 그녀에게 있어서 이혼녀의 실생활은 이혼에 대한 공포심을 증가시킨 결과를 가져온다. 그러나 이혼에 대한 공포심의 증대는 위선적인 요소가 있음에도 불구하고 결혼 생활의 오랜 습관에서 벗어난다는 공포심의 증대라고 해야 할 것이다. 왜냐하면 '박순임'이나 '곽은선'이 보인 이혼녀의 비애는 그녀들의 삶 전체가 아니라 부분일 뿐인데, 결국 '경숙'은 바로 그 부분을 보고 전체로 인식하기 때문이다. 그러니까 결혼 생활의 습관에 젖어 있는 경우에는 생활 자체의 불평등보다는 이혼녀의 부분적인 비애를 더 견디기 힘들어하고 따라서 불평등에서 오는 굴욕을 참을 수밖에 없다.

반면에 제2세대인 '연지'는 결혼 생활의 출발부터 전통적인 남성 중심의 이데올로기를 받아들이지 않고 철저한 평등주의를 실천하고자 한다. 그녀는 자신이 직장에 나가 생활비를 벌어다가 남편을 공부시키는 대신에 남편이 집안 살림을 맡기로 약속을 하고 전통적인 가정에서의 남녀의 역할을 바꾸어놓는다. 그러나 이러한 약속이란 처음부터 제대로 지켜지기 어려운 성질의 것이다. 왜냐하면 비록 결혼 생활이란 부부가 단둘이서 사는 것이지만 부부가 이루고 있는 한 가정이란 독자적으로 존재하는 것이 아니라 다른 가정과 함께 공존하는 것이기 때문이다. 따라서 이러한 계약에 있어서 적은 자기 내부와 외부에 모두 있다. 우선 신혼 초 남편인 '철민'의 친구를 대접할 때 그녀는 집안일을 남편에게 시킬 수 없어서 자신이 음식 장만을 하고 음식 시중을 들 수밖에 없었을 뿐만 아니라, 둘이서만 있을 때에도 때로는 앞치마를 두르고 일을 하는 남편에게 연민을 느끼고 자신이 대신하고 싶은 생각을 갖게 된다. 이것은 그녀가 이론적으로 남녀의 평등을 주장하고 있으면서도 자신의 감정이 완전히 거기에 승복한 상태에 있는 것은 아니라는 것을 입증한다. 그뿐만 아니라 그녀의 주위에는 친정 식구들과 시집 식구들과 친구들이 있어서 그녀에게 전통적인 주부가 되기를 끊임없이 요구하고 있다. 심지어 그녀가 근무하고 있는 잡지사에서도 여권 운동을 한다든가 남녀평등을 주장하는 것은 끊임없는 비난과 조롱의 대상이 되고 있다. 따라서 그녀가 평등의 논리를 주장하고 실천하기 위해서는 한편으로는 자기 자신과 싸워야 하고 다른 한편으로는 타인들과 싸워야 하며, 가족들과 싸울 뿐만 아니라 직장인과도 싸워야 하고, 남자들과 싸울 뿐만 아니라 여성들과도 싸워야 한다. 그렇기 때문에 그녀의 싸움이 성공을 거둔다는 것은 거의 기대할 수 없는 것이며 따라서 그녀는 불가능한 싸움을 하고 있는 것이다. 그리고 이 불가능한 싸움을 하고 있다는 사실이 그녀가 진정한 싸움을 하고 있다는 것을 증명한다.

'연지'가 남녀평등을 주장하게 된 배경에는 어머니 '경숙 여사'가 한밤중에 반라의 몸으로 아버지의 서재 문을 두드리며 '열어주세요'라고 울부짖는 장면이 크게 작용하고 있다. 정신분석학에서 말하는 정신적 충격으로 생각하기에는 그녀의 나이가 너무나 많기는 하지만 그러한 어머니를 보고서 "나도 아버지처럼 살게 하소서, 내가 만일 어머니처럼 살게 될진대 차라리 죽게 하소서"라고 기도드렸다고 하는 것은 전통적인 가부장 제도에서 자신이 아버지의 입장이 되고자 하는 욕망의 표현이다. 그러니까 현실적으로는 남성을 지배하는 위치보다는 남성과 동등한 위치를 꿈꾸는 것으로 그 욕망을 설명할 수 있다. 그러나 그러한 꿈이 제일 큰 시련을 맞게 되는 것은 임신 때문이다. 계획에 없던 임신을 중절시키기 위해 수술대 위에 오른 그녀는 자신에 대한 극도의 모멸감을 느낀다. 반면에 남편인 '철민'은 자신과 의논하지 않고서 이와 같이 임신을 중절시킨 것에서 남성으로서의 자존심을 짓밟힌 것으로 생각하고 크게 분노한다. 그러니까 '연지'의 모멸감은 임신을 하는 쪽이 여성이라는 성차의 확인과 관계된 것이고 '철민'의 손상된 자존심은 그가 비록 평등주의에 동의하고 있지만 사실은 남성 우위의 이념을 갖고 있다는 것을 입증한다. 그 구체적인 예로서 그는 자신의 자존심이 손상당했을 때 폭력을 행사하고, 또 폭력 다음에 화해를 하는 데 있어서 말로 진지하게 하는 것이 아니라 육체적 접촉으로 넘기는 것을 들 수 있다. 이것은 그 자신이 남성 숭배라는 전통적인 입장을 떠나지 못했음을 이야기한다.

이들의 결혼 생활에 결정적인 파탄을 가져오는 사건도 '철민'의 전통적인 남성 권위주의에서 기인한다. '연지'가 출장 가고 없는 사이에 치킨집 종업원을 불러들인 '철민'은 '연지'에게 발각되자 연지의 태도를 단순히 여자의 질투로 돌리려고 시도하는 한편 치킨집 종업원을 성적인 노리개로만 평가하려고 노력한다. 그러나 그런 태도야말로 평등주의를 근본부터 인정하지 않으려는 태도이다. 그렇기 때문에 '연지'는 더 이상 견디지 못하고 이혼을 요구하게 된다.

이와 같은 과정을 겪으면서 '연지'는 '아버지처럼 살게 하소서'라는 자신의 기도가 얼마나 치기만만한 것이었는지도 알게 되고, 어머니의 옛날 모습이 단순한 경멸의 대상이 아니라 이해의 대상이라는 것도 알게 된다. 그리고 자신의 결혼이 남자와의 사랑 때문에 이루어진 것이 아니라 남녀평등의 사랑, 그것을 가능하게 해줄 수 있는 사람에 대한 사랑 때문에 이루어졌다는 깨달음에 도달한다. 그것이 그녀로 하여금 단호하게 이혼을 성취시키게 하지만, 이 소설의 마지막 부분은 있는 그대로의 '연지'의 모습이 아니라 있어야 할 '연지'의 모습으로 그려져 있다. 행복해하는 이혼한 '연지'는 아직은 당위의 세계일 뿐 현실일 수 없다. 따라서 이혼한 '연지'의 다음 이야기는 또 한 편의 소설이 되어야 할 것이다. 왜냐하면 그녀의 싸움은 이제부터 시작이고 그녀의 삶이 새로운 단계로 접어들었기 때문이다.

4

소설 속에서 남녀평등의 문제는 그것이 단순하게 남녀 사이에만 있는 문제를 다룬다고 생각할 때에는 보편성이 크지 않다. 남녀의 평등 문제는 우리가 살고 있는 삶 속에 있는 모든 불평등의 문제를 가장 상징적으로 보여주고 있기 때문에 보다 큰 보편성을 획득하고 있다. 지배하는 사람과 지배당하는 사람이 없는 사회를 꿈꾸는 것이 문학이라면, 어떻게 하면 이 두 사람이 그렇게 살 수 있는지 이야기하기 위해서 문학은 그 둘이 함께 사는 고통을 이야기할 수밖에 없는 것이다. '연지'가 남편과 직장 가운데서 쉽게 이혼을 택하지 못하고 그 어려운 과정을 넘기면서 함께 사는 노력을 기울이는 것은 우리가 쉽게 문제를 해결할 수 없기 때문이며, 쉬운 해결이 진정한 해결일 수 없기 때문이다. 그런 점에서 혼자 사는 '연지'의 삶이 문제의 해결이 아니라 새로운 문제의 출발인 것은 당연하다. 이혼을 했다고 해서 '연지'는 혼자 살 수 있는 것이 아니라 타인과 함께 살 수밖에 없는 것이다. 또 우리는 혼자 살기 위해서 삶의 고통을 감당하고 있는 것이 아니라 타인과 함께 살기 위해서 그 고통을 견딘다. 우리 사회는 미운 사람, 싫은 사람을 제거해버리고 혼자 살 수 있는 곳이 아니라, 그들과 함께 살아야 하는 곳이기 때문이다. 여성의 일상적 삶에서 이러한 본질적인 문제를 제기하고 있는 작가의 재능이란 놀라운 것이다. 그 때문에 많은 소설이 있음에도 불구하고 오늘도 작가는 새로운 작품을 쓰고 있을 것이다.
〔1987〕

깊고 통렬한 삶의 진실

—박완서의 『너무도 쓸쓸한 당신』

1

젊은 작가들의 작품을 읽을 때 요즈음은 이렇게 사는 방식도 있구나 하는 생각이 든다. 그들의 작품에서는 대부분의 주인공들이 먹고사는 일에 별로 신경을 쓰지 않는다. 매일 자신이 하는 노동의 대가로 밥을 먹고 살아야 하기 때문에, 노동하지 않으면 굶어야 하는 현실 때문에 노동을 해야 하는, 1970년대의 소설에서 볼 수 있는 주인공들의 모습은 어디에 갔는지 보이지 않는다. 노동의 조건을 조금이라도 개선해보고자 목숨을 걸고 싸우는 열정이나, 그 싸움에 공감하면서도 뛰어들지 못하는 자신의 비겁함에 괴로워하는 양심이나, 일터가 있어야 싸울 대상이라도 있다고 판단하며 초기의 노동운동에 회의론을 제기하는 신념 따위를 지니고 있는 작중인물들은 보이지 않는다. 그 대신 그들은 자신이 타인의 간섭을 받지 않고 살 수 있는 공간 속에서 자신이 좋아하는 소도구들에 둘러싸여서 사소한 재미에 매달릴 뿐, 삶에 특별한 의미를 부여하거나 그 의미에 대해서 질문하지 않는다. 그들은 애정과 상관없이 성관계를 가지며 그 관계로 인해서 어떠한 구속도 받지 않는다. 그들은 그들에게 주어진 삶을 살아갈 뿐, 그들 자신의 삶을 만들어가지 않는다. 그들은 그냥 살 뿐이며 존재를 위한 최소한의 행동을 할 따름이다.

이러한 작중인물을 가진 소설을 보면 어느 틈에 우리가 살고 있는 현실이 이렇게 달라졌는가 질문하지 않을 수 없다. 적어도 일제로부터 해방을 체험하고, 그 감격이 가시기도 전에 분단의 아픔을 안고, 동족상잔의 전쟁을 겪으면서 이산가족의 쓰라림을 겪고, 기아선상의 가난과 군사독재의 억압에 고통을 받고, 민주화의 과정에서 고문과 최루가스에 눈물을 흘려야 했던 과거를 가진 사람은 아직도 그 어떤 상처에 의해서 여전히 후유증을 앓고 있고, 잠 못 이루는 밤이나 근거 없는 공포의 순간을 보내게 된다. 이러한 과거를 가진 사람은 밥 한 톨 남기거나, 종이 한 장을 버리거나, 낯모르는 친절을 당할 때마다 불안과 죄의식을 느끼고 자신을 반성한다. 이러한 인물을 만나면 마치 오래된 친구를 만난 것처럼 마음이 편안해지고 내가 가지고 있는 온갖 비밀을 털어놓고 싶어진다.

이야기로서의 소설이란 어쩌면 우리 삶에서 이러한 기능을 할 것으로 생각될 때가 많다. 물론 이야기란 우리를 안심시키고 편안하게 하기 위해서만 있는 것은 아니다. 때로는 우리 삶이 불안하고 모든 것이 불확실한 상황에 놓여 있고 삶 자체가 생각하는 것처럼 심각한 것이 아니라는 것을 깨닫게 하는 것이 소설의 역할이라면, 앞에서 거론

한 오늘의 소설이 진짜 소설이라고 할 수도 있다. 그 소설의 현실성은 그러나 험난했던 과거를 가진 늙은 세대에게는 전혀 실감으로 받아들일 수 없는 성질의 것이다. 그것이 젊은 세대의 문학일 수 있는 것은 젊은 세대에게는 그러한 과거가 존재하지 않을 뿐만 아니라 그들의 문학이 그들의 문화의 산물이기 때문이다. 그와 같은 과거를 체험한 나 자신은 이론적으로 젊은 세대의 문학을 이해할 수는 있지만 그것을 나 자신의 것으로 느낄 수는 없다. 물론 내가 느낄 수 없는 것은 모두 진실이 아니라고 주장하기 위해서 이 말을 하는 것은 아니다. 그보다는 차라리 공감하지 않는 것에서는 그것이 아무리 훌륭한 외양을 갖추고 있더라도 깊이를 인정할 수 없다는 말을 하기 위해서다. 그것은 어쩌면 편견일 수도 있다. 그러나 사람은 각자가 가지고 있는 눈으로만 사물을 볼 수 있다는 것을 감안한다면 문학에 있어서 그러한 편견은 필요악일 수도 있다. 결국 자신이 좋아하는 작품을 만난다는 것은 필연적으로 그러한 편견을 갖게 된다는 것을 의미하며, 문학 작품의 선호에는 절대적인 객관성이란 존재할 수 없다는 것을 의미한다. 박완서의 소설집 『너무도 쓸쓸한 당신』을 읽으면서 노인 문제를 다루는 이 작품집이 내게 익숙하게 느껴지는 반면, 젊은 세대의 작품을 읽을 때 새삼스럽게 복잡한 감정에 사로잡히게 된 것은 내 자신을 어느 틈에 젊은 세대와 구별하고 그것을 당연한 사실로 받아들이고자 하는 나의 무의식의 발로이겠지만, 나는 그러한 자신을 발견하고 한편으로 부끄럽고 놀라지 않을 수 없었다.

2

이 작품집을 읽으면서 작가가 어느 순간이 되면 이런 이야기를 스스럼

없이 할 수 있구나 하는 깨달음을 갖게 되었다. 젊음은 그 자체가 축복이라 생각될 만큼 아름답게 보이고 늙음은 그 자체가 저주로 생각될 만큼 추하게 보인다. 그러나 그것을 그대로 이야기하는 것은 우리에게 아무런 경이도 제공하지 않는다. 그것을 뒤집어서 볼 수 있게 하는 것, 그것이 우리에게는 경이이다.

「마른 꽃」의 주인공은 60이 된 노인으로서 친정 조카의 결혼식을 보러 대구에 갔다가 고속버스로 상경하는 여자다. 여기에서 60이 된 그 주인공에게 '여자'라는 표현을 사용하는 것은 그녀에게 여자가 가지고 있는 수줍음이 남아 있기 때문이다. 그녀는 고속버스에서 우연히 옆자리에 앉게 된 남자를 필요 이상으로 의식하다가 자신들이 살아온 과거와 현재 좋아하는 것을 이야기함으로써 그와 집까지 동행하고 앞으로 만날 약속까지 하게 된다. 주인공은 그 남자를 이성으로 느끼고 그와 만날 수 있는 기회를 엿보기도 하고 데이트를 즐기는 단계에 이른다. 그 여자는 남편을 여의었고 그도 또한 3년 전에 상처하고 작년에 지방 대학에서 정년 퇴임을 했기 때문에 그들은 자유롭게 만날 수 있고 둘이서 함께 사는 꿈을 꿀 수도 있다. 그러나 그 여자는 자신의 벌거벗은 몸을 거울에 비춰보고 자신의 육체에 대해서 혐오감을 느낀다. 자신의 마음은 아직도 이성에 대해서 연애 감정을 느낄 만큼 젊다고 생각했으나 자신의 육체가 연애를 하기에는 너무나 늙어 있는 것을 발견한다.

> 지금 조박사를 좋아하는 마음에는 그게 없었다. 연애 감정은 젊었을 때와 조금도 다르지 않은데 정욕이 비어 있었다. 정서로 충족되는 연애는 겉멋에 불과했다. 나는 그와 그럴듯한 겉멋을 부려본 데 지나

지 않았나 보다. 정욕이 눈을 가리지 않으니까 너무도 빠안히 모든 것이 보였다. 아무리 멋쟁이라고 해도 어쩔 수 없이 닥칠 늙음의 속성들이 그렇게 투명해 보일 수가 없었다.

육체를 정신의 종속물이라고 교육을 받아온 주인공은 그래서 정신이 제일이라는 정신주의를 신봉해오면서 정신만으로 사랑을 할 수 있을 것으로 생각해왔지만, 어느 순간 자신의 연애 감정이 감정의 사치에 지나지 않는다는 것을 발견한다. 정욕이 없는 연애가 겉멋에 지나지 않는다는 것은 육체적인 부딪침이 없는 사랑이 공허하다는 것을 의미한다. 정욕이란 육체와 육체의 섞임이고 그것은 아이를 만들고 낳고 기르고 하는 '짐승스러움'을 전제로 한다. 그렇기 때문에 정욕에 사로잡히면 눈이 멀고 물불을 가리지 않게 되고 그래서 짐승처럼 덤비게 된다. 사랑이 맹목적이 되는 것은 정욕에 눈이 어두워질 때다. 그러나 정욕이 눈을 가리지 않으면 육체와 육체가 서로 부딪칠 수 없고 짐승처럼 저돌적으로 덤빌 수 없게 만든다. 왜냐하면 자신의 언행이 너무도 빤히 보이기 때문이다. 정욕이 깔려 있는 사랑은 어느 틈에 짐승처럼 맹목적으로 덤빌 준비가 되어 있음을 의미하지만 정욕이 깔려 있지 않은 사랑은 언제나 상대편을 투명한 의식으로 바라볼 뿐 눈먼 돌진을 허용하지 않는다. 정욕은 사람을 눈멀게 할 뿐만 아니라 치사하게도 만들고 불결하게도 만든다. 그래서 정신주의자는 정욕이 개입되지 않은 깨끗한 사랑을 꿈꾸지만, 바로 그렇기 때문에 그 사랑은 아이를 낳지 못하는 불모의 사랑이고 삶이 가지고 있는 불결함을 받아들일 줄 모르는 관념의 사랑이다. 그러한 사랑은 정욕을 추하게 보고 아이를 낳는 고통과 희열을 모르고 아이를 양육하는 부모의 사랑이 얼마나 치사할 수 있는지 모른다. 정욕에 빠질 수 있는 젊은 나이에는 그러한 정신적 사랑도 미화할 수 있다. 왜냐하면 그들의 사랑이란 마음만 먹으면 언제든지 생산할 수 있는 능력을 가지고 있으나 지금으로서는 그런 원초적 능력보다 지적인 능력에 더욱 가치를 부여하고 싶은 허영이 있기 때문이다. 하지만 나이가 들어서 정작 자기에게 생산 능력이 없어졌다고 생각될 때에는 정신적 사랑이 정욕을 배제하고 있어서, 치사하고 불결한 정욕일지라도 그것이 가지고 있는 생산 능력 혹은 생명력이 그 무엇보다 고귀하고 아름답게 인식된다. 60이 된 여자 주인공이 '조박사'와의 만남을 가지면서도 그와의 재혼을 거부하는 것은 스스로를 '마른 꽃'처럼 불모의 육체를 소유하고 있는 여자로 인식하고 있기 때문이다. 육체가 배제된 사랑을 '겉멋'으로 파악하고 재혼을 거부한 주인공은 사별한 남편의 무덤에 묻히고 싶다는 계획을 갖고 있다. 그것은 그녀의 일상생활에서 남편의 무덤에 가는 것이 완전에 가까운 자유 의사를 확인하는 것으로 구체화된다.

> 거기서 느끼는 깊은 평화에다 대면 일상에서 일어나는 아무리 큰 기쁨이나 슬픔도 그 위를 스치는 잔물결에 지나지 않았다. 결코 죽은 평화가 아니었다. 거기 가면 풀도 예쁘고 풀 사이에 서식하는 개미, 메뚜기, 굼벵이도 예뻤다. 그의 육신이 저것들을 키우고 있구나. 나도 또한 어느 날부터인가 그와 함께 저것들을 키우게 되겠지, 생각하면 영혼에 대한 확신이 없어도 죽음이 겁나지 않았고, 미물까지도 유정했다. 진이 빠지게 풀들과 곤충들을 키우고 난 찌꺼기는 화장하여 훨훨 산하를 주유하도록 자식들에게 부탁할 작정이다. 그 보장된 평화와 자유로부터 일탈할 어떤 유혹도 있을 수 없었다.

그녀는 이미 그녀의 삶이 달관의 경지에 이르렀음을 알고 있다. 몇 년 전에 죽은 남편의 산소에 성묘를 가면 그곳에서 평화를 느낀다. 그 평화에 비하면 그녀가 지금 느끼는 기쁨이나 슬픔은 이미 정욕이 없기 때문에 "그 위를 스치는 잔물결에 지나지 않"는다. 육체가 배제된 기쁨이나 슬픔은 구체성이 없기 때문에 잔물결이나 미풍의 수준을 넘어설 수 없다. 그보다는 죽은 육신이 땅에 파묻혀서 풀과 개미·메뚜기·굼벵이의 영양이 되어 그것들을 키울 수 있다는 것이 자신의 존재가 죽은 뒤에도 이 세상에 남아 있는 모든 것과 구체적인 관계를 맺고 있음을 의미한다. 그런 점에서 죽음 앞에서 자기 혼자만 죽는다는 억울함도 없어지고 오히려 마음의 평화와 자유를 느낄 수 있는 달관의 경지에 그녀는 도달할 수 있다. 육체가 배제된 평화나 행복은 구체성의 결핍으로 인해 추상화되고 공허해진다. 반면에 육체가 죽어서까지 미물을 키울 수 있다는 것은 자기 존재의 이유를 죽어서까지 부여받는 것으로서 자신의 육체의 소멸을 긍정적으로 받아들이는 행위이다. 그것은 곧 죽음의 순간에도 "살아 있는 모든 것을 사랑할 수 있는" 경지에 다름 아니다. 늙음은 곧 죽음으로 연결된다. "내복을 갈아입을 때마다 드러날 기름기 없이 처진 속살과 거기서 우수수 떨굴 비듬" "태산 준령을 넘는 것처럼 버겁고 자지러지는 코곪" "아무 데나 함부로 터는 담뱃재" "카악 기를 쓰듯이 목을 빼고 끌어올린 진한 가래" "일부러 엉덩이를 들고 뀌는 줄방귀" "제아무리 거드름을 피워봤댔자 위액 냄새만 나는 트림" "제 입밖에 모르는 게걸스러운 식욕" "의처증과 건망증이 범벅이 된 끝없는 잔소리" "백 살도 넘어 살 것 같은 인색함" 등등 늙음이 가지고 있는 온갖 추함은 한두 가지가 아니지만, 주인공은 이러한 모든 추함에도 불구하고 함께 살 수 있는 것이 그 추함을 모두 인정하고 받아들일 수 있게 하는 '정욕'이라고 생각한다. 늙어가면서 자기 안에서 생기는 여러 가지 생리 현상을 부끄러워할 줄 모르고 뻔뻔스럽게 노출시키게 되는 것은 육체와 육체가 부딪치는 '정욕'이 배제되었기 때문이다. '정욕'은 그 자체가 부끄러움을 내포하고 있지만 젊음의 생산성을 동반하고 있어서 그 추함도 허용되는 데 반하여, 늙음이 보여주는 온갖 추함은 그것이 가지고 있는 불모성으로 인해 용납될 수 없는 것처럼 보인다. 그러나 자신에게 정욕이 없으면서도 '겉멋'을 부리는 것은 분명히 자기기만에 속한다. 그래서 자신의 내부에 정욕이 없을 때 자신의 늙음을 솔직하게 받아들이면 늙음으로 일어나는 온갖 생리 현상마저 삶의 양상으로 받아들이고 인정하게 된다. 따라서 주인공이 뒤늦게 만난 남자와의 재혼을 거부하는 것은 죽은 남편에 대한 도덕적 의무감에서가 아니라, 삶의 온갖 추함을 공유할 수 없기 때문이다. 그것은 늙은이에게 일어나는 온갖 생리 현상을 정욕 없이는 공유할 수 없다는 투명한 자기 성찰의 결과다. 60이 다 된 여자가 자신의 늙어감에 대한 자각의 솔직한 고백이다.

3

이 작품집의 두번째 작품 「환각의 나비」에는 40세를 넘긴 여자와 70이 훨씬 지난 그녀의 어머니가 주인공이다. 뒤늦게 공부를 해서 박사 학위를 따고 지방 대학의 전임 교수가 된 딸 '영주'는 어머니를 모시며 살고 있지만, 딸네 집에 사는 것보다 아들네 집에 사는 것이 좋다고 하는 친척들의 입방아 때문에 마음고생을 한다. 자신보다 13년 아래 남동생 영탁을 어머니와 함께 키운 영주는 자신이 어머니를 모시고 있고 또

동생들의 성장을 도왔음에도 불구하고 여성에 대한 가족적·사회적 편견 때문에 고통을 받는다. 주위에서 어머니를 아들에게 맡겨야 한다는 이야기를 듣고 또 어머니 자신이 아들 영탁이네 집에 가기 위해 끊임없이 가출하는 것을 겪으며 결국 어머니를 자신의 집에 모시는 것을 포기한다. 영탁의 집에서 3개월을 넘기지 못한 어머니가 딸네 집으로 다시 돌아오자 영주는 어머니의 치매가 심화되는 것을 목격하면서 어머니의 가출을 막고자 한다. 직장 생활과 가정생활이라는 이중의 부담을 안고 있는 그녀는 치매 증세가 심해지는 어머니를 모셔야 하는 고통과 친척들로부터의 비난을 견뎌야 하는 이중의 고통을 겪는다.

어머니가 가출을 한 다음 영주는 벽보를 붙이고 전단을 뿌리며 어머니를 찾아나섰다. 마침내 어머니를 천개사 포교원에서 다시 찾게 되지만 거기에서 찾은 어머니는 치매에 걸린 노인이 아니라 너무나 날렵하고 정상적인 노인이었다. 아들과 딸에게 얹혀 살아온 무게나 현실의 잔재를 완전히 떨쳐버리고 가볍고 자유로운 행복을 누리고 있는 어머니를 발견한 딸 영주는 다음과 같이 고백한다.

> 암만 해도 저건 현실이 아니야. 환상을 보고 있는 거야. 영주는 그래서 어머니를 지척에 두고도 한 발자국도 앞으로 나가지 못했다. 그녀가 딛고 서 있는 곳은 현실이었으니까. 현실과 환상 사이는 아무리 지척이라도 아무리 서로 투명해도 절대로 넘을 수 없는 별개의 세계니까.

노인들의 치매 원인을 현실적인 억압에서 찾고 있는 듯한 이러한 독백은 우리의 전통적인 가족제도의 붕괴가 더 많은 치매 환자를 낳게 된다는 해석을 가능하게 한다. 대가족제도가 붕괴되고 핵가족제도로 대체되는 과정에서 가장 설 자리를 못 찾는 것이 노인들이다. 그것은 노인들이 자식에 대한 사랑과 기대를 그대로 갖고 있는 데 반하여 젊은 세대들은 그들 부모 세대와는 전혀 다른 가족관을 갖고 있는 데 기인한다. 가출하는 시어머니를 잘 모시는 방법이 방 안에 가두어놓고 자물쇠를 잠가놓는 것이라고 생각하는 젊은 세대는 절에서 승복을 입고 날렵하게 일하고 있는 노인을 발견하면 그것을 현실보다는 환상으로만 보게 되는 것이다. 그러니까 노인이 찾고자 한 것은 아들네 집도 딸네 집도 아닌 자신에게 어떤 부담이나 억압이 없는 곳, 자신의 노동의 대가를 제대로 받아주는 곳이다. 그곳은 아파트처럼 닫혀 있는 공간이 아니라 절처럼 널찍한 마루가 있는 열려 있는 공간이다. 그 열려 있는 공간에서 자신의 존재를 입증할 수 있는 일을 하고 타인과의 관계를 유지할 수 있는 것이 그녀에게 평화이고 행복인 것처럼 닫혀 있는 공간 속에서 주어진 음식을 먹고 타인에게서 단절된 삶을 사는 것은 그녀에게 불행이고 죽음인 것이다. 그녀에게 노동의 능력이 없다고 해서 고립된 삶을 살게 하며 최소한의 생명만을 유지하게 하는 것은 곧 죽음의 길을 재촉하는 것이다.

4

늙음의 양식, 혹은 죽음의 연습이라고 할 수 있는 이 작품집에는 그렇기 때문에 노인들의 문제가 끊임없이 제기된다. 「길고 재미없는 영화가 끝나갈 때」에는 평생 난봉을 피운 남편에게 무시당하고 살아오면서도 '완벽하고' '당당'한 '품위'와 '위엄'을 갖춘 어머니가 같은 동네 노인들과 이야기하는 과정에서 "난 방귀를 참을 수 있을 때까지만 살았으면 싶다우"라는 고백을 한다. 어머니가 동네 노인들에게 들은 이야기는 손자가 "대학에 붙는 것까지는 보고 죽"기를 바란다든가, "툭하면 며느리가 시집살이하는 유세를 떠니, 만약 죽치고 들어앉게 되면 무슨 꼴을 볼까" 걱정한다든가, 자신의 "발로 변소 출입할 수 있을 때꺼정만 살게 해달라고 조상님한테도 빌고, 부처님한테도 빌고, 예배당 앞을 지날 때도 빌고, 잠자리에 들기 전에도" 빈다든가, "뒷간 출입보담은 망령인지 치맨지 그게 더 걱정"이라든가, "일가 친척의 이름 붙은 날 안 잊어버리기로 소문난" 노인이 "툭하면 오줌을 지린다"든가, "늙어갈수록 생리 현상을 참는 기능이 헐거워진다"는 등이다. 그것은 육체의 늙음이 곧 정신의 늙음으로 직결되는 인간의 약점을 드러낸다.

그 노인들의 이러한 걱정은 자신에게 다가오는 죽음의 그림자를 피하고 싶은 염원을 담고 있다. 그것이 그들의 염원인 것은 그들에게 닥쳐오는 현실에 대한 두려움 때문이다. 비극적인 것은 그러한 염원에도 불구하고 마치 죽음이 찾아오는 것처럼 그들에게 원하지 않는 현실이 어김없이 찾아온다는 사실이다. "방귀를 참을 수 있을 때까지만 살고 싶다"던 어머니에게 "말년에" 항문의 "괄약근이 열린 채 다물 줄 모르게" 되는 현실이 찾아온다. 행여 늙은이 냄새가 날까 두려워서 옷갈피에 향비누와 향수병을 넣어둘 정도로 깔끔한 '어머니'가 스스로 악취를 풍기는 주인공이 되어버리는 현실은 삶의 허무와 아이러니를 입증하기에 충분하다.

그러한 자각이 당사자에게는 얼마나 큰 절망인지 알 수 있지만, 그럼에도 불구하고 어머니가 '아버지'의 반찬 걱정을 하는 것은 평생을 모멸과 억압 속에서 살아온 여성이 자신의 내부에 그보다 큰 자긍심을 가지고 있기 때문이다. 어머니가 아버지의 무시와 억압에 얼마나 고통을 받았나 하는 것은 어머니가 시집가는 딸에게, 아내보다 부모를 소중하게 여기라고 당부하는 신랑과는 파혼을 하라는 교훈을 주는 데서 드러난다. 아버지의 어떤 행동에 대해서도 아무런 반응을 보이지 않고 복종해온 것은 유교적 가부장 제도가 지배하는 현실에 순응하면서도 언젠가는 아버지가 돌아와서 삶의 저 깊고 쓸쓸한 모순 앞에 항서를 쓰리라는 것을 어머니가 알고 있다는 혐의를 갖게 한다. 아버지에게 "여보, 사랑해"라는 전화를 받고 난 다음에 일어난 어머니의 죽음은 그녀의 일생 동안의 고통에 비하면 하찮게 보이겠지만 행복한 것이다. 그러나 작가는 독자에게 그처럼 쉽고 편안한 결말을 주지 않는다.

이제 혼자 남은 아버지를 누가 모실 것인가 하는 문제가 남아 있는 자식들에게 던져진다. 고등학교 윤리 선생인 오빠와 초등학교 선생인 올케가 홀로된 아버지를 모시는 것보다 자신이 가까이서 모시는 것이 좋겠다고 생각한 '나'는 시집간 여동생에게 부모를 맡기는 것을 부끄럽게 생각하는 오빠를 설득시켜야 한다. 이미 "항문의 고무줄이 빠진" 어머니를 모심으로써 어머니의 치욕을 다소나마 가려주는 일을 맡았던 '나'는, 어머니가 돌아가신 다음에는 80을 바라보는 나이에야 소실집을 청산하고 집에 들어왔다가 홀로된 아버지를 돌보고자 한다.

늙은 부모를 누가 모실 것인가 하는 문제는 박완서의 다른 작품에서도 자주 다루어진 주제다. 「환각의 나비」의 주인공 영주와 남동생 영탁 사이에도 어머니를 누가 모실 것인지를 두고 남매 사이에 갈등이 생긴다. 그 작품에서도 딸인 영주가 치매에 걸린 어머니를 모심으로써 고통을 겪는다. 아들의 집에 가야겠다는 당위와 그곳에서의 생활이 주는 불편으로 인해서 딸과 아들 집 사이를 방황하며 어머니가 가출하는 이 작품에 비하여 「길고 재미없는 영화가 끝나갈 때」의 아들과 딸은 서로 홀로된 아버지를 모시고자 한다. 그러나 대부분의 박완서 작품에서 그러한 것처럼 여기에서도 딸이 부모를 모시고자 하고 실제 모신다. 평생 아버지에게 괄시와 도외시를 당하면서도 한 번도 싫다거나 투기하는 표정을 얼굴에 드러내지 않은 어머니의 삶을 '길고도 재미없는 영화'에 비유하고 있는 주인공은 아버지를 모시러 롯데월드에 갔다가 노인들의 세계 속에서도 여전히 여자 노인의 허리를 껴안고 있는 아버지를 발견하고 "난봉기도 도가 트이니까 관록 같은 게 생겨 멋있고 풍류스러워 보인다"고 생각한다.

그것은 주인공이 살고 있는 사회를 유교적인 가부장제의 남성 이데올로기가 지배하고 있으나 주인공이 그것을 벗어나 있음을 의미하지는 않는다. 아버지의 유일한 유산인 300여 평의 집이 오빠에게 물려지는 것을 당연하게 받아들이고 있는 의식에서 그 증거를 찾을 수 있다. 오히려 그녀가 기대하는 것은 삶이 어떤 공식에 의해 해답을 얻을 수 있는 것이 아니라는 것 때문에 새로운 해답을 얻고자 하는 것이다. "일생을 자기의 숨소리 한번 제대로 밖으로 새나가지 못하게 잔뜩 오므리고만 사신 어머니가 자기 항문도 못 오므리게 된 치욕적인 마지막을 보"낸 것이 삶의 역설적 공식이라면 "식구들한테 못할 노릇만 시키면서 너절하게 산 아버지는 혹시 우아하게 돌아가실지도 모른다는 요행수"도 기대할 수 있겠지만, 주인공은 삶에 있어서 "공식이 통하지 않는 그 난해함 때문에" 말년에 홀로된 아버지를 스스로 모시고 싶어 한다.

박완서 소설의 재미는 그 난해함의 진면목을 우리에게 제시하는 데 있다. 그의 소설은 삶이 어떤 공식에 의해서나 어떤 윤리에 의해서나 어떤 법에 의해서 해석될 수 있을 만큼 단순하지도 않고 단조롭지도 않다는 것을 보여준다. 삶에 있어서는 누구의 삶이 더 값이 있는 것도 아니고, 어떻게 사는 것이 더 의미 있는 것도 아니라는 것을 그의 작품 어디에서나 확인할 수 있다. 그렇기 때문에 죽음의 문제만을 남겨놓고 나머지 가능성을 다 소진해버린 노인들의 이야기를 들으며 사십 대의 딸이 "내 나이에 울렁거리는 기쁨을 느꼈다"고 하는 것이나, "아직도 성적인 상상력에 충만해 있고, 성적인 화제가 가장 즐거운" 자신의 나이에 황홀해진다고 하는 것이 진솔하게 받아들여지기까지 한다. 작가는 삶의 그 난해함을 얽힌 실오라기를 풀듯이 하나하나 풀어가면서 노인이거나 젊은이거나 개개의 삶의 깊고 통렬한 실상을 우리에게 일깨워준다. 그래서 박완서의 작품집은 우리의 일상적 삶에서 우리가 망각하고 있거나 외면하고 있는 그 통렬한 아픔의 정체를 밝혀주면서 그 아픔을 철저하게 살게 한다. 그의 작중인물들 하나하나는 그들의 나이와 처해 있는 상황에 맞게 삶의 난해함을 배워가면서 독자들로 하여금 그들의 과정을 따라가게 한다.

5

소학교 교장으로 정년 퇴임한 남편을 둔 육십대 주부의 이야기를 담고 있는 이 작품집의 표제 작품인 「너무도 쓸쓸한 당신」은 이러한 작가의 세계를 가장 뚜렷하게 보여주는 작품이다. 시골 소학교 교장 관사에서 살던 그녀가 남편과 별거하게 된 표면적인 이유는 서울의 대학에 진학한 큰딸 채정이를 혼자 객지로 내돌릴 수 없다는 것이지만 사실은 그녀 자신의 시골 생활 청산이라는 오랜 꿈을 실현하는 것이다.

조회 설 때마다 판에 박은 듯 만날 똑같은 교장의 훈시에 귀가 다

먹먹해지고, 언제나 저 놋요강 두들기는 소리 안 듣나 하고 지겨워하는 아이들의 수군거림까지 들릴 듯한 교장 관사 생활은 고문의 기억처럼 진저리가 쳐졌다.

"그녀가 오랫동안 꿈꾸어오던 것은 교장 사모님 노릇을 안 하는 거"였다는 것을 확인시켜주는 이 부분은 그녀가 매일 고문을 받고 살았음을 고백하고 있다. 정권이 바뀔 때마다 최고 권력자의 어록에서 따온 내용을 장광설로 늘어놓으면서도 자신의 훈시에 아무런 의식을 갖지 못하는 남편에 대해 지겨워하고, 그것이 자리를 유지하기 위한 수단이었다든가 가족을 부양해야 하는 가부장의 고독한 선택이었다라고 말했다면 비장해 보일 수 있겠지만, 체제 순응이 체질화된 남편에 대해서 전혀 매력을 느끼지 못한다. "남편은 위로가 필요 없는 사람이었다"라고 비난하는 그녀의 고백은 남편을 참을 수 없는 인격의 소유자로 취급하고 있다. 이러한 비난을 하고 있는 시점이 대학을 졸업하고 외국으로 유학을 떠나는 아들의 졸업으로 인해 남편과의 별거의 표면적인 이유가 완전히 소멸되는 날이라는 데 문제의 초점이 있다. 그녀는 졸업식장에 나타난 초라한 복장의 남편을 부끄럽게 생각하며 사돈집 부인의 당당한 태도에 거부감을 느낀다. 그녀는 졸업식이 끝나자마자 초라한 남편을 끌고 남편이 살고 있는 농촌으로 가고자 한다. 시골의 어느 '러브 호텔'에 든 그녀는 벌거벗은 남편의 보잘것없는 정강이에 연민의 정을 느낀다. 그리고 모기 물린 정강이를 어루만지며 부부 사이란 이념이나 이해관계를 초월한 것임을 강렬하게 호소한다. 자신이 그렇게도 떼어놓으려 했던 남편이 사실은 자신과 아이들을 위해서 정강이가 말라빠지도록 헌신해온 사실을 그녀는 뒤늦게 발견하고 남편의 존재가 유능하거나 무능한 것을 떠나서 그 자체만으로도 소중하다는 것을 깨닫는다. 그녀에게 삶의 실감을 가져다준 것은 주변머리 없이 교단에서는 똑같은 말만 되풀이하고 상부에서 내려온 지시 사항만을 자신의 이야기처럼 반복한 남편이 자신의 삶 전체를 던져서 자기와 아이들을 부양해왔다는 사실이다.

미국에 이민 갔다가 손자의 결혼식을 보기 위해 귀국한 '언니' 이야기를 쓰고 있는 「꽃잎 속의 가시」도 노인 문제가 한 가정 안에서 제기하는 일상사를 다루고 있다. 현금 3천 달러의 부조금을 전달한 늙은이가 루이비통 가방에 넣어온 수의 때문에 소동을 겪는 이야기이다. 이 작품에서 젊은 가족들은 죽음을 자신의 삶 곁에 있는 것으로 받아들일 준비를 하고 있는 노인에 대해서 이해를 하지 못한다. 수의를 가지고 서울에 온 것은 '갖은 수의'를 준비한 것을 자랑하기 위해서임에도 불구하고 젊은이들은 수의까지 준비해서 노인을 보낸 것은 장례를 치르게 하기 위한 것이라고 오해한다. 옛날부터 복 있는 늙은이는 좋은 수의를 입고 간다는 관습이 있어서 윤달이나 손 없는 날에 수의를 준비하는 것이 법도 있는 집에서 하는 일이다. 이러한 관습을 모르는 오늘의 가정에서 그것을 마치 주검을 떠넘기는 일로 생각하는 일이 일어난 것이다.

6

작가는 이러한 삽화들을 거르지 않고 소설 속에 삽입함으로써 오늘날 가정의 모습을 희화시키고 있지만, 여기에서 주목해야 할 것은 작가 자신이 노인 문제에 대한 집요한 묘사를 통해서 어떻게 사느냐 하는 문제를 어떻게 죽느냐 하는 문제와 연결시키고 있다는 사실이다. 그의 소설 전체를 가족소설이라는 이름으로 묶을 수 있지만, 여기에서 진정으로 문제가 되고 있는 것은 노인들의 삶이다. 거의 모든 노인들이 겪고 있는 문제가 변화하는 가족 윤리 속에서 다소간 희화되어 제기되고 있다. 그의 작중인물에게서 나타나는 현상은, 이성이 자신을 통제할 수 있고 자신의 의지에 따라 육체를 움직일 수 있을 때 삶이 가질 수 있는 존엄성은 손상되지 않지만, 그렇지 못할 때 우리가 대문자로 써온 '인간'의 존엄성은 크게 손상된다는 사실이다. 작가는 그러나 전자만을 삶으로 간주하는 것이 아니라 후자의 경우도 삶의 중요한 양상을 형성한다고 생각한다. 말하자면 늙음에도 삶의 권리가 있고 죽음을 앞두고도 인권이 있음을 작가는 강하게 주장한다. 그렇기 때문에 그의 소설은 어떤 사람에게는 거부감을 불러일으키지만 대부분의 독자에게 공감과 감동을 체험하게 한다. 삶을 단순하게 보지 않고 복잡한 그대로 제시하고자 하는 작가 박완서에게는 그러므로 삶의 매 순간이 소설의 일부가 될 수 있다. 그의 소설이 때로는 요설처럼 읽히지만 읽고 난 다음에 가슴을 저며오는 감동이 있는 것은 그가 깊고 통렬한 삶의 진실을 꿰뚫고 있다는 데 기인한다. 〔1999〕

사실주의로부터 환상적 사실주의로

—김주영의 『홍어』

1

김주영의 소설 세계는 우리 사회가 가지고 있는 과거의 어떤 모습을 재현하는 사실주의적 세계이다. 주인공이 살고 있는 시대가 과거의 어느 시대인지 밝혀주고 그가 살고 있는 장소가 어느 곳인지 설정해줌으로써, 독자는 역사의 어느 시대를 역사 이상으로 구체적으로 알 수 있고 그 안에서의 삶이 가지고 있는 여러 가지 양상과 의미가 오늘의 삶에 어떻게 연결되는지 질문하고 깨닫게 된다. 그런 점에서 김주영이 다루는 인물이나 시대나 공간은 우리가 현실 속에서 확인할 수 있는 것들이다. 그래서 그의 주인공들은 되도록 여러 곳으로 공간적 이동을 하면서 끊임없이 새로운 모험을 수행한다. 그의 작품이 다른 작가들에 비해서 규모가 크고 남성적으로 보이는 것은 주인공의 삶이 가능한 한

넓은 공간에서 이루어지며 훨씬 역동적인 변화를 보여주기 때문이다. 한국 소설에서 장소의 이동을 가장 효과적으로 사용하고 있는 작가가 김주영이라고 해도 아마 지나치지 않을 것이다. 그만큼 김주영의 소설에서는 장소의 이동에 따라 엄청난 모험의 세계가 전개되며 개인의 운명이 변화무쌍하다. 『객주』 『화척』 『야정』 『천둥소리』 등의 작품에서 공간의 이동이 곧 새로운 모험의 시작이 되고 따라서 그의 주인공들은 넓은 공간을 마음껏 누비고 다닌다.

『홍어』의 경우는 특이한 공간이다. 여기에 등장하는 장소는 '나'와 '어머니'가 함께 사는 공간이며, 그곳을 버리고 떠나가버린 '아버지'를 기다리는 공간이다. 그곳은 '나'와 '어머니'가 일상적 생활을 하는 '집'에 지나지 않기 때문에 미지의 세계가 도사리고 있는 모험의 공간이라고 할 수 없다. 그곳은 일상의 공간이다. 그러나 일상의 공간이라고 해서 모든 것이 반복되고 예측되는 것만은 아니다. 일상적 삶 속에도 새롭게 나타나는 것, 예측되지 않는 것이 있다. 그것은 어린 '나'가 성장해가는 과정 속에서 부딪치는 새로움이며 '어머니'가 5, 6년의 기다림 속에서 알게 되는 삶의 진실이다. 시골의 작은 마을에 있는 '외딴집'이라는 공간은 겉으로 보기에 아무것도 일어나지 않는 작고 조용한 공간이지만, 한 길의 사람 마음속에서 온갖 변화가 일어날 수 있는 것처럼 겉에서는 보이지 않는 엄청난 분량의 모험이 일어날 수 있다. '어머니'는 5년의 세월 동안 가출한 '아버지'를 기다리며 바느질로 생계를 꾸려간다. '어머니'는 부엌 문설주에 말린 '홍어'를 걸어두고 가출한 '아버지'를 기억 속에 붙들고자 노력한다. 그리고 '나'에게 많은 것을 요구하며 부재하는 아버지의 역할을 할 수 있도록 가르치고 소모적인 감정 발산을 최소한으로 절제하면서 '나'에게나 이웃 사람들에게 냉정하게 대한다. '어머니'는 '나'에 대해서 "애비 없이 자란 버릇 없는 자식"이 되지 않도록 잘못을 발견할 때마다 '회초리'를 들고 매질을 하며, 이웃 사람들이 자신들의 삶에 틈입하는 것을 허용하지 않기 위해 그들의 작은 친절도 거절한다. '어머니'와 '나'는 그래서 이웃들과 분리된 채로 조용하고 평온하게 일상적 삶을 살고자 한다.

따라서 이들의 삶은 공간 이동에 의해 모험의 체험을 하는 것이 아니다. 이들에게는 삶의 공간이 고정되어 있다. 이들에게 있어서 공간 이동이란 마을로 제한되어 있고 기껏해야 읍내에 나가는 일이다. 그렇기 때문에 이들은 스스로 모험을 찾아나서지도 않고 어떤 모험도 기다리지 않는다. 이들에게 있어서 일상의 평온을 깰 수 있는 모험이 있다면 '아버지'라는 인물의 귀가이다. '아버지'의 귀가는 엄격한 의미에서 모험이라고 할 수 없다. 왜냐하면 그것은 집이라는 공간 안에서 유일한 부재자가 그 비어 있는 자리를 메우는 것이기 때문이다. 하지만 '아버지'가 부재한 현실에서 '어머니'와 '나'는 집이라는 공간의 일상적 존재자이기 때문에 '아버지'의 귀환은 이들에게 새로운 현실을 만들어주는 모험이다. 결손가정의 구도 속에서 언제나 그 부재의 자리를 메우는 것이 문제가 되기 때문에 아버지의 귀환은 가장 큰 모험일 수 있다. 그런 점에서 이 작품은 아버지의 귀환으로 시작되는 모험이거나, 아버지의 귀환으로 끝나는 모험이어야 한다. 작가는 여기에서 후자를 선택하고 있기 때문에 아버지의 귀환이란 여러 가지 모험의 과정을 끝낸 소설의 대단원이라고 생각할 수 있다. 실제로는 그것이 진정한 모험의 시작이다. 그러니까 '어머니'와 '나'의 일상적 삶에는 모험이라는 이름에 값할 만한 것이 없이 '모자 관계'를 공고히 해주는 에피소드들만이 있을 따름이다.

> 한 개의 회초리가 따끔한 훈육의 기능이 훼손될 만큼 망가지게 되면, 어머니는 그때마다 나를 불러 새로운 회초리를 마련해오도록 했다. 〔……〕 대개의 경우 내가 매질을 당하고 있을 때, 때마침 집 앞을 지나가던 이웃 사람이 달려와서 만류하지 않는 이상, 울음을 터뜨리는 쪽은 언제나 매를 들고 있던 어머니였다. 〔……〕 울음과 매질의 회오리바람이 지나가고 나면, 어머니와 나는 태풍 속을 무사히 지나온 사람들처럼 망연자실로 천장을 바라보며 목젖에 잠기는 나른한 피곤을 즐기는 것이었다. 말은 언제나 내가 먼저 건넸다. 그러면 어머니는 건네고 있는 내 말의 켯속과는 상관없이, 그리고 끼니때가 되었건 아니건 구애를 두지 않고 대답했다. 우리 밥해 묵자.

아무런 모험도 없는 일상생활에서 모자간에 있었던 '태풍'과도 같은 매질을 묘사하고 있는 이 문단을 보면, 매질이 '나'의 성장 과정에서 일상적인 훈육의 방법이었다면 어머니에게는 남편으로부터 외면당한 여인의 설움을 풀어내는 한 방법이었으며, 동시에 자신과 '아들' 사이에 이따금 일어나는 "소원한 거리감을 거의 운명적으로 연결시켜줄," 즉 모자 관계를 확인시켜주는 한 방법이었다. 정신분석학적으로 본다면 매질 자체가 '어머니'의 욕구불만의 발산과 너무나 닮아 있다는 것을 발견할 수 있을 것이다. 그리고 마지막에 "우리 밥해 묵자"라고 하는 것은 문자 그대로 일상으로 끊임없이 되돌아오는 매질의 결과를 의미하지만 정신분석학적으로는 성욕의 발산 결과 식욕을 추구하게 된 것을 의미한다. 이처럼 함께 밥을 해 먹는 것은 일상의 리듬으로 되돌아오는 것이며 화해의 근원적 단계로 회귀하는 것이다. 그런 점에서 결손가정의 이러한 모자 관계는 단선적 관계가 아니라 복선적 관계이다. '어머니'는 '나'를 자식으로 키우면서 동시에 부재하는 '아버지'의 자리에 서게 하고자 하는 복합적인 감정으로 대한다. 그렇기 때문에 자식의 자리를 고집하는 '나'는 그러한 '어머니'를 이해할 수 없을 때가 많다. 그렇지만 두 사람의 관계는 언제나 모자 관계라는 일상적 관계로 되돌아온다.

2

이 두 사람이 모험이 없는 일상적인 삶을 살아가는 데 최초로 파문을 일으킨 것이 '삼례'의 출현이다. 다시 말하면 두 사람이 집이라는 공간을 벗어나지 않고 집 안에서 최고의 모험인 아버지의 귀환만을 기다리고 있을 때 바깥 공간에서 집 안 공간으로 이동해 들어오는 인물이 '삼례'이다. '삼례'의 출현은 그러므로 그들에게는 아버지의 귀환 못지않은 하나의 사건이다. 어머니는 눈이 많이 온 날 밤에 집으로 들어온 '삼례'를 받아들이지 않기 위해 온갖 방법을 동원하지만 실패한다. 그녀의 침묵과 무대응 앞에서 어머니는 그녀를 그들의 일상 속에 수용하기로 하고 동네 사람들에게는 "에미의 친정 고장 먼 친척 되는 누부"라고 말하게 한다.

그러나 어머니가 '삼례'를 받아들이기로 한 것은 '삼례'의 침묵을 못 이겨서가 아니다. 그것은 '삼례'가 '아버지'의 모습을 지니고 있었기 때문이다. '아버지'의 별명이 '홍어'인 것은 피부에 희끗거리는 반점을 지닌 백납 혹은 백전풍 때문이다. 그런데 어머니는 '삼례'에게도 똑같은 피부병이 있는 것을 발견하고 그녀가 집 안에 들어오게 된 것이 '거렁뱅이'로 떠돌다 눈이 와서 오갈 데가 없어졌기 때문이 아니라 아버지와의 어떤 관계가 있었기 때문인 것으로 짐작한다. '나'가 '삼례'와 함께 사는 것에 이의를 제기하자 어머니는 "곱다시 얼어죽을 목숨 하나를 활인한 셈 잡아야제. [……] 그 몹쓸 죄를 대신 탕감하자면, 몇 곱절 되는 활인인들 주저할 처지가 아니다"라고 함으로써 '그 몹쓸 죄'가 '아버지'의 죄임을 암시하고 있다. 어머니의 말끄리에 "분명 남 모를 비밀이 숨겨져 있는 듯"함을 '나'가 느낄 정도였기 때문에 그녀가 '아버지'와 연결되어 있다는 것을 짐작할 수 있다.

> 적요와 평온은 다시 우리 집을 찾아왔다. 재봉틀 소리가 들려오기 시작했다. 따뜻한 방 안에는 새 옷감들이 들썩거릴 때마다 풍기는 신선한 내음이 설핏하게 고이기 시작했다. 돌아가던 재봉틀이 간간이 멈추는 사이, 그녀와 도란도란 얘기를 나누는 어머니의 목소리는 어느 때보다 편안하게 느껴졌다.

일단 '삼례'가 가족의 일원으로 편입된 다음에 이들 가정은 일상의 평화를 되찾은 것처럼 보인다. 그러나 '삼례'는 이 집과 바깥 세계를 왕래함으로써 끊임없이 새로운 사건을 일으킨다. '삼례'의 몽유병으로 시작된 밤 외출이 계속되는 동안 어머니의 밤 외출이 시작되고, '춘일옥'의 바느질감을 '삼례'로 인해서 받게 된다. 어머니는 춘일옥 주인이 '아버지의 귀환'을 허락하지 않자 다시 '춘일옥' 일감을 거부하기에 이른다. 이러한 사건들은 그들의 일상생활의 일부에 지나지 않는다. 그들에게 있어서 새로운 모험은 '삼례'의 사라짐이다. 그것은 '삼례'에게는 모험이겠지만 남아 있는 사람들에게는 하나의 충격적인 사건이다. 그러나 그 사건은 '삼례'의 가출로 인한 일과성의 사건으로 끝난다. 출가는 이미 부재를 의미하고 그녀가 '나'와 '어머니'로 이루어진 공간 속에서 제외되고 소설의 무대에서 사라짐을 의미하기 때문에 그 자체가 모험이 되지는 않는다.

그녀가 어딘지 모를 곳으로 떠난 뒤 몇 달 만에 또 하나의 모험이 그들에게 닥쳐온다. 그것은 '삼례'를 찾아온 삼십대 초반 남자의 출현이다. 낡고 더러운 갈색 신사복을 입은 그는 '삼례'가 자신의 저금통장을 갖고 달아났다고 주장하며 '삼례'를 기다릴 태세를 취한다. 이 두번째 틈입자에게 '어머니'는 좋은 말로 타이르고 돈을 주어 보낸다. '나'의 이름이 '세영'이라는 것까지 알고 있는 매부리코의 이 남자가 나중에 '아버지'의 귀환에서 아버지와 닮은 얼굴의 소유자임이 밝혀진다. 그것은 이 틈입자를 대하는 어머니의 태도에 대해 의혹을 가졌던 내게 설명의 실마리를 제공하게 된다.

집 안에서 타인과 담을 쌓고 고립된 채 살고 있는 어머니에게 또 다른 모험은 '삼례'의 재출현이다. '삼례'가 읍내의 술집으로 돌아와 작부 노릇을 하고 있다는 것을 알게 된 어머니는 '나'를 앞세워 그녀를 찾아가서 그동안 모아두었던 거금을 주면서 그곳을 떠나게 만든다. 그 돈은 "수천 리 길이라도 구애받지 않고 단숨에 달려가서 한 달포 동안은 지체할 수 있는 금어치의 노잣돈"으로서 "사실 니 생각으로 오금만 저리지 않았더라면 [……] 나도 삼례를 따라 떠나고 싶었"을 정도로 '아버지'를 기다리며 모은 돈이다. 따라서 그 돈을 '삼례'에게 주었다는 것은 '아버지'를 찾아나서는 것을 포기했다는 것을 의미한다. 어머니는 '삼례'에게 돈을 주고 난 다음 "나는 가슴속에 원한을 품고 사는 여자의 멍에를 벗게 되었고, 삼례는 그 돈을 지 팔자에 합당할 만치 유용하게 쓰게 되었다"라고 고백한다.

그러나 어머니와 '나'의 모험은 여기에서 끝나지 않는다. 어느 눈 오는 날 저녁 어머니가 호의로 받아준 삼십대 여자는 업고 온 아이를 남겨놓고 사라진다. 아이는, "사람에게 닥쳐올지도 모를 병고나 재앙을 대신 막아주는 주술 관념이 내재되어 있는 건어물"인, 북어포를 목에 걸고 있다. 아이가 북어포를 빨아먹는 것을 보고 어머니는 그 아이를 아버지가 보낸 것임을 눈치챈다. 여기에서 북어포는 옛날이야기에서 '비적'과 같은 역할을 한다. "눈이 커서 천 리를 내다보고, 입이 커서 재복(財福)을 불러들인다"고 하고 "집에 들어오는 나쁜 귀신을 사람 대신 막아준다"는 북어를 집터 귀퉁이에 묻은 아버지의 주술적 행위가 어린아이의 목에 걸린 북어포로 표현되고 있다. "아이의 허리에 매달아둔 염낭에는, 나하고는 열두 살 터울인 아이가 태어난 날짜와 항렬자를 따른 호영(昊英)이란 이름, 그리고 약간의 돈이 들어 있었다"라고 한 것은 화자인 '나' 세영과 아이가 혈연관계에 있음을 알게 하고 열두 살 터울이라고 함으로써 아이가 이제 두 살이라는 정보를 제공한다. 그것은 6년 전에 가출한 아버지가 그들의 공간에 부재함에도 불구하고 그들의 일상적 삶에 여전히 끼어들면서 아이를 가족의 구성원으로 편입시키는 결과를 가져온다. 아이의 출현은 이들의 폐쇄된 공간인 가정을 바깥 공간과 연결시키는 통로 역할을 한다. 아이를 키울 곁꾼인 '창범네'가 매일 드나들면서 그 집과 이웃집 사이의 교통의 길을 열어놓는다. 그것은 '삼례'가 바깥 세계와의 통로 역할을 한 것과 동일한 역할을 '창범네'가 맡고 있음을 알 수 있다. 어머니가 '호영'을 정성들여 양육하는 것은 호영의 출현으로 아버지의 귀가가 가까워졌다는 것을 감지하고 있었기 때문이다.

3

외삼촌의 개입으로 '춘일옥' 주인의 허락이 떨어져 아버지가 귀가하게 되자 어머니는 정성을 들여 아버지 맞을 준비를 한다. 그러나 정작 아버지가 귀가한 다음 날 어머니는 집을 떠난다. 오랜 인고의 기다림 끝에 아버지를 맞이함으로써 모험이 끝난 것으로 보이지만, 바로 그 모험이 끝나는 순간 어머니가 가출함으로써 새로운 모험은 시작된다. 그것은 그들의 일상 공간이 모험이 불가능한 상황으로 빠지자, 어머니 자신이 모험으로 뛰어든다는 것을 의미한다. 그것을 역할의 교대라고 할 수 있다. 모험을 살 수밖에 없는 운명을 가지고 태어난 어머니는 일상의 집에 있을 때는 찾아오는 모험과 부딪쳐야 했지만 정작 그 모험이 끝난 것으로 보이자 스스로 모험을 찾아나선 것이다. 그런 점에서 삶에 있어서 하나의 모험의 끝은 진정한 끝이 아니라 더 큰 모험의 시작인 것이다. 끊임없이 미지의 세계를 향해 떠나지 않으면 안 될 인간의 운명은, 공간이 고정되어 있을 때는 찾아오는 모험을 맞이해야 되고, 공간이 제한되지 않았을 때는 공간을 이동하여 새로운 모험을 찾아나설 수밖에 없다. 어머니의 역할은 '아버지'가 귀가할 때까지 온갖 난관을 극복하며 집안을 지키는 일이다. 그래서 어머니는 자신의 역할에 충실하기 위하여 자신의 정신을 흔들 수 있는 모든 것—이웃과의 교통이나 타인의 도움이나 아버지와의 연결 고리를 끊을 수 있는 모든 것—을 외면하고 오직 아버지와 관계된 것을 통해서 아버지를 기다리고 맞이하게 된다. 그러한 삶은 긴장의 끈이 팽팽하게 당겨져 있어서 단 한 순간도 느슨해질 수 없는 냉혹함과 엄격함을 지니고 있다. 어머니가 6년의 세월 동안 버틸 수 있었던 것은 '나'라는 혈연과, 아버지를 연상시키는 '삼례'라는 인물과 아버지가 보낸 '호영'이라는 아이를 통해서 아버지와의 끈을 연결시키고 있었기 때문이다. 어머니가 '나'에게 '가오리연'을 만들어준 것도 "가출한 아버지에 대한 미련의 끄나풀"을 유지하기 위한 것이다. 어머니는 '나'로 하여금 가오리연을 날려서 아버지에게 소식을 전하고자 한다.

그러나 '삼례'를 찾으러 '박기형'이 나타난 다음부터 어머니는 가오리연을 만드는 대신에 '조각보'를 만든다. "그것은 아버지에 대한 그리움이 가슴속으로 더욱 파고들어 곪아가고 있다는 징후"로서 "아버지를 향해 달려가고 있는 어머니의 직선적인 시간들을 나선형의 시간들로 구부려주고 있었다." 그것은 기다림의 시간을 메우는 데 연보다는 효과적이다. 왜냐하면 그 자체가 시간을 요구하기 때문이다. 가오리연이나 조각보는 따라서 어머니와 아버지 사이의 거리를 이어주는 긴장의 끈이다. 여기에서 아버지의 귀가는 그 긴장의 끈이 풀림을 의미하고 동시에 자신의 존재 이유의 상실을 의미한다. 어머니에게는 새로운 긴장의 끈이 필요했던 것이고 그래서 아버지를 집 안의 일상의 공간에 남겨놓고 자신은 바깥 공간으로 이동한다.

이와 같은 가출은 6년 동안 그 일상의 공간을 벗어나고 싶은 욕망을 아버지의 부재로 인해 실현하지 못한 어머니에게는 진정한 모험이다. 어머니는 몇 번에 걸쳐서, 특히 '삼례'가 떠난 뒤 자신도 훨훨 날아가고 싶다는 고백을 한다. 그럼에도 불구하고 그녀는 6년의 세월 동안 아무런 모험을 감행하지 못하고 피동적으로 산다. 그녀는 자신이 일상의 공간을 벗어나지 못했던 피동적인 삶에서 전통적인 한국 여성의 삶을 감내한다. 그러나 그 인고의 삶에서 자신의 역할이 끝났다고 생각하는 순간 그녀는 능동적인 삶을 선택한다. 그녀는 이제 더 이상 기다릴 것이 없어지자 자신을 평생 묶어둔 가정이라는 공간을 박차고 떠난다. 이제 어머니는 가정의 현모양처라는 타자를 위한 존재에서 자신의 내적 욕망의 분출을 수용하는 자아를 발견하고 독자적인 존재의 길로 나선 것이다. 이것이 어머니의 진정한 모험이다.

4

모자 관계라는 혈연관계만을 유지하며 '어머니'가 6년 동안 기다려온 것은 '아버지'의 귀환이다. 어머니는 삯바느질을 하여 생활을 꾸려가면서도 이웃과는 바느질 이외 일절 거래를 하지 않음으로써 이웃들에게 받을 수 있는 모멸감을 원천적으로 차단하고자 한다. 그녀는 가능한 한 아버지의 귀환이라는 모험 이외의 어떤 모험도 하지 않는다. 그래서 그녀는 5년의 세월이 지난 이후 아버지의 귀환을 가능하게 하기 위해서 '춘일옥'의 주인을 찾아가 용서를 빈다. 그녀는 남편의 잘못을 용서해줄 것을 남편 대신 빌기는 하지만 그걸 위해 비굴해지지도 자신의 절개를 훼손하지도 않는다. 그렇기 때문에 그녀의 행동에는 모순되는 것이 있다. 결혼 당시에 이미 건달에 지나지 않은 '남편,' 그가 '춘일옥'의 주인 마누라와 불미스러운 일을 저지르고 집을 나간 뒤 6년 동안 혼자 살지 않은 것을 알고 있으면서도 '어머니'는 '남편'을 기다리며, 남편의 귀환을 위해 온갖 인내와 노력을 다한다. 만일 그녀가 자존심이 강한 경우라면 그러한 남편과의 재회를 포기할 수도 있었을 것이다. 그러나 그녀는 자신과 '아들'을 버리고 남편이 떠나간 사실 자체를 받아들이지 못하기 때문에 일단 남편의 귀환을 위해 인내와 노력을 기울인다. 아버지가 귀환하기까지 어머니는 한 사람의 소박맞은 여성에 지나지 않는다. 따라서 아버지의 부재중에 어머니가 집을 나간다는 것은 그녀의 자존심을 회복시킬 가능성마저 포기하는 것이다. 어머니는 자신이 아버지를 버릴 수 있는 기회를 갖기 위해서 아버지의 귀환을 기다리고, 그것을 위해 노력한다. 그 노력은 우선 '나'와 '어머니'가 사는 집 안에 아버지를 연상시키는 말린 '홍어'를 걸어놓고 지내다가, '홍어'와 같은 하얀 반점이 있는 '삼례'가 출현하자 그녀를 받아들이는 것으로 시작된다. '삼례'가 떠나자 부엌 문설주에 '씀바귀' 한 묶음이 매달린다. 그러나 '씀바귀'는 어머니가 매달아놓은 '홍어포'와는 다르다. 그것은 어머니의 욕망과 아무런 상관없이 '삼례'가 남겨놓고 간 것이다. 그것은 어머니에게 '아버지'를 기다리는 것이 행복일 수 없다는 메시지를 전달하고 있을 뿐 '홍어포'처럼 부재하는 '아버지'를 상징하지는 않는다.

'삼례'가 떠난 다음에 그 집에 들어온 것은 '호영'이다. 그는 아버지가 6년 동안 가출한 사이에 태어난 아이이다. 그가 집으로 들어옴으로써 어머니는 그에게 매달려 아버지의 귀가를 기다린다. 이러한 어머니의 태도를 보면 어머니가 파악하는 가장 안정된 구조는 삼각형의 구조라는 것을 알 수 있다. 원래의 가정은 '아버지－어머니－세영'이라는 3자 관계로 이루어져 있다. 이 구조에서 아버지가 떠나자 '어머니－세영'이라는 2자 관계만 남게 되고 이때 '아버지'의 자리에 '홍어포'를 놓아둠으로써 '어머니－세영－홍어포'라는 3자 관계가 다시 성립된다. 이 삼각형의 구조에서 '삼례'가 들어올 때 홍어포가 없어졌다는 것은 삼례가 홍어포의 자리를 대신함으로써 그 구조가 '어머니－세영－삼례'로 바뀌었음을 말해준다. 또 '삼례'가 떠난 다음에는 그 자리에 '호영'이가 들어옴으로써 '어머니－세영－호영'이라는 3자 관계로 바뀐다. 따라서 '아버지'가 귀환함으로써 그 가정이 가지고 있는 삼각형의 구조가 무너질 위기에 처하게 되자 어머니가 가출한다. 그것은 4자 관계에서 어머니의 가출로 '아버지－세영－호영'의 3자 관계의 구조가 다시 복원됨을 의미한다. 그것은 작가가 의식적이든 무의식적이든 가정의 구조를 삼각형의 구조로 인식하고 있고 어머니도 그것을 토대로 가정의 안정을 기대하고 있다는 것을 입증한다. 그런 점에서 본다면 어머니의 가출은 '아버지'의 귀환으로 무너지게 된 삼각형의 구조를 유지하기 위한 것으로 설명될 수 있다. 어머니는 자신의 가출을 통해서 자신의 역할을 '아버지'에게 넘기고 스스로 독립적인 존재가 되고자 한다. 그것은 바로 부재하는 '아버지'에게 종속된 삶에서부터의 독립이며, '아버지'의 귀환을 바라는 기다림의 삶의 청산이고, 능동적인 삶의 출발이다. 물론 그것이 어머니에게 행복을 보장해주는 것은 아니지만, 어머니의 삶의 새로운 모험인 것은 분명하다.

어머니의 가출은 장소의 이동이고 진정한 모험의 시작이다. 그것은 어머니가 그토록 지키려고 했던 삼각형의 구조를 남겨놓고 자신의 독자적인 세계로 나가는 것이다. 삼각형의 구조가 모험이 없는 안정된 세계라면 어머니의 변신은 삼각형의 구조를 벗어나거나 깨뜨렸을 때 이루어진다. 그것은 이미 제2부에서 '삼례'가 떠난 뒤에서 '호영'이가 출현하기까지 어머니의 삶에 변화가 오기 시작하는 것을 통해서 알 수 있다. 한밤중에 외출을 한다든가, 삼례를 찾아온 '박기형'에게 돈을 주어 보낸다든가, 읍내의 술집에 나타난 삼례에게 돈을 주어 그곳을 떠나게 한 다음 자신이 기다림의 업보에서 해방되었다고 느낀다든가, '나'에게 '삼례'처럼 자신도 떠돌아다니고 싶다고 하는 것은 '어머니'와 '나'라는 2자 관계가 가정을 불안하게 유지하고 있을 때 어머니의 삶이 흔들리고 있음을 알 수 있다. 그러나 '호영'이 출현해서 새로운 삼각형의 구조가 이루어지자 '어머니'는 다시 안정을 되찾고 '아버지'를 기다리지만 정작 '아버지'가 귀환하자 어머니는 가출한다. '어머니'는 안정된 가정이 아니라 새로운 모험의 공간, 미지의 세계로 떠난다. '여행은 시작되었는데 소설은 끝난 것이다.'

5

이러한 어머니의 변화 속에서 이 작품의 화자인 '나'가 어떻게 변화하는지 알아본다면 그것은 이 작품이 어떤 작품인지 규정하는 데 도움이 될 것이다. 이 작품이 단순한 성장소설이라고 한다면 '나' 자신이 어머니의 관찰을 통해서 새로운 세계에 눈을 떠야 할 것이다. 그러나 이 작품의 제1부에서 '나'는 어머니나 아버지로부터 분화되지 않은 '자아'이다. '나'는 가족의 일원이지만 피동적인 삶을 산다. '나'는 어머니의 억눌린 욕망의 표현 대상에 지나지 않고 자신의 욕망을 갖고 있지 않다. 그렇기 때문에 제1부에서 '나'는 어머니에게서 끊임없이 명령을 받고 있거나 아니면 매를 맞는다. '나'는 자신의 의사표시를 할 기회도 갖지 못하고 또 사물에 대한 독자적인 판단을 내리지 못한다. '나'는 어머니의 명령을 거역하지 않을 뿐만 아니라 매를 때리는 어머니에게 어떤 반감도 갖고 있지 않다. '나'는 그러나 제2부에 오면 어머니의 명령에 거부의 뜻을 갖게 되고 어머니와 처음으로 맞서서 대결하고자 한다. 그것은 '나'가 삼례를 욕망하면서부터이다. 제1부에서 '나'는 삼례의 출현에도 또 삼례의 가출에도 아무런 감정이나 생각의 변화를 체험하지 못한다. 삼례가 어머니에게 매를 맞고, 목욕을 하게 된 다음에 '나'와 남매의 관계가 이루어졌을 때 '나'는 삼례에게 특별한 관심을 갖지 않는다. 불과 2, 3년 위인 삼례는 세상을 너무나 많이 알고 있었고, 반면에 '나'는 아직 미숙아의 상태에 있다. 그러나 삼례가 일단 집을 나갔다가 1년 만에 읍내의 술집에 다시 나타났을 때 '나'는 그녀를 욕망하기 시작한다. '나'는 어머니가 '그녀'를 자신에게서 빼앗아가려고 한다는 것을 느끼면서 어머니와 대결하고자 하고 '호영'에게 온 정성을 들여 젖을 빨리는 것을 보고 어머니에게 배반감을 느낀다. 그것을 정신분석학적으로 본다면 제1부에서 '어머니'는 내게 무엇이나 할 수 있는 전지전능한 존재이다. 그러나 내가 제2부와 제3부에서 '삼례'를 욕망의 대상으로 생각하면서 어머니는 내게 욕망의 방해자가 된다. 제3부에서 어머니가 '호영'에게 빠져 있는 것을 보면서 수탉을 죽인 '누룽지'에게 동료애를 느끼는 것은 오이디푸스콤플렉스의 부친 살해 표현이다. '내'가 '어머니'로부터 해방감을 느끼는 것은 자신이 홀로 설 수 있다는 자아를 발견한 다음부터이다.

그러나 그의 진정한 모험도 이제부터 시작이다. 홀로 서는 순간부터 '나'는 나의 욕망에 대한 책임을 져야 하기 때문이다. '나'는 성에 눈을 뜨는 순간부터 '아버지'의 존재와 역할에 대해서 깨닫게 되고, 모든 것을 알고 있는 것 같은 '어머니'에 대한 환상을 깨뜨리게 되며, 집을 나갔다가 6년 만에 돌아오는 '아버지'와, 그 기다림의 세월을 보낸 다음 정작 아버지의 귀환과 함께 집을 떠난 '어머니'의 삶이 가지고 있는 비극성을 자신의 것으로 인식하게 된다. '어머니'와 '아버지'의 이루어질 수 없는 행복이 타고난 삶의 비극성이라면 '나' 자신의 미래도 그것에서 자유로울 수 없는 것이다. 이러한 삶의 본질에 대한 깨달음은 이 작품을 '나'의 성장소설로 읽을 수 있는 가능성을 열어놓고 있다. '나'는 따라서 '삼례'에게서 이성을 발견하고 그녀와의 결합을 꿈꾸고 그녀를 찾아나서지만, 어머니는 '나'에게서 '삼례'를 빼앗아간다. 어머니는 가출한 삼례가 읍내에 나타났을 때 자신이 아버지를 찾으려고 모아놓은 돈을 삼례에게 주면서 멀리 떠나도록 쫓아보낸다. 그것은 한편으로 '나-어머니-삼례'의 관계에서 '나-어머니'의 관계가 '나-삼례'의 관계로 대체되는 것을 어머니가 참지 못한 것이고, 다른 한편으로는 어머니가 삼례를 찾아감으로써 자신이 삼례의 자리를 차지하고자 하는 욕망을 표현한 것이다. 그래서 나는 어머니가 '나'에게서 '삼례'를 훔쳐간 것으로 느낀다. 그것은 어머니가 '아버지'를 떠나기 위해 삼례가 될 수밖에 없었음을 의미한다.

6

6년 만에 돌아온 아버지가 한 첫마디는 "세영이 사팔뜨기 눈은 아직 고치지 못했군"이었다. 그것은 아버지가 부재하는 동안 인간적 모멸감과 여성적 고통을 이겨낸 어머니에게 크나큰 모욕이 아닐 수 없다. 생존 자체를 위한 피나는 노력, 부재하면서도 끊임없이 어머니에게 생활의 큰 짐을 떠맡겨온 아버지의 무분별, 그런 아버지의 귀환을 위해 기울이는 노력의 결과가 아들의 사팔뜨기 눈을 교정하는 수술을 받게 하지 못한 것에 대한 비난으로 나타나는 현실에 대해서 어머니는 "가슴속에 6년 동안이나 간직되었던 아버지에 대한 환상이" "모두 허상으로 침몰되어버린 것을 깨닫게" 된다. 그러나 이러한 해석을 내린 것이 열네 살 먹은 화자의 입을 통해서라는 사실은 이 작품을 단순히 사실주의적인 작품으로 읽을 수 없다는 것을 암시한다. 실제로 "어머니의 지순했던 자존심은 오히려 굴욕으로 손상되고 말았고, 슬픔에 찌들어가면서도 담금질해왔던 사랑의 열매도 한낱 허상이었다는 사실을 깨달았던 것일까. 그래서 어머니는 굴욕보다 더욱 격정적인 세상으로부터의 모험을 선택한 것일까"라고 자문하는 것은 14세의 화자에게 있을 수 있는 생각이 아니다. 그런 점에서 보면 이 작품의 배경이 된 시대가 1950년대로 추정되는 것에 반하여 그 당시에 벌써 '사시'를 교정하는 수술이 가능하였는지 자문하지 않을 수 없다. 또 '세영'의 나이가 13, 14세 때였는데 그의 공부에 관한 이야기는 단 한 번 언급될 뿐 그의 학교생활에 관한 언급이 전혀 없다는 것은 세영의 역할이 '어머니'와 '아버지'의 관찰자로서 한정되고 있음을 의미한다. 그것은 세영을 총체적으로 제시하는 것이 아니라 부분적으로 제시한 점에서 이 작품을 사실주의적이라고 할 수 없게 만드는 이유이다. 뿐만 아니라 '호영'이 '세영'과 열두 살 차이가 난다고 한 것으로 미루어보아 두 살의 나이임에 틀림없는데 출생 후 3개월 전후의 아이가 '옹알이'를 한다는 사실이라든가, 누이동생의 남편이면 '매부'라고 불러야 할 것임에도 불구하고 '세영'의 '외삼촌'이 '아버지'를 '처남'이라고 호칭하고 있다든가 하는 것 등은 작품 자체를 사실주의적인 것으로 볼 수 없게 한다. 그것은 아마도 교정상의 착오라고밖에 볼 수 없다. 왜냐하면 또 다른 곳에는 "달빛을 받은 내 그림자가 은박지 같은 눈발 위로 어른거렸다. 눈발 위로 떨어졌다가 튀겨지는 달빛 사이로 나는 삼례를 발견하였다. 그녀는 벌거벗은 채로 한길의 저쪽 머리서부터 나를 향해 사뿐사뿐 눈을 즈려밟아 오면서 걸어오고 있었다"라고 한 것을 보면 '눈발'이 '눈밭'의 오식인 것이 분명하기 때문이다. 이러한 지적은 이 작품의 전체적인 아름다움에 비추어보면 너무나 사소한 것에 지나지 않는다. 실제로 하얀 눈밭에 달빛을 받으며 사뿐사뿐 걸어오는 삼례의 모습이라든가 노을을 받으며 방천둑 위에 나타나는 아버지의 모습이라든가 이 소설의 여기저기에 나타나는 묘사들은 대단히 환상적이다. 그런 점에서 작가 자신이 이전에 썼던 사실주의적 작품과 비교한다면 이 작품은 단순한 사실주의적 작품으로만 읽을 수 없는 요소를 갖고 있다. 부재하는 아버지를 홍어와 연결시키고, 홍어에서 다시 가오리연으로 발전시킨 다음 안데스 산맥의 전설적인 콘도르 독수리의 이미지로 표현하고 있는 것은 이 작품이 환상적인 요소를 많이 가지고 있음을 입증해준다. 더구나 14세의 화자가 이러한 상상력을 발휘하고 있다는 것은 작가가 화자의 시점에 자유롭게 개입하고 있다는 것을 의미한다. 그것은 작가 자신이 사실주의의 세계로부터 환상적 사실주의의 세계로 변화를 시도하고 있다는 생각을 하게 한다. 그만큼 이 작품은 환상적인 묘사들로 인해서 가슴 아프면서도 아름답다.

이 작품에서 우리가 발견하는 것은 우리의 망각 저편에 감추어져 있는, 우리의 성장기에 체험했던 상처와 환희, 슬픔과 기쁨, 아픔과 즐거움의 순간들이다. 그것들은 인화액 속에 담겨진 인화지처럼 새로운 형태로 나타나기 시작한다. 우리의 망각을 현실로 바꿔주고 있는 이 작품은 독자의 기대를 끊임없이 배반하는 작가의 상상력으로 우리를 놀라게 하고 감동시킨다. [1998]

'시장'과 '전장'의 절묘한 대비
—박경리의 『시장과 전장』

1

박경리는 1926년 경남 충무에서 출생한 작가로, 1955년 단편소설 「계산」이, 이듬해 단편소설 「흑흑백백」이 『현대문학』에 추천되어 문단에 나왔다. 1957년 단편소설 「불신시대」로 현대문학신인상을 받았고, 1959년 장편소설 『표류도』로 내성문학상을 받았다. 이는 그 후 30여 년 동안 수상 경력이 없다가 장편소설 『토지』의 집필이 끝나가는 최근에 이르러서 몇 가지 상을 받게 된 것에 비추어볼 때, 그가 초기에 문학적 재능을 문단에서 인정받은 증거라고 할 수 있다. 왜냐하면 그 후 그는 전통적인 삶의 양식과 가치관이 파괴된 전후 사회에서 인간의 비극적인 운명과 참담한 삶의 모습을 형상화한 수많은 작품을 발표했기 때문이다. 특히 단편소설이 문학의 주류를 이루고 있던 우리 문단에 『연가』(1958), 『표류도』(1959), 『성녀와 마녀』(1960), 『내 마음은 호수』(1961), 『김약국의 딸들』(1962), 『가을에 온 여인』(1962), 『그 형제의 연인들』(1963), 『시장과 전장』(1964), 『파시』(1964), 『타인들』(1965) 등 해마다 한 편꼴로 장편소설을 발표함으로써 그는 장편소설 작가로서의 재능과 저력을 보여주고 문단에 장편소설의 가능성을 열어주었다. 그가 일으킨 장편소설의 바람은 연재소설이 아닌 전작소설을 발표하여 독자에게 직접적인 평가를 받을 수 있다는 생각을 가능하게 했으며, 전업 작가로서 사회적 지위를 확보할 수 있는 풍토를 열어주었다.

이들 장편소설을 통해, 초기의 섬세한 여성의 심리와 비극적 운명의 미묘한 묘사에서 출발해 선이 굵은 서사적 묘사에 이르기까지 인간의 여러 유형의 창조에 이른 그의 문학적 세계가 창조와 확대라는 끝없는 모색의 도정을 확립해나가는 것을 확인할 수 있다. 즉, 개인적인 불행을 다룬 단편소설에서 출발한 이 작가의 세계가 『김약국의 딸들』에서는 한 가정의 불행으로 확대되고, 『파시』에서는 한 사회의 불행으로 전개되며, 『시장과 전장』에서는 민족적 비극의 형상화로 발전된다. 특히 『시장과 전장』에서 다루어지고 있는 민족 분단과 전쟁이 가져온 이념적이고 실제적인 비극의 의미는 개성이 강한 인물의 창조와 격변하는 역사의 재현을 통해서 민족적인 성격을 획득하게 된다. 그런 점에서 이 작품은 그 후의 『토지』라고 하는 대서사시의 예고와도 같은 성질을 띤다.

2

박경리 문학에서 『시장과 전장』은 이 작가에게 '여류'라는 수식어를 제거한 작품이다. 그의 초기 소설들이 전후의 여성들, 특히 혼자된 여성들의 고단한 삶의 슬픔과 고통을 주제로 한 섬세한 작품이라면, 이 작품은 전쟁 자체를 다루면서 그 안에서 살고 있는, 혹은 죽어가는 사람들의 생생한 모습과 그들의 운명을 지배하고 있는 이데올로기와 전쟁의 잔혹상, 그리고 황폐화된 인간 정신의 위기 등의 주제를 정공법으로 전개시킨 선 굵은 소설이다. 이때부터 이 작가에게는 남성적인 작가, 그러니까 형용사 없는 '작가'라는 명칭이 주어진다(남자 작가가 작가를 대변하는 것처럼 보이는 이러한 주장이 남성 중심의 시각이라는 비난을 받을 수 있다). 그만큼 이 작품은 전쟁의 현장과 와중을 다루면서 그 현실의 보편적이면서도 본질적인 문제에 접근하고 있다. 그것은 현실의 조그마한 움직임에도 상처를 입고 그 상처의 미묘한 아픔을 형상화하는 여성 문학과 비교할 때 훨씬 강한 서사적인 성격을 지닌다. 그의 문학이 지닌 서사적 성격은 1980년대 이후 한국 소설의 주도적인 흐름을 형성했던 현실주의 문학이 지닌 서사적 성격과 비교할 때 훨씬 세련되고 정교하다는 점에서 이 분야의 선구적 역할을 했다고 하겠다. 그것은 이 작가가 소설은 개성 있는 인물의 창조라는 문학적 관점을 기본으로 삼고 있다는 사실에서 확인된다. 그의 서사적인 문학은 어느 경우에도 작중인물의 섬세하고 미묘한 성격을 드러나게 함으로써 그 인물들로 하여금 살아서 움직이게 하는 힘을 보여준다.

이 작품은 한국전쟁이 일어나기 전부터 휴전이 되기 전까지의 혼란기를 배경으로 젊은이들의 삶을 다룬다. 시간적으로 『토지』가 한말에서부터 해방에 이르는 기간을 포용하고 있다면, 이 작품은 1950년부터 1953년까지의 짧은 기간을 포용하고 있다. 그러나 전쟁이라고 하는 특수한 상황 때문에 그 짧은 기간 동안에 겪어야 했던 주인공들의 삶의 체험은 과거 몇십 년의 것을 능가한다고 해도 지나친 말이 아니다. 그만큼 이 기간 동안에 겪어야 했던 격동과 변화는 엄청난 것이었으며 개인에게 준 충격과 상처는 큰 것이었다. 이러한 역사적 시기에 회의하고 질문하고 환호하고 절망하는 젊은 지식인들의 고통스러운 삶은 그 자체가 이미 거대한 모험이기 때문에 독자의 관심의 대상이 될 수밖에 없다.

이 작품은 자신의 삶과 그것을 지배하고 있는 이념에 대해서 강한 질문을 던지고 있는 주인공들을 내세움으로써 지식인소설의 모습을 갖추고 있다. 이렇게는 살지 않겠다라든가 남들처럼 살지는 않겠다라는 생각을 실천에 옮기기 위해 자신에게 주어진 삶에 저항하고자 하는 이 주인공들의 시도는 『김약국의 딸들』의 용빈이나, 『파시』의 조명화·박응주보다 훨씬 더 발전적인 모습을 띠고 있다. 이 작품의 실질적인 주인공은 '지영'과 '기훈'이다. 모두 40장으로 구성된 이 작품에서 지영의 시점으로 기술된 것이 22장이고 기훈의 시점으로 이루어진 것이 18장이다. 이들을 주인공이라고 하는 것은 이 작품이 이들의 시점에 의해서 씌어졌다는 하나의 이유만으로 그런 것이 아니라 이들 자신이 그들의 시점으로 씌어진 장에서 모험의 주체로 나타나고 있기 때문이다. 어떤 인물이 단순히 시점의 역할만 한다면 그것은 스스로 화자의 범주를 벗어나지 않는다는 것을 의미한다. 주인공이 모험의 주체라는 것을 감안한다면 단순한 화자는 모험의 전달자에 지나지 않는다. 화자이면서 모험의 주체로 나오는 이들 주인공의 삶은 그것이 어떤 구성으로 엮여 있느냐에 따라서 소설의 전체 구조를 결정한다.

한국전쟁이라는 상황과 시대를 동시에 살고 있는 지영과 기훈은 시장과 전장이라는 서로 다른 터전 위에서 삶의 싸움을 벌이고 있다. 시장이란 생활의 현장으로서 생존 경쟁이라는 싸움을 하는 곳이고, 전장이란 전투의 현장으로서 생과 사의 갈림길에서 싸움을 하는 곳이다. 따라서 이들은 싸운다는 점에서 공통점을 지니고 있으나 무엇을 위해서라는 그 목적에 있어서 차이를 지닌다. 작가는 이 두 주인공이 싸워가는 과정을 통해서 운명의 비극성과 전쟁의 잔혹성, 인간의 존엄성과 생명의 고귀성이 개인에게 나타나는 양식을 탐구한다. 그것은 곧 소설이 뚜렷한 개성을 지닌 인물을 통해서 독자에게 울림의 체험을 하게 하며 동시에 삶의 보편적인 문제에 도달하게 한다는 작가의 문학적 관점을 읽게 한다.

지영은 조국이 분단되고 전쟁이 터질 것이라는 소문이 나도는 가운데 삼팔선 부근의 '연안'으로 가서 교사가 된다. 서울의 집에 남편과 두 아이와 자신의 친정어머니를 남겨두고 떠날 수밖에 없다는 것은 그녀가 자신의 일상적인 삶을 견디지 못하여 변화를 선택한 것임을 의미한다. 그러나 그 변화는 가족과의 헤어짐을 전제로 한다는 점에서 자신의 전 존재를 걸어본 모험의 선택에 해당한다. 그녀의 이러한 결단은 두 아이의 어머니로서의 모성애가 부족해서도 아니고 가정에 대한 애착이 없어서도 아니다. 오히려 자신의 삶에 대한 회의와 반성에서 기인한 것으로 보인다. 한 남자의 아내로서, 두 아이의 어머니로서 살아온 삶에서 자신의 존재란 무엇이며 어디에 있는지 근원적인 질문을 제기한 그녀는 자신의 삶을 회복하기 위해 가족들과 떨어져서 사회생활을 하고자 한다. 그녀가 자신의 생활에 대한 회의를 하게 된 배경에는 결혼 생활 자체에 대한 실망보다는 남편에 대한 실망이 더 직접적으로 작용하고 있는 것으로 보인다. 그녀의 편지에 의하면 세 권의 책을 산 남편이 두 권의 책값만 받은 점원의 착각을 이용하여 한 권의 책값을 지불하지 않은 일에 대해서, 또 남의 감자밭에서 감자를 캔 남편에 대해서 그녀가 부부의 "생활이 전부 무너지고 만 것을 깨달"았다고 한다. 그것은 어떤 경우라도 남을 속이거나 남의 물건을 훔치는 일에 인간적인 모멸감을 느끼고 그러한 일을 하지 않는 데서 인간적인 존엄성을 유지할 수 있다는 주인공의 삶의 태도를 엿보게 한다. 그러나 그러한 지영에게 새로운 경험이 이루어진다. 입덧 때문에 혼자 쌀밥을 먹은 사건으로 인해서 지영은 자기 자신에 대한 염오감을 떨쳐버리지 못한다. 자신이 살고자 하는 삶과 자신이 살고 있는 삶 사이의 이러한 거리에 의해 스스로에 대해서도 실망한 주인공이 자신의 일상적인 생활 공간을 떠나고자 한 것은 객관적 관찰을 위한 거리 두기이다. 그 거리 두기는 "이렇게 혼자 될 수" 있는 사실에 감탄을 하게 하지만, 얼마 지나지 않아서 이성과 사랑에 대해 낭만적 환상과 소녀적인 감상에 젖어 있는 정혜숙과 교무실에서 부부 싸움을 서슴지 않는 정순이 사이에서 가까스로 유지된다. 그것은 그녀가 결혼 이전에 가졌지만 결혼과 함께 포기했던 꿈의 실현을 의미한다. 그렇기 때문에 그녀는 다른 사람의 삶을 관찰할 수 있고, 자신의 삶을 타자의 그것과 분리해서 생각할 수 있다. 그녀가 결혼 생활이라는 범주를 벗어나 혼자 산다는 것은 그러한 여유를 가능하게 만든다. 그러나 한번 결혼해서 아이를 낳고 생활하는 것은 어느 날 가정을 떠났다고 해서 망각될 수 있는 것도 아니고, 젊은 날 꿈의 진정한 실현에 이르는 길도 아니다. 그녀의 거리 두기는 필요에 따라서는 언제든지 가정으로 되돌아갈 수 있을 때, 그리고 그녀의 부재에도 불구하고 그녀를 기다리는 가정이 온전히 보존될 때 가능한 것이다. 전쟁의 발발과 함께 그녀의 거리 두기가 그녀에게서 완전히 사라져버린다는 사실은 그것을 입증한다.

전쟁이 터지기 전까지 그녀는 남편의 간청과 가족의 바람에도 불구하고 가정으로 돌아갈 생각을 하지 않는다. 그러나 전쟁이 터지자 그녀는 즉시 가족과 합류하기 위해 온갖 수모와 위험을 무릅쓰고 서울로 돌아온다. 그 순간부터 그녀는 고상하고 오만했던 자신의 태도를 버리고 가족의 안녕을 위해서 헌신하는 주부로 변신한다. 특히 남편에 대한 그녀의 태도는 기피에서 애착으로 변화하여, 그의 신변 위험에 대해서 그녀 자신의 존재를 모두 바쳐 보호하고자 한다. 이러한 변화는 삶에 대한 그녀의 태도 전체의 변화를 의미한다. 피란을 떠나지 못하고 서울에 남아서 식량 고갈의 위험에 직면하자 그녀는 물건을 내다 팔아 식량을 확보하고, 피란민들이 영글지도 않은 감자밭에서 감자를 캐어가는 것을 보고 그들을 비난하는 어머니에게 "우리도 식량이 떨어지면 도둑질을 할 거예요"라고 선언한다. 서울이 수복될 무렵 남편인 기석이 실종되자 그녀는 그를 찾아내기 위해 온갖 노력을 기울인다. 직접 인천까지 걸어서 다녀오고, 서대문형무소에 가서 남편의 소식을 알아보고, 친척을 통해서 남편의 구명 운동을 벌이고, 1·4 후퇴 때는 두 아이를 데리고 부산까지 피란을 간다. 생존의 위협 때문에 인간에 대한 자긍심도, 인간으로서의 자존심도 생각할 수 없는 상황에서 그녀는 끈질긴 생명력으로 버텨나감으로써 전쟁의 폭력을 고발하고 생명의 고귀함을 드러낸다. 그녀 자신이 "밟혀도 밟혀도 뻗어가는 잡초, 난 잡초야!"라고 말하는 것처럼 그녀는 그 강인한 생명력을 획득함으로써 소녀 시절의 감상적인 결벽증에서 완전히 벗어난다. 이것은 작가 자신이 온실 속의 꽃만을 아름답게 생각하는 것이 아니라 비바람에 시달리고 온갖 발길에 짓밟히고도 생명을 유지하는 잡초와 같은 삶에서 보다 깊고 오묘한 아름다움을 발견하고 있다는 것을 의미한다.

삶은 온실이 아니라 스스로 싸우며 개척해야 할 시장과 전장에서 이루어지기 때문이다.

이 작품의 또 다른 주인공 기훈은 남한에서 활동하고 있는 공산당원으로서 테러리스트다. 전쟁이 터지기 전에 그는 대부분의 테러리스트가 그러한 것처럼 낭만적인 요소를 많이 지니고 있었다. 그는 한편으로 온건한 사회주의자인 '석산' 선생의 사랑을 받고, 공산주의자들이 적으로 생각하고 있는 변절한 공산주의자 '안핵동'을 암살할 수 있는 사람이 자신뿐이라고 자처하며 그의 암살에 나서기도 한다. 그는 거리에서 빈혈로 쓰러진 '가화'를 구해준 인연으로 외로울 때 서로 만나 위로를 받는 다정한 인물이면서도 그녀와 일정한 거리를 유지하는 이지적인 인물이고, 전쟁 중에 붙들려 온 석산 선생을 전향시키려다 실패하자 냉혹하게 돌아서는 냉정한 인물이며, 부상당한 소년병을 후송 차량에 실어 보내는 따뜻한 인물이다. 그는 테러를 계획한 날 가화와 육체관계를 맺으면서도, 비밀 공작원의 애인과 연인 관계를 위장할 때는 그 여자의 육체적 접근을 단호하게 거절한다. 이러한 그의 행동은 육체적인 관계가 테러와 같은 모험을 앞에 둔 사람의 불안을 감추기 위한 것이 아니라는 것을 입증한다. 그것은 그 자신의 부인에도 불구하고 그가 냉혹하고 이지적인 인물이 아니라 내부에 무한한 정열을 소유한 감각적인 인물임을 알게 한다. 가화가 그의 권총을 보고 놀라자 자신은 여자를 사랑한 적이 없고 이념을 사랑했다고 선언하는 것은 자신이 사랑과 이념 사이에서 마음의 흔들림을 느끼고 있다는 것의 고백이요, 그 순간 그가 가화의 뺨을 때리는 것은 그처럼 흔들리는 자신에 대한 강한 부정의 표현이다. 그가 전쟁의 막바지에 서울에서 전쟁터로 불려 갈 때 그녀를 찾아가서 이제 다시 볼 수 없을 것이라고 알려주는 것은 강한 이념으로 무장되어 있는 그의 황폐한 마음속에 생명의 씨앗처럼 강한 사랑이 싹터 있음을 의미한다. 그러나 상황은 그에게 이러한 사랑을 지속할 수 있게 하지 않고 전장으로 떠나게 한다. 그는 해방을 위한 전쟁의 소모품을 자처한다. 일종의 자기 비하라고 할 수 있는 이러한 생각은 자기 안에 있는 사랑을 보다 강하게 부정하고 자신의 이념에 보다 충실한 신봉자임을 보여주고자 한다. 그렇기 때문에 그는 전쟁터로 가면서 무수한 시체를 보고도 아무런 감정의 표시도 하지 않고 보다 냉혹해진다. 그는 '장덕삼'이 코뮤니즘을 연인처럼 사랑했던 과거를 회상하고, 자신이 이념보다 사람을 더 좋아한다며 그것에 회의를 보이자 "이 친구 사람 죽는 꼴을 보더니 완전히 시대착오에 빠졌다"라고 비난한다. 그것은 자신이 "여자를 사랑한 적이 없고 이념을 사랑했다"고 선언함으로써 자신의 사랑을 감추려 했던 것을 비난하는 것이다. 그러나 사랑과 이념 사이에서 이념의 선택은 전쟁의 진행 결과에 따라 그의 신념을 흔들리게 하고, 그 선택의 정당화를 위해 신념의 흔들림을 부인하게 만든다. 그는 전쟁의 패배와 함께 지리산으로 들어가면서도 자신이 철저한 리얼리스트임을 자처하고, 어깨에 총상을 입고 농담을 하는 여유를 보인다. 그것은 자신의 위기의식을 감추기 위한 하나의 과장에 불과하다. 그는 탈출을 시도하다 총에 맞은 소년 '수일'에게 확인 총격을 가하고 아무도 그곳을 떠나지 못하게 한다. 확인 사살을 비난하는 장덕삼에게 "걸레처럼 더러운 감상"이라고 쏘아붙이며 냉혹함을 보임으로써 장덕삼에게서 "그것도 없는 인간은 바위도 아니고 악마요!"라는 비판을 받은 그는, 탈출에 성공하여 그의 적이 된 장덕삼에게 가화를 넘겨주고자 한다.

그가 이처럼 복합적인 태도를 보이는 것은 자신이 살고 있는 세계를 받아들이지 못하고 거기에 저항하고자 하기 때문이다. 그는 자기 내면에서 형성된 것이 아니라 밖에서 주어진 이념을 신봉하게 됨으로써 자신의 행동 하나하나만을, 삶의 순간순간만을 자신의 현실로 생각한다. 그는 장래에 대한 낭만적인 환상이나 무용한 기대를 지니지 않는다. 때로는 지적이고 때로는 감각적으로 보이는 그는 즉각적이고 즉물적이어서 내일을 생각하지 않는다. 그러나 지리산으로 들어가며 5년은 버틸 것이라는 예상을 하는 기훈에게 "리얼리스트를 자처하지만 로맨티스트가 아니면 누가 산에 남아 있겠느냐"라는 장덕삼의 예리한 말처럼 그에게는 낭만주의자 같은 요소가 얼마든지 있다. "어떤 형틀 속에 집어넣을 수 없는 무한히 자유로운 사람인 것 같은데 찬바람이 휙 몰아치면 무섭습니다. 혼자서 병술을 마시는 것을 여러 번 보았지요"라는 표현 속에 압축되어 있는 그의 복합적인 성격은 그런 점에서 모순에 가득 찬 행동을 낳지만, 그 행동 하나하나에는 확신 같은 것이 들어 있다. 그것은 그의 정신을 지배하고 있는 것이 허무주의라는 것을 의미한다. 그는 행동할 때는 그 의미를 생각하지 않고 거기에 전력을 기울이고 여자와 사랑을 할 때는 그 순간에만 몰두한다. 그는 공식화된 공산주의자가 아니라 행동하기 위한 공산주의자이다. 그는 지령을 받고 움직이는 꼭두각시 같은 인물이 아니라 존재의 심연에 자리잡고 있는 허무감에서 벗어나기 위해 행동하는 인물이다. 사랑에 있어서는 열정을 감추고 있고 이념에 있어서는 낭만을 감추고 있는 그는, 마지막 순간에 가화를 넘겨줌으로써 그 감추어진 모습을 드러낸다. 그는 사랑으로도 이념으로도 내면에 있는 허무주의를 극복하지 못하고 자신의 비극적인 운명을 철저하게 살아낸다.

반면에 낭만적인 공산주의자 장덕삼은 어린아이까지 죽창으로 살해하는 공산주의의 현장을 목격하고서 자신의 이념에 대해 회의한다. 그는 지리산에 은거한 공산주의자들이 이미 한 선택의 오류를 알고 있으면서도 그 집단 안의 논리 때문에 그곳을 벗어나지 못하는 것을 보고, 그리하여 더욱더 오류 속에 빠져드는 것을 보고, 그 집단을 탈출하여 지리산 토벌 대장이 된다. 그는 기훈에게 여러 차례 탈출의 기회를, 죽음을 벗어날 수 있는 기회를 제공하지만 성공하지 못한다. 따뜻하고 넉넉한 그의 성격이 철저한 이념적인 인물과는 거리가 있는 것처럼 그는 기훈과 대조적인 낭만적 인물로서의 역할을 맡는다.

기훈이 유일하게 사랑에 빠지게 된 가화는 전쟁의 폐허 속에 피어난 하나의 가냘픈 풀꽃 같은 인물이다. 지영이 잡초처럼 번식력이 강한 생명력의 상징이라면, 가화는 꺼질 듯 꺼질 듯하면서도 꺼지지 않는 등불처럼 잡초 속에 겨우 피어난 약한 생명의 상징이다. 옛 애인이 공산당원이 되어 자신의 아버지와 오빠를 빼앗아간 사건에 충격을 받은 가화는 백치 상태에 빠져 거리를 배회한다. 빈혈로 인해 쓰러진 이 인물에게 생명의 기운을 불어넣어준 것이 기훈이다. 그녀는 기훈에게서 새로운 사랑을 발견하고 그 사랑을 찾아 빨치산이 된다. 그녀에게는 공산주의라는 이념이 있는 것이 아니라 사랑이 있을 뿐이다. 정신적인 충격으로 인해서 도저히 소생할 것 같지 않던 그녀는 일단 사랑으로 소생하자 어떤 모진 바람에도 꺾이지 않는 생명의 힘을 드러낸다.

3

이러한 관점에서 본다면, 『시장과 전장』은 전쟁의 잔혹성과 비극성을 재현하면서 그 속에서 살아 움직이는 인물들의 개성 있는 삶을 보여주는 박경리 문학의 진수를 보여준다. 전쟁이라는 극한 상황에 적극적으로 대처하는 인물들의 행위의 진정한 의미를 파헤치고, 그러한 사상 속에서 억울하게 당하는 인물들의 한 많은 삶의 모습을 제시한 이 작품은 그 후에 작가 자신의 필생의 역작인 『토지』를 예비하는 작품이라 할 수 있다. 전쟁이라고 하는 비극적 체험에도 불구하고 먹고살아야 하는 인간의 운명을 '싸움'이라는 공통점으로 묶음으로써 작가는 『시장과 전장』이라는 절묘한 대비를 획득한 것이다. 이 작품을 읽는 과정에서 떨쳐버릴 수 없는 하나의 생각이 줄곧 따라다녔다. 그것은 지영과 기훈의 관계이다. 전쟁 전에 남편에게는 그토록 차가웠던 지영이 왜 기훈에게는 따뜻했을까 하는 의문이 이 글을 마치는 순간까지도 머릿속에서 떠나지 않는다. 이것을 밝히는 데는 정신분석의 도움이 필요할 것으로 보인다. 〔1995〕

외출과 귀환의 변증법

—오정희의 『불꽃놀이』

1

오정희의 네번째 창작집이라 할 수 있는 『불꽃놀이』에는 다섯 편의 중·단편소설이 실려 있다. 아마도 그의 소설집인 『바람의 넋』 이후에 씌어진 중편소설만을 묶은 것으로 보이는 이 창작집은 그의 작가 생활에서 아주 중요한 의미를 띨 것으로 보인다. 그것은 작가가 삶의 표현에 새로운 형태를 부여하고 있기 때문이다. 나는 이미 그의 두번째 창작집인 『유년의 뜰』에 관해서 언급하는 과정에서 그의 문학 세계가 어린이 화자에서 사춘기·청년기를 거쳐, 중년의 화자로 이어지는 세계로서 여성의 일생과 관련되어 있다는 사실에 주목한 바 있다(졸저, 「전율, 그리고 사랑」, 『문학과 비평의 구조』 참조). 이 작품집에 수록되어 있는 다섯 편의 작품 가운데 세 편의 작품은 여전히 여주인공의 시점으로 그려져 있는 데 반하여 두 편의 작품은 시점을 이동해가면서 그려지고 있다. 이것은 작가가 화자의 성상을 통해 여자의 일생에 관한 성찰을 하면서 화자의 단일화를 벗어나고자 하는 시도를 하고 있음을 의미한다.

그의 오랜 침묵 후에 나온 「불꽃놀이」는 세 작중인물의 시점으로 씌어진 작품일 뿐 아니라 작품 전체가 영조의 출생 비밀이라는 하나의 사건을 정점으로 씌어진 것이다. 맨 처음에는 초등학교 6학년생인 '영조'의 시점이 나타난다. 주몽 이야기를 중심으로 고구려의 역사를 가르치는 교실에서 선생님의 말씀은 귓가로 흘리고 전날 밤에 꿈에서 본 UFO를 상기하면서 아버지 몰래 가져온 돋보기로 공책에 불을 붙이는 영조는 선생님에게 뺨을 맞고 뒷자리에 가서 벌을 서고도 외우라는 연대기는 외우지 않고 공상에 빠져 있다. 그는 "연대기 속의 세상은 어떠했을까" 하는 질문과 함께 낯모르는 아비를 찾아 길을 떠나던 "이야기 속의 아이들은 모두 총명하고 씩씩하였고" "몸은 강하고 마음은 그윽하여 자라나면 충의 열사가 되었다"라는 사실에 주목한다. 어쩌면 그러한 관심이 진정한 공부이겠지만 선생님은 연대기를 외우지 못한 것을 나무란다. 그의 관심은 교실 바깥으로 옮겨져서 "새로운 운양시의 탄생"을 축하하기 위한 불꽃놀이가 벌어질 그날 밤으로 모아진다. 학교에서 돌아온 그는 책가방을 던져놓고 자전거를 타고 나간다. 전날 밤 꿈에서 본 UFO의 출현 장소를 찾아가 물의 관능에 자신을 맡기며 수영을 하기도 하고 낚시꾼에게서 얻은 남생이를 가지고 놀면서 UFO의 공상을 한 다음 불꽃놀이의 현장으로 향한다. 두번째는 '영조'의 어머니인 '인자'의 시점이다. 집에서 양계를 하는 그녀는 닭에 관한 온갖 금기를 지키면서 한때는 300마리의 닭을 치며 상당한 재미를 보았으나 돌림병으로 스무 마리 정도만 살아남아서 양계업에 신물이 나 있다. 그녀는 축제 때문에 온 동네가 비어버린 적요 속에서 마당가의 감나무를 보며, 10여 년 전에 찾아와서 그 집을 짓고 살았다고 주장하던 사람의 이야기를 상기한다. 남편의 주장에도 불구하고 감나무를 베어버리지 못하는 그녀에게 감나무는 말 못할 비밀을 감추고 있으며, 그것은 영조의 출생 비밀이 10여 년 전의 그 사람과 관계되어 있음을 암시한다. "어느 봄날, 혼곤한 낮잠 속에서 꿈결처럼 받아들였던 사내"의 씨로 태어난 영조는 태어날 때부터 그녀의 가슴을 찢고 나왔다. 그녀는 자라면서 그의 외출 시간이 길수록 불안해한다. 그것은 그가 어디로 떠날 것 같은 예감 때문이다. 그녀는 그 불안감을 떨쳐버리기나 하듯이 마지막 남은 수탉을 잔인하게 죽인다. 세번째는 그녀의 남편인 '관희'의 시점이다. 골동품 가게를 하는 그는 '명약국'의 주인과 바둑을 두면서 '명약사'가 축제에서 들려오는 꽹과리 소리에 진저리 치는 것을 목격한다. 6·25 때 중공군의 꽹과리 소리를 연상하며 '잔치 끝에 난리 치른다'는 속담과 '사람 많이 모이는 데 가지 말라'는 부모들의 말을 인용하는 명약사에게서 다변의 병약성을 읽으면서 '관희'는 자신의 어린 시절을 상기한다. 백 살도 넘었을 거라고 하는 증조할머니는 옛날이야기를 끊임없이 하였고, 해방되기 3년 전 가출한 아버지 때문에 일제에 끌려가서 곤욕을 치른 할아버지는 프랑스인 신부에게서 지하수 물길 찾는 법을 배웠고, 그는 할아버지를 따라다니다가 옛 무덤에 삽질을 하게 됐다. 그가 오늘의 골동품 가게를 하게 된 유래가 여기에 있다. 평소보다 일찍 귀가한 그는 인파에 부딪치며 피곤한 걸음을 옮긴다. 아내와 불꽃놀이 구경을 하기로 한 약속을 생각하며 귀가하던 그는 텔레비전 인터뷰 장면도 보고 봉두난발의 광신도에게 손을 붙들리기도 한다. 그는 기일이 없는 할아버지와 열두 살 때 다섯 달을 함께 산 부모를 생각하며 멀리 보이는 영조에게서 낯선 모습을 발견한다. 이 세 사람의 시점을 통해서 확인할 수 있는 것은 난세를 살아온 우리의 운명이 어쩌면 되풀이되고 있지 않을까 하는 비극적인 세계관이다. 다섯 달을 제외하고는 아버지 없이 살아온 '관희'와 처음부터 아버지를 모르고 산 '영조'의 운명의 반복은 우리에게 삶을 즐기게 하는 것이 아니라 삶 앞에서 겸손하게 만드는 지혜를 준다. 그래서 '명약사'가 말하고 있는 것처럼 '사람 많이 모이는 데 가지 말라'고 하고 '잔치 끝에 난리 치른다'며 축제의 현장에 선뜻 뛰어들지 못한다. '인자'가 축제의 시작과 함께 수탉을 죽이는 것도 그 정서적 불안의 한 표현으로 볼 수 있다. 여기에서 작가가 드러내고 있는 것은 아버지의 부재 속에서 살아온 '관희'나 '영조'가 모두 '인자'가 맡아야 할 삶의 짐, 다시 말하면 여성의 비극적인 운명이라는 사실이다. 그것은 남자가 외출을 하면 돌아오지 않아도 되지만 여자의 외출은 귀환을 동반하고 있다는 테마로 발전한다. 여기에서 작가는 이 주인공들이 역사적인 삶과 아픔을 지니고 있지만 그것을 겉으로 드러내는 것이 아니라 마치 개인적인 비극으로 내면화시키는 치밀한 구성과 정교한 묘사를 구사하고 있다.

2

이 작품집의 「그림자 밟기」는 오정희 소설의 한 전형처럼 보인다. 전업주부인 주인공 '경옥'은 온종일 집안일을 하면서도 전국에 미진이 있었던 사실을 모른다. 그녀는 뒤늦게 지진과 화산에 대한 설명을 하면서 "살아 있는 지구"를 "무엇보다도 자신의 내부에서 들끓는 욕망"

"말하고자 하는 무절제한 욕구" "평온한 날의 지진이라는 예를 빌려 현상계 이면의 것을" 증명하고 "보이지 않는 것의 존재"를 증명하고 싶은 욕망으로 표현하고 있다는 자각을 하게 된다. 그녀가 창밖으로 보는 풍경은 늦봄의 나른한 풍경으로서, 아이의 자전거를 고쳐주는 중년 남자나 창으로 뽑아낸 호스의 물로 세차하는 이웃 '새댁'이나 유모차를 끌고 가는 젊은 부부, 고무줄놀이를 하는 아이들이다. 그런데 이 모든 평화롭고 일상적인 풍경 내부에는 지진처럼 그것을 깨뜨릴 수 있는 불화가 우리도 모르는 사이에, 우리가 의식하지 못하는 사이에 준비되고 있고 진행되고 있다. 구령을 외치며 지나가는 전경들의 행렬이나, 텔레비전에 비치는 중동전쟁의 현장은 주인공의 평온과는 달리 주인공의 삶이나 주인공이 살고 있는 지구가 미진에 흔들리고 있으며 언젠가는 엄청난 재앙으로 다가올 수 있는 가능성을 갖고 있다. 고등학교 사회과 교사인 남편 '명재'가 교권 확립과 자율을 주장하다가 낙도로 발령받은 일, 사범대학을 택한 명재와는 달리 정치과를 택해서 운동권의 험난한 길을 걷고 있는 민수의 방문, 법령과 제도와 이념과 같이 시간이 지나면 변해버리는 사문서를 가르칠 것이 아니라 변하지 않는 진리를 가르치고 싶어 하는 명재의 꿈, 더 많은 공부가 더 많은 자유를 줄 것이라고 말하지만 실제로는 신분 상승의 편안함 이상이 되지 못하는 현실에 대한 경옥의 자각, 이런 것들은 평온한 일상적 삶의 내면에 깔린 미진들이 아닐 수 없다. 그렇기 때문에 주인공은 "술도 안주도 알맞고 화제도 편안했는데 이 깊이 상처받은 느낌, 쓸쓸함은 어디에서 연유하는"지 알 수 없다고 고백한다. 그것은 "방문 안쪽과 바깥 사이의 깊은 모순"에 대한 깨달음이며, 자신의 그림자인 아이들에게 그 모순을 넘겨줌으로써 그들에게도 고통의 그루터기가 생기게 한다는 내면적인 성찰이다. 그것은 가정 안에서 자신의 비어 있는 내면만을 관찰하며 끊임없이 외출하던 오정희의 수인공이 이제 사회적 현실에 대해서 눈을 뜨게 되는 것을 보여준다. 그러한 눈뜸은 그녀로 하여금 아이들을 두려워하게 만들기도 하고 아이들에 대한 패배감을 체험하게도 하지만, 아이들을 길들여지게 하는 데 만족할 수 없게 만든다. 이제 그녀가 집으로 귀환하는 것은 자신의 내면의 충만 때문만이 아니라 자신의 그림자를 확인하고 밟기 위한 것이다. 남편인 명재와 친구 민수가 다른 술집을 향해 갈 때 '경옥'은 혼자서 귀환하며 상처받고 쓸쓸하다는 느낌을 가질 수밖에 없다. 그림자를 통해서 자신을 확인하고 보이지 않던 부분을 볼 수 있다면, 혼자서 귀환하는 그녀의 그림자는 그녀의 외로움을 보여주기에 충분하다. 그러나 그러한 그림자의 확인은 "그림자가 없는 것은 혼백뿐이다"라는 깨달음에 도달하게 만들기 때문에 그녀에게 고통스럽지만 값진 것이다. 그녀가 미진을 느끼자 "동우야, 형우야" 하며 자신의 두 아들의 이름을 부르짖는 것은 그녀의 귀환이 그림자를 찾기 위한 것임을 입증한다.

3

「옛우물」은 마흔다섯번째 생일을 맞은 가정주부인 화자의 이야기다. 일상적인 습관대로 움직이기 시작한 그녀는 45년 전 그날 33세의 나이로 자신을 낳은 어머니를 생각하며 여자의 운명이 그 많은 세월에도 불구하고 별로 달라지지 않았음을 확인한다. 자신이 태어났을 때 어떠했는지를 알 수는 없지만 여덟 살 때 막냇동생이 태어나던 날의 기억을 갖고 있는 화자는 출생의 신비와 그 신성화와 그에 대한 두려움을 한꺼번에 떠올린다. 그것이 여자의 운명처럼 기억되는 그녀에게 45년의 세월이 무엇일 수 있는가 질문을 던지게 되는 것은 너무나 당연한 일이다. 그것은 "부자도 가난뱅이도 될 수 있고 대통령도 마술사도 될 수 있는 시간"이고 "죽어서 물과 불과 바람으로 흩어져"버릴 수도 있는 시간이라는 자각은 현재의 주부로서의 자아를 발견하기에 충분한 요건이다.

> 나는 지금 작은 지방 도시에서, 만성적인 편두통과 임신 중의 변비로 인한 치질에 시달리는 중년의 주부로 살아가고 있다. 유행하는 시와 에세이를 읽고 티브이의 뉴스를 보고 보수적인 것과 진보적인 것으로 알려진 두 가지의 일간지를 동시에 구독해 읽는 것으로 세상을 보는 창구로 삼고 있다. 한 달에 한 번씩 아들의 학교 자모회에 참석하고 일주일에 두 번 장을 보고 똑같은 거리와 골목을 지나 일주일에 한 번 쑥탕에 가고 매주 목요일 재활 센터에서 지체 부자유자들의 물리치료를 돕는 자원봉사의 일을 하고 있다. 잦은 일은 아니지만 이름난 악단이나 연주자의 공연이 있을 때면 남편과 함께 성장을 하고 밤외출을 하기도 한다.

겉으로 보면 나무랄 데 없는 모범 시민과 주부, 그리고 훌륭한 교양을 갖춘 한 개인으로서 행복한 삶을 살고 있다. 그러한 그녀가 시장에서 돌아오는 길에 옛날의 찻집 앞에서 "텅 빈 공허"를 체험한다. "이제는 영원히 과거 시제로 말해질 수밖에 없는 비인칭 명제," 그러나 그녀로서는 "간신히 온 힘을 다해" 부르는 '그'에 대한 기억이 어떤 '부재'를 아픔으로 인식하게 만든다. 그로 인해서 그녀는 창 너머로 보이는 다리 난간과 거기에서 자주 벌어지는 자살 소동을 연상하게 되고 그녀의 기억 속에 자리 잡고 있는 '아버지'의 죽음에 이른다. '그'의 죽음과 함께 찾아온 화자의 '귀울음'은 그녀의 일상적인 행복과 상관없는 사랑과 그리움의 존재 가능성을 보여준다. "모든 죽은 사람들이, 그들에 대한 기억이 소멸한 뒤에도 그들이 남긴 살아 있는 유전자 속에 깃들이듯" "그는 나의 사소한 몸짓과 습관 속에 남아 있다"라는 고백을 그녀는 한다. "그가 죽은 뒤 한동안 내게는 모든 사람들이 시체처럼 보였다"라고 하는 그녀의 고백은 위에서 든 그녀의 평온하고 행복해 보이는 일상적 삶이 얼마나 깨지기 쉽고 불안정한 것인지 알게 한다. 그녀는 '그'의 죽음 이후 "낯선 남자의 눈길을 받을 때 그것이 남자가 여자를 바라보는 눈길이 아님을 느끼게 되"어 절망감을 갖게 된다. 그것은 그녀가 "더 이상 젊은 여자가 아니라는 의미이"기 때문이다. 따라서 '그'의 죽음은 그녀에게는 여자로서의 존재의 위기의식을 갖게 한 것이다. '그'가 죽은 뒤 그녀에게 미미하게 나타난 변화는 거울을 보았을 때 "잘못 당겨진 천처럼 좌우 대칭이 깨진 얼굴"이 먼저 나타났다가 원래의 얼굴이 나타나는 현상이다. '그'는 그녀로 하여금 일상의 삶과는 다른 삶, 정신의 고고함을 지탱하게 하는 삶의 지주이다. '그'는 실체를 가진 존재일 수도 있고 그녀만이 그리고 있는 형상일 수도 있지만 그녀에게는 일상적인 존재가 아니다. '그'는 그녀가 현실의 여러 조건을 받아들이고 행복하게 살아갈 수 있게 하는 힘의 제공자이며 이 세상의 누구에게도 발설해서는 안 되는 보이지 않는 초월자 같은 존재이지만 그녀와 동일한 공간에 있는 존재이다. 각자가 가정을 가지고 있으면서도 서로를 그리워하고 욕망하지만 결정적인 순간에는 각자의 가정으로 돌아가는 이루어질 수 없는 사랑이 불륜이나 모순으로 그려지지 않고 존재의 심연에서 솟아나는 갈증의 표현으로 그려질 수 있는 것은 이 작가가 인간의 내면에서 솟아나는 샘물의 정체를 파악하는 예리한 감각의 소유자이기 때문이다. 작가는 겉으로 평온하고 행복한 일상적인 삶이 우리 존재의 근원을 갉아먹고 있는 죽음을 내포하고 있는 현실임을 일깨워준다. 정신분석학적인 표현을 빌리면 '그'는 주인공이 결핍을 느끼고 있는 '남근phallus'의 소유자다. 그래서 '그'의 죽음과 함께 그녀는 자신 내부의 어떤 것의 죽음을 동시에 체험한다. '그'는 그녀의 존재를 확인시켜주는 정신의 '거울'이다. 그것은 그녀로 하여금 자신을 타자로 인식하게 하고 그것을 통해서만 자신을 눈으로 볼 수 있게 하는 거울이다.

> 저녁 쌀을 씻다가 문득 눈을 들어 어두워지는 숲이나 낙조를 바라보는 시선 속에, 물에 떨어진 한 방울 피의 사소한 풀림처럼 습관 속에 은은히 녹아 있는 그의 존재와 부재. 원근법이 모범적으로 구사된 그림의, 점점 멀어져가는 풍경의 끝, 시야 밖으로 사라진 까마득한 소실점으로 그는 존재한다.

이 정밀하고 아름다운 묘사를 가능하게 한 대상은 그 자체가 중요한 것이 아니라 그녀의 내면에 자리 잡고 있는 방식이 중요하며, 그녀가 자신의 내면에 간직하고 있는 양식이 중요한 것이다. 그것의 존재로 인해서 그녀는 일상적 삶을 살면서도 그것을 내려다보는 자부심을 지니고 있으며 자신이 그토록 충실하고자 하는 현실적인 의무를 초연한 자세로 행할 수 있다. 그렇기 때문에 그러한 존재의 죽음은 그녀의 정체성을 흔들어놓을 수밖에 없다. 그녀는 그러한 존재의 위기를 확인하기라도 하려는 듯 낯모르는 남자에게 시선을 고정시키고 도전적인 자세를 취하지만 그 남자는 그녀의 시선을 피하다가 견디지 못하고 자리를 떠난다. 그녀의 집요한 추석은 그 남자로 하여금 간질병 발작을 일으키게 한다. 발작에서 깨어나 사라진 그 남자의 "고독하고 허전한 눈빛을" 그녀가 "결코 잊지 못"하는 것은 그녀 자신이 바로 "고독하고 허전한 눈빛"의 소유자이기 때문이다.

그렇다고 해서 그녀의 결혼 생활이 불행한 것은 아니다. 그녀와 그녀의 남편은 "합법적인 관계에서 태어난 아들을 나날이 싱싱하게 자라는 나무처럼 바라보며 소망과 걱정을 나누고 자잘한 생활의 문제, 음식과 성을 나눈다." 거기에는 물론 "배반과 환멸과 분노의 몫도 있"다. "그릇에 담긴 물의 평화와, 고약한 항변처럼 끓어오르는 장 항아리의 곰팡이가 있고 무엇보다도 이 모든 것을 싸안는 충실한 관습, 질서가 있다." 한 가정의 부부로서 그들은 나무랄 데 없이 자기의 역할에 충실하고 남 보기에 모범적인 생활을 하고 있다. 그러나 겉으로 드러난 이 평화의 내면에서는 보이지 않는 균열이 일어나고 있고 일상적 삶이 가지고 있는 허구적이고 위선적인 틈새가 나타나기 시작한다. 그들은 언제부터인지 전날 밤에 각자가 꾸었던 꿈에 대해서 서로 이야기하지 않으며, 상대편이 자기를 어떻게 견디나 하는 물음을 마음속으로만 던질 뿐 질문의 형태로 던지지 않는다. 그것은 두 사람 사이의 생활에 진정한 대화나 공감이 있는 것이 아니라 묵인과 관습이 있음을 의미한다. 그것은 자신에게 엄격하면서도 섬세한 감각의 소유자가 아니면 도저히 파악할 수 없고 특별히 밝은 눈의 소유자가 아니면 발견하지 못하는 것이다. 그녀의 섬세한 감수성과 자신에게 정직하고자 하는 관찰력은 그녀로 하여금 존재의 정체성에 관한 물음을 던지지 않을 수 없게 만든다. 그녀는 텅 빈 예성아파트에 혼자 들어가서 충만함을 느끼고, 창밖으로 연당집을 내다보며 세월과 함께 퇴락해가는 가문의 몰락을 보면서 "사라진 뒤에야 비로소 드러나는 존재의 흔적"을 발견하고, 사우나에 가서는 "젊은 처녀로부터 둥글고 기름진 몸매의 중년 여자, 만삭의 임부, 다산의 주름이 겹겹이 늘어진 노파"에 이르기까지 온갖 세대의 여성을 발견한다. 그것은 '그'의 부재 속에서 보는 자신의 과거와 현재와 미래의 모습에 다름 아니다. 이제 예당아파트 창문 너머로 보는 풍경처럼, 옛우물과 연당집이 사라지듯, 그리고 '그'가 사라지듯 모든 소중한 것은 하나씩 사라져가는데 자신은 지상의 죽음의 그림자를 안고 일상의 늪에서 연명을 해야 한다. 이러한 자각은 아름다운 황혼의 석양을 보며 그녀로 하여금 통곡하게 한다. 이제 그녀의 외출은 여기에서 중단될 수밖에 없으며 그녀의 귀환은 또 하나의 옛우물 이야기처럼 과거 속에 묻히게 된다.

4

「파로호」는 미국에서 귀국한 주인공이 남편의 친구와 함께 7년 전에 남편과 함께 가본 적이 있는 파로호에 가는 이야기이다. 북한이 금강산 댐을 만든 데 대항하여 평화의 댐을 만들기 위해 물을 뺀 파로호의 기사에서 "텅 빈 충만함"을 느낀 '혜순'은 파로호가 감춰두고 있던 수많은 과거가 물을 빼버림으로써 노출되는 현상에서 그 느낌을 확인한다. 그녀가 물 마른 호수를 찾아간 것은 그녀에게 "어떤 간절함"과 "갈증"이 있었기 때문이다. 그것은 현재의 비어 있음이 과거의 가득 찬 충만함이라는 모순된 감정을 갖게 한다는 것을 의미한다. 그렇다면 그녀는 무엇으로 비어 있는가?

삼십대 후반의 주인공은 고등학교 사회과 교사였던 남편이 별다른 이유 없이 해직되어 2년 동안 실직의 고통을 받다가 미국 유학을 떠나는 데 동행한다. 그러나 4년여에 걸친 미국 생활에서 그녀는 현지에 적응하지 못하고 남편보다 먼저 귀국한다. 그녀가 미국에서 체험한 것은 유학 생활에 지친 사람들이 모여서 서로 반목하고 비난하면서 자신만이 애국자임을 자처하거나, 햄버거 집에서 일하면서도 흔해빠진 '박사'는 뭣하러 하느냐고 비웃거나, 한밤중에 텔레비전 영화를 보며 걸려오는 음란 전화에 한심해진 자아를 발견하는 것이다. 남편처럼 "소심한 불평 분자"가 반체제 인사 노릇을 하고 한국에 관한 거짓투성이의 글들이 진실을 위장한 '지하 총서' 역할을 하는 허위적인 삶에서 자신의 진정한 언어는 어디에 있는지 질문하지 않을 수 없다. 더구나 낮에 생선 가게에서 일하고 밤에는 대학에서 강의를 들으며 힘들어하는 남편도 "그 정도로 안정된" 생활을 두고 귀국하려느냐고 하며 '아이들'과 함께 귀국을 거부한다. 생선 가게에서 일하는 주제에 집 안에 손님을 불러들여 "썩은 글들에서 주워 읽은 것을 근거로 시국 토론이나 하"는 남편에게 "우린 점점 거지가 되어가요. 단지 돈이 없다는 얘기가 아니라 마음이 초라하고 남루해져 긍지와 자존심을 잃고 황폐해져가는 걸 느낀"다고 외치면서 "병듦보다도 병들어가는 자신을 바라보는 잔인한 쾌감"을 두려워한다. 그렇지만 그녀는 내면의 부패와 붕괴를 고양이에게 복수함으로써 더욱 좌절감에 빠진다. 그녀는 이러한 "황폐함과 황량함"에서 벗어나기 위해 자기 안에서 태어나지 못하고 굳어져가는 말들을 소설로 쓰기 위해 혼자서 귀국한다. 그녀가 귀국해서 제일 먼저 한 일은 자동 촬영소에서 사진을 찍고, 전철과 버스를 바꿔 타며 시내를 돌아다니고, 신문과 복권을 사는 일이다. 그것은 빛바랜 사진의 배경처럼 퇴색해버린 자신의 일상적인 삶으로 되돌아왔다는 것을 증명하기 위한 것이다. 말하자면 일상적 삶의 회복을 통해서만 잃어버린 말을 되찾을 수 있고 폐허처럼 텅 비어 있지만 마음의 충만을 느낄 수 있기 때문이다. 그 충만함은 마치 돌에 깃들인 부처를 볼 수 있는 사람이 돌에서 불필요한 부분을 제거하여 마애불을 만드는 것과 같고, 선사 시대의 유적을 발굴하던 사람이 수만 년의 세월 뒤에 흙을 털어서 돌에 새겨진 여인의 얼굴을 나타나게 하는 것과 같다.

이 작품의 진정한 주제도 외출과 귀환의 반복이다. 주인공이 미국으로 남편을 따라나선 것은 "언제나 사람들은 이곳이 아닌 저곳, 보이는 곳보다는 보이지 않는 곳에 무언가 있으리라는 기대"를 갖기 때문이다. 그것은 이유 없이 해고된 남편의 실직에 대한 불만과 그것으로부터의 탈출의 의미를 갖는다. "집 밖으로 나서는 것은 확실히 약속되어진 길, 미래의 세상으로 나아가는 길"로 생각한 주인공은 이 작가의 다른 작품의 주인공이 외출한 것보다 훨씬 더 멀리 미국으로 나가지만 견디지 못하고 귀환한다. 그녀가 미국에서의 삶을 견디지 못하는 것은 이 작가의 여자 주인공들의 외출이 귀환을 전제로 한 것임을 감안할 때 당연하게 보일 수도 있다. 그러나 그녀가 귀환을 결심하기 위해서는 남편과 아이들과의 이별을 감수해야 한다는 점에서 고통스러운 귀환이다. 미국에서의 삶이 허풍과 위선으로 가득 차 있다는 인식은 마음의 가난과 긍지의 상실을 실감하게 해서 그곳에서의 귀환으로 연결된다. 그러나 이러한 귀환이 이곳에서의 삶에 정당성을 부여해주는 것은 아니다. 그렇기 때문에 그녀는 귀국 후에 다시 파로호를 찾아나선다. 그녀의 외출이 다시 시작된 것이다. 그러나 그 외출은 그녀의 마음에 깃들인 가난이 아니라 충만을 가져오고 정신의 갈증을 해갈하는 풍요의 의미를 갖는다.

> 아, 소리 지르고 싶어, 소리 지르고 싶어, 힘찬 피돌기를 뚫고 터져 나올 의미 없는 부르짖음과 탄성이 준비되어 있던 때. 집 밖으로 나서는 것은 확실히 약속되어진 길, 미래의 세상으로 나아가는 길이었다. 지금 그녀는 지난날 그토록 기다렸던 숱한 내일에 도달해 있다. 다만 새로이 맞는 아침을 문밖의 세상을 더 이상 미래라고 서슴없이 말할 수 없을 뿐이다.

그녀가 문밖의 세상을 더 이상 미래라고 말할 수 없는 것은 미국으로 떠나기 전의 광주 항쟁의 체험과 그녀의 미국 생활에서 연유한다. 이 두 가지 체험은 그녀로 하여금 '말'의 무력함에 관한 체험이다. 그녀가 문밖의 세계를 미래로 말할 수 없었던 것은 "세쪽이처럼 시조새처럼 화석이 되어버린, 그리고 태어나지 못하고 어둠 속으로 사라져버린 말들"의 자각 때문이다. 말을 되찾고자 하는 그녀의 노력은 문학에서 구원을 찾고자 하는 것이다. 문학은 세상이나 삶이 몇 개의 단아한 문장으로 설명될 수 없다는 자각 때문에 하기 힘들지만 거짓과 허위의식으로 가득 찬 삶에 대해서, 병들어가는 자신을 바라보는 데서 쾌감을 느끼는 병에 대해서 정직한 의식을 갖게 한다. 그 의식은 그녀의 외출을 생산적이 되게 만든다.

5

「불망비」는 오정희 소설에서 다뤄진 적이 없는 시기를 그리고 있다는 점에서 색다른 작품으로 보인다. 이 작가의 모든 소설은 그의 출생 이후의 시대를 다루고 있는 데 반하여 이 작품은 해방 전후의 시기를 배경으로 하고 있을 뿐만 아니라 다른 작품에 비하여 서사적인 성격이 강한 작품이다. 아마도 작가의 가족사의 한 부분으로 보이는 이 작품은 '현도'라고 하는 어린아이의 시점에 의해 서술되어 있고, 마지막 부분에 가서 두 군데만 '어머니'의 시점에 의해 서술된다. 물론 그 밖에도 작중인물의 내면을 보여주는 곳에서는 서슴없이 시점을 바꾼다.

> 바다는 언제나 누르고 탁한 물로 밀고 썰며, 어부들은 고기 떼를 쫓아 배를 띄우겠지만 물질을 해보지 않은 아들은 결코 그를 알 수도 이해할 수도 없으리라. 그 자신 젊어 죽은 그의 아비를 모르듯. 생애는 그렇게 스러지고 묻히고 이윽고 보이지 않는 큰물에 흔적 없이 섞이어 흘러간다.

이렇듯 '할아버지'가 생각에 잠긴 것은 그 자신의 시점으로 표현되고 있다. 그러나 엄밀하게 말하면 그것은 작가 자신의 전지적 시점이 할아버지 시점처럼 그려지고 있는 것이다. 그것은 이 작품이 서사적인 서술이면서도 작가 자신의 작품 대부분이 가지고 있는 사실적 묘사와 명상적 성찰에서 자유로울 수 없었음을 이야기한다. 황해도 해주에서 자수성가한 '할아버지'는 7척의 배를 가진 선주로서 "다른 사람은 결코 해독할 수 없는 자신만의 기호로 물품의 수량과 금전의 출납을 기록한다." 어부 출신의 그는 "인생은 망망한 바다 위의 작은 배와도 같다"라는 생각으로 전답을 사지 않고 고리대금업으로 재산을 늘리며 "자신의 왕국"을 갖는다. 그가 해방 직전 세상을 떠났을 때 그의 가족은 기호를 해독하지 못해 받을 빚을 받지 못한다. 문맹인 할아버지와는 달리 상업학교에서 주산과 부기, 암산법, 장부 정리법을 배운 '아버지'는 철 공장을 차려 운영한다. 아편쟁이 '삼촌'은 아버지 대신 징병에 끌려갔다. 열아홉 살에 나무 장수에게 시집간 '고모'는 1년 만에 육손이를 낳고 소박데기가 된다. 이러한 가족사는 어린 시절 체험들의 배경을 이루며 오래된 사진첩에 붙어 있는 사진처럼 기억의 지도에 일정한 형태를 띠고 자리 잡는다. 그의 어린 시절의 체험은 '비석거리'를 중심으로 이루어진다. 학교와 집의 중간 지점에 있는 비석거리는 일본인 상점과 관공서와 집 들이 모여 있는 중심지로서 역과 해령항과 개성과 신의주로 가는 네거리에 있다. 그곳은 주인공에게 모든 외출이 가능한 곳으로 미래의 세상으로 나가게 만든다. 그곳에서 러시아인 신기료 장수도 보고 인력거꾼 청국인도 보고 주재소로 사람들을 잡아가는 칼 찬 일본인 순사도 본다. 그가 "처음으로 가깝게 접한 이민족에 대한 호기심과 그의 속에서 싹트는 떠남과 낯선 나라에의 동경, 그리고 어린이다운 부드러운 마음과 이미 자라기 시작한 폭력과 지배의 욕망을 적절히 만족시킬 수 있는" '신짱'의 집을 찾아가는 것도 그곳에서다. 그는 해방과 더불어 일본인들에게 행해지는 억눌렸던 수성과 가학성을 목격하고 자신도 행하는 체험을 하고, 소련군의 진주와 함께 자기 가족에게 가해지는 억압과 폭력을 체험한다. 그리고 그는 히로시마의 원폭으로 인한 괴저와 아편중독으로 폐인이 된 삼촌이 집 안의 가재도구를 하나씩 가져가면서 허물어져가는 모습을 본다. 결국 함께 데려가달라는 고모와 집을 나간 삼촌을 남겨둔 채 아버지가 마련한 배를 타고 그는 월남한다. 초등학교 학생인 주인공이 체험한 이 끔찍한 과거는 성장한 후 그의 세계관에 영향을 미치리라는 것을 짐작하게 된다. 그처럼 불안하고 괴로운 나날을 겪으면서도 어머니가 배 속에 다섯번째 아이를 포태하고 있다는 사실은 생명의 기적과 같은 힘을 느끼게 하는 한편 쾌락을 추구하는 인간 본능의 슬픈 운명을 읽게 한다. 그의 일생은 이 비석거리의 추억에서 자유로워질 수 없다. 유년 시절에 보고 들은 것은 직접 체험이 아니지만 원초적 체험으로 남아서 그의 정신 형성에 끊임없이 작용한다. 상처 입은 그 예민한 감수성은 언제든지 재발하고 덧날 수 있지만 일상의 관습과 질서의 무게에 눌려 잠복 상태를 유지한다. 작가는 이러한 현실이 그의 의지와는 상관없음에도 불구하고 자신의 운명과 연결되어 있는 것처럼 느끼고 있는 것 같다. 왜냐하면 그 당시 '어머니'의 배 속에 잉태된 생명이 작가의 출생과 연결된 것처럼 보이기 때문이다.

6

온종일 집 안에서 일을 하다가 끊임없이 외출하고 돌아오는 오정희의 주인공은 삶의 매 순간을 관찰하고 의식하며 살고 있다. 그의 주인공들이 사는 삶은 자신의 감정을 정직하게 사는 삶이다. 이곳이 아닌 다른 곳에 대한 꿈을 꾸면서 이곳의 삶을 살아야 하는 모순된 운명을 깊이 성찰하고 그 모순을 철저하게 살고자 하는 그의 주인공들은 오늘의 여성의 조건, 더 나아가서는 인간의 조건을 고통스럽지만 정직하게 인식하는 것이다. 자신의 내면에서 부르는 소리를 외면하지 않으면서 자기에게 주어진 현실에 최선을 다하고자 하는 그들은 때로는 닭이나 고양이를 죽이는 것처럼 잔인한 행동으로 감추어진 욕망과 충족되지 못한 욕망을 표현하고, 때로는 남편이 아닌 남자를 마음의 남자로 만나기도 하고, 가정으로부터 자유로운 현실을 그리워하며 끊임없는 외출을 한다. 인간의 욕망이란 생명체처럼 부단히 생성되는 것이기 때문에 인간의 의식은 도덕이나 윤리의 금지와 허용의 경계선을 넘나들며 새로운 삶의 조건에 대해 꿈을 꾼다. 그것은 자기 존재의 진정한 정체성을 찾고자 하는 정직한 삶의 방식이다. 작가는 그들의 느낌·생각·행동·언어 하나하나를 꼼꼼하고 감동적으로 표현하는 길을 모색한다. 그 단단한 글의 구성이나 예리한 감각은 이 작가의 작품을 읽을 때마다 그가 플로베르 같은 작가라는 생각에 빠지게 한다. 높은 눈에도 불구하고 일상의 공허한 삶을 살아야 하는 모순 속에서 일상생활을 더욱 철저하게 살고자 하는 그의 주인공들의 삶은 감동 없이는 읽을 수 없다. "마담 보바리, 그것은 바로 나다"라고 한 플로베르의 주장이 이 작가의 경우에 해당되는 것 같다. 〔1995〕

성장소설 혹은 꿈꾸면서 살아가기

—오정희의 『새』

1

사람은 누구나 꿈꿀 권리가 있다. 꿈은 그 사람의 존재 이유이기 때문이다. 자신이 살고 있는 삶에 대해서 만족하든 만족하지 않든 사람은 누구나 꿈을 꾼다. 그 꿈은 자신이 살고 있는 삶의 한계를 넘어서고자 하는 꿈, 가난한 삶을 극복하고자 하는 꿈, 무지의 삶을 벗어나고자 하는 꿈, 무력한 삶을 이겨내고자 하는 꿈, 불행한 삶을 떨쳐버리고자 하는 꿈, 소유하지 않은 것을 소유하고자 하는 꿈 등, 모두 인간 자신의 한계를 뛰어넘고자 하는 희망을 갖고 있음을 의미한다.

자신이 살고 있는 삶이나 세계에 대해서 질문을 가진 사람은 그 질문이 해결되는 상황에 대한 꿈을 꾼다. 그 꿈을 통해서 인간은 성장하고, 그 꿈에 의해서 인간은 자신의 삶을 구축해가며, 그 꿈을 위해서 인간은 자신의 존재를 던진다. 그러므로 꿈이 없는 삶은 살아 있는 삶이 아니라 죽어 있는 삶이며 희망이 없는 삶이다. 문학뿐만 아니라 모든 예술이 그 꿈의 표현이라 해도 지나치지 않은 것은 꿈이 가지고 있는 그러한 성질 때문이다.

프로이트는 인간이 잠을 자면서 꾸는 꿈은 감추어진 욕망의 표현이라고 생각하고 꿈의 분석을 통해서 인간과 그 욕망의 무의식을 해석하고자 했고, 바슐라르는 깨어 있는 꿈을 몽상이라 하여 그것이 상상력의 원동력임을 밝힘으로써 문학 작품의 해석에 중요한 단서를 제공하고 있다. 프로이트적이거나 바슐라르적이거나 꿈이란 단순히 감추어진 욕망의 표현을 넘어서 이루어지지 않은 욕망의 몽상적 실현이며, 그 실현을 통해서 한편으로 욕망을 해소하고 다른 한편으로 다른 욕망을 욕망할 수 있게 한다. 그런 점에서 본다면 꿈이란 현실이 아니면서 현실의 일부를 이룬다.

인간이 꿈만 꾸고 살 수 없다는 것은 꿈이란 깨기 위해서 존재한다는 것을 의미한다. 그러니까 산다는 것은 '꿈꾸면서 살아가기'일 때 풍요로워진다. 그 풍요로움은 고통을 동반하지만 삶에 두께를 부여한다. 오정희는 그의 어느 작품집의 서문에서 다음과 같이 말하고 있다.

> 내 자신의 가장 정직한 생의 조건이자 출발점인 여성성 〔……〕 여성으로 태어나 살아간다는 것, 그렇게 소멸해간다는 것은 문득문득 놀라움이고 기쁨이고, 실제 그러한 삶을 담당하며 살아가는 내게 역시 아마 영원한 미지의 세계이리라.

여성으로서 일상적인 삶을 살아가다가 자신이 그 조건 속에 얽매여 있다는 사실을 깨닫는 순간의 경이, 그리고 그것을 되돌아보는 데서 오는 희열과 비애는 오정희 소설을 이해하는 데 핵심적인 요소다. 그만큼 이 작가의 세계는 꿈과 현실이 끊임없이 서로 배반하고 호응하는 관계를 유지하고 있다. 그래서 『불의 강』『유년의 뜰』『불꽃놀이』『바람의 넋』 등에 등장하는 대부분의 주인공들은 여성이고, 그들의 나이에 따라 작가 자신의 경험적인 세계를 표상해준다는 생각을 갖게 한다. 그가 자신도 알 수 없는 미지의 세계를 그리고 있는 것은, 자신이 현실만을 살고 있는 것이 아니라 끊임없이 꿈을 꾸고 있다는 것을 의미한다. 그가 자신의 현실과 꿈 사이에 있는 괴리와 일치에서 경이와 희열과 비애를 맛보는 것은 자신의 여성성에서 경이와 희열과 비애를 경험하는 것을 의미한다. 여성으로 태어나 살아간다는 것은, 그것을 의식하지 못하는 사람에게는 아무것도 아니겠지만 그것을 깨달은 사람에게는 때로는 놀라움이고 때로는 기쁨이고 때로는 슬픔이 아닐 수 없다. 작가가 글을 쓰는 이유는 삶에서 느끼는 그 섬세하고 복합적인 감각을 언어화함으로써 독자와 공유할 수 있는 '대화적'인 관계를 만들기 위해서다.

2

오정희의 『새』는 초등학교 5학년의 '우미'라는 화자가 자신과 3학년인 동생 '우일'이의 삶을 서술하는 이야기이다. 어린 화자가 서술하는 그들의 삶이란 그들의 나이로 감당하기에는 너무나 힘들고 고달픈 것이다. 무슨 이유인지는 밝혀지지 않지만 2년 전에 가출해버린 어머니, 건축 공사장에서 기술자로 일하기 때문에 언제나 집을 비우는 아버지를 둔 덕택에 화자는 '바보' 동생과 함께 결손가정의 가장으로서 살아가지 않으면 안 된다.

어머니의 가출 이후 2년 동안 그녀가 동생과 함께 지금의 셋방에서 살기 시작하기까지 떠돌며 살아야 했던 삶은 그들로 하여금 싸울 때나 울 때도 소리 내서는 안 된다는 것을 가르쳐줄 정도로 힘든 것이었다. 동생의 오줌을 받아먹던 외할머니 집에서의 생활은 비교적 나은 편이었다. 외할머니가 세상을 떠나자 외삼촌의 집에서 살게 된 그들은 구박을 받고 큰집으로 옮겨지고 시장에서 '일수놀이'를 하는 큰어머니에게 "내가 왜 남의 새끼까지 맡아 골병들어야 하니"라는 말을 들어가며 얹혀살아야 했다. 그 생활에 비하면 지금의 셋방살이는 편안한 것이라고 말할 수 있을지도 모른다.

그러나 모든 결손가정 아이들의 삶이 그러한 것처럼 그들은 부모로부터 보호나 사랑을 받기는커녕 삶의 어려움과 냉혹함을 체험한다. 그들이 새로 정착한 셋집에는 모두 일곱 가구가 단칸방의 곤궁한 살림을 산다. 어린 나이에도 불구하고 화자가 보고 경험하는 세계는 어른들의 그것과 다름없다. 아버지가 데리고 와서 새엄마라 부르라고 한 젊은 여자는 하루 종일 화장을 하며 자신이 그렇게 갇혀 살 여자가 아니라고 하고, 아버지가 건축 현장에 가고 없는 사이에 연탄을 쓰러뜨리고 집을 나가버린다.

어제와 그저께, 오늘, 내일이라고 말할 줄 모르고 그때와 지금이라고밖에 말할 줄 모르는, 3학년이 되도록 구구단을 못 외우는 동생 우일이에게 숙제를 내주고 받아쓰기를 시키고 이 닦기와 발 닦기를 시키는 우미는 자신이 "누나지만 엄마이고 선생님이기도 하고 그래서 그 애를 책임져야 하는" 역할을 의식하고 수행한다. 그의 동생 우일이는 "만화 영화 속의 토토를 실제 우주에서 활약하는 아이라고 생각하고 자기 자신도 언젠가는 토토나 슈퍼맨처럼 날 수 있으리라고 믿는 점에서" 보통의 아이들보다 지능의 발달이 더디다. 그러나 우일이는 놀라운 감각을 가져서 옆방에서 나는 소리를 새소리로 간파하거나, 벽에서 들려오는 바람 소리를 벽의 울음소리로 표현하고, 몸집이 작아 하수관에 빠진 동전을 꺼내오는 능력을 보여준다. 그가 가장 재미있게 생각하는 텔레비전에서 우주 소년 토토를 볼 수 없게 되자, 만홧가게에 가서 형들과 누나들을 사귀고, 그들의 창고에 가서 몸에 문신을 새기며 이제 아무것도 무서워하지 않게 된다.

우미는 젊은 여자가 달아난 뒤에 새벽까지 이불도 펴지 않은 채 벽에 기대앉아 담배를 피우고 있는 아버지를 보고 아버지가 "그 여자를 죽일 거야"라는 우일이의 말에 동의하기도 하고, 집에 온 곰순이에게 "우린 엄마 아빠도 없고 가난하기 때문에 널 호강시킬 수 없어"라며 그동안 자신이 받았던 온갖 구박의 소리를 하고 배를 갈라보기도 한다. 우일이가 발목을 삐었을 때마다 장님인 장선생 댁에 가서 침을 맞고는 아버지가 오시면 갚겠다고 하고 그냥 돌아오곤 하던 화자는, 우일이가 장선생 댁 개에게 물리자 이웃 주민들의 사주를 받고 "내 동생을 물었어요. 내 동생은 그 개고기를 먹어야 해요"라고 우겨서 개를 잡아먹게 만든다.

인숙 아줌마의 남편이 실업자가 되자 그토록 금실이 좋던 두 사람 사이에 무거운 근심의 그림자가 나타나는 것을 본 우미는 "남자들은 돈을 벌지 못하면 여자를 때린다"고 생각하며 아저씨도 인숙 아줌마를 때릴까 자문한다. 그리고 상담 엄마가 자신에게 접근하는 것을 알고는 그녀의 요구대로 일기를 써주면서 상담 엄마를 놀리기도 하고, 우일이를 데리고 상담 엄마의 아파트 엘리베이터를 타고 오르내리다가 그곳에 오줌을 누게 하기도 한다. 슈퍼에 가서 물건을 사고도 "아빠가 오면 갚겠다"고 하고, 주인집 할머니의 방세 독촉에도 "아빠가 오면 갚겠다"고 한다. 또 우미는 시골로 물건을 팔러 다니며 말이 없던 성씨 아저씨가 살인을 하고 도피 중이었다는 것을 알게 되고, 과자 공장에 다닌다던 문씨 아저씨가 결국 남장 여자라는 사실도 알게 된다. 그 여자에게 "여자는 사랑을 원하지만 남자들은 육체만을 원해"라는 말을 듣고 열두 살의 우미는 자신의 옷을 벗어 육체를 관찰하기도 하고 꿈속에서 남자의 손길이 와 닿는 것을 느끼기도 한다.

이 모든 서술은 열두 살의 화자가 겪고 살아온 삶을 가장 사실적인 관점으로 그린 것처럼 보인다. 그것은 실제로 이 작가의 대부분의 작품에서 드러나는 현상이기도 하다. 그렇기 때문에 그의 작품을 읽으면 작가가 마치 현실을 있는 그대로 재현하고자 노력한 것처럼 보이기도 한다. 그만큼 현실이 인위적인 구성으로 제시되지 않고 있는 그대로 무질서하게 제시된다. 가령, 큰집에서 살 때 그들이 자주 오른 다락에 대한 묘사는 그들의 정서적 반응까지 파악할 수 있을 만큼 사실적이다.

> 우일이와 나는 자주 다락에 올라가 놀았다. 안방의 아랫목 쪽 벽 중간쯤 거의 우일이의 키 높이쯤 되는 곳에 두 개의 미닫이로 된 벽장문이 달려 있고 그 문을 열면 다섯 개의 계단, 그 계단의 끝에 어슴푸레 떠 있는 공간이 나타난다. 묵은 잡동사니들이 가득 들어찬 다락의 어둑신함과 그 안에 서린 매캐하고 몽롱한 냄새, 모든 오래된 것들의 안도감이 우리를 사로잡았다. 어둠과 먼지, 오래된 시간, 이제는 쓰일 일이 없이 버려지고 잊혀진 물건들 사이에서, 그 슬픔과 아

늑함 속에서 우리는 둥지 속의 알처럼 안전했다.

집 안의 어디에서도 안전함을 느끼지 못한 이들이 잊힌 물건들 속에 묻혀 있을 때 비로소 안전하다는 느낌을 갖게 된다. 그들은 "모르는 사람들로 가득 찬 사진첩을 보면 우리가 살고 있는 집과 사람들의 오래된 규율과 질서, 우리가 스며들 수 없는, 우리를 거부하는 낯선 삶이 느껴진다"라는 고백을 한다. 이러한 묘사들을 면밀하게 분석해보면 이 작품은 작가의 구성력이 가장 강하게 작용한 작품임을 알 수 있다.

이 작품의 서두에는 우미가 잠자는 우일이의 얼굴에 크레파스를 칠했다가 외할머니에게 야단을 맞는 장면이 나온다. "망할 년, 잠든 사람의 얼굴에 그림을 그리면 잠든 사이 나들이 나갔던 혼이 제 몸을 찾아 들어오지 못해 떠돌아다닌다는 걸 모르니?"라는 꾸중은 이 작품의 결말에 온몸에 문신을 한 우일이가 속이 비어버린 새처럼 혼이 빠져나간 빈 껍데기의 육체로 죽어 있는 모습을 예언처럼 제시하고 있다. 그래서 마지막 부분에 가면 우미는 우일이가 입을 벌리고 정신없이 누워 있는 것을 보고 "그 애의 영혼이, 생명이 빠져나간" 것일까 생각하기도 하고, 정신을 잃고 죽음을 앞둔 우일이가 "누가 잠든 엄마의 얼굴에 그림을 그렸지? 혼을 떠나게 하고 떠난 혼을 들어오지 못하게 했지?"라고 말하게 한다.

그뿐만 아니라 이 작품에 나오는 모든 등장인물은 서로 연관되어 있어서 의미 없이 등장하지 않는다. 처음 이사올 때 우일이가 들었던 이씨의 새소리는 마지막에 우미가 새장을 들고 거리를 헤매는 것으로 연결되었다가, 저무는 하늘로 날아가는 작은 새처럼 혼이 빠져 죽어가는 우일이의 운명으로 연결된다.

3

어린 영혼들이 살고 있는 세계는 어떤 섭리나 질서의 지배를 받고 있는 것이라고 하기에는 아무런 원칙이 없고 정의도 없이 찢어지고 썩어 있다. "우주에서 가장 예쁜 사람이 되라고 우미라고 이름짓고, 우주에서 제일 멋진 남자가 되라고 우일이라 이름 지어"진 그들이 살고 있는 삶은 예쁜 사람이 되고 멋진 남자가 되기에는 너무나 고달픈 것이다. 이들을 이렇게 살아가게 하고, 이들이 이렇게 살아야 한다는 것은 우리의 존재가 너무나 슬픈 운명을 타고난 것임을 증명한다. 열두 살의 어린 소녀가 혼자서 이 슬픈 운명을 감당하는 것은 잔혹한 일이 아닐 수 없다.

그 잔혹한 현실 속에서 우미와 우일이는 끊임없이 꿈을 꾼다. 그들에게는 다른 사람들과 다를 바 없는 가정과 환경 속에서 자라고 싶은 꿈이 있다. 가출한 어머니와 함께 있었으면 하는 꿈, 다른 사람의 눈치를 보며 살지 않아도 되는 꿈, 아버지가 돈을 벌어서 자신들의 집을 갖게 되는 꿈, 부모의 따뜻한 사랑과 보호를 받는 꿈, 그들이 아늑하게 느끼고 안전하다고 생각할 수 있는 공간을 갖는 꿈, 이 모든 꿈이 그들의 일상적 삶에서 이루어질 수 없다는 것을 알면서도 그들은 그 절망까지도 감추고 산다.

그들은 어른들의 세계에서 보거나 배운 것을 그대로 행함으로써 그러한 절망의 세계를 전달하는 데 이른다. 그래서 그들에게는 아무런 꿈도 없는 것처럼 보인다. 하지만 우일이는 우주 소년 토토가 되는 꿈을 꾸고, 우미는 자신에게 주어진 이름처럼 아름다운 사람이 되는 꿈을 꾼다. 그러나 그녀가 생각하는 아름다운 사람은 어른들이 생각하는 아름다운 사람이 아니다. 그렇기 때문에 그녀는 우일이에 대해서 책임을 느낄 때조차도 자신의 지적인 판단에 의해서가 아니라 어른의 흉내에 의해서 어른의 세계가 가지고 있는 위선의 구조에 쓸쓸한 냉소를 보내고 있는 것이다. 그것은 곰순이를 데려왔을 때 그녀가 그동안 들었던 질책을 곰순이에게 똑같이 되풀이함으로써 어른들의 행위를 패러디화하는 것으로도 입증된다.

그녀가 어른들의 기대를 저버리는 행동을 할 때 그것을 도덕적으로 판단해서는 안 된다. 그것은 이 작가가 다른 작품에서 어린 소녀가 "나는 커서 갈보가 될 거야"라고 말하는 것과 같은 맥락에서 보아야 한다. 어린 소녀는 성장하면서 어른들의 행동을 보는 대로 따라하고 어른들의 사주를 받아 행동한다. 따라서 어린 주인공이 악에 물드는 것은 악에 대한 의식을 갖고 있어서가 아니라 어른들로부터 악을 제공받고 있기 때문이다.

그것이 악인지 선인지 모르는 상태에서 어른들이 하는 행동이나 시키는 행동을 무엇이든지 해보면서 성장한 어린이는 선악의 구분을 하지 않고, 삶을 보다 깊이 있는 눈으로 볼 줄 알며, 어렵게 사는 타인에 대한 심화된 이해에 도달할 줄 안다. 그들의 행동은 삶의 다양한 체험의 과정이기 때문에 도덕적인 비난의 대상일 수 없다. 그러나 그러한 어린이가 삶의 잔혹성과 세상의 황폐함을 보게 되는 것은 사실이다. 그것은 우리의 존재 자체를 슬픔과 절망에 빠지게 한다. 그럼에도 불구하고 화자인 우미가 죽어가는 동생 우일이를 따뜻한 시선으로 바라보면서 죽어가는 과정을 새가 되는 과정으로 보는 것은, 그것이 우미의 정신적인 성장의 과정임을 입증한다.

우미에게는 세상에서 제일 아름다운 아이가 되는 꿈이 있지만 그것은 어른들이 바라는 아름다운 아이를 의미하지는 않는다. 세상에서 일등 가는 아이가 되는 꿈을 이루지 못하고 죽어간 우일이와 마찬가지로, 우미는 어른들이 바라는 대로 제일 아름다운 아이가 되는 것이 아니라 삶의 온갖 고달픔에도 불구하고 성장하는 아름다움을 갖게 된다. 우미의 꿈은 어른들이 만들어준 꿈이 아니라 그녀가 현실 속에서 부딪치고 살아가면서 스스로 만들어가는 꿈이다.

꿈은 깰 수밖에 없는 것이지만 깨고 나면 다시 꾸는 것이기도 하다. 산다는 것은 꿈이 없다면 불가능하다. 꿈이 있기 때문에 삶의 황폐함을 황폐함으로 볼 수 있고, 절망적인 상황을 서럽게 살아갈 수도 있으며 생존의 치열한 싸움을 계속하면서 성장할 수도 있다. 그런 점에서 성장소설이 도달할 수 있는 가장 높은 경지라고 할 수 있는 이 작품은 슬픔을 불러일으킨다. 『새』가 우리에게 불러일으키는 슬픔도 그런 종류의 것이다.

요즈음의 한국 소설은 영상 문화의 영향을 받아 거칠고 과장되는 경향이 있다. 그것은 문학이 활자 문화의 특성을 포기하고 영상 문화의 아류로 전락할 위험을 내포하고 있다. 오정희의 소설은 그러한 문학의 위기에서 활자의 힘이 얼마나 크고 아름다울 수 있는가를 분명하게 보여준다. 문학은 한 장면을 한꺼번에 보여주는 영상과는 달리 마치 천을 짜듯이 엮어가는 과정을 보여줌으로써 삶의 장면들이 끊임없이 생성되며 서로 얽혀가는 과정을 제시한다. 그러기 위해서 문학은 묘사의 힘을 빌려야 한다. 아마도 오정희 소설은 한국 소설에서 묘사의 힘이 가장 큰 것에 속한다고 해도 지나치지 않을 것이다.

그의 묘사는 작가의 감정이 개입되지 않은 냉혹하고 진지한 것이어서 때로는 전율을 느끼게 하고 때로는 절망을 느끼게 한다. 그러나 책을 덮고 나면 그 전율이 희열로 바뀌고 절망이 희망으로 변하는 것을 느끼게 된다. 특히 이러한 성장소설에서뿐만 아니라 그의 모든 여성소설에서 갖게 되는 이러한 느낌은 이 작가가 삶에 대한 통찰력이나 언어에 대한 감각에 있어서 독보적인 경지에 도달했음을 입증한다. 그것은 거칠어지고 과격해지고 과장됨으로써 새로움을 가장하는 오늘의 한국 소설에 대해서 문학의 한 전형을 보여준다는 문학사적 의미를 내포한다. 〔1997〕

구도자의 세계
—박상륭의 소설

1

『작가세계』로부터 박상륭론을 써달라는 원고 청탁을 받았을 때 나는 선뜻 대답을 하지 못하고 망설이지 않을 수 없었다. 30여 년 전부터 우리가 문학을 한다고 어둡고 가난하고 답답한 시대를 함께 살아오며 쌓았던 우정과 그가 써온 작품의 중요성을 생각할 때 그에 관한 작가론을 쓴다는 것은 나의 오랜 숙제를 해낸다는 의미가 될 것이기 때문이었다. 그런데 내게 주어진 시간적인 제약이라는 현실은 마감 시간을 도저히 지킬 수 없다는 생각을 하게 했다. 나는 1년 전부터 긴 글을 쓸 만한 시간을 가지지 못해서 짧은 글을 몇 편 씀으로써 비평적 명맥을 이어오고 있는 터였다. 마감을 지켜야 하는 글을 약속하고 쓰지 못할 경우 너무나 큰 낭패를 볼 것 같아서 나는 마감 기한이 정해진 글의 청탁을 사양해왔다. 그런데 편집자의 간곡한 부탁을 받으면서 나는 주어진 시간 안에 박상륭론을 쓰겠다는 터무니없는 약속을 해버렸다. 그 약속이 터무니없다는 것은 그 후 곧 현실로 나타났다. 1971년에 나온 그의 첫번째 창작집에 대한 막연한 기억을 더듬으며 중편소설집 『열명길』을 읽으면서 나는 벌써 박상륭이라는 소설가가 가지고 있는 독창성을 재발견하고 그의 소설을 읽는 일이 결코 쉬운 작업이 아니라는 것을 깨달았다. 거의 30여 년 전에 읽었던 「열명길」 「뙤약볕」 「유리장」의 희미한 기억을 되살리면서 한 편 한 편의 작품이 이 작가의 개성을 철저하게 드러내고 있다는 사실을 확인하게 되었다. 그의 개성은 그의 소설을 우리 소설사에서 뚜렷한 자리를 차지하게 만든다. 그의 소설은 구도자의 세계를 그리고 있다. 그의 소설은 작가 자신의 깊이 있는 사유와 끝없는 독서와 인간의 운명에 대한 탐구로 엮어져 있기 때문에 일반적인 소설 독자의 상상력을 뛰어넘는다. 이 낯선 서사구조를 모두 밝힌다는 것은 비평가로서는 필생의 작업이 아니고는 불가능한 것처럼 보인다. 더구나 작가가 쓴 소설의 분량은 이 작품들을 쓰기 위해 기울인 작가의 노력 이상을 투여하지 않고는 이 작품의 이해에 도달하는 것이 힘들다는 것을 예견하게 한다.

그것을 몰랐던 것은 아니지만 내가 박상륭론을 쓰겠다고 대답을 해버린 무의식적인 배경에는 내 마음속에 그에 대한 미안함이 자리 잡고 있었던 것 같다. 몇 년 전 그가 서울에 왔을 때 나는 무슨 일로 너무나 바쁘게 지내다가 그가 묵고 있다는 호텔로 찾아갔다. 그런데 그때는 그가 이미 캐나다로 되돌아간 후였다. 나는 거의 30년 만에 만난 친구를 그렇게 떠나보낸 것이 마음에 걸렸다. 내가 박상륭을 알게 된 것은 「뙤약볕」이 발표된 뒤 김현의 소개에 의해서였다. 1960년대 후반에 우리는 가난했지만 좋은 작품을 읽으면 그 작가를 찾아다니는 풍속을 갖고 있었다. 그 점에서는 김현이 단연 부지런한 비평가였다. 그는 내게 박상륭의 「뙤약볕」을 읽어보라고 권하고 그의 비범한 재능을 내게 설명해주었다. 그래서 우리는 이따금 만나는 친구가 되었다. 그 당시 김현과 박상륭은 두주를 불사하는 술꾼이었고 나는 술을 별로 잘하지 못하여 술자리에는 자주 어울리지 못했다. 내가 그를 만난 것은 주로 종로5가의 어느 다방이었고, 그때 함께 있었던 친구들은 김현 외에도, 이문구·이청준·박태순 등이었다. 그가 1972년 캐나다로 이민을 간 후 우리는 한 번도 만날 기회를 갖지 못했다. 그가 1975년에 서울에 잠깐 다녀갔을 때 나는 프랑스에 유학 중이어서 그를 만나지 못했다. 김현은 내게 보낸 편지에서 여러 번 그의 작품에 관한 이야기를 하며 조이스와 프루스트와 그를 비교하였다. 1980년대 초에 내가 해직되었을 때 김현은 박상륭이 있는 캐나다에 한번 다녀오자고 내게 제안한 적이 있다. 그러나 그때에는 경제적 여건도 여건이려니와 여행을 떠난다는 것이 그렇게 여의치가 않아서 포기해버렸다. 그런데 몇 년 전 그가 서울에 와서 여러 친구와 함께 하룻저녁을 보냈다. 나는 김현이 투병하고 있을 때 그가 보내준 위로와 격려에 대한 이야기도 하고 싶고, 그동안 살아온 이야기도 듣고 싶고, 문학 이야기도 하고 싶어서 꼭 한번 만나야겠다고 생각했다. 그러다가 며칠을 보낸 뒤 호텔로 찾아갔더니 이미 그는 떠난 뒤였던 것이다. 그가 떠나버린 호텔을 나오며 나는 나의 게으름과 불찰을 유감스러워했다. 그런데 이번에 『작가세계』에서 박상륭론을 써달라는 청탁을 해왔다. 나는 망설임 끝에 승낙을 했다. 나는 지난여름 그의 작품과 씨름하며 그에게 몇 번이나 감탄을 보내지 않을 수 없었다. 1970년대 초에 한국을 떠났기 때문에 그의 정신은 떠날 때 모습 그대로였으며, 그 후의 한국 사회의 변화를 받아들일 필요가 없이 순수한 상태로 발전되어왔다는 것을 그의 작품에서 확인할 수 있었다. 그러나 그의 사유의 방대함, 그의 작품의 심오함 때문에 그에 관한 작가론을 쓴다는 것이 얼마나 어려운 일인가 새삼 깨닫게 되었다. 그는 그사이 엄청난 독서를 통해서 자신의 사유를 발전시키고 있었던 것이다. 그의 발전을 그때그때 좇아간 것은 아마도 김현 한 사람뿐이었을 것이다. 실제로 김현은 그의 첫번째 창작집에 1) 인간적인 점묘, 2) 샤머니즘의 극복, 3) 요나 콤플렉스의 한 표현 등 세 편의 글을 싣고 있고, 그의 두번째 창작집 『죽음의 한 연구』에 「인신의 고뇌와 방황」이라는 한 편의 글을 썼고, 『칠조어론(七祖語論)』 1권에 한 편의 글을 발표했다. 그 밖에 그에 관한 글은 진형준이 『열명길』에 쓴 「연금술사의 꿈」, 서정기가 『문학과사회』에 쓴 「칠조어론(七祖語論): 말씀의 마을」 등이 전부인 것 같다. 그만큼 그에 관한 비평이 적은 것은 그의 작품이 쉽게 접근할 수 없는 힘을 갖고 있기 때문이다. 그의 작품집을 읽고 알 수 있는 것은 그의 세계 전체는 이미 『열명길』이라는 작품집 속에 거의 그 씨를 뿌려놓았고 그다음 작품들은 그 개별적인 전개처럼 보인다는 사실이다. 그러니까 『열명길』을 자세히 읽는 것은 그의 세계에 다가가는 출발이 될 수 있다. 그러나 그다음 작품들이 너무나 큰 대작들이어서 누구에게나 접근을 허용하지 않는다. 그의 가장 큰 관심은 삶과 죽음의 경계를 허무는 것이고, 그의 사유는 기독교·불교·정신분석학·민속학 등 다양한 분야의 정신과 지식을 배경으로 발전하고 있는 것이다. 나는 그의 작품을 읽어갈수록 그에 관한 작가론을 쓰는 것이 불가능하다는 것을 깨닫고, 내 나름의 박상륭 읽기를 시도하고자 한다.

2

박상륭의 모든 소설에는 정확한 시간과 장소가 명기되어 있지 않다. 다시 말하면 박상륭의 소설에서는 현실적인 장소와 시간을 참조할 수 있는 시간과 장소가 나타나지 않는다. 그렇기 때문에 그의 소설은 작중인물의 파격적인 사유와 행동에도 불구하고 관념적인 소설로 읽힌다. 그의 작품집 『열명길』의 첫번째 소설 제목은 「2월 30일」이다. 이런 날짜는 현실의 달력에는 존재하지 않는 날짜다.

"'선생은 지금 어떤 걸 생각하십니까?' A씨가 불쑥 나서며 물었다. 나는 사실로 말을 하자면 A씨의 발가락을 심지로 해서 불을 붙여보고 싶은 충동을 느끼고 있던 참이었다. '나요? 난 별로 생각하고 있는 게 없습니다.'" A와 Z라는 두 인물은 자신의 인적 사항에 대해서 우리에게 어떤 정보도 제공하지 않는다. 그들이 어디에서 무얼 하는 사람인지, 그들의 나이는 몇 살인지 화자는 아무런 정보도 제공하지 않는다. 그들은 자신의 고유한 이름도 밝히지 않고 A와 Z라고 하는 이니셜로만 불린다. 그들은 길란 바레라고 하는 마비 증세에 걸려 있다. 전신마비증 환자는 몸을 움직일 수 없다. 그들이 몸으로 하는 행동이란 아무것도 없다. 그들이 할 수 있는 것은 눈으로 보고 정신으로 상상하는 것뿐이다. 그런 점에서 이 작품은 전통적인 소설 문법을 따르지 않는 것처럼 보인다. 사건이 없는 이야기로 되어 있는 것이다.

「시인 일가(一家)네 겨울」의 시작 부분은 다음과 같다.

> "이건 정말 견딜 수 없는 쓸쓸한 저녁이다. 상처를 입고 참호 속에 처박혀 있는 기분이야. 전우를 찾아보아야 시체밖엔 없고, 억양이 다

른 말씨를 쓰는 병사들의 발자국 소린 머리 위에서 끊이질 않고, 초연만 자욱하고." 정엽이는 안절부절못하며 이렇게 중얼거렸다. 눈이 몹시 퍼부어내리고 있다. 가까운 등성이 너머 어느 주름에서 늑대가 짖고 있다.

이 작품도 시작부터 어떤 구체적인 상황이나 시간을 제시하거나 인물에 대한 설명을 제공하지 않는다. "이건 정말 견딜 수 없는 쓸쓸한 저녁이다" "눈이 몹시 퍼부어내리고 있다" "가까운 등성이 너머 어느 주름에서 늑대가 짖고 있다" 이런 문장들이 직설법의 현실이라면 나머지 문장은 비유법에 해당한다. 말하는 화자가 누구인지도 모르는 것은 그만두고라도 쓸쓸한 저녁 시간에 주인공이 있는 장소는 패전의 전장터를 방불케 한다. 자신을 부상당한 패잔병으로 묘사하고 있지만 좀더 읽어보면 그가 살고 있는 곳은 과수원 집이다.

중편소설 「열명길」의 시작은 다음과 같다.

벽안의 사대 혼혈, 시의 대목수는 어수선한 마음을 진정하기 위하여 치렁한 비로도 휘을 걷고, 밖을 내어다보며 생각을 간추렸다. 침대에선, 왕의 이모 시녀장의 딸이 조금 전에 잠이 들어 쌔근거리고 있다. 그녀는 대목수의 여잉을 오 개월이나 길러오고 있었다. 새날의 첫 열무날〔4日〕이 밝아오려는 무렵이다. 대목수는 밤새도록 열 번도 더 왕에게 불려갔으므로 아직 한잠도 못 붙여본 채였다.

여기에는 서로의 관계가 어떤 것인지 밝혀지지 않은 상태에서 궁전에 관한 묘사가 나오지만, 그 궁전이 어디에 있는 무슨 왕의 궁전인지, 어느 시대의 궁전인지 밝혀지지 않고, 다만 알 수 있는 것은 왕의 이모가 시녀장이고 그가 대목수의 여잉을 5개월이나 길러오고 있다는 사실이다.

「뙤약볕」은 다음과 같이 시작된다.

> 섬의 중앙, 동백나무숲 속, 늙은 백송 그늘 아래, 뜨거운 낮엔 해녀의 자맥질이 보이고, 흰 달밤엔 인어의 노랫소리가 들리는 언덕에 '말〔言語〕'을 모시는 사당이 있어왔다.

이런 식의 소설적 시작은 이 작가가 소설에서의 시간과 장소와 사건의 문법을 자유롭게 넘나든다는 것을 의미한다. 문법을 어기는 것은 그것을 몰라서 그런 경우와 그것을 알면서 그런 경우로 나뉜다. 전자는 작가 이전의 상태에 문제가 되는 것이라면 후자의 경우는 작가의 문학적 성격을 규정짓는 성질의 것이다. 문학이 모든 관습과 규범에 문제를 제기하고 그것에 대한 일탈과 전복을 통해서 새로운 의미를 질문하는 것이라면 박상륭의 문학은 출발부터 비범한 전위적인 성격을 띠고 있다. 그의 문학이 일탈과 전복의 성격을 띠고 있는 것은 『열명길』의 첫번째 작품 제목에서부터 알 수 있다. 「2월 30일」이라는 비현실적인 날짜, 그것은 게오르규의 『25시』라고 하는 비현실적인 시간을 연상시킨다. 언제 어디에서 누구의 이야기가 문제되고 있는지를 밝히지 않는 것이 현대 소설의 과격한 변화에서 흔히 볼 수 있는 현상이라면, 리얼리즘에 경도되어 있던 1960년대의 한국 소설에서는 예외적인 현상이다. 실제로 박상륭의 소설이 1930년대의 작가 이상(李相) 이후 가장 철저한 모더니즘의 방법으로 씌어져 있으면서도 모더니스트로 보이지 않는 것은 그의 작품 어디에서나 나타나는 토속적인 표현과 불교적인 개념들 때문이다. 「2월 30일」 마지막에 "길란 바레Guillain-Barre라고 하는 마비" 증세에 걸린 두 인물이 발가락을 소재로 비현실적인 대화를 벌이면서 자신들의 운명에 대한 엉뚱하면서도 자유로운 상상을 하는 것이라든가, 그 병의 원인도 균도 알 수 없는 것이라고 하는 의사의 대답에 대해 "그건 주술 탓입니다"라고 생각한다든가, 주인공 Z가 자신이 "기르는 벼룩"으로 생각하고 있는 또 하나의 환자 A를 어찌해야 할까 자문하면서 "옴 도비가야 도비 바라 바리니 사바하"라는 주문을 외운다든가 하는 것은 이 작품이 일정한 상황 속에서 전개되고 있는 사건의 자세하고 사실적인 전달을 목표로 하고 있지 않다는 것을 의미한다. 비현실적이며 다분히 관념적인 언어의 유희를 통해서 자신의 존재에 대한 물음에 도달하고 있다.

이런 현상은 「시인 일가네 겨울」에서도 마찬가지다. 외딴 과수원 안에 있는 자신의 집을 전장의 참호처럼 생각하는 '정엽'이 "관 속에서 시체를 세우듯" "뭔가 불길한 상념을 일으켜" 물방앗간에 혼자 있을 걸인 '성영감'을 찾아가지만 그의 도착보다 먼저 죽어 있는 '성영감'을 발견하고 기절한다. '성영감'을 죽인 것은 마을의 '홍선'이다. 그는 가난하게 태어나서 자신의 재능이 무엇인지 펼쳐보지도 못하고, 매일 바느질하는 재봉틀 소리 속에 살아야 하는 자신을 이 세계의 비존재자로 인식하고, 사람들의 주목을 끌기 위해 '성영감'을 죽이기로 한다. 그는 성영감이 "몇천 번이고 죽음을 생각했을 것이다. 고통 없는 죽음을 원했을 것이다"라고 생각하고 "빌어먹은 죄밖에 없는 이런 병든 늙은이를" 그리고 "문지러진 목숨밖엔 남은 게" 없다고 하는 성영감을 향해서 "그러니깐 당신은 죽어야 한단 말야" "돈이 있다거나, 보물이 있다거나, 살아볼 만큼의 생명이 있다거나, 건강하고 팔팔하다거나, 동정으로 사는 걸뱅이가 아니라면 살아야지! 살아야 하구말구! 허지만, 당신은 불쌍하고, 가난하고, 비천하고, 늙고, 병들고, 더러워졌으니 죽어야 한단 말야"라고 소리 지르고 '성영감'을 살해한다. 그가 '성영감'을 죽인 것은 따라서 한편으로는 자신의 존재를 확인시키는 작업이며 동시에 자신을 죽이는 행위이다. 가난하게 사는 사람으로서 무언가 변화를 기대하고 미래의 자신의 모습을 미리 보여주는 '성영감'을 죽임으로써 그러한 자신을 부인하고 현실에 파문을 일으키고자 한다. 그래서 그는 다음과 같이 선언한다: "오늘 밤은 획기적인 밤이야! 역사가 바뀌는 밤이라구! 가난이, 질병이, 불쌍함이, 불행이, 비극이, 비천함이, 늙음이, —그런 모든 것이 죽어버리는 밤이다! 행복과 불행은 양립해선 안 된다. 가진 자와 못 가진 자가 같이 있어 되겠나? 고귀함과 비천함이 대립해서 되겠느냔 말이다? 그 한쪽이 죽어버리면, 알겠어? 세상이 바뀐단 말야. 너는 나를 지배해왔었다. 아니, 너는 송두리째 나였단 말야." 이런 선언을 통해서 그가 죽인 것은 '성영감'이 아니라 홍선 자신이었다. "이렇게 해서…… 나는 죽었다! 내 손으로 죽었어! 나는 지금 바뀌어져 있을 것이다." 가진 자 앞에서 갖지 못한 자가 스스로를 죄악시하는 이러한 어법은 일종의 반어법이겠지만 거기에는 가난의 수렁에서 빠져나오고자 하는 염원이 깊이 뿌리 박혀 있다. 여기에서 박상륭의 소설은 그가 우리와 함께 보냈던 1960년대의 가난한 문화 위에서 씌어졌다는 것을 알 수 있다. 그러나 그가 가난을 이기는 것을 진정한 목적으로 삼은 것은 아니다. 왜냐하면 '가난'은 그가 가는 길, 그의 사유의 길을 가로막고 있는 장애물이지 제거 자체가 목적일 수는 없다. '정엽'은 이제 살인의 누명을 벗을 길이 없다. 여러 가지

정황으로 보아서 살인자가 아니라는 것을 입증할 수 없게 되자 스스로 대속자가 된다. "난 사람들이 나를 정신박약자라고 생각해주지 않기를 원합니다. 그리고 오늘 밤에 만난 알 수 없는 어느 친구처럼 나를 담보로 삼아두고, 모두 떠나주기를 원합니다"라고 말한다. 여기서 "알 수 없는 어느 친구"란 그보다 먼저 와서 '성영감'을 죽인 '홍선'이를 의미한다. 자신이 그 친구 대신 벌을 받는다는 대속의 개념을 도입한다. "내 피에 대하여 당신은 죄가 없으니, 빌라도여, 당신은 손을 씻으시오"라는 예수의 말씀이 덧붙여지는 이유가 여기에 있다. 이 대속자는 그의 소설에 나타나는 중요한 테마 가운데 하나다.

「열명길」은 어느 나라인지 알 수 없지만 화룡을 숭상하는 왕국에서 왕에게 비상을 투여하던 시의가 왕과 함께 죽어가는 이야기다. 인구 2천 명에 '8, 90'평방킬로미터의 넓이를 가진 이 섬나라에 새로 왕위에 오른 왕은 대신직을 교체하고 세금과 봉급 제도를 개선하고 수호신인 화룡의 신위를 확립함으로써 스스로 "인간 이상의 존재가 되"었다. 그것은 그의 모든 소설의 주제인 '인신(人神)됨의 길'과 상통한다. 왕이 이처럼 통치력을 강화하는 데 역할을 하는 인물이 "날 선 도끼를 들"고 있는 "검은 피부의 노예"와 시의로서 지식인 역할을 하는 '대목수'이다. 전자는 절대 권력의 상징인 폭력을 대변하고 있고 후자는 절대 권력으로 하여금 통치 수단으로 '화룡'을 신앙의 대상으로 삼게 하는 이론적인 근거를 제시한 이론가의 상징이다. 왕이 절대 권력을 누리는 데 결정적인 역할을 하는 시의 대목수는 국민을 마약과 최음제로 다스리는 것을 막으려다 소금 뒤주 속에 갇히게 된다. 그가 뒤주 속에서 나올 수 있었던 것은 왕에게 무조건의 충성을 약속하고 난 다음이다. "될 수만 있다면 난 언제까지나 살고 싶었다. 내 것이 아닌, 다른 사람의 꼭두각시 생명이면 어떠냐? 무엇을 즐길 수 있다는 건 좋은 것이다. 나는 나 하나가 죽어짐으로 세상이 천국이 된다더라도, 안 죽을 수 있으면 안 죽을 것이다." 이렇게 하여 석방된 시의 대목수는 왕에게 비상을 투여함으로써 왕으로 하여금 서서히 죽게 만든다. 왕은 자신과 시의 대목수를 '불의 입술'에 제물로 삼게 한다. 이 작품이 발표될 당시 우리는 이 작품을 우리 사회의 알레고리로 읽었다. 그것은 군사정권이 강화되면서 경제 개발을 최우선으로 내세우고 인권을 탄압하여 많은 지식인들을 투옥시키면서도 '잘살아보세'라는 달콤한 구호를 통해서 국민들에게 희망을 심고자 했던 군사정권에 대한 알레고리로 받아들인 것이다. 그러나 그가 최후의 순간에 자신과 대목수를 희생양으로 바치는 것을 '귀국'시키는 것으로 표현하는 것은 이 작품이 단순한 정치소설로 읽히는 것을 방지하기 위한 것으로 보인다. "전능하신 불이여, 굽어살피소서. 이 최후의 고백을 들어주소서. 백성들 앞에 위선적인 폭군이었으나, 당신 앞에선 언제나 작고 비굴했던 이 몸뚱어리를 바치나이다. 받아주소서. 하옵고 나의 친구의 교만한 불도 거절치 마소서." 그들이 이렇게 열명길로 가는 것은 본래의 나라로 되돌아가는 것이다. 이 종교적인 발상은 박상륭의 작품 전체에 흐르고 있는 그것과 상통하는 것으로 보인다.

그의 소설 가운데 발표 당시의 시대적 상황과 관련되어서 정치소설로 읽혔던 또 다른 작품이 「뙤약볕」 연작이다. "섬의 중앙, 동백나무 숲 속, 늙은 백송 그늘 아래" '말〔言語〕'을 모시는 사당이 있고 그 사당을 지키는 '당굴'이 사당 옆에 흙집을 짓고 살고 있다. 그 당굴은 "말의 입술이며, 섬의 혼령이며, 사람들의 한 의지(依支)이다." 당굴은 말에도 속하지 않고 인간에게도 속하지 않는 중간적인 존재로서 말과 인간 사이의 거리를 좁혀주는 다리 역할을 한다. 나이 45세의 새 당굴은 "'말'과 통하지 못하면, 타인에게 숭배를 받더라도 자신에게 자녀(姿女)로밖에 생각되지 않는 것이 당굴이다"라고 한 스승의 말을 기억하며 '고행의 돌더미' 위에 올라앉아 정진도 해보지만 실패를 거듭한다. 그것은 신앙으로서 '말'의 소리를 들으려 하지 않고 인간적인 한계 내에서 '말'을 이해하려 했기 때문이다. 당굴이란 원래 무당이고 제사장이고 말의 전령인데, 인간의 편에 서서 인간적으로 고뇌하는 데 기인한다. 그는 말의 신성 불가침성에 대한 믿음을 얻으려는 노력을 포기하고 "'말'이란 우연의 자존자(自存者) 그것인가?" 탐구하면서 사색의 절벽을 느끼기 시작한다. 그렇더라도 당굴은 이 절벽을 뛰어넘어야 했다. 그의 고뇌는 신성한 것으로 주어진 말이 인간적인 형태로 존재한다고 가정한 데서 시작된다. 죄 많고 격렬한 성격의 소유자였던 당굴은 섬돌이에 대한 그의 맹목적인 사랑 때문에 말의 신성함을 인간적인 한계 내에서 파악하게 된다. 말이란 그 자체가 거대한 질서여서 인간의 감정이나 이성으로 파악할 수 없는 것이다. 죽고 죽이는 이 세계의 질서에서 그것을 뛰어넘는 말의 거대한 질서가 세계의 존재를 가능하게 해주는데, 이러한 원리에 대한 거부는 섬 전체의 죽음으로 연결된다. 그런 점에서 당시의 정치적 현실에 대해 '말'의 질서를 강조하고자 하는 작가의 의도가 충분히 엿보인다. 그러나 당대의 비평은 이 작품을 그렇게 읽어내는 것이 작가에게 큰 불행이 될 수 있어서 그렇게 읽지 않고자 했던 것 같다.

「뙤약볕 2」에서는 말의 질서를 잃고 당굴을 죽게 한 섬사람들 중 63명만이 배를 타고 섬을 떠난다. 그것은 '말'과의 결별을 의미한다. 63명의 섬사람들은 새로운 족장 밑에서 그들만의 질서를 세우고 배

위에서 개아까지도 공유할 공동체를 형성하며 새로운 땅을 향해 떠나간다. 하지만 배 위의 공동체에는 '말'의 질서가 존재하지 않고 인간이 만든 질서만이 존재하기 때문에 오래 지속될 수 없게 된다. 계속되는 가뭄으로 물이 떨어져가는 가운데 "여러 생각 중에서도 으뜸인 것만이 뭉쳐서 된" 어떤 질서, "여러 생각이 서로 짓이겨서 찌꺼기는 떨어져버리고 남은 맨 나중의 것이면서도, 모든 생각이 태어나는 맨 처음의 것인" 질서가 아닌 인간의 질서란 조그마한 도전에도 견디지 못한다. 인간적인 질서 속에서 망망대해의 바다를 헤쳐나가는 그들은 성(性)과 부(富)를 공유함으로써 권태와 불안을 해소하고자 하지만 육체적·물질적 한계를 벗어날 수 없고 인간의 유한적 운명을 벗어날 수밖에 없기 때문에 비극적인 종말을 맞을 수밖에 없다. 그들은 이제 '말'의 질서가 아니라 한 '노인'의 속설에 의해 그들 일행 가운데 하나씩을 바다에 던짐으로써 바람의 노여움을 달래보고 비를 불러오게 하고자 하지만, 그것은 곧 그들 공동체가 그나마 공유하고 있던 질서를 파괴하는 결과를 가져온다. 따라서 배 위에 세운 그들의 공화국에는 그들이 세운 질서가 무너지면서 서로 죽고 죽이는 난장판이 벌어지고 결국 모두의 파멸로 치닫게 된다. 인간의 집단이 하늘의 뜻이라고 할 수 있는 '말'에 의해 통치되지 않고 인간의 이성으로 통치될 때 어떤 비극적 결말을 가져오는지 이 작품은 보여준다. 그런 점에서 당시 이 작품은 통렬한 정치적 알레고리로 읽힐 수 있었다. 박상륭의 가장 오랜 친구이며 그의 가장 충실한 독자인 김현은 그것을 박상륭에게 나타나는 기독교적 세계관이라고 표현한다.

기독교적 세계관이 보다 더 극명히 나타나는 것은 그러한 상황에

> 서라기보다도 오히려 죄와 벌·속죄라는 이중의 함정을 거쳐 지나간 다. 그 죄와 벌 사이에 그의 격렬한 죽음이 끼여 있다.

「뙤약볕 2」의 비극이 '말'의 질서를 지켜주는 '당굴'의 죽음에서 비롯되어 있지만 그것을 기독교적 세계관의 표현으로 읽어낼 수 있는 것은 바로 "죄와 벌·속죄"라는 과정에 의한 것이다. 이 작품을 단순한 정치적 알레고리로 읽지 않고 이처럼 기독교적 세계관으로 읽을 수 있었던 것은 김현이 박상륭의 충실한 독자였음을 말해준다. 실제로 이 연작의 다음 작품을 보면 그러한 주장의 정당성과 깊이를 이해할 수 있다.

「뙤약볕 3」은 '말'의 존재를 찾고자 하는 '점쇠'가 '이 저주받은 땅'에 남아서 '말'의 사당을 다시 짓고 '말'을 찾아내고자 한다. "전 어쨌든 남아서 '말'을 찾아보겠어요. '말'을 잃고 떠나는 사람들보다는 '말'을 찾기 위해 남아 있는 제가 훨씬 행복할 것 같았어요. '말'이 없는 천지는 병이 없는 새 천지라 해도 그것 역시 묵은 땅 이상은 아닐 거예요. 그러나 이 묵은 땅에서라도 '말'만 찾을 수 있다면 전 외롭지 않을 거예요." 이렇게 모든 섬사람들이 떠날 때 혼자 남는 점쇠는 족장인 형에게 자신 있게 말하지만 그러나 그가 찾고자 하는 '말'을 스스로 찾을 수 있는 것은 아니다. 그는 무너진 사당을 다시 지으면서 당굴과 섬돌의 유골을 묻고 자신의 정성을 다 바친다. 그가 생명의 불씨로 발견한 누이를 회복시키며 함께 살게 된 것은 '말'이 존재하지 않는 세계에서 '말'을 찾는 외롭고 힘든 삶에 동반자를 만난 것과 다를 바 없다. 그러나 구도자에게는 동반자가 있을 수 없다. 도를 닦는 길은 고독하고 험난한 길이다. 그렇기 때문에 그와 누이동생 사이의 화해적 삶이란 불가능하다. 그는 누이와 간음하고, 짓던 사당을 파괴하고, 누이를 죽이고, 섬 전체에 불을 지른다. 그것은 '점쇠'가 찾고 있던 '말'이 과거의 그것이 아니라 새로운 '말'임을 의미한다. 그가 누이를 죽이는 것은 자신의 여자라는 이성 관계에서의 '누이'를 죽인 것이다. 그 개인적인 누이를 죽임으로써 그녀를 섬 전체의 상징, 대지모신의 상징으로 변형시킨다. 그것은 이 작품의 부제가 '자정녀(子正女)'로 되어 있는 것을 보면 알 수 있다. 점쇠는 섬 전체를 헤매며 살아 있는 것을 찾다가 섬의 '무서운 침묵'과 바다의 '무서운 포효' 속에 자정(子正)을 맞게 된다. "자정은, 어제의 끝이고…… 내일의 시작이고…… 헌데 오늘이 끼이질 못했고…… 하 그것〔零時〕은 묘혈(墓穴)이며 산실(産室)이고…… 그건, 정말, 그래! 거기서 아마 거소를 잃은, '말'은 살고 있는 모양이다." '자정'은 묘혈이고 산실이라고 하는 것은 '말'을 죽이고 살리는 장소로서의 상징성이 '자정,' 즉 0시에 있다는 것을 의미한다. 그곳은 과거의 '말'은 죽고 새로운 '말'이 태어나는 땅이다. 그는 누이와 간음한 다음 그 누이를 죽임으로써 누이를 땅으로 돌아가게 한다. "태곳적의 그 어떤 숨결, 잃어버렸던 땅, 그 '새로운 말,' 자정(子正)의 의지(意志), 그 여인—그것은 이 한우리의 고향이다. 이 한우리의 귀소(歸巢)다. 이 한우리의 어머니다. 그런데 나는 오늘, 옛집에 돌아와 있다. 사람이 살았다 쫓겨난 옛집에"라고 함으로써 자신에게 죽은 누이가 대지모신으로 승화되어 있음을 보여주고 있다. 그렇기 때문에 그는 "네가 나를 분만했구나"라고 함으로써 누이가 자신을 태어나게 한 섬 자체임을 암시한다. "비가 개이는 대로 묵은 땅도 온통 불살라버려야겠어. 폭우로도 다 못 씻은 낡음들을. 그러곤 씨알을 던져야지. 씨알은, 암문, 이 여인의 몸에, 그 자궁에." 여기에서 이 '여인'이나 그 '자궁'이 점쇠가 살고 있는 섬 전체라는 것은 너무나 분명해진다. 그렇다면 누이의 죽음은 새로운 탄생이다. 그것은 누나의 탄생이며 점쇠의 새로운 탄생이기도 하다. 그것은 다분히 윤회적인 것 같으면서도 실제로는 그것을 뛰어넘는 것이다. 왜냐하면 이 경우 죽음과 삶이 동일한 것이기 때문이다. 죽음이 곧 삶이고, 삶이 곧 죽음이라면 결국 삶과 죽음의 이원성은 극복된 것이다. 그것은 박상륭의 소설 세계에서 중심 테마다. 박상륭의 모든 소설에 죽음의 테마가 나타나고 있는 것은 바로 삶과 죽음의 이원성을 극복하고자 하는 그의 구도자적인 관심에 근거한 것이다.

박상륭의 친구인 이청준이 "그의 종래 소설들과는 전혀 격이 다른 고운 작품"으로서 "외로운 바닷새 부부의 사랑 이야기"라고 평한 「7일과 꿰미」는 삶이 곧 죽음이요 죽음이 곧 탄생이라는 의미를 아름답고 절실하게 그린 작품이다. 작품의 끝에 나오는 주석에 의하면 주인공으로 나오는 새가 물총새를 가리킨다고 하는데, 알퀴오네와 케익스라는 부부 새의 애틋한 사랑을 그린 이 작품에서 알을 낳고 부화하여 새끼를 나오게 하는 알퀴오네의 모성과 남편 케익스에 대한 사랑은, 출산의 고통과 배고픔과 외로움에 따라 그 양상이 달리 나타난다. 케익스가 옆에 있을 때 요염해지기까지 하지만 그가 먹이를 구하러 멀리 떠난 사이에 알퀴오네는 산고를 느끼고 케익스를 다시 보지 않겠다고 저주를 퍼붓다가 부화된 새끼를 보면서는 케익스에게 자랑하고픈 생각을 하고, 비바람이 치는 밤에는 케익스의 안녕을 걱정하면서 기다린다. 케익스는 등대지기 할아버지에게 "나는 동그라미 시간을 살아왔다고. 동그라미는 시작도 끝도 없으니, 그것은 영원한 시작이며 동시에 영원한 회귀 아닌가. 영원한 운동이며 또한 영원한 정지 아닌가"라는 이야기를 듣고 감동을 받는다. 왜냐하면 그것은 시작/회귀, 운동/정지를 하나로 만드는 것이기 때문이다. 그것은 마치 삶/죽음의 대립을 극복하는 것과 같다. 일퀴오네와 케익스는 등대지기 할아버지의 그 말을 7일 동안에 실천하게 된다. 새끼를 부화시킨 알퀴오네는 먹을 것이 떨어지고 케익스가 돌아오지 않자 자신의 몸을 쪼아서 새끼에게 먹인다. 케익스는 아내 알퀴오네와 새끼를 위해 먹이를 구하러 너무 멀리 갔다가 나쁜 날씨 때문에 기진맥진해서 돌아오지만 죽고 만다. 그 순간 알퀴오네는 두 마리의 새끼를 낳아서 또 다른 알퀴오네와 케익스로 자라게 한다. 그것은 한편으로 삶 자체가 죽음과의 싸움이며 하나의 죽음이 다른 하나의 탄생과 이어지는 순환 설화의 한 전형을 이룬다. 어미 새인 알퀴오네가 자신의 몸을 쪼아서 새끼에게 먹이고 케익스가 새끼들의 먹이를 구해오는 과정에서 부부 새는 다음 세대의 새에게 생명을 부여한다. 여기에서 '동그라미 시간'이란 뱀이 그 꼬리를 물고 있는 형상으로서 삶과 죽음이 연결되어 있음을 의미한다. 이미 「열명길」이나 「뙤약볕」 연작에서 나타난 테마의 연장선상에서 「7일과 꿰미」를 읽을 수 있는 가능성은 여기에 있다.

박상륭의 첫번째 작품집에서 이 모든 주제가 발전되어 나타나는 작품이 「유리장」이다. 이 소설의 주인공은 사복(蛇福)이다. 작가가 작품 뒤에 붙인 노트에 의하면 그 이름은 『삼국유사』에서 빌려온 것이다. 사복은 큰 비암님의 아들로서 알에서 태어난 인물이다. 그가 성년이 된 어느 날 개미와 얼룩뱀 한 마리를 죽인다. 여기에서 개미를 죽이는 것은 속세의 '나'를 죽이는 것이고, 얼룩뱀을 죽이는 것은 육체의 성적 능력을 없애는 것이다. 그는 실제로 마을에 성년제가 있던 날 할머니인 '따님'의 명에 의해 거세를 당한다. 작가는 "사복의 거세 역시, 성배 전설과 관련된 'Fisher King'에게서 암시를 받은 것이다"라고 밝히고 있다. 그는『아프리카 신화』에서 "남근이란 독 없는 뱀으로 상징되고, 또 이 뱀은 영겁회귀의 상징이 되고 있다. 다호메이의 게조 왕 궁전에는 제 꼬리를 제가 물고 있는 둥근 뱀의 벽화가 있는데 그것이 이것이다. 그러고 보면 고기와 뱀과 남성기는 같은 것이고, 고기와 뱀은 형태 면에 있어서도, 유선형이라고 불리는, 양극을 갖는 타원형이다. 그러니 물과 대지는 여성이며, 자궁이라는 뜻을 갖는데, 고기는 물을 대지로 살고, 뱀은 대지를 물로 산다"라는 이론을 끌어내 주석을 붙이고 있다. 그렇다면 '사복'이라는 이름은 그 자체가 뱀의 상징으로 태어났음을 의미하고 그가 거세되었다는 것은 그의 남성성을 상실했음을 의미한다. 남성성의 상실은 사복이 양성화됨을 의미한다. 그가 죽인 뱀은 리비도적인 뱀이면서 다산성의 뱀이고 그로 인해 사복의 할머니인 따님이 죽게 된다. 사복은 아버지에게서 세계와의 단절을 권유받고 마을을 떠나 광야로 나간다. 사복은 속세와 단절하고 방황의 길을 걸은 다음 마을로 돌아와서 시계공이며 옹기장이인 아버지의 설법을 듣는다. 아버지는 우주가 뱀의 모습이고 세상이 윤회한다는 것을 사복에게 들려주며 "여성적인 것의 지난함이여, 여성적인 것의 지복함이여"라는 법어를 남긴다. 아버지는 그 법어를 알고 있지만 남성에 머물러 있어서 여성성에 이르지 못했고 사복은 거세가 되어 남성에 머물지 않을 수 있었다.

사복은 아버지를 죽임으로써 과거의 질서를 무너뜨리고 스스로 새 질서를 세울 수 있는 자리를 차지한다. 그는 '완전한 미숙(未熟)'이라는 새로운 우주의 이치를 깨닫는다. 이 새로운 질서를 깨닫는 순간 그는 그것을 버린다. 왜냐하면 "조화란 미진한 듯한 그 미묘한 곳에서 이루어지는 것이며 그렇기에 우주는 멈추지 않는다"는 '완전한 미숙'

의 정의를 발견하는 순간 우주는 그 정의의 틀에 갇혀 정지한다는 것을 발견했기 때문이다. 그는 도를 닦은 장소를 떠나 일상의 세계로 되돌아온다. 이제 자신이 발견한 우주의 이치에서 자유로워진 것이다. 사복은 자기 안에서 큰비암님과 따님과 모성을 동시에 포용하는 단계에 이른 것이다. 박상륭은 이런 현상을 "소설인 것을 최대한으로 가능시키려는 노력 때문에, 따님과, 시계공과, 사복은, 삼대의 관계를 갖는 것으로 되었지만, 사복의 구도적 측면에서 볼 때, 거기엔 사복 하나만이 있어온 걸로 된다. 그러니까 따님은, 사복 속의 '여성적 경향,' 시계공은 '남성적 경향'이 된다. 이때 사복의 거세는, 그 양자를 싸안게 하는, 제3의 존재의 출산으로 화한다"라고 설명한다.

이렇게 본다면 「뙤약볕」에서 점쇠가 누이와 간음을 하고 누이를 죽이고 새로운 대지로 탄생하는 것이나, 「남도(南道)」 연작에서 손자가 할매와 하나가 되고 '할매'의 죽음을 선언하는 것은 같은 맥락으로 읽을 수 있다.

3

이러한 관점에서 보면 박상륭의 소설 세계는 구도자의 세계라고 할 수 있다. 그의 주인공들이 벌이는 온갖 방황과 살인과 혼음은 구도의 길로 가는 과정이다. 그들은 일단 도를 터득한 다음에는 바로 그 도에서마저 벗어나 모든 구속에서 자유로워진다. 이러한 과정은 그 후에 나온 『죽음의 한 연구』나 『칠조어론』에서 보다 심화되고 확대된다. 『죽음의 한 연구』의 주인공은 바닷가의 창녀의 아들로 태어나 어떤 중의 불머슴이 되었다가, 그 중이 죽자 나이 서른셋에 수도를 하기 위해 '유리'로 온다. 유리에 오면서 그는 『임제록(臨濟錄)』의 "안팎으로 만나는 자를 모두 죽여라, 부처를 만나면 부처를 죽이고, 스승을 만나면 스승을 죽이고, 나한을 만나면 나한을 죽이고, 부모를 만나면 부모를 죽이고, 친척을 만나면 친척을 죽여야만 비로소 해탈할 수 있다"라는 권유대로 오조촌장(五祖村長)을 죽이고 육조촌장(六祖村長)이 되고, 그 자신도 뒤에 칠조촌장(七祖村長)이 될 촛불승에 의해 죽는다. 불교적인 이들의 수도 과정을 묘사한 그들의 행적이 기독교적인 것과 흡사하다고 분석한 김현은 "유리에서 멀지 않은 읍내의 장로는 그의 스승을 세례 요한에 비교하고 있으며, 40일의 고행, 서른세 살, 막달라 마리아를 상기시키는 수도부, 예수의 발을 기름으로 씻어준 여자를 상기시키는 읍내 장로의 손녀딸 등은 그가 예수와 비슷한, 혹은 그 변형의 인물이라는 것을 암시한다"라고 해석한다. 이것은 박상륭의 세계가 불교적인 것처럼 보이지만 기독교나 유대교, 혹은 그 밖의 다른 종교의 요소들도 가지고 있어서 거의 범종교적인 것으로 보아야 한다는 사실을 입증한다. 실제로 『죽음의 한 연구』에 나오는 무수한 용어나 삽화가 너무나 다양한 것이어서 작가 자신이 이 구도적인 주인공을 그리기 위해서 얼마나 많은 공부를 했는지 확인하게 한다. 그것은 『칠조어론』에서도 마찬가지다. 실제로 이 작품에서는 불교의 교리나 기독교의 교리나 티베트의 종교뿐만 아니라 정신분석학과 인류학을 통해 세계 도처의 토속 종교의 이론을 논하고 있다. 박상륭의 정신이 동서고금의 구도적 정신과 만나서 치열하게 탐구하고 있는 『죽음의 한 연구』와 『칠조어론』(전 4권)에 대한 자세한 읽기가 이루어지지 않고는 박상륭론을 감히 쓴다고 할 수 없다. 이 두 작품에 대한 분석은 작가가 이 작품의 창작에 기울인 노력 이상을 기울이지 않고는 불가능해 보인다. 더구나 지금처럼 헛된 일로 '무사분주'한 시간을 보내는 나로서는 제한된 시간에 박상륭의 전체를 논한다는 것이 무리한 시도였다. 그걸 위해서는 더 많은 자유로운 시간이 내게 필요할 따름이다. 따라서 이 글은 미완으로 남긴 채 훗날을 기약할 수밖에 없다. 한 가지 위안을 삼을 수 있다면 친구의 얼굴을 보는 대신에 그의 작품을 보았다는 사실이다. 〔1997〕

감춤과 드러냄
—강호무의 소설

1

강호무라는 소설가의 이름을 아는 사람은 그리 많지 않을 것이다. 그보다도 그의 소설을 읽고 그것을 이해했다고 생각하는 사람은 더욱 드물 것이다. 그만큼 그는 베일에 싸인 감추어진 인물이 그러한 것처럼 공식적인 자리에 좀처럼 나타나는 일이 없고, 잊힐 만하면 소설을 발표하여 그의 존재를 알리고, 그러고는 무거운 침묵 속에 숨어버려서 그를 아는 사람들의 마음을 궁금하게 한다.

그는 1960년대 초에 『산문시대』 동인으로 활동을 시작한 이래 『신동아』 『문학사상』 『문학과지성』 『월간문학』 『현대문학』 등에 소설을 발표하였지만 워낙 과작이라 그의 이름을 기억하는 사람이 드물 것이다. 그러나 그의 작품을 읽은 사람은 작품의 독창성 때문에 그의 이름을 결코 잊지 못한다. 소설을 읽을 때 줄거리를 좇는 데 익숙한 독자는 그의 소설에서 이야기의 끈이 무엇인지 따라가기 힘들다는 것을 발견한다. 김현은 그의 소설집 발문에서 강호무를 "말의 몽상가"라고 불렀다. 그의 문장은 우리가 익숙해 있는 메시지 전달의 일차적인 목적만을 위해 있는 것이 아니라 다른 어떤 것을 가지고 있다. 그것을 김현은 "묘한 분위기"를 조성하는 말의 긴장감이라고 표현하였다. 그러나 그를 알고 있는 사람은 그의 문장, 그의 문학 자체가 그의 사람됨이나 마찬가지로 수줍음이 많다는 것을 깨달을 수 있다. 그는 작중인물의 이야기를 실에 꿰듯 완전하게 단선적으로 전달하는 것을 부끄럽게 생각하는 수줍음의 소유자다. 그는 즉각적이고 직접적으로 표현하기에는 너무나 많은 이야기를 가지고 있고 그러한 방법으로 소설을 쓴다는 것이 그의 성격에 맞지 않는다는 것을 잘 알고 있다. 그는 소설을 자기 감추기의 방법으로 삼고 있고 그 감춤으로써 자기 표현에 도달하고자 하는 드문 작가 가운데 한 사람이다. 그는 흘러내리는 안경 너머로 언제나 말없는 미소를 짓지만 그것이 너무나 야릇해서 그의 의도를 짐작하지 못하게 만든다. 어떻게 보면 그 미소는 혼자만 아는 사람의 그것처럼 보이지만, 거기에 오만이나 관용이 아니라 그 혼자만의 즐김이 있다는 느낌을 준다. 그렇기 때문에 그의 표정을 살핀다는 것은 그의 작품을 읽을 때처럼 신비롭게 느껴진다. 그는 젊은 시절부터 아는 것이 많아서 비범하게 보였다. 때로는 너무 일찍 많이 알아서 우리의 기를 꺾는 도사처럼 보일 때도 있었다. 그래서 그의 소설을 읽을 때는 그의 논리와 문법을 제대로 좇아가지 못한다는 콤플렉스를 느끼기도 했다. 수많은 문학 작품을 읽었음에도 불구하고 그의 작품처럼 낯선 것을 만났을 때의 당혹스러움이란 그가 우리와 전혀 다른 의미론을 가지고 있다고 생각하지 않는 한 우리를 자괴감에 빠지게 한다. 그러니까 그의 수줍음이 우리의 부끄러움의 원인이 되고 우리의 겸손이 그가 기대한 결과가 된다.

2

그의 소설에는 설명이 없다. 그의 데뷔작인 「번지 식물」에서 볼 수 있는 것처럼 그의 작품은 대뜸 우리를 어떤 상황 속에 놓는다. "나는 몹시 비틀거리며 강가의 방으로 간다. 쓰러질 듯이 허둥대면서 걷고 있다./밤, 영 시./몸이 마구 흔들렸다./계속하여 물결 소리를 들을 수 있었다. 여자는 육체의 고통과 그 기쁨으로 만족하여 오래 울고 있었다./나는 남자의 방에서 여자의 방으로 옮겨졌다./밤 열 시. 드물게 하얀 밤이었다." 이러한 서두에서 우리는 무엇을 읽어낼 수 있을까? '나'가 누구인지에 대해 우리는 어떤 정보도 갖고 있지 않다. "나는 〔……〕 강가의 방으로 간다"라는 문장과 "쓰러질 듯이 허둥대면서 걷고 있다"라는 문장 사이에는 어떤 인과관계도 없고 후자가 전자를 부연하는 것도 아니다. 또 '밤 열 시'와 '밤 영 시' 사이에는 시간적인 연속성이 있는 것도 아니고 계기성이 있는 것도 아니다. '여자'로 지칭되는 인물은 누구인가? '남자의 방'과 '여자의 방'은 소유에 의한 것인가 사용에 의한 것인가? 왜 '나'는 스스로 움직이지 못하고 옮겨졌는가? 이러한 질문들을 제기하게 되면 좀처럼 이야기의 줄거리를 따라갈 수 없을 것 같다. 그러나 그 뒤를 읽으면 한 남자가 자기 집에서 사창가를 찾아가는 이야기라는 것을 짐작할 수 있다. 그러니까 영 시는 열 시에 대한 추억의 순간이고 열 시는 그의 의식이 그의 몸뚱이를 사창가로 움직이게 한 시간이다. 그렇기 때문에 "조화를 드릴까요" 한 것은 사랑을 전제로 한 성의 행위가 아니라 돈에 의해 거래되는 성의 상품화가 이루어진다는 것을 의미한다. 성의 거래는 어디까지나 돈에 의한 것이기 때문에 '생화'의 거래일 수 없다. 화대를 치르라는 여자의 요구에 남자가 주머니에서 손에 잡히는 대로 지전을 통째로 맡기자 여자가 "이것만으로도 너무 많아요"라고 대답하며 그것이 '가화'의 대가에 해당된다는 것을 이야기한다. 조화나 가화는 생화에 대조되는 꽃으로 자연스러운 것이 아니라 만들어진, 형태만 꽃인 인위적인 것이다. 작중인물의 의식은 가난과 소외된 사창가를 헤매거나 한꺼번에 두 편씩 상영하는 삼류 영화관에 들어가거나 어둡고 음습한 골방에서 뒹군다. 그의 의식이 이처럼 확대되어 나타나는 것은 단편적으로 그의 의식의 서식지를 확인하게 하지만 전체를 연결시키는 질서나 통일성을 발견하게 하지는 않는다. 그의 의식은 '번지 식물'이 아니라 '음지 식물'처럼 우리 현실의 뒷골목, 악취 나는 세계의 절망을 '절망적'인 방법으로 우리에게 제시하고 있다. 근대화되기 이전의 1960년대의 그 구질구질한 삶의 뒷골목을 강호무처럼 처절하게 묘사하고 있는 작가는 흔하지 않다. 아니 묘사한다기보다는 덩어리째 던져놓는다는 말이 더 정확할 것이다. 왜냐하면 묘사에는 이미 질서와 선택과 배열이 전제되기 때문이다. 그가 관찰한 우리의 일상적인 삶이란 우리가 생각한 것처럼 인과관계가 뚜렷한 것도 아니고 질서 정연한 것도 아니며 투명한 것도 아니다. 그가 생각한 것처럼 무연하고 무질서한 것이기 때문이다.

3

강호무의 소설에는 등장인물이 고유명사를 가지고 있지 않다. 다시 말하면 이름이나 성을 가진 경우가 거의 드물다. 등장인물이 '그' '나' '사내' '여자' '남자' '형' '동생' '아이' 등과 같은 대명사가 아니면 보통명사로 불리며 만일 이름을 가진 경우라도 그 이름이 보통명사화된 '영자'와 같은 이름이다. 이들 인물이 등장할 때 일반적으로 그 인적 사항이 소개되는 것이 소설의 원칙이라면 그의 소설은 전혀 이 원칙을 지키지 않는다. 「화류항사」의 '나'는 비 오는 우중충한 날 음침한 뒷골목의 사창가를 찾을 뿐 어떤 인물인지 규정하지 않고, 「형과 아우」는 '형'과 '아우' 사이의 밑도 끝도 없는 대화로 시작되며, 「멈칫거리는 파도 3」은 '그녀'가 바닷가 어느 곳을 방황하고 있고, 「지문항법」의 '그'는 무슨 이유인지 살인을 저지르고 감옥에 들어간다. 또 「금오제」의 '그'는 총을 들고 산을 헤매고, 「멈칫거리는 파도 2」의 '그녀'는 어딘지 모를 집으로 안내되고, 「폐항」의 '그'는 항구의 어느 집 창가에 앉아 바닷가 풍경을 보고 있다. 이러한 현상은 작가가 소설 속에서 하나의 인물을 형상화해서 어떤 전형을 만들고자 한 것이 아니라 그가 살고 있는 세계의 분위기를 전달하고자 한 것임을 알 수 있다. 그는 전통적인 소설에서 인물을 창조하는 것을 소설의 기본 문법이라고 생각해온 것에 대하여 강력한 도전과 거부의 실험을 하고 있는 셈이다.

그가 이처럼 인물에 대한 실험을 하고 있는 것은 그 인물 하나하나가 우리 사회의 어떤 집단을 대표하는 것이 아니라 그들이 속해 있는 계층의 누구여도 괜찮다는 생각을 바탕에 깔고 있기 때문이다. 그가 들고 있는 인물은 우리 주위에서 흔히 볼 수 있는 '보통 사람'에 지나지 않는다. 그가 살고 있는 삶은 얼핏 보면 특별하고 특수한 것처럼 보이지만 사실 알고 보면 지나치게 평범한 것이어서 아무도 주목하지 않는다. 그들은 이 세계에서 돈을 번 것도 아니고 권력을 쥔 것도 아니며 이름을 날리는 것도 아니다. 그들은 겨우 생활을 해가면서 자신의 존재를 극히 사소한 것에서 확인하고자 하는 소외된 사람들이다. 그러나 그들은 1970, 80년대 도시의 변두리와 농촌에서 볼 수 있는 의식화된 소외된 사람들이 아니다. 그들은 그들보다 잘사는 사람들을 부러워하거나 증오하지 않는다. 그들은 타자의 삶이나 삶의 방식에 시선을 두지 않고 그날그날을 이어가고 있다. 이러한 인물들을 무기력하고 수동적이고 순응적이라고 비난할 수 있을지 모르지만 그것은 작가가 받아야 할 비난이 아니다. 왜냐하면 이 인물들이 누구를 증오하지 않거나 부러워하지 않는 것은 그들에게 그들을 억압하는 사람들의 가치관, 그들을 소외시킨 사람들의 가치관이 없다는 것을 의미하기 때문이다. 증오나 부러움의 대상을 가진 사람은 자신이 그러한 대상을 소유했을 때 또다시 스스로가 다른 사람들의 증오와 부러움의 대상이 되어 이 세계를 불화 속으로 집어넣는다는 것을 고려하지 못한다. 그러므로 증오와 부러움을 가진 사람은 결국은 자신이 가지고 있지 않은 사실에 대하여 불만을 갖고 있을 뿐 지배와 피지배, 소외시키는 자와 소외당한 자가 있는 체제 자체를 부인하고 거부하는 것이 아니기 때문이다. 그런 점에서 본다면 강호무의 인물들은 의식화되지 않은 소외된 사람들이면서도 어떤 체제에도 희망을 갖고 있지 않은 가장 전복적인 인물들이다. 그들이 전복적인 이유는 그들이 살고 있는 체제에 대해서 적극적으로 대항하고 거부하기 때문이 아니다. 그들은 삶에 있어서 확실한 목표도, 뚜렷한 희망도 가지고 있지 않다. 그들은 일에 대한 의욕도 없고 미래에 대한 구상도 없다. 그렇기 때문에 그들에게는 부러워하거나 증오해야 할 대상도 없다. 그들은 일상적 삶의 연장 속에서 구질구질한 뒷골목을 배회하면서 최소한의 본능만을 충족시킨다. 여기에서 최소한의 본능이라고 하는 것은 성욕과 식욕을 일컫는다. 그것을 최소한이라고 할 수 있는 것은 그의 주인공들이 그것을 즐기는 것처럼 보이지 않기 때문이다. 그의 작중인물들은 자주 사창가에 가지만 거기에서 거래되는 성은 쾌락의 대상이 아니다. 작중인물 가운데 하나가 주머니에서 지폐를 집히는 대로 꺼내주면서 무리한 요구를 하는 것은 성의 학대에 해당하는 것이지 그것의 즐김이 아니라는 것을 의미한다. 그의 주인공들은 자신의 존재를 입증할 수 있는 최소한의 행동을 하고 있지만 그들의 의식은 끝없는 몽상을 계속한다.

4

강호무의 주인공들이 방황하고 있는 것은 얼핏 보면 아무런 이유가 없는 것처럼 보인다. 왜냐하면 그의 주인공이 시골 출신이건, 백정의 자식이건, 무당이건 자신의 삶의 조건에 대해서 회의하거나 질문하는 일이 거의 없기 때문이다. 그렇지만 그들이 방황하는 데에는 그 나름의 이유가 있다. 그 이유는 아마도 주인공들의 고향 상실의 의식에서 찾아질 수 있을 것이다.

> 그래. 고향에는 너희가 그리는, 꽤나 멋을 부린 하얀 사랑의 집은 없었다. 재배자의 한옥보다 몇 배 높고 몇십 배 큰 양송이 재배사가 냉랭하니 버티고 있었다. 뻘은 고등 원예 재배사로 앞이 막혀 대지가 아닌 소지로 변해 있었다. 그래도 안기고자 하는 정감이 들쑥날쑥인 잡념을 다 지웠다. 남해의 보름날 밤바다에 생기는 물결인 양 골 깊은 어머니 이마의 주름살은 한세상을 정직하게 살아내기가 그리도 어렵다고 쉽게 일러줘, 떠돌다 이른 눈에는 그 쓸쓸한 고향의 뜰이

차라리 영원히 일구어야 될 낙토로 여겨지기도 했다.

여기에서 알 수 있는 것은 원래 고향에 시골집으로서는 멋을 부린 하얀 집이 바닷가에 있었으나 지금은 없어지고 집 앞의 뻘밭에는 양송이 재배사와 고등 원예 재배사가 들어서서 옛 모습을 찾을 길이 없으나 묘한 정감을 느끼게 된다는 주인공의 고백이다. 양송이와 원예 재배지로 변한 뻘밭을 보며 그곳에서 해산물을 거두던, 고생하던 어머니 생각을 하며 개간된 뻘밭을 낙토라고 부르고자 하는 것은 주인공이 사용한 아이러니다. 사라진 고향을 찾을 수 없지만 어머니가 고생하지 않게 된 것을 위로 삼고자 하는 주인공은 고향 상실감의 소유자다. 그가 찾는 고향이란 그러므로 전통적인 자연의 세계다. 그는 "흰 눈 속의 백동백 한 가지쯤 찾아다가 꽂아둬도 무방할 탁자에 합성 수지 제재를 이용한 조화 둘을 물도 없는 반에 올려놓고 마냥 새로운 미에 취해 있"는 처녀를 보고 "묘한 데서 즐거움을 느끼는 놀라운 처녀"라고 부른다. 이러한 조화를 만드는 도시 사람이 가난한 시골을 떨게 만드는 재주 많은 사람이라고 부른 주인공은 그들이 만든 먼지로 인해 코가 곪기도 하는 고통을 겪는다. 그는 인위적으로 만든 조화뿐만 아니라 합성 수지 제재의 일체의 것이 현실의 변화된 모습이라는 인식 아래 자연의 세계에 대한 구체적인 동경을 갖는다. 이것은 그의 주인공들이 고향을 찾아 헤매는 현대의 미아이며 그의 작품이 떠도는 자들의 현실과 몽상의 세계임을 이야기해준다.

5

강호무의 문학이 가는 길은 이제 길을 잃고 헤매는 그의 주인공들을 미아의 상태에서 구해내는 것이다. 어둡고 칙칙한 1960년대의 뒷골목에서 새로운 대중매체의 밝고 깨끗한 정보 고속도로로 그들을 끌어내는 것이다. 물론 그들은 또다시 길을 잃고 새로운 방황을 시작하겠지만 바로 그 숙명과의 싸움이 소설이기 때문이다. 〔1996〕

부랑의 세계 혹은 깨달음의 길

―박범신의 『흰 소가 끄는 수레』

1

작가는 자신이 앞으로 쓸 작품에 의해서 작가인 것이 아니라 이미 쓴 작품에 의해서 작가가 된다. 평생 많은 작품을 쓰는 것도 중요하겠지만 몇 편의 뛰어난 걸작을 썼느냐에 의해 평가된다. 그렇기 때문에 단 한 편의 작품으로 문학사에 남기도 하고 많은 작품에도 불구하고 문학사에 기록되지 않은 작가도 많다. 야심이 있는 작가는 시대와 장소를 초월하는 단 한 편의 걸작을 쓰기 위해 많은 작품을 쓴다. 작가는 많은 작품을 통해서 한 편의 걸작을 모색하는 사람이다.

작가가 세계를 살아간다는 것은 작품을 쓴다는 것을 의미한다. 작품을 쓰지 않는 작가는 작가로서의 생명이 유예된 상태에 있다. 그 유예 상태는 때로는 작가에게 새로운 세계를 향한 도약의 발판이 되기도 하고 때로는 새로운 도약에 이르지 못하고 생명의 소진으로 끝나기도 한다. 작가는 따라서 글을 쓰기로 '저주받은' 운명을 타고난 사람이다. 왜 그것이 '저주'인가 하면 글을 쓰지 않으면 작가일 수 없는 운명을 타고났을 뿐만 아니라 글을 쓴다는 것 자체가 고통의 극치이기 때문이다. 작가는 고통스러운 글쓰기를 선택한 사람으로서 글 쓰는 고통을 즐겁게 받아들인다. 작가에게 상상력이 끊임없이 솟아나고 그것을 글로 옮겨 쓸 수 있는 힘이 남아 있을 때 작가는 글 쓰는 고통을 즐겁게 받아들일 수 있다. 작가는 "푸르렀던 연대에는 연필을 들고 원고지와 마주해 앉으면 천지 창조의 마지막 날 아침처럼 휘황한 광휘의 허공으로 형형색색 수천의 나비 떼가 날아올랐다. 상상력은 억겁의 어둠을 뚫는 섬광이 되어 모든 감각의 촉수를 열고, 그 촉수들의 황홀한 운행으로 하나씩 열씩 백씩…… 지표면을 차고 나는 어휘의 나비 떼들. 고통이 있다면 동시다발적으로 떠오르는 그 수많은 나비 중에서 어떤 나비를, 어떤 포충망에 담아 원고지 네모난 우물에 가두느냐 하는 것이었다"라고 고백한다. 그러니까 샘솟듯 하는 상상력이 있을 때 작가는 무슨 상상력을 어떻게, 어디에 담느냐 하는 고민 아닌 고민만 하면 된다. 그러나 작가 생활을 20여 년쯤 하면 아무리 깊은 샘이라도 마를 수 있고 아무리 힘이 넘치는 장사라도 기진할 수 있다.

내게 박범신의 연작 작품집의 해설을 청탁해왔을 때 나는 갑자기 가슴 한쪽에서 짜릿한 아픔을 느꼈다. 그가 몇 년 전에 절필 선언을 한 후 오랜 침묵 속에 있었기 때문이다. 1980년대부터 1990년대 초까지 지칠 줄 모른 채 여기저기 작품을 쓰고 인기 작가로서 많은 독자를 갖고 있었던 그가 절필을 선언했을 때 나는 그도 지칠 때가 되었다는 것을 느끼고 있었다. 그러나 작가의 절필 선언은 작가적 운명 때문에 오랫동안 지켜지지 못하는 것이 상례인데 그의 침묵은 예상보다 오래 지속되었다. 그가 절필 4년 만에 작품집을 묶는다는 것은 그의 절필이 일시적인 휴식을 위한 잠정적인 결정에 지나지 않았다는 것을 입증한다. 한 작가가 더 이상 작품을 쓰지 못한다면 그것은 작가 개인의 불행만이 아니라 한국 문학의 불행에 속한다. 그런 점에서 그가 문학으로 돌아온다는 것은 그의 많은 독자와 함께 기쁨을 나눌 만한 일이다.

박범신은 1946년 충남 연무에서 태어나 원광대학교 국문과에서 문학 수업을 하고 1973년에 『중앙일보』 신춘문예에 「여름의 잔해」가 당선되면서 문단에 등장했다. 따라서 그가 1993년 절필을 선언하기까지 그는 20여 년간을 전업 작가로서 전력투구하며 작가 생활을 해온 것이다. 그사이 그는 『토끼와 잠수함』 『덫』 등 3권의 작품집을 출간했고 『죽음보다 깊은 잠』 『풀잎처럼 눕다』 『불꽃놀이』 『불의 나라』 등 20여 편의 장편소설을 발표했다. 그가 절필을 선언한 1993년에 그는 인기 절정에 있었기 때문에 많은 사람들이 그의 선언을 극적으로 받아들였다. 또 인기 작가들 가운데는 이미 그보다 먼저 절필을 선언한 사람이 한두 명이 아니었다. 그것은 문학이 시장에 내놓은 상품으로 소비되는 시장경제 체제 속에서 작가가 독자들의 인기에 현혹되지 않고 자신을 지키고 자신의 문학성을 관리하는 하나의 방법이기도 하였다. 그런 점에서 나는 몇몇 작가들의 절필 선언에 공감을 느끼는 편이었다. 그러나 그것이 곧 그 작가의 진정한 절필이기를 바라는 것이 아니라 일정한 유예 기간 동안에 그 작가의 내적 축적이 이루어져 새로운 모습의 작가로 탄생하기를 기대한 것이었다. 그러한 나의 기대가 박범신의 이 작품집을 읽으면서 배반당하지 않았다는 것을 확인할 수 있었다. 왜냐하면 이 작품집은 그것이 허구의 세계를 빌리고 있지만 작가가 자신의 문학과 삶에 대해 행하는 반성과 반추로 일관되어 있기 때문이다. 작가는 침묵의 3년 동안 세월을 흘려보낸 것이 아니라 스스로에게 질문하고 대답을 모색한 것이다.

2

이 연작소설집의 주인공은 50 전후의 나이에 20여 년간의 집필 생활을 중단한 작가이다. '나'라고 하는 인칭 때문이기도 하지만 여러 가지 징조와 지표로 보아 작가 자신을 연상시키는 주인공은 자신의 절필을 수긍하지 않고, 절필로 인한 상처를 치유받지 못하고, 새로운 방랑의 길을 떠난다. "큰 바닷물 다 마실 수 있고 이 세상 티끌 다 헤아려 알고"라는 목판장의 글처럼 세상의 이치를 알 만한 주인공이 분별 없고 내면의 열정을 이기지 못하는 젊은이처럼 떠돌아다니는 모습은 그가 아직 작가로서의 모색하는 삶을 포기하지 않았음을 의미한다. 그런 점에서 그의 절필은 잠정적인 것일 수밖에 없고 그의 방황은 새로운 도약을 위한 발판을 찾는 과정에 지나지 않을 수밖에 없다.

주인공은 누나를 넷이나 둔 5남매의 막내로 태어나서 가난한 소년 시절을 보냈다. 자신의 꿈과 현실 사이의 괴리 때문에 그는 두 번이나 자살을 기도하며 문제적 인물로 성장한다. 그것은 수많은 문학 작품을 읽고 작가의 꿈을 키우고 있음에도 불구하고 자신의 꿈을 현실로 바꿀 수 없다는 절망감과의 싸움이다. 자기 내부에 있는 욕망의 덩어리를 이기지 못하는 주인공은 글을 씀으로써 자살의 유혹에서 벗어날 수 있었다. 그러니까 그에게 문학은 구원의 의미였다. 그는 20여 년간 "세 권의 단편집과 이십여 편의 장편소설과 세 편의 희곡과 세 권의 수필집을 써낸" "작가로 살았고 작가로 불리며 살았다." 그는 문학으로 삶을 지탱해왔다. 따라서 그에게 있어서 문학의 중단은 곧 죽음과 연결된다. 그 자신 50의 나이에 자살을 꿈꾸며 주머니 속에 면도날을 넣고 젊은 날의 고뇌를 앓았던 추억의 장소를 찾아간다. 그러니까 그는 문학을 시작하기 전에 죽음을 시도하였고 이제 문학을 중단하며 죽음을 다시 시도하고자 한다. "통렬한 죽음에 닿고 싶었던 것은 평생 내가 숨기고 산 본질적인 욕망의 하나였다"라는 고백처럼 그는 극적인 죽음을, 다시 말하면 극적인 삶을 욕망하며 살아온 것이다. 여기에서 '문학'은 두 번 다 큰 역할을 한다. 젊은 시절 그에게는 삶의 보람으로 작용하여 풍요로운 상상력을 작품으로 바꾸기만 하면 되는 행복을 가져다주었고, 50에 접어들자 상상력이 고갈되고 글을 쓴다는 사실 자체에 지쳐버린 그에게 다시 자살을 꿈꾸게 하는 계기를 마련해주었다. 그가 절필을 선언한 것은 다시 자살을 꿈꿀 수밖에 없게 된 상태에서다. 따라서 문학은 그에게 모든 것을 가져다주기도 했고 모든 것을 버리게 하기도 한다. 문학이 그에게 모든 것을 가져다주었다는 것은 두 번의 자살 기도에도 불구하고 다시 살 수 있게 한 것이 문학이고, 집을 떠나온 그에게 생계를 유지시켜준 것도 문학이며, 삼십대 중반에 세 아이의 아버지로서, 한 여자의 남편으로서 "우뚝한 이층집, 따뜻한 아랫목, 푹신한 침대, 부드러운 오리털 베개"라는 행복을 누리게 해준 것도 문학이고, 그를 저명한 인기 작가로 키운 것도 문학이라는 것을 의미한다. 그런데 그 문학이 제대로 씌어지지 않을 때 그는 참담한 절망을 느끼고 다시 면도날을 주머니에 넣고 자살을 꿈꾸지 않을 수 없다. 그가 미친 듯이 글을 쓰다가 당분간 절필을 선언했을 때 그에게는 "상상력의 불은 꺼졌다"라는 평가가 내려졌다. 그는 스스로 자신의 '명리'를 두고 가려고 '임종사'를 썼다고 고백한다. 그의 아내가 "당신 그러다가 죽겠어. 제발 당장에, 지금 당장에 때려치워, 그 소설"이라고 외치는 것은 한 작가가 절필을 선언하기까지 받은 고통이 얼마나 극심하고 글을 쓴다는 것이 얼마나 힘든 일이었는지, 작가 자신뿐만 아니라 작가를 관찰하는 그의 아내까지도 알게 된 사실이다. 주인공 자신도 "때때로 소설 쓰기는 나를 행복하게 했고 또 많은 시시때때 소설 쓰기는 천형이었다"라고 고백하고 있다. 그 고백은 "소설이란 게 예술도 아닌, 학문도 아닌, 예술이고 학문인, 스토리도 아닌, 스토리 아닌 것도 아닌, 스토리고 또 스토리인, 객관도 아니고 주관도 아닌, 객관이고 주관인, 사실도 아니고 추상도 아닌, 사실이고 추상인, 그 모든 것이고 그 모든 것의 너머인" 것이라는 것을 깨달은 다음에 할 수 있었다. 20여 년간 소설을 쓴 진지한 작가라면 소설에 대한 사유는 이러한 경지에 이르게 된다. 그러나 작품은 그러한 사유만으로 가능한 것이 아니라 글로 써야 하는 노동을 요구한다. 소설이 정신의 산물이면서도 육체의 힘을 빌려야 하는 연유가 여기에 있다. 그가 절필 선언 직전에 그칠 줄 모르고 소설을 썼던 것은 자신의 육체가 자신의 정신을 뒷받침해주지 못한다는 느낌을 갖기 시작했기 때문이다. 그 자신 "꽃나무도 몸이 부실하면 다른 꽃나무보다 더 서둘러서 꽃을 피우고 열매를 맺지요. 언제 죽을지 모른다고 느끼면 열매부터 맺고 보자는 심사가 된다"라는 말의 참뜻을 실천한 것이다.

따라서 그가 자살을 꿈꾸는 것은 꽃 피는 꽃나무의 이치를 스스로 실현하기 위한 것이다. 자신의 몸이 부실하다는 것을 느끼고 많은 작품을 쏟아붓듯 쓴 다음 절필을 선언하고 해인사를 거쳐 무주로 향하게 된 것은 젊은 시절부터 몸으로 체험한 그 자신의 신열(身熱) 때문이다. 무엇이 그로 하여금 그토록 신열을 앓게 하는가. 그것은 책이었다. 열일곱의 나이에 자살을 기도한 아들을 보고 작가의 아버지는 "책 귀신이 붙어서 너를 이리 못쓰게 만들어놓았응게 귀신 붙은 책에서 당분간 떨어져 있거라"라고 하지만 작가 자신은 "내 몸 어딘가에 단단히 귀신이 달라붙어 신열 들끓는 생병을 앓고 있다는 것을 아버지는 모르고 있었다"라고 말한다. 그는 자신의 몸에 귀신이 달라붙었다고 함으로써 자신의 신열을 마치 숙명처럼 받아들이고 죽기 위해 면도날을 지니고 다닌다. 여기에는 왜 그가 죽고자 하는지 이유를 밝히지 않고 있다. 다만 절필 선언을 '임종사'라고 함으로써 집필의 중단이 작가의 죽음임을 암시하고 있다. 그가 인기 절정의 작가라는 것은 모든 것을 얻었다는 것을 의미하지만 그가 절필을 선언하는 것은 그가 더 이상 아무것도 얻을 수 없다는 것을 의미한다. 그는 모든 것을 가졌으나 그 순간 아무것도 가진 것이 없다고 느낀 것이다. 그것은 마치 젊은 날에 『청춘은 참혹하다』라는 작품을 쓰고 자살한 일본 작가와 같은 심정의 표현이다. 그가 이렇게 죽음을 선택하고자 한 것은 작가가 가지고 있는 욕망의 무한성의 표현이다. 욕망에는 경계선이 없기 때문에 작가는 자신이 쓴 작품에 만족하지 않고 새로운 작품을 시도한다. 자신의 작품에 만족을 느끼는 작가는 이미 작가이기를 포기한 사람이다. 만족한 사람은 더 이상 작품을 쓸 욕망을 갖고 있지 않기 때문이다. 이 작품의 주인공이 그러한 욕망의 소유자라는 것은 그가 죽음을 포기하는 과정에서 드러난다.

그는 무주로 가는 길에 만난 사람을 통해서 그가 죽고자 하는 것이 진정한 죽음이 아니라 욕망의 또 하나의 표현에 지나지 않는다는 것을 깨닫는다. 그가 만난 사람은 "이 법이 법의 자리에 머무르나니 세간상이대로 상주불명이니라. 나무는 부러지고 꺾이고 죽지만 새로 태어나는 나무들 또 있으니 숲은 영원하다"라는 법화경의 구절로 그를 타이른다. 그가 주인공을 따라온 것은 "선생이 안쓰러웠소. 글쓰기를 중단한다고 해놓고도 정작 아무것도 버리지 못하는 선생이, 스스로 이르되 임종사를 써 던지고 왔다면서도 정작 죽지 못해 고통받는 선생이 말이오"라고 함으로써 고통받는 작가에게 위로를 주기 위한 것임을 말한다. 주인공이 해인사를 찾은 것이 "불멸의 빛을 찾아"서라면 그가 쓴 작품들도 하나의 덧없는 사멸의 것에 지나지 않는다는 것을 의미한다. 그러니까 주인공이 자살을 하고자 하지만 참으로 죽고자 한 것이 아니고 헛된 집념을 버리지 못한 데서 연유한 것임을 예리하게 지적한다. 다른 말로 바꾸면 인기 절정의 작가는 더 많은 작품을 써서 더 많은 인기를 누리며 더 많은 행복을 갖고자 하지만 그의 상상력이나 그의 체력이 그것을 허용하지 않는다. 그래서 그가 자살을 꿈꾸는 것도 하나의 인기 작전임을 그 사나이는 예리하게 지적한다. 주인공은 사멸을 말하면서 자신의 불멸을 꿈꾸고 있다. 그래서 "선생은 흰 소가 끄는 수레를 타고 싶은 게지요"라고 하면서 "수천억 겁, 불멸의 별들을 오가는 수레가 있다면, 아마도 빠르지도 느리지도 않을 터, 그 수레에선 빛과 어둠이 한가지일 것이오. 그런데도 선생이 한사코 아니다, 모른다 부정하는 건 집착 때문이오"라고 그는 주인공을 질책한다. 주인공이 죽고자 하는 것은 자신의 명리나 작가적 인기를 살리기 위한 것이기 때문에 참으로 죽고자 하는 것이 아니다. 그래서 "참으로 죽지 않으니 부활이든 불멸이든 다 허깨비일밖에요"라고 신랄하게 비판하고 "불멸이 있다면 그건 흰 소가 끄는 수레에 실려 있소"라고 함으로써 주인공이 꿈꾸는 불멸이 불가능하다는 것을 일깨운다. 주인공은 자살을 위해 더 이상 면도날을 지니고 있을 수 없어서 그것을 내버리며 죽기를 포기한다. 아니, 죽기를 포기하는 것이 아니라 불멸을 포기한 것이다. 그것은 그가 사멸을 말하면서 원하는 것이 불멸이었다는 것을 여실히 보여준다. 그리하여 그는 '흰 소가 끄는 수레'가 이 세상에 존재하는 것이 아닌 것처럼 불멸이 작가의 욕망의 대상이 될 수 없음을 깨닫게 된다. "비참한 건 사멸이라는 말, 그 허깨비 관념뿐이오"라는 말과 함께 "도루코 면도날이 차창 밖으로 떨어졌다"고 하는 것은 주인공이 자살의 꿈을 버린 것을 암시한다. 그것은 "쉰 살에 꿈꾸는 불멸에의 꿈조차 망집이니, 망집의 잔인한 사슬에서 자유로워지라"는 권고의 깨달음이라 할 수 있다.

3

그런 점에서 주인공의 신열은 그 깨달음의 통과제의라 할 수 있다. 주인공이 무주의 제자 집에서 깊은 잠을 자고 깨어났을 때 그는 세상의 새로운 빛을 보게 된다. 그는 자신의 몸에 지니고 다니던 죽음의 그림자를 떨쳐버리고 문학이 '명리'일 수도 '인기'일 수도 없는 문학 자체일 수밖에 없다는 생각에 이른다. 문학에 목숨을 걸고 살아온 그가 문학에서 자유로워진다. 그는 시인이며 소설가인 제자에게 "써도 그만 안 써도 그만 그게 젤 좋아, 그래야지"라고 말한다. 그는 이미 불멸이나 사멸의 욕망에서 자유로운 단계에 이른다. 그것이 그에게 소설을 다시 쓰게 만든다. 소설 속의 작가는, 일찍이 시조창이나 회화의 소질에도 불구하고 장돌뱅이로 삼베와 명주 장사를 하다가 간암으로 돌아간 '아버지,' 신장염을 앓으면서도 가출을 하였던 '어머니,' 가수가 되는 것이 꿈이었으나 그것을 실현하지 못하고 스물아홉에 자살한 '막내누나'의 죽음을 겪으면서 내부의 사멸의 공포를 체험하고 '빛나지 않으면 죽음'이라는 생각에 사로잡혀 있다. 그가 체험한 공포는 그것만이 아니다. 현실 속의 작가가 절필 선언 직전에 쓴 작품 「그해 내린 눈 지금 어디에」는 군사정권 말기의 폭력적 상황에서 작가가 체험한 또 다른 공포와 고통을 고백하고 있다. 유신 말기의 무시무시한 상황 속에서 그는 "허망하기 이를 데 없는 비극적 구조 속에서 세 남녀 주인공의 사랑이 어떻게 침몰되는지" 썼던 자신의 소설에 대해서 "형편없는 폭력을 다루면서 당시의 폭력적 시대 상황과 이야기를 은유적으로 비끄러매는 체했지만 결과적으로 그건 제스처에 불과했다"라는 반성을 한다. 또 광주의 민주화 운동이 풍문으로만 들려올 때 자신의 '대중주의'에 대한 신념도 무너지고 "문학에 대한 아무런 믿음도 가질 수 없"는 고통의 나날을 보내게 된다. 그는 면도날로 동맥을 끊기도 하고 광폭한 술로 자신을 학대하기도 하다가 "나는 직업 작가야"라는 의식으로 악몽을 벗어나서 글을 쓰게 된다. 그는 "실성해서" 떠돌아다니는 한 여성의 정체가 자신의 내면에 똬리를 틀고 있다는 것을 느끼면서 작가 생활을 한다. 자신은 직업 작가라는 생각이 그에게 작가적 명성이나 명리에서 자유로울 수 없게 했고, 그로 하여금 글을 쓰고 인기를 누리게 했지만, 상상력의 나비 떼가 날지 않게 되자 자신의 내부에서 살고 있는 작가의 죽음에 대한 공포를 느낀다.

그의 신열은 '흰 소가 끄는 수레'의 깨달음에 의해 치유되고 그는 아내와 자식들을 서울의 집에 남겨놓고 농촌에 작은 집을 짓고 농사를 지으며 작가적 명리를 떠나서 산다. 그리하여 그의 절필은 일시적 중단의 상태이며 새로운 글쓰기의 준비 단계임을 입증하게 된다. 그는 이제 작가로서의 삶을 포기함으로써 소설을 쓰게 된다. 「제나비의 꿈」에서 주인공은 농사를 지으며 자신의 어린 시절의 추억과 자연의 이치를 스무 살의 아들에게 들려준다. 새들의 울음소리의 다양성과 그것의 의미와 씨 뿌리고 김매는 농사의 이치를 통해서 작가 자신이 마치 유년 시절로 되돌아온 것 같은 자연과의 친화력을 보여주는 그의 목소리는 신열을 앓던 작가의 목소리가 아니라 온화하고 평안한 '아버지'의 목소리다. 자신의 문학관을 솔직하게 고백하면서 "외로워하고 있는" 아들과 대화를 나누는 이 작품은 그가 글을 쓰지 않고 농사를 짓는 현실을 그림으로써 소설이 된다. 언제나 '혼자'여야 하는 모멸감과 공포감을 이기지 못하면 죽게 되고, 그것을 이기면 작가가 될 수 있다는 것을 그는 보여준다. 모든 구속에서 풀려나 자유롭게 떠돌고자 하는 그의 문학이 자연히 부랑(浮浪)의 문학일 수밖에 없었던 것을 연극지망생의 아들에게 들려줌으로써 그는 아들의 공감도 얻고 자신의 작품도 완성하게 된다. 그의 감추어둔 "부랑은 끝이 없다"는 말은 "여행은 끝났는데 길은 시작되었다"는 소설적 명제에 이 작가가 도달했음을 의미한다. "무리와의 잔인한 충돌에서부터 언제나 용수철처럼 튕겨져나왔던" 작가의 모습, 언제나 신열을 앓으며 떠돌았던 작가의 모습은 사라지고 농가에서 조용하고 편안한 생활을 하고 있는 모습으로 남는다. 그것은 자신의 욕망을 잠재우고 거의 불교적인 달관의 경지에서 사물을 바라보고 있는 모습이다. 이 작가가 젊은 날에는 내면의 신열을 이기기 위해 글을 썼다면 이제 어떤 비난이나 명리에서도 자유로운 달관으로 글을 쓸 수 있음을 보여준다. 그 순간 그는 자연과 하나가 되고, 자신의 젊은 날을 상기시키는 자녀들을 이해하고 그들과 격의 없는 대화를 나눔으로써 따뜻한 부성을 보여준다. 그는 대학 입시 공부에 시달리는 막내가 한밤에 집을 나와 차를 몰고 질주하는 것을 이해의 눈길로 바라보며 그를 그날 밤에 고향까지 데리고 가기도

하고, 한총련 사태 때 데모에 가담하여 여론의 비난의 대상이 된 딸을 끝까지 이해하는 편지를 씀으로써, 불멸의 꿈을 위해 산화하고자 하는 젊은 날의 자신의 모습을, 자신의 2세들에게서 확인한다. 그는 그들을 이해하고 동정하며 자신이 평생을 두고 싸워온 '불멸의 꿈'이 '흰 소가 끄는 수레'의 진리를 발견하기까지 소멸되지 않았다는 것을 깨닫는다. 그리고 달관의 경지에서 그는 자신의 2세들이 자신과 똑같은 신열을 앓을 수밖에 없고, 자신이 그것과 싸웠던 것과 마찬가지로 그들도 싸워서 이길 때까지 그들의 운명을 살아야 한다는 것을 기다릴 수밖에 없음을 깨닫는다. 그런 점에서 그는 그들의 열정과 부랑을 타고난 운명이라고 생각한다. 그는 그들이 운명과의 싸움을 끝내기를 관찰하면서 그들의 고통에 공감한다. 이제 그는 자신의 단순한 밥벌이나 명리를 위해 글을 쓰지 않아도 되는 작가가 되고, 마음의 여유 속에서 2세들 각자가 지니고 있는 외로움을 안쓰러운 시선으로 바라보는 따뜻한 아버지가 되고, 신열을 앓는 남편을 말없이 뒷바라지해온 아내에게 애틋한 사랑을 느끼는 남편이 된다. 일상적인 자아를 발견한 이 작가의 삶이 감동을 주는 것은 풍랑을 이기고 불멸의 욕심을 버린 작가적 깨달음만이 아니라 평상심의 상태에서 삶의 깊이를 획득해가는 그의 평온한 관찰력 때문이다. 작가의 침묵이 이처럼 생산적인 결과로 나타나는 것을 감동 없이 읽을 수 없다. 여기에는 과장 없는 진솔함이 잔잔하게 깔려 있다. 야성적인 그의 세계가 세련성을 획득하고 있음을 확인할 수 있다. 〔1997〕

분단 현실과 아버지 콤플렉스
—이문열의 『변경』

1

약 15년 전에 이문열의 『영웅 시대』에 관한 글을 쓰면서 나는 그의 소설에 나타나는 특징을 다음과 같이 지적하였다.

> 왜 이문열의 작품에서는 북쪽에 있는 지식인은 회의하고 고민하고 반성하는데 남쪽에 있는 지식인은 질문도 갈등도 갖고 있지 않은가? 이것은 어쩌면 이문열 문학이 감추고 있는 그의 개인적 상처에 기인하고 있을지 모른다. 그의 문학 세계의 근원에는 언제나 아버지 콤플렉스가 깔려 있기 때문이다.

이문열에게 있어서 아버지 콤플렉스는 그의 아버지가 월북한 반면 그의 가족은 남쪽에 살아야 하는 비극적 운명에서 기인한다. 그는 1998년 11월, 만 12년 만에 『변경』을 탈고하고 난 다음 이북의 김정일에게 아버지의 안부를 물으며 반세기 동안 나뉘어 산 부자(父子)를 만나게 해 달라고 편지를 보낸 적이 있다. 정확하게 옮겨 적을 수는 없지만 그가 그 글에서 호소하고 있는 것은 여생이 얼마 남지 않은 아버지와 이북에 있는 이복동생들의 얼굴을 아버지 생전에 보고 싶다는 내용이 담겨 있었던 것으로 기억된다. 그 글을 읽으면서 나는 이문열이 이제야 마음 놓고 아버지의 월북 사실을 공공연하게 이야기할 수 있는 세상을 맞이했다는 것을 깨달았다. 『영웅 시대』가 발표될 당시만 해도 군사정권이 분단 상황을 이용해서 정치적 정당성을 확보하고자 시도하고 있어서 가족의 구성원 가운데 월북한 사람이 있다는 사실은 발설해서는 안 될 금기 사항이었다. 분단 현실에서 살아온 그의 50 평생은 가슴에 품고 살아온 비밀로 인해 언제나 조마조마한 삶이었다. 그는 다른 사람이 자신의 비밀을 눈치채지 못하기를 바라며 남이 자신들의 비밀을 알아차리게 되면 다른 곳으로 이사했다. 아버지의 부재로 인해 겪는 가족의 고통 가운데 가장 큰 것은 가난이다. 유교적 관습이 남아 있는 가정에서 아버지의 부재는 곧 가장(家長)의 부재를 의미하며 그것은 경제적 파탄과 직결된다. 온 가족이 입에 풀칠하기 위해 학령기의 아이들이 학업에만 매달릴 수 없게 되고, 집안의 살림을 해야 하는 어머니가 얼마 되지 않는 돈을 벌기 위해 밖으로 나가야 한다. 그것은 아버지의 부재 상태에 살고 있는 아이들이 어머니의 돌봄도 받을 수 없게 된 것을 의미한다. 어린아이들에게 그러한 삶은 유년기의 꿈을 앗아가는 것이지만 그렇다고 해서 그들에게 돌아볼 수 있는 추억이나 가슴에 품고 있는 아름다운 추억이 없다는 것은 아니다. 어린아이의 장점은 아무리 상황이 고달파도 그 나름의 생명력을 가지고 그들만의 즐거움을 만들어낸다는 데 있다. 이미 이문열은 『그해 겨울』과 『그대 다시는 고향에 가지 못하리』 등의 작품에서 가난했던 젊은 시절의 고뇌와 방황을 다룸으로써 자신의 기구한 경험을 문학으로 바꾸어놓는 시도를 한 바 있지만, 『영웅 시대』와 『변경』은 특히 등장인물 자체가 현실 속에서 누구를 지칭하는지 알아볼 수 있게 그려져 있다. 작가로서 성공한 경우에 속하는 이문열은 자신의 개인적 삶을 한국인의 보편적 역사 속에 편입시킴으로써 한 시대의 모습을 형상화하고 그곳에서 자신의 아이덴티티를 찾고자 한다. 그는 작품 속에서만 그러한 것이 아니라 현실 속에서도 그러한 시도를 하고 있다. 2년 전 그가 설립한 '부악문원'은 자신의 험난했던 과거에 비추어서 현재 고생하고 있는 문학 지망생들에게 생활 걱정을 떠나 문학에 전념할 수 있는 기회를 제공하고자 하는 의도가 담겨 있다. 그것은 자신이 좋은 집안 출신이면서도 6·25와 같은 전쟁으로 인해 제대로 배우지 못한 과거에 포한이 들었고 그 회한을 위해 젊은 날의 자신과 같은 처지에 있는 재능 있는 젊은이를 돌보고자 함을 느끼게 한다. 이러한 이문열의 뜻은 문학적으로 자신의 과거를 개인적 차원에 머물게 하지 않고 자기와 동시대를 산 사람 모두의 것으로 바꿔야 한다는 그의 작가적 의무감으로 환원된다. 작가 자신이 『영웅 시대』와 『변경』을 쓰고 난 다음에 쓴 후기를 보면 그가 작가로서의 아이덴티티를 어디에서 찾고자 했는지 분명하게 알 수 있다.

사람은 누구든 일생을 통해 꼭 하고 싶은 이야기가 있게 마련이다. 그러기에 평소에는 오히려 더 가슴 깊이 묻어두게 되는 하나의 얘기가 있게 마련이다. 어쩌면 누가 어떤 직업을 택하는 것도 바로 '그 얘기'를 나름대로 펼쳐 보이기 위해서가 아닌지 모르겠다. (……) 작가는 물론 그 일생에서 여러 가지 얘기를 꾸며대겠지만, 처음 시작은 바로 그 '얘기'를 쓰기 위해서였다. 내게 있어서 '그 얘기'는 바로 『영웅 시대』, 아니 6·25를 전후한 우리의 불행한 가족사(家族史)였다. 지금으로부터 십칠, 팔 년쯤 전에 어렴풋이나마 내가 작가로 끝장을 보게 될지도 모른다는 예감이 문득 나를 사로잡았을 때, 가장 먼저 떠올린 소설거리가 그것이기 때문이었다.

—『영웅 시대』 후기

이제 나도 작가로서 정직할 때가 온 것 같다. 애매하게 써놓고 심오한 것으로 이해해주기를 바라지 않을 것이고 의도하지 않은 바를 빛나게 알아봐주는 데 감격하지 않을 것이다. 그리고 무엇보다도 여기서 내가 가진 것, 그리고 할 수 있었던 일은 이것뿐이다, 라고 말할 용기를 가지려 한다. (……) 그렇다. '변경'이란 제목의 소설에서 지금 내가 할 수 있는 것은 이것뿐이다. (……) 나는 지금까지의 내 삶에 축적된 모든 경험, 모든 기억과 사유 중에서 문학적 소재 혹은 장치로 유효하고 또 적절하다고 판단되는 것은 아낌없이 썼다. 삼십 년 문학 이력에서 터득한 모든 양식과 기교도 마찬가지다. 그리고 이제는 그 어느 때보다도 담담한 심정으로 이 작품을 낯모를 세월과 판관들의 손에 붙인다.

—『변경』 후기

"일생을 통해 꼭 하고 싶은 이야기"가 『영웅 시대』이고 "지금까지의 내 삶에 축적된 모든 경험, 모든 기억과 사유 중에서 문학적 소재 혹은 장치로 유효하고 또 적절하다고 판단되는 것"을 "아낌없이" 쓴 것이 『변경』이라면 기구한 운명을 살며 고통스럽게 그것과 싸워온 자신의 삶이 누구의 그것보다 독창적이면서 보편적 의미를 갖는다고 판단되기 때문이다. 『영웅 시대』가 1950년 전쟁에서부터 1954년 휴전 후까지의 기간 동안 월북한 지식인 이동영과 남쪽에서 고통스러운 삶을 살아가는 그의 가족의 이야기라면, 『변경』은 1959년부터 1972년에 이르기까지 월북한 아버지를 둔 가족들이 남쪽에서 사는 이야기다. 그래서 『변경』은 『영웅 시대』의 후편이라는 인상을 주지만, 사실은 아버지가 부재하는 상황에서 한 가정을 이루지 못하고 부랑하며 불안과 가난 속에서 살길을 찾고자 하는 4남매의 성장소설의 형태를 띠고 있다. 작가의 말에서 "우리의 불행한 가족사"라고 말함으로써 이미 작가 자신의 개입을 드러내놓고 있는 이 소설은 '우리'라는 인칭대명사를 통해서 한 가족뿐만 아니라 전쟁에서 산업화에 이르는 20여 년의 세월을 함께 산 한국인의 삶 전체를 그리고자 한 작가의 의도를 드러낸다. 모두 12권으로 된 이 작품은 그만큼 한 가족의 운명이라는 사적인 이야기를 통해서 '한국 현대사의 거대한 벽화'를 완성하고 있다. 그렇기 때문에 작가는 마치 작가로서 할 일을 다한 것과 같은 고백을 하고 자신에게 이제 쓸 이야기가 남아 있지 않은 것처럼 쓰고 있지만, 그것을 문자 그대로 받아들여서는 안 된다. 자신이 어떤 작품을 쓰는 순간, 그때까지 자신의 전 존재를 던지는 것이 작가로서 할 일이다. 그래서 작가는 작품을 쓸 때마다 매번 그것이 마지막 작품이라고 선언한다. 그것은 개개의 작품이 작가로서 최선을 다한 작품이라는 것을 의미한다.

2

3인칭 소설의 형식을 밟고 있는 이 작품은 전지적인 시점으로 서술되어 있지만, 소설 전체를 이끌어가는 네 명의 인물 가운데 '인철'이 이야기의 중심 역할을 한다. 이 작품은 서울의 변두리에 살고 있는 한 가족이 함께 살지 못하고 헤어지는 이야기로 시작된다. 큰아들 명훈과 둘째 딸 영희를 서울에 남겨놓고 어머니와 셋째 아들 인철과 막내딸 옥경은 밀양으로 내려간다. 이들 가족이 서로 헤어져 살게 되는 직접적인 원인은 월북한 아버지로 인해 그들에게 찾아오는 생존의 위협을 피하기 위해서다. 낯모르는 사람이 찾아와서 아버지의 안부를 묻는 것은 월북한 아버지로 인해 그들이 겪은 고초를 상기시켜주며 언제 다시 그 고초를 겪게 될지 불안에 떨게 한다. 어머니는 명훈과 영희만을 서울에 남겨놓고 인철과 옥경을 데리고 밀양으로 내려간다. 그곳에는 옛날에 인철 아버지와 가까이 지내며 아버지의 도움을 받은 바 있는 아버지의 친구가 '영남여객'이라는 운수 회사를 경영하고 있어서 도움을 받을 수 있으리라는 기대가 있기 때문이다. 밀양에 온 어머니는 영남여객 댁의 도움을 받아 양장점을 차리고 생계를 꾸려가고자 하지만 양장점이 제대로 운영되지 않으면서 영남여객 댁과도 사이가 벌어지고 더 이상의 도움을 받을 수 없게 되자, 고향으로 돌아가서 남아 있는 땅을 팔고자 한다. 어머니를 따라 밀양으로 온 인철은 첫날부터 영남여객 집 딸 명혜에게서 깊은 인상을 받고 그녀와 아름다운 추억을 만들며 즐거운 생활을 하게 된다. 그러나 인철은 이 어린 시절의 행복을 오래 누리지 못하고 극심한 굶주림에 허덕이며 자존심에 큰 상처를 입는다. 경제적 자립에 실패한 어머니는 인철과 옥경을 계속 공부시키기 위해 고아원에 맡길 생각을 한다.

서울에 남아 있는 명훈은 누이동생 영희를 데리고 생활하며 생계를 유지하기 위해 불량배들의 세계에 발을 들여놓고 소매치기를 하기도 한다. 그는 우연히 아버지의 옛날 친구인 경찰서장 윤상건을 만나 그의 도움으로 미군 부대 하우스 보이로 취직을 한다. 일정한 수입을 갖게 된 명훈은 돈을 주고 중학교 졸업장을 구해서 어렵게 고등학교에 입학하지만, 학교 안에 있는 깡패들과의 싸움으로 힘든 학교 생활을 한다. 전후의 혼란스러운 사회에서 폭력이 지배하게 되고 집안의 경제적 뒷받침을 받을 수 없는 청소년들은 폭력에 물들거나 피해자가 된다. 낮에는 학교에 갔다가 도장에 가서 태권도를 배우고 저녁에는 미군 부대에 가서 하우스 보이로 근무하던 명훈은 미군 부대의 하우스걸 경애와 사랑에 빠지지만, 현실이 그들의 사랑을 허용하지 않는다는 것을 알게 된다. 집에서 늙은 할머니와 철없는 동생의 생계를 책임지고 있는 경애가 자신의 미래를 생각해서 미군 장교를 따라가버리자 명훈은 잃어버린 사랑의 아픔으로 인해 괴로워하면서 스스로 미국이라는 제국의 변경에 사는 운명임을 깨닫는다. 그는 누이동생 영희의 친구인 모니카와 운명적인 관계를 맺게 되고 다시 뒷골목의 세계에 발을 들여놓는다. 그는 3·15 부정선거에서 정치 깡패의 하수인 노릇을 하면서도 그것이 생계를 유지하기 위한 수단이라고 생각하고 대학에 들어가 공부하는 꿈을 포기하지 않는다. 그는 자신이 속한 깡패 조직의 보스 배석구의 도움으로 대학생이 되어 4·19를 맞게 되고, 조직 폭력배의 일원으로서 학생 데모를 방해하다가 부상당하자 의거 학생 부상자로 취급되어 영웅 대접을 받는다. 서양식 사고에 의하면 부조리란 인간이 타고난 운명이라고밖에 할 수 없을 정도로 수많은 우연에 의해 그의 운명은 끊임없이 바뀐다. 그는 대학생으로 등록하고 얼마 지나지 않아 군대에 입대하고 어느 날 새벽 자신도 모르는 사이에 혁명군의 일원이 되어 출동 명령을 받기도 한다.

군대에서 제대한 그는 새로운 삶을 살고자 고향인 돌내골로 내려간다. 거기에서 그는 먼저 내려와 있던 어머니를 비롯한 가족들을 데리고 산비탈의 개간지 3만 평에 매달려 재기하고자 한다. 이때에 그의 가족들은 다시 한 번 한곳에 모여 새로운 삶의 꿈을 실현하고자 한다. 사랑의 실패를 견디지 못한 영희와, 고아원 생활을 견디지 못한 인철이 고향에 내려옴으로써 명훈 일가가 다시 한 번 한자리에 모인 것이다. 명훈은 온 가족을 데리고 개간지 농사에 전념하지만, 천석지기 후예라는 환상과 조급한 성공에의 기대 때문에 농사가 가져다주는 느린 결실에 만족하지 못하고 고향을 다시 떠난다. 옛날 뒷골목 시절의 안광에 다시 발을 들여놓은 명훈은 자신을 쫓아온 모니카와 만나 자포자기의 심정으로 다시 관계를 맺는다. 개간지의 농사에서 실패를 인정한 어머니의 제안으로 모든 재산을 처분하여 서울로 이주한 명훈 일가는 그들이 모아둔 돈을 친척에게 빌려주고 서울에 삶의 뿌리를 내리려 하지만, 친척 회사의 부도로 다시 뿔뿔이 헤어지는 운명을 겪는다. 여기에서 명훈은 다시 안광으로 내려가 여론 조사소의 조사원으로 일하며 사이비 기자들과 함께 약점 있는 업주들을 협박하여 돈을 갈취하는 생활을 한다. 그는 어떤 폭력 사건에 연루되어 절로 피신하러 갔다가 그곳에서 중이 되어 있는 옛날의 보스 배석구를 만난다. 그는 배석구의 사주를 받고 사찰의 분규에 가담했다가 다시 서울로 피신하고 여기에서 다시 모니카를 만나 기둥서방 노릇을 한다.

그것은 하나의 사건을 피하면 다른 사건과 연결될 수밖에 없는 조직사회의 생리를 그대로 보여준다. 그가 안광으로 내려간 것은 서울에서의 삶이 불가능했기 때문인데, 안광에서 다시 폭력 조직에 가담하게 되고 사찰 분규에서 또 다른 폭력에 가담한다. 이를 피하여 다시 서울로 올라온 그는 그의 인생에서 악의 상징 노릇을 하는 모니카와 다시 만나 기둥서방 노릇을 한다. 그는 '서울-안광-절-서울'이라는 공간을 이동하지만 그의 삶은 마치 다람쥐 쳇바퀴 돌듯 뒷골목의 폭력 세계에서 벗어나지 못하는 운명을 재현한다.

이처럼 오직 생계를 유지하기 위하여 무슨 일이나 하는 명훈이 그러한 세계를 벗어나는 것은 지고지순한 여인 경순을 만나 그녀와 결혼하고 광주 대단지에 새로운 보금자리를 만듦으로써 가능하게 된다. 아내가 된 경순의 헌신으로 새로운 사람으로 거듭난 명훈은 광주 대단지의 이주민들의 비참한 실상을 목격하고 자신의 정체성에 눈을 뜨는 과정에서 의문의 사고로 죽게 된다. 작가가 여기에서 명훈의 삶을 마감하게 한 것은 어쩌면 광주 대단지에서의 명훈이 마음잡고 살아보자는 의식을 갖게 되는 순간 더욱 비참한 삶을 살 수밖에 없다는 것을 너무나 분명하게 알고 있기 때문이 아닐까 생각된다. 왜냐하면 그곳에서 있었던 광주 대단지 사건의 실상은 그의 선배 작가들인 조세희의 『난장이가 쏘아올린 작은 공』이나 윤흥길의 「아홉 켤레의 구두로 남은 사내」에서 너무나 잘 나타나 있기 때문이다. 탄광에 끌려간 명훈의 갑작스러운 죽음은 한편으로는 민주화의 힘든 과정에서 하나의 제물이 된 것을 의미하며, 다른 한편으로는 분단 현실에서 월북한 아버지를 둔 한 젊은이가 끊임없이 시도한 이 사회 속에서의 뿌리내림이 실패로 끝났음을 보여준다.

3

야간학교를 다니며 명훈과 함께 서울 생활을 하는 영희는 언제나 생활의 빈곤을 한탄하며 부유한 삶에의 꿈을 가지고 있다. 그녀는 친구 모니카의 사촌 오빠인 형배의 프러포즈를 받지만, 그가 자신의 '소공녀'의 꿈을 실현시켜줄 사람이 아니라는 이유로 단호하게 거절한다. 그녀는 낮에는 치과 의원에서 간호 보조원으로 일하고 밤에는 야간학교를 다니며 자신의 꿈을 어떻게 실현시킬 수 있을까 모색하던 중, 박원장에게 겁탈을 당하고 그와 내연의 관계를 맺는다. 그러나 이 사실이 명훈에게 알려지자 영희는 밀양의 어머니에게 보내지고, 어머니에 의해 강제로 머리를 깎인다. 그 때문에 그녀는 어머니에 대한 증오심에 사로잡히게 되고, 어머니가 돌내골에 가고 없는 틈을 타서 동생인 인철과 옥경을 기아 상태에 남겨둔 채 가출한다. 영남여객 집 아주머니에게 거짓말을 하고 돈을 마련한 영희는 서울로 올라와서 야간학교에 복학을 하고 담임 선생의 추천을 받아 대흥기계에 취직을 함으로써 새로운 서울 생활이 순조롭게 시작된다. 그러나 그녀는 대학에 진학하기 위해서는 자신의 월급만으로는 부족하다는 것을 알고 수금한 돈을 훔쳐 도망친다. 어떻게 해서든지 대학에 진학해야 한다는 그녀의 열망은 입시에 실패함으로써 일차적인 실패를 거치고, 모니카 어머니의 주선으로 돈을 주고 보결로라도 대학에 들어가고자 하나 그 돈마저 사기당함으로써 철저한 빈털터리가 된다.

그리하여 고달픈 생활을 해오던 영희는 같은 집에 셋방살이를 하는 창현을 만나 동거 생활에 들어간다. 창현이 군 입대를 핑계로 떠나가자 영희는 다시 고향으로 내려간다. 그녀는 가족들과 함께 개간지 농사를 돕지만 끝내 어머니와 화해하지 못하고 고향을 떠나 서울로 올라온다.

서울에서 영희는 맥주 홀의 종업원으로 일하다가 매춘까지 하게 되고, 우연히 만난 박원장의 도움을 받아 미장원도 차리고 안정된 생활을 하게 된다. 그러나 창현을 다시 만났다가 그에게 또다시 배신을 당하게 되자 전락의 길로 내닫는다. 다시 매춘의 길로 나선 영희는 강남의 졸부 강억만을 만나 계획적인 결혼을 하고 시아버지 강칠복의 부를 이용하여 도약의 발판으로 삼는다. 그녀는 광주 대단지 철거민들에게 딱지를 사 모으며 부동산 투기에 뛰어들어 엄청난 부를 축적한다. 그녀는 어렸을 때 만화에서 보았던 '소공녀'의 꿈을 실현시킬 기회를 맞이한 것이지만, '혁명가의 딸'이라는 자존심은 영원한 망각 속에 묻어버린다.

이러한 두 인물 명훈과 영희의 삶을 통해 두 사람 모두 그들이 살고 있는 사회의 압도적인 영향 아래서 자신들이 배워서 알고 있는 가치를 실현하는 것이 아니라 그들의 생존 자체만을 위해 수단과 방법을 가리지 않음을 볼 수 있다. 아버지의 부재로 인한 경제적인 뒷받침이 전혀 없는 현실에서 그들은 우선 입에 풀칠을 하는 데 급급하였고 그것을 위해서는 무슨 일에나 뛰어들 수밖에 없었다. 그리하여 명훈은 깡패 조직에 들락거리며 자신의 신념이나 가치와 다른 행동을 하고, 영희는 몸을 파는 세계에 들락거리며 잘살 수 있는 기회가 오기만을 기다린다. 그들은 이처럼 타락한 생활을 하면서도 각자가 가족의 다른 구성원들에게는 타락하지 않도록 감시자의 노릇을 한다. 그리하여 명훈은 동생 영희의 타락에 대해서 가장 엄격한 태도를 취한다. 그것은 그들의 타락이 생존을 위해 불가항력적인 것이지만 그들의 본성이 나쁜 것이 아님을 이야기하고 있다. 이들 두 인물에게 다른 점이 있다면, 명훈이 광주 대단지 사건에서 철거민의 비참한 실상에 눈을 뜨고 거기에서 자기의 정체성을 발견한 반면에 영희는 비참한 철거민들의 딱지를 사서 부를 축적하는 데 몰두한다는 사실이다. 이것은 역사에 대한 작가 자신의 비관주의가 드러난 게 아닐까 하는 혐의를 갖게 한다. 왜냐하면 깡패 조직에 들어 있을 때는 남의 사정을 보지 못하던 명훈이 철거민의 실상에 눈을 뜨자 의문의 죽음을 당하게 된 것은 '철들자 죽는다'는 비관주의를 표현하고 있기 때문이고, 몸까지 팔던 영희가 가난에서 벗어날 수 있는 단 한 번의 기회를 포착하자 철저하게 정숙한 가정주부의 모습을 보이며 철거민들의 딱지를 사서 축재를 하기 때문이다. 그러니까 철거민의 실상에 눈을 뜬 사람은 살 수 없고 거기에 눈을 감고 자신의 축재에 물불을 가리지 않는 사람은 죽지 않는다는 현실의 모순과 부조리를 작가는 철저하게 보여준다. 그것은 어쩌면 오늘의 우리 현실이 가지고 있는 뿌리를 보여주고자 한 작가의 의도일지 모른다.

4

작품의 가장 중요한 주인공 인철의 삶도 그의 형이나 누나의 삶에 비해서 조금도 모자라지 않는 유위변전을 가지고 있다. 서울에서 낯선 인물이 아버지의 안부를 물어올 때 가장 큰 공포에 사로잡히곤 하던 인철은 어머니의 결정으로 밀양으로 내려간다. 그는 그곳에서 자기 집에 도움을 주는 영남여객 집 딸 명혜와 행복한 시간을 갖지만 그 시간은 오래가지 못한다. 극도의 가난에 시달리는 자신의 처지와 부유한 생활을 하는 명혜의 처지가 너무나 다르고 자신의 어머니와 명혜의 어머니 사이가 벌어짐에 따라 그의 행복한 시간은 끝난다. 더 정확하게 말하자면, 어머니가 고향으로 땅을 팔러 간 사이에 옥경이와 단둘이 남은 인철은 극도의 굶주림 때문에 고통을 받고 알 만한 집에 도움을 요청하나 기절을 당함으로써 자존심에 상처를 입는다. 인철은 학업을 계속해야 하기 때문에 동생 옥경이와 함께 고아원에 맡겨진다. 고아원에 혼자 남게 된 인철은 고아원 생활을 견디지 못하고 두 번이나 탈출을 시도한다. 이 사실이 어머니에게 알려지자 인철은 고향으로 내려가 다른 가족들과 함께 개간지 일을 돕는다.

개간 일을 거들며 공부를 한 인철은 중학교 검정고시에 합격하지만, 고향에서의 생활에 더 이상 희망이 보이지 않는다는 판단이 들자 고향을 떠나 영희의 도움으로 공업학교에 입학한다. 그러나 영희의 부도덕한 생활에 견디지 못하고 공업학교 생활에 적응하지 못한 인철은 자신의 첫사랑 명혜가 있는 부산으로 내려간다. 부산에서 온갖 직업을 전전하며 고달픈 생활을 하던 인철은 마침내 헌책방 점원 자리에 취직을 한다. 마치 19세기 서양 소설의 주인공이 그러한 것처럼 그는 여기에서 엄청난 독서의 기회를 갖게 된다. 그러나 그 정도의 행운도 그에게는 오래가지 않는다. 일본어판 『사회주의 사상 전집』을 갖게 된 그는 이북 출신의 주인에게 발각되어 서점에서 해고되고, 다시 공사판 잡역부, 중국집 배달원 등으로 전전하다가 한의원의 점원이 된다. 여기에서 그는 고등학교 검정고시에 합격하고 서울로 가서 대입 검정고시에도 합격하여 명문 대학교의 국문과에 입학한다. 그는 대학에 다니면서 문학 서클에도 가입하고, 문학 지망생들과 토론도 하고, 실존철학 강의도 듣고, 같은 학과의 '정숙'이라는 여학생과 사랑도 하게 된다. 그러나 그녀와 함께 초대받은 집에 갔다가 그곳에서 식모살이를 하는 어머니 모습을 발견하고 자신의 지적인 허영과 탐욕과 문학이 현재의 자신의 형편으로 볼 때 하나의 헛된 사치요 현실을 무시한 과욕에 지나지 않는다는 자각을 하게 된다. 그는 곧 그 모든 것에서 떠나기 위해 대학을 중퇴하고 사법 고시에 도전한다. 그러나 그는 고시에서 실패를 거듭하다가 명훈이 행방불명되자 고시 공부를 포기하고 다시 문학을 하기로 결심한다.

그가 고시 공부를 포기하는 데는 그 당시의 사회 상황이 결정적인 작용을 한다. 광주 대단지 사건으로 적나라하게 드러난 우리 사회의 천민자본주의와, 유신의 선포로 중단된 헌정은 법을 다루고 집행하는 일에 종사해야 할 사법부의 무기력을 예견할 수 있게 하였고, 그로 인해서 인철은 자신이 미국과 소련이라는 두 제국의 변경에 사는 지식인으로서 법관이 되어도 엄격한 법 집행이 불가능한 세계에 뛰어드는 결과를 가져올 뿐임을 깨닫는다. 그는 문학으로 돌아서게 된 이유를 이렇게 쓰고 있다.

> 그보다는 그야말로 허심탄회하게 이 시월 유신이 내게 갖는 의미를 밝히는 게 내 이런 결정〔문학으로 돌아옴: 필자 주〕을 이해하는 데 지름길이 될 수 있을 거요. 의식의 걸음마를 시작하면서 나는 국외자 혹은 일탈자의 견지에서 우리 정부, 우리 사회를 보아왔소. 그리고, 어쩌면 짐작하시겠지만, 그런 내 의식의 밑바닥에는 아버지로 인한 원죄 의식이 자리 잡고 있었소. 내가 저지른 것은 아니지만 내게는 이 체제에 내 지분을 요구할 권리가 없다, 이런 말 내게서 들어보신 기억 있으시지요? 하지만 근년 들어 나는 조금씩 국외자, 일탈자로서 살아가야 할 앞날이 아득해지기 시작하였소. 더 솔직히 말하면 시대의 주류에서 벗어나 외롭고 고단하게 살아야 할 남은 살이가 슬슬 고통으로 실감되기 시작한 거요. 그때 문학이 나타났소. 나는 거

기서 한 구원을 본 듯한 느낌을 받았소. 〔……〕 10월 17일, 유신 선포를 들으면서 내가 느낀 것은 애써 긍정하려고 한 체제가 하루아침에 무너져내리는 걸 보는 황당함이었소.

그러니까 인철은 시월 유신으로 인해서 자신이 옹호하려 한 체제로부터 배신을 당한 셈이고 그 결과 문학만이 자신이 할 수 있는 것이라는 '믿음'을 갖게 된다. 그것은 두 제국의 '변경'에 사는 지식인이 자신에게 정직할 수 있는 유일한 길이다. 정신분석학적으로 말하면 이 작품 속의 인철은 작가 자신의 '분신'이고 작품 안에서 그가 걷고 있는 길은 자기 안에 자리 잡고 군림하고 있는 '아버지 죽이기'의 끝없는 연속이다. 두 제국 사이의 '변경' 출신 지식인으로서 어느 한편에 섬으로써 돌이킬 수 없는 오류를 범한 '아버지'와는 달리 그런 아버지의 존재를 부인함으로써 끝까지 변경에 서 있고자 하는 주인공은 작가 이문열이라는 현실 속 인물의 분신이다.

5

1950년대 전후의 혼란기에서부터 1970년대 산업화의 과정에 이르는 우리의 현대사를 재구성한 이문열의 『변경』은 작가 자신이 "나는 이 작품을 쓰기 위하여 작가가 되었다"라고 고백한 것처럼 작가의 역작이다. 이로써 『그해 겨울』에서 시작해서 『그대 다시는 고향에 가지 못하리』를 거쳐 『영웅 시대』로 이어지는 그의 가족사는 대단원의 막을 내린다. 그가 여기에서 시도하고 있는 대서사로서의 리얼리즘은 이제 다시 그의 문학으로 나타날 수 없을 만큼 그 절정을 보여주고 있다. 절정에서는 내리막길밖에 없는 법이다. 따라서 계속 절정을 유지하기 위해서는 다른 세계가 시도되어야 할 것이다. 그 다른 세계가 무엇일 수 있는지 우리는 그의 다음 작품에 기대를 걸고자 한다. 그에게 『황제를 위하여』와 같은 뛰어난 정치소설이 있다는 것을 기억하는 독자는 그 기대가 헛되지 않기를 바랄 것이다. 작가는 끊임없이 변하는 사람이고 변해야 하는 사람이기 때문이다. 〔1999〕

두 개의 '혼불'

—최명희의 『혼불』

1

한 작가에게서 가장 바라는 것이 있다면 이 세상에 영원히 남을 수 있는 한 편의 걸작을 쓰는 것이다. 그것은 이 세상에 누구도 쓰지 못한 작품이면서 자신만의 독창성을 가진 희대의 작품으로서 두고두고 독자들의 사랑을 받는 작품을 의미한다. 일생 동안 작가가 끊임없이 작품을 쓰는 것은 바로 그러한 걸작을 만들기 위한 것이다. 작품을 쓰는 작가 자신도 어느 것이 걸작인지 알 수 없기 때문에 한 편의 작품이 완성된 다음에 그 작품에 만족하지 못하고 새로운 작품을 시도하게 된다. 많은 작가들이 그 한 편의 작품을 얻기 위해서 고통스러운 작업을 계속하지만 그러한 작품을 남긴 경우는 그렇게 많지 않다. 어떤 작가는 그러한 작업 자체가 너무나 고통스러워서 도중에 절필을 선언했다가 창조적인 에너지가 축적되면 다시 집필하는 경우도 있고, 어떤 작가는 자신이 어느 시기까지 쓴 작품을 능가하는 작품을 쓰지 못한다고 판단하여 더 이상 작품 활동을 못하는 경우도 있고, 어떤 작가는 끊임없이 작품을 쓰면서도 단 한 편의 걸작을 남기지 못한 경우도 있으며, 어떤 작가는 한 편의 작품에 혼신의 힘을 기울여 거기에 자신의 생명을 바친 경우도 있다. 어떤 것이 가장 바람직한 작가의 모습이라고 말할 수는 없겠지만 목숨을 걸고 자신의 작품을 완성하고자 하는 야심과 재능을 갖춘 작가에게서 숭고한 정신이 들어 있는 작품이 나온다는 것은 알 수 있다. 실제로 세계의 문학사나 한국의 문학사에서 마지막 작품에 자신의 혼신의 힘을 발휘하고 작품의 완간과 함께 세상을 떠난 작가를 발견하는 것은 어려운 일이 아니다.

그러한 일은 과거의 역사 속에서나 있을 수 있는 일이라고 생각해 왔으나 『혼불』의 작가 최명희의 갑작스러운 죽음은 그것이 현실에서도 일어난다는 것을 확인시켜줌으로써 독자들을 안타깝게 만들었다. 만 17년 동안 오직 한 작품에 매달려서 청춘의 모든 힘을 기울여 완성한 『혼불』이 완간된 지 1년 반 만에 작가는 우리 곁을 떠났다. 그의 죽음이 많은 사람에게 감동과 슬픔을 준 이유는 그가 쓴 작품이 그의 작가적 재능이나 정신에서 남다른 면모를 확인시켜주었기 때문이며, 그가 그 작품의 마지막 부분을 집필하고 있을 때 육체의 병마와도 싸워야 하는 이중의 고통에 시달리고 있었기 때문이며, 그럼에도 불구하고 자신의 마지막 작품이 될 『혼불』을 훌륭하게 마무리 지을 수 있는 정신력을 보여주었기 때문이다. 문학에 자신의 생명을 바쳤다고 하는 것은 이런 경우를 두고 하는 말일 것이다. 자신의 죽음을 예견하면서 써오던 작품을 완성한다는 것은 인간은 누구나 죽지만 작품을 통해서 그 죽음을 극복할 수 있다는, 다시 말해서 작품을 통해서 영원히 살 수 있다는 확고한 문학관이 없다면 불가능한 일이다. 평범한 사람에게는 자신의 죽음 다음에는 아무것도 없다는 인식이 지배하는 반면에 비범한 사람에게는 자신의 죽음 자체가 하나의 새로운 시작이라는 인식이 자리 잡고 있다. 우리가 덧없는 일상생활에 갇혀 살면서 죽음의 그림자가 우리를 끊임없이 위협하고 있다는 것을 의식하는 것이 하나의 깨달음이라면, 매일매일 죽음의 위협에 대항해서 영원히 사는 방법이 곧 그 죽음의 순간들을 의식화시키는 글쓰기임을 알고 문학을 선택하는 것은 또 하나의 깨달음이다. 그는 『혼불』을 완성함으로써 이 두 가지 깨달음을 실천한 작가이다. 그는 가정이라는 일상적인 공간을 마련하지도 아니 하고 자신의 작은 기쁨이 될 만한 인간관계를 멀리하면서 오로지 하나의 작품에 매달려서 자신의 청춘을 바칠 수 있는 문학적 열정을 지닌 작가이다. 그는 쉽게 작가적 명성을 얻기 위해 여러 가지 주제를 실험하는 작가도 아니고 대중적 인기를 얻기 위해 글쓰기 이외의 일에 기웃거리는 작가도 아니며 오로지 하나의 작품 『혼불』을 쓰는 데만 17년을 소비한 외곬의 작가이다. 그는 산다는 것이 죽음을 향한 전진이라는 것을 알고 그 불가역의 원리를 바꿔놓을 수 있는 것이 문학이라는 것을 고집스럽게 입증하고자 하나의 작품에 매달린 것이다. 그 결과 그는 우리 곁을 떠나버렸고 우리에게 남아 있는 것은 『혼불』이라는 작품뿐이다.

2

『혼불』이 작가의 몸 전체로 쓴 작품이라는 것은 그것이 작가의 생명을 앗아간 작품이라는 이유 때문만은 아니다. 그것은 이 작품이 그의 불같은 열정과 신들린 것 같은 언어와 처절한 삶의 이야기로 만들어진 작품이라는 사실에 근거를 두고 있다. 이 작품의 첫머리를 읽으면 10여 페이지에 달하는 부분이 전통적인 혼인 예식 장면을 묘사하고 있다는 것을 알 수 있다. 여기에는 신랑 신부라는 표현만 나올 뿐, 신랑이 누구이고 신부가 누구인지 이름이 거론되지 않는다. 고유명사를 부여하지 않은 신랑 신부는 그들이 누구이든, 보편성을 띤 인물임을 암시하고 있다. 물론 보편성을 띠었다고 하는 것은 그들의 가문이 당대 사회에서 차지하고 있는 범위 안에서 일컫는 말이다. 양가 모두 한쪽은 '대실'에서, 다른 한쪽은 '매안'에서 그 지방을 대표하는 지주로서 많은 소작인을 두고 사는 족보 있는 양반이다. 제2장에서야 그 두 주인공은 '이강모'와 '허효원'이라는 이름을 가지고 등장하지만, 제1장의 혼인 예식은 전통적인 혼인이 어떻게 거행되는지 알아볼 수 있도록 자세하게 보여주고 있다. 또 '청암 부인'이 세상을 떠나 장사 지내는 이야기는 제3권을 거의 차지할 정도로 길게 다루어지고 있다.

이처럼 자세하게 보여준다고 하는 것은 이야기의 속도가 대단히 느리다는 것을 의미한다. 이야기의 속도가 느리다는 것은 이야기가 단선적으로 진행되는 것이 아니라 여러 사람의 과거와 현재를 왕복하며 복선적으로 진행된다는 것이다. 혼인 예식의 풍속과 마을 사람들의 모습과 사돈 관계를 맺는 양가의 위상을 전달하는 서술 방식이 때로는 직접화법을 통해서, 때로는 간접화법을 통해서, 때로는 묘사적 기법을 통해서 이루어지고 있다. 그렇기 때문에 이 작품에서 화자가 누구인지 알기란 어렵다. 모든 전지적 시점을 가진 3인칭 소설에서 그렇게 나타나기는 하지만 이 소설에서는 특히 그러한 현상이 두드러져 누구의 시점인지 보이지 않다가 그다음에 나오는 작중인물을 보면 그의 시점이라는 것을 알게 된다. 그것은 작가가 개개의 인물에 너무 많은 애착을 갖고 그에게 성격을 뚜렷하게 부여하고자 한다는 것을 말해준다. 이 작품에는 '덕석말이'와 같은 유교적 공동체의 징벌 방법이 나오고, 정월 대보름에 '달'을 보는 풍속이 개인의 삶과 연관되어 전해지고, 개인에게 닥쳐올 액운을 방지하기 위한 방법으로 '액막이 연'을 띄워보내는 풍속이 나타나고, 정월 보름에 달집을 태울 때 여자들이 다리〔橋〕를 밟아야 다리〔脚〕가 아프지 않는다는 이유로 답교(踏橋)놀이를 하는 모습을 보여준다. 마치 세시 풍속을 한눈에 보는 듯하지만 그것이 구체적인 인물을 통해서 나타나기 때문에 당대의 현실성을 뚜렷하게 보여준다. 특히 양반과 상인 사이의 관계는 그 모든 법도와 풍속을 통해서 분명하게 구별되어 나타난다.

그들의 삶의 무대인 남원이나 간도를 이야기할 때는 그 지역의 몇 백, 몇천 년 역사적인 내력에서부터 당대의 현실까지 모두 기록하고 있어서 때로는 한 편의 소설을 읽고 있는 것이 아니라 자료집을 읽고 있다는 생각마저 갖게 한다. 만주에 간 '부서방' 일가가 강모를 만났을 때에는 나라를 빼앗기고 조국에서 먹을 것을 찾지 못한 조선족들이 이국땅에 가서 얼마나 비참한 삶을 살고 있는지 그 참담한 모습을 생생하게 그리고 있다. 그 경우 주인공의 상상력이나 지식을 빌리고 있어서 그런 기록이 소설 속에 용해되기는 하지만 그로 인해서 소설의 속도는 한없이 느려진다. '강호'가 절에 가서 '도환'에게서 '사천왕'에 관한 이야기를 들을 때에는 100여 페이지가 넘게 불교의 교리와 사천왕 이야기를 늘어놓는다. 뿐만 아니라 「어느 봄날의 꽃놀이, 화전가」와 같은 제27장은 20여 페이지에 달하는 한 장 전체가 운문의 형태를 띤 노래의 가사처럼 판소리에서 들을 수 있는 리듬을 지니고 있다. 그래서 이 작품을 읽는 독자는 때로는 느린 걸음으로 산보를 하는 것처럼 단어 하나하나를 음미하며 읽어야 하기도 하고, 때로는 경쾌한 리듬을 따라 즐거운 속도감을 누리며 읽어야 하기도 하고, 때로는 질풍노도와 같이 쏟아지는 이야기를 소화하며 읽어야 한다. 그렇지만 이 소설의 주조음은 깊은 슬픔과 뼈에 사무치는 한을 바탕으로 하고 있다. 말 한마디마다 작가의 모든 것을 걸고 있는 것 같은 그의 문장은 말의 힘을 최대한 복원시키고자 하는 언어의 절대 경지를 지향하고 있다. 그런 점에서 최명희는 근래에 보기 드문 뛰어난 문장가라고 할 수 있다.

3

『혼불』은 3대의 여성을 중심으로 한 매안 이씨 가문의 이야기이다. 한 가문의 흥망성쇠가 탄생과 결혼과 죽음이라는 개인의 의식과 그 가문을 둘러싸고 있는 이웃들과의 관계에 의해서 이루어진다면 이 작품도 바로 그러한 과정을 통해서 구축되고 있다. 이 작품의 서두에 등장하는 장면은 '효원'과 '강모'의 혼인 예식이다. 그것은 이 작품이 잔치에서 출발하고 있음을 말한다. 사람이 모여 사는 집단의 생활에서 한 집안과 다른 집안을 맺어주는 것이 바로 혼인이라면 그 혼인 잔치는 두 집안의 축제일 뿐만 아니라 마을 전체의 축제다. 그렇기 때문에 거기에는 설렘과 즐거움이 있게 마련이고 모두 그 축제에 참여할 준비가 되어 있게 마련이다. 그러나 그 즐거운 잔치 분위기 속에 무엇인지 괴로운 것이 끼어들게 된다.

> 가슴에서 쥐가 나는 것 같았다. 한쪽이 저르르 저리기 시작하더니 그만 감각이 없어지는데, 주먹을 쥔 손이 힘없이 풀려버린다. 손가락

끄트머리가 차게 식으며 저희끼리 선뜻하게 부딪친다.

효원은 그럴수록 숨을 가슴 위로 끌어올린다. 그리고 목에 힘을 모으고 턱을 안쪽으로 당겨 붙였다.

온몸의 감각은 이미 제 것이 아니었다. 금방이라도 몸의 마디마디를 죄고 있는 띠들이 터져나갈 것만 같다.

그렇지만 효원은 꼼짝도 하지 않고 기어이 견디어내고 있다. 그대로 앉아서 죽어버리기라도 할 태세다. 그네는 파랗게 질린 채 떨고 있었다. 그만큼 분한 심정에 사무쳤던 것이다.

손가락 하나도 움직이지 않으리라.

내 이 자리에서 칵 고꾸라져 죽으리라. 네가 나를 어찌 보고……

첫날밤에 신부가 신랑에게 한을 품게 되는 이 장면에서 볼 수 있는 것처럼 두 사람의 결혼 생활이 순탄한 미래를 예고하지 않는다는 것을 알 수 있다. 실제로 신랑인 '강모'는 그날 밤에 자신이 어려서부터 함께 자라온 '강실'의 꿈을 꾸고 '상피(相避)' 붙은 죄로 '덕석말이'를 당하는 악몽을 꾼다. 그것은 두 사람에게뿐만 아니라 가문과 마을 전체에 불길한 징조로 작용하게 된다. '강모'는 결혼 후에도 효원과 원만한 부부 생활을 하지 못하고, '강실'에 대한 그리움을 떨쳐버리지 못하고 그녀를 범함으로써 근친상간이라는 비극의 문턱을 넘어선다. 부인인 효원과의 사이에는 하룻밤의 충동적인 행동으로 '철재'라는 아들을 낳았을 뿐 공부를 한다는 구실로 별거 생활을 하고, 종갓집 종손으로서 '도련님' 노릇을 하며, 학교를 다니면서 '황국 신민의 서'와 같은 식민지 백성의 오욕을 견디어내야 하는 '우울한 시대'의 불행한 자아를 인식한 그는 졸업 후에 공무원 생활을 하면서 '오유키'라는 화류계 여자와 동거 생활을 한다. 그는 사촌인 '강태'와 함께 식민지 현실을 벗어나기 위해 만주로 떠남으로써 소설의 전면에서 사라진 다음, 작품의 마지막 권에 가서야 만주에서 독서회를 조직하며 유랑민의 생활을 하는 것으로 다시 등장한다. 그러니까 그는 이 작품의 주인공이면서도 실질적으로는 보조적인 인물로 나타난다. 왜냐하면 그는 만주로 떠난 다음에는 현장에 없는 풍문으로만 존재하는 인물이기 때문이다. 그가 집안에서 가장 비난의 대상이 된 것은 그의 할머니 '청암 부인'의 장례에 참석하지 못한 불효에 대한 것이다. 청암 부인의 별세 소식을 알지 못해서 장례에 불참했다는 사실은 그의 불효에 대한 비난의 이유는 되지만 다른 사람에게 피해를 주는 것은 아니다. 그의 부재가 한 개인에게 결정적인 비극으로 작용하는 것은 '강실'의 경우이다. 물론 여기에서 문제가 되는 것은 단순히 그의 부재가 아니라 그가 저지르고 떠난 근친상간이다. '강실'과의 관계는 결과적으로 근친상간이라는 도덕적인 판단으로 단죄의 대상이 되지만 '매안'을 떠나기 전의 강모에게는 너무나 절실한 현실이다. 그는 '강실'의 생각만 하면 '아아'라는 신음소리가 저절로 나올 만큼 아픔을 느낀다. "강모는 가슴의 핏줄을 갬치먹인 실로 베이게 동여매는 것 같은, 이상한 아픔을 느꼈다" "가슴을 오그렸다" "막힌 핏줄이 펄떡펄떡 뛰는 소리가 자기 귀에도 역력히 들렸다"로 표현되는 그의 아픔은 삶의 비극적인 운명의 표현이라고밖에 말할 수 없다. 그 아픔으로 인해서 그는 얼마나 많은 밤을 잠 못 이루며 지새웠는지 헤아릴 수 없다. 그가 그 아픔에서 벗어나기 위해 '강실'의 몸을 범함으로써 그 그리움에서, 그 아픔에서 벗어날 수 있었지만 그것이 '강실'에게는 돌이킬 수 없는 비극적인 운명을 살게 한다.

4

『혼불』은 매안 이씨 집안의 '이기채'가 동복 형제인 기표·기응과 함께 '원뜸'의 집안을 이끌고 가는 이야기로 읽기 쉽다. 왜냐하면 '청암 부인'의 타계 이후 그가 그 집안의 실질적인 어른으로서 대소사를 관장하고 거기에 속해 있는 노비와 작인 들을 다스리고 있기 때문이다. 실제로 '청암 부인' 장례를 지휘하고 주간한 것도 그이지만, '청암 부인' 묘소 도굴 사건을 규명하기 위해 '춘복'이와 무당들에게 '덕석말이'를 시킬 때 이를 명령한 것도 그이다. 그는 동생인 기표나 기응이를 시켜 집안일을 분담시키고 '문장'인 '헌의'와 함께 '문중(門中)' 일을 주관하며 집안의 재산을 관리한다. 집안에서는 아무도 그의 말을 거역할 사람이 없다.

그러나 좀더 깊이 있게 읽는다면 이 작품 전체를 지배하고 있는 인물들은 매안 이씨 가문의 여자들이라는 것을 알 수 있다. 우선 이씨 가문을 몇천 석 하는 지주로 만든 것은 '청암 부인'이다. 열아홉 살에 시집와서 신행도 오기 전에 남편을 잃은 그녀는 "서릿발 같은 기상"으로 "이씨 문중에서만 어른인 것이 아니"라 "이 남원 군내에서는 그 이름이 울리지 않은 데가 없으니" "일찍이 소년의 나이에 청상으로 홀로 되셔서 오늘날을 이루기까지 그 양반의 고초가 어떠했는가는 더 말할 것도 없고, 그 어른의 의지가 대단한 것"이다. '청암 부인'의 며느리 '율촌댁'은 서릿발 같은 기상의 시어머니와 남편 '기채'의 "놋재떨이 같은 강단에 짓눌려" 자신을 드러내지 않는 성격이지만, 자신의 며느리 '효원'에게는 무서운 시어머니 노릇을 한다. 손자며느리 '효원'은 시아버지인 이기채에게 신임을 얻어 "내 어찌 너를 모르랴"라는 말을 듣게 되고 "바깥일에 아직은 내가 있으니, 너는 위로 어른 모시고 아래로 사람 부리는 일에 빈틈없게 해라. 이제 차츰 내 아는 일을 너한테도 가르쳐줄 것이다만 너도 모르는 것 궁금한 것 있으면 언제든지 묻도록 해라"라는 권고를 받는다. 그것은 손자며느리인 '효원'이 '청암 부인'의 역할을 하게 된다는 것을 뚜렷하게 보여준다. 실제로 어느 순간에 가면, '효원'은 시아버지에게 "네가 내게 의지가 된다"는 고백을 듣기까지 한다. '효원'은 사촌 시누이 '강실'이가 혼인도 하지 않은 처녀로서 하인인 '춘복'의 아이를 가진 사실로 집안이 뒤집혔을 때도 그녀를 멀리 보내는 일을 아무도 몰래 처리하기까지 한다. 비록 그 일은 '옹구네'에게 들켜서 실패로 돌아가지만, 그녀의 대담한 기백이나 침착한 판단력은 할머니 '청암 부인'의 그것에 견줄 만한 것이다. 그녀는 자신의 남편인 '강모'가 '강실'과 어떤 관계에 있었는지도 알고 있고, '오유키'와 함께 만주에서 살고 있다는 것도 알고 있다. 그럼에도 불구하고 그녀는 자신의 개인적인 감정보다는 가문을 살리기 위해 지혜와 용기를 발휘하고 '청암 부인'의 역할을 떠맡는다.

이처럼 흔들리는 가문의 자존심을 살리고 재산을 일구는 '청암 부인'과 '효원'은 유교적인 가부장 제도의 가정에서 아버지가 부재할 때 그 역할을 대신하는 여성상을 구현하고 있다. '집안이 흥하려면 들어오는 식구가 중요하다'는 전통적인 가족관에서 그들의 역할은 부재하는 아버지 혹은 남편을 대신하는 것이다. 청상에 과부가 되어 남편 없는 집안을 일으켜서 막강한 지주의 권력을 행사한 '청암 부인'이나, 시집온 첫날부터 남편에게 사랑을 받지 못하고 객지에서 유랑 생활을 하는 남편을 둔 '효원'은 그들에게 주어진 임무를 충실하게 수행하는 인물들이다. 우리 사회가 유교적인 남성 중심의 이데올로기 지배를 받으면서도 남자가 부재하는 가정에서 여자로 하여금 부재하는 남자의 역할을 하게 하는 것은 어쩌면 가정을 지키는 것이 남성 중심의 이데올로기보다 우선한다는 데 기인할지도 모른다. '효원'이 시어머니인 '율촌댁'에게 미움을 받고 꾸지람을 듣는 것은 그녀가 남성과 같은 큰 몸집을 가지고 있고 완강한 자기주장을 굽히지 않는 성질을 가지고 있기 때문이다. 물론 이들이 그런 역할 수행하는 데 인간적인 어려움이 없었던 것은 아니다. 이 인물들이 살아서 감동을 주는 것은 그들이 구체적인 현실 속에서 온갖 시련과 좌절을 겪으면서 그 하나하나를 이겨나가기 때문이다.

이 작품에서 또 하나의 주인공을 든다면 그것은 '강실'이다. 매안 이씨 집안의 딸로서 소심하고 부끄럼을 잘 타며 미모를 갖춘 여성적인 인물인 그녀는 사촌 오라비 '강모'와의 금지된 사랑을 물리치지 못하고 받아들임으로써 돌이킬 수 없는 비극적인 운명을 살게 된다. '강모'가 떠남으로써 '효원'이 자립의 길을 찾아냈다면, '강실'은 그리움의 병에서 벗어나지 못한다. 그 누구에게도 자신의 아픔을 고백하지 못하는 그녀는 자신을 통해서 신분의 상승을 노리는 '춘복'에게 몸을 허락하고 임신을 한다. 그녀의 임신을 가문의 치욕으로 생각한 '효원'은 그녀를 남몰래 도피시키려 하지만, 그녀는 온갖 수모를 겪으면서 '옹구네'에게 납치된다.

'강실'을 납치한 '옹구네'는 이 작품에 활력을 불어넣는 보조적인 인물로 보이지만, 실제로는 매안 이씨 가문에 대항하는 계급을 대표하는 인물이다. 상민에 속하는 그녀는 가난하여 매안 이씨 집안의 농사를 거들어서 먹고사는 처지에 있지만 마을의 온갖 소문의 진원지 노릇을 하는 욕심 많고 교활하고 바람기 많은 여자다. 그녀는 젊은 남자인 '춘복'을 유혹해서 자신의 애욕을 채우고 다른 사람의 잘못을 파고들어 이득을 취한다. 그녀는 '춘복'이가 덕석말이로 초주검이 된 것을 기회로 삼아 간호를 함으로써 자신의 남자로 삼고 '강실'이 야반에 도피하는 것을 알고 이를 납치하여 세 가지 이득을 취하고자 한다. 하나는 '춘복'이를 붙들어놓는 구실로 삼고자 하는 것이고, 다른 하나는 '강실'에게서 금전상의 이득을 취하고자 하는 것이고, 마지막으로는 '강실'이 '춘복'의 아이를 낳게 함으로써 양반인 매안 이씨 집안을 망신시키고자 하는 것이다. 이미 매안 이씨 집안의 '강호'가 '이기채'에게 노비들을 속량해줄 것을 제안하고 있는 것처럼 이 작품은 기존의 반상구별이 무너진 것과 때를 같이해서 상민들이 양반의 횡포에서 벗어나고자 하는 사회적 분위기를 반영하고 있다. 그녀의 입담이나 재치나 온갖 욕심은 서슬이 퍼런 양반의 위세에 흠집을 내고 있다. 뿐만 아니라 삶의 밑바닥에서 이루어지는 온갖 음모는 그들에게 생존의 한 전략으로 나타난다. 그래서 그 삶의 드라마는 거칠지만 인간이 가지고 있는 원초적인 세계를 엿보게 한다.

5

이 작품에서 '혼불'에 관한 이야기가 나오는 것은 '청암 부인'이 세상을 뜰 때이다.

> 청암 부인의 혼불이었다.
>
> 어두운 반공중에 우뚝한 용마루 근처에서 그 혼불은 잠시 멈칫하더니 이윽고 혀를 차듯 한번 출렁 하고는 너훌너훌 들판 쪽으로 날아갔다.
>
> 서늘하게 눈부신 불덩어리가 날아가는 모습을 보며 인월댁은 하늘

을 향하여 두 손을 모은다.

삭막한 거울의 밤하늘이 에이게 푸르다.

사람의 육신에서 그렇게 혼불이 나가면 바로 사흘 안에, 아니면 오래가야 석 달 안에 초상이 난다고 사람들은 말하였다. 그러니 불이 나가고도 석 달까지는 살 수 있다는 말이기도 했다. 하지만 석 달을 더 넘길 수는 없다는 말이기도 하였다. 그런데 참으로 알 수 없는 일은 그 말이 영락없이 맞아떨어진다는 점이었다.

운명하기 전에, 저와 더불어 살던 집이라고 할 육신을 가볍게 내버리고 훌연히 떠오르는 혼불은, 다른 사람들의 눈에도 선히 보이는 것이었다.

그것도 남자와 여자는 그 모양이 다르다. 남자의 것은 길게 꼬리가 있고 여자의 것은 둥글다. 어쩌면 남자의 불이 좀더 크다고 하던가.

비명(非命)에 횡사를 한 원통한 사람의 넋은, 미처 몸속에서 빠져나가지 못한 채 거리 중천에서 방황하게 된다.

그래서 혼불도 흩어져버린다.

하지만 제 목숨을 다 채우고 고종명(考終命)하여, 제 명대로 살다가 편안히 가는 사람의 혼불은, 그처럼 미리 나가 들판 너머로 강 건너로 어디 더 먼 산 너머로 날아간다.

민간설화에서 나오는 '혼불'이란 살아 있는 생명을 지탱해주는 것으로서 죽음을 앞에 두고 육신에서 빠져나와 저세상으로 날아가는 것이다. 자신이 살아 있을 때 해야 할 일을 다한 혼불은 크고 뚜렷하다고 한다. 이 작품에서 '청암 부인'은 단순히 매안 이씨 가문의 일만을 완수한 것이 아니라 그 마을에 저수지도 만들고 배고픈 사람에게 곡식을 나누어 주고 도둑질하러 들어온 사람에게 곡식을 짊어지고 가게 하는 등 그가 할 수 있는 모든 일을 한 사람이다. 그래서 유난히 크고 뚜렷한 '혼불'이 '푸른 불덩어리'가 되어 날아간 것이다. 따라서 '혼불'이란 그 사람의 삶의 완성을 의미한다.

작가 최명희는 작품 『혼불』을 완성하기 위해 자신의 몸 전체를 던졌다. 이 작품 속에서 그는 감추어진 우리말을 찾아내서 구슬을 꿰듯이 엮어놓았다. 그는 남들이 쓰고 있는 언어만을 사용한 것이 아니라 쓰지 않는 언어를 찾아내서 보물처럼 닦아놓았고, 잊힌 풍속들을 발굴하여 새로운 삶의 결을 만들어주었다. 이 작품의 완성을 통해 어쩌면 작가는 자신의 삶의 완성을 꿈꾸었는지도 모른다. 하나의 작품을 필생의 역작으로 만들고자 한 작가의 정신은 너무나 감동적이지만, 이 작품으로 자신의 삶을 완성하고자 했다면 그것은 우리에게 너무나 큰 아쉬움이고 손실이다. 자신의 혼불로서 이 작품을 우리에게 남긴 작가의 명복을 빈다. 그는 우리에게 두 개의 혼불—작품으로서의 혼불과 작가정신으로서의 혼불—을 남겼다. 〔1999〕

역사의 몸살, 소설의 무게
—이원규의 『천사의 날개』

이원규의 소설은 근래에 보기 드문 무게가 실려 있는 작품이다. 소설에 무게가 실려 있다는 것은 어떻게 보면 그 소설의 단점으로 지적될 만큼 부정적일 수 있지만 이원규 소설의 그것은 소설의 소설다움을 느끼게 하는 무게다. 최근에 너무나 가벼운 소설들을 읽으면서 한국 소설의 위기 같은 것을 느끼고 있는 사람에게 그의 소설의 무게는 아직도 이러한 작가가 있었구나라는 탄성을 지르게 만든다. 그 탄성은 소설의 위기의식을 불식시킬 수 있는 가능성 때문이며 참을 수 없이 가벼워져가는 소설에 대한 가장 강력한 저지선일 수 있기 때문이다. 그의 소설은 1960년대식 소설 문법에 비교적 충실하면서도 오늘날의 삶에 대한 깊이 있는 관찰을 가능하게 한다는 점에서 무게를 지닌 것으로 보인다. 최근의 소설들이 지금-여기에서의 삶의 양상을 너무나 중요시하는 나머지 그것의 감각적인 표현의 발견에 지나치게 급급해 있는 반면에, 그의 소설은 그러한 현상의 역사적인 뿌리에 해당하는 것을 제시하고 있다. 이러한 소설적 특징을 제일 적나라하게 보여주는 것이 우선은 그의 소설의 작중인물, 특히 주인공이다.

그의 소설의 주인공은 대부분 이 사회에서 자리를 잡은 사람이거나 아니면 최근의 역사에서 온갖 부도덕한 체험을 하고 이제 이 세계를 떠나는 사람이다. 가령 「까치산의 왕벌」의 화자는 대학교수로서 어렸을 때의 가난과 전쟁의 추억을 지니고 있다. 그의 회고에 의할 것 같으면 미군 전용 하역 부두에서 노동을 하던 아버지는 아들의 납부금 때문에 어쩔 수 없이 미군 물건을 훔쳐낸다. 그는 가난 때문에 자신이 어쩔 수 없이 미군 부대의 물건을 훔쳐내기는 하지만 군에서 제대한 동생이 좋은 직장을 잡아서 떳떳한 생활을 하기를 바란다. 그의 동생이면서 화자의 삼촌인 윤진근은 미군이 주둔하고 있는 까치산 주변에서 동네의 불량배들과 어울리지 않고 사는 방법을 모색하지만 실패하고, 미군 부대의 물건을 털어내는 일에 뛰어든다. 화자의 친구인 수옥은 어린 나이에 자신의 집 주위에 사는 사람들을 통해서 온갖 비리와 부조리를 보면서 성장한다. 화자는 지금은 "대학교수라는 풍파 없는 자리에 있으면서도" 험난한 세계 속에서 살아온 과거를 가지고 있다. 그는 '인천에서' 굴지의 부호가 되어 있는 삼촌 '윤진근'의 화갑연에서 이러한 회고를 하고 있다. 그것은 어쩌면 6·25를 소재로 한 소설에서 흔히 볼 수 있는 전형적인 기법 가운데 하나이지만 이 소설의 서술은 지나친 과장도 없고 쓸데없는 감정의 이입도 없이 담담하게 이루어진다. 어려운 시절을 어렵게 산 사람의 성장소설에 해당되는 이 작품에서 주목할 수 있는 것은 주인공과 그의 삼촌이 살아온 과거의 감추어진 부분이 오늘의 성공으로 미화된 것도 아니고 그들의 본성이 이중적으로 구조화되어 있는 것도 아니다. 그것이 그저 사실의 서술과 같은 차원에서 이루어져 있기 때문에 아무런 사건도 일어나지 않은 것처럼 생각될 정도이다. 그러나 이 작품은 우리가 까마득하게 잊고 있던 과거의 사진첩을 무심결에 펼쳤을 때 느낄 수 있는 감회를 갖게 만든다. 그 감회는 감추고자 했던 것의 드러남에 의한 당혹감도 아니고 과거에 대한 부끄러운 느낌도 아니다. 그것은 자기 자신과 삼촌의 미화될 수 있는 오늘이 얼마나 어렵고 추악한 과거를 토대로 하고 있는가 하는 사실에 대한 정직한 인정이다. 그것은 어린 시절의 온갖 부도덕성을 누구의 책임으로 돌리지 않고 자신의 삶의 일부로 껴안는 태도이다. 특히 삼촌이 '벌떼'들과 어울려 그 우두머리가 되고 제니라는 이름으로 미군에게 몸을 파는 '이순희'를 이용하여 돈을 버는 과정을 그 이전의 과정과 대비시켜 파악하고 있는 것은, 어느 쪽을 미화시키거나 합리화시키기 위한 것이 아니라 그 두 상황의 존재를 그대로 인정하고자 하는 정직한 현실 인식에 바탕을 두고 있기 때문이다. 그는 오늘의 자신의 자리가 무수한 빈민들의 불운을 딛고 얻어진 것과 마찬가지로 삼촌의 부가 '제니'를 비롯한 많은 사람들의 희생을 토대로 축적된 것임을 인정한다. 그것은 마치 오늘의 우리 사회 전체의 부도 수많은 이름 없는 사람들의 희생과 죽음을 바탕으로 이룩된 것임을 상징적으로 파악하게 만든다.

「무너지는 바다」의 주인공 박성구 선장은 6·25 직후 월남해서 「까치산 왕벌」의 주인공과 마찬가지로 "미군 부대의 식당 찌꺼기를 모아 끓인 꿀꿀이죽으로 연명"한 가난을 체험한 사람으로서, 30여 년간의 어부 생활을 해온 '이포' 앞바다가 '서해화학'에 의해 매립되어 생활

터전을 잃게 될 위기에 처하자 어민들과 함께 이를 저지하려다 실패하여 죽는다. 150만 평의 매립지를 만들기 위해 이포항의 아리랑 수로를 막는다는 것은 그들에게 이포항을 없앤다는 것과 마찬가지다. 그가 이포의 선착장을 만드는 데 온갖 노력을 기울인 것이나 거기에서 고기를 잡아 생활해온 것은 그에게 이포가 생명과 같은 의미를 지니는 이유이다. 그러나 대기업이 관청과 결탁해서 엄청난 특혜와 이익을 거두고자 하는 데 대해서 힘없는 어민들이 반대하고 나선다고 해서 성공을 거둘 수 있는 일이 아니다. 그런 점에서 이 작품도 수많은 농촌소설들이나 노동소설들과 궤를 같이하는 작품이다. 그렇기 때문에 여기에는 동료들, 혹은 동지들 가운데 배반자가 있게 마련이고, 그래서 그들은 성공을 거둔 반면에 선량한 어민들은 패배한 삶을 살 수밖에 없다. 그러니까 재벌은 나쁘고 어민들은 선량하다든가, 부자는 모두 악한이고 서민은 착한 사람이라는 도식에서 볼 때 이 작품은 판에 박은 작품처럼 읽힐 수 있다. 그러나 이 작품에서 중요한 것은 그가 전쟁의 상처를 안고 이포항에 정착하기까지의 과정이며 그가 정착한 그 어항을 지키려다가 죽음을 선택할 수밖에 없는 삶의 아이러니다. 그에게 아리랑 항로는 생명의 항로인 데 반하여 새로운 항로는 죽음의 항로이다. 그가 서해화학에서 만들어놓은 항로를 가리켜 공장의 폐수를 버리는 하수구로 부른 것은 그런 의미를 지닌다. 자연이나 생태계의 변화는 전혀 고려하지 않고 눈앞의 이익을 위해 수많은 어민들의 삶의 터전을 빼앗아가는 재벌과 관리와 정치가의 결탁은 단순히 고발의 차원이 아니라 우리 사회에 상존하고 있는 구조적 부조리의 표본처럼 보인다. 그러한 가운데서도 주인공이 황혼의 바다를 감상하는 장면이나 아들과 함께 산보하는 장면은 생명에 대한 외경 같은 것을 느끼게 한다. 그러한 주인공이 죽는다는 것은 우리가 살고 있는 사회가 가지고 있는 추문이 아닐 수 없다. 이 역설적인 운명이 농촌이든 어촌이든 우리 전통 사회의 와해를 딛고 산업사회가 도래할 수 있었음을 이 작품은 이야기한다. 그것은 「까치산의 왕벌」의 윤진근이 제니와 같은 무수한 빈민들의 희생을 딛고 부를 축적한 것과 다를 바 없다.

이 「무너지는 바다」라는 작품과 연작의 형식으로 씌어졌으면서도 훨씬 더 깊이 있는 감동을 느끼게 하는 작품이 「포구의 달빛」이다. 이 작품도 이포 앞바다의 매립을 중심으로 이포 어민과 서해화학의 대립 양상을 그리고 있다는 점에서 앞의 작품의 연장선상에 있다. 다시 말하면 박성구 선장의 죽음 이후의 이야기로 공사를 중단하겠다는 약속을 하고도 공사를 강행하는 대기업과 이를 저지하려는 어민들 사이의 싸움은 관권을 업고 있는 대기업의 승리로 끝난다. 더구나 언론마저 어민들을 외면해버린 상황에서는 그들의 생존의 싸움은 외로운 싸움일 수밖에 없다. 그 싸움은 이포의 선착장을 만든 제1세대인 우용근 선장의 죽음을 가져오지만 실패로 끝난다. 그러나 이 작품에서 표면적으로 달라진 것은 어민들의 대표가 제1세대에서 제2세대로 넘어갔다는 것이고 그들이 벌이는 매립 저지 운동의 방법이 훨씬 더 조직화되었다는 사실이다. 어민 회의의 결과가 즉시 서해화학 측에 넘어가는 것을 알고 그들은 저지 운동의 조직을 점조직의 형식으로 바꾼다. 그러나 돈과 권력을 가진 서해화학 측은 어민들의 대응 방법보다 훨씬 더 조직적이다. 그들은 어민 대표 가운데 한 사람을 매수하여 비밀 회의 결과를 즉시 알아내고 어민들의 단체 행동에 반대하는 소수 세력을 만들어 어민들의 힘을 분열시킨다.

어민들은 처음부터 이길 수 있는 싸움을 벌인 것이 아니라 불가능한 싸움을 벌인 셈이다. 그런 점에서 이 작품도 결과가 예측되는 측면을 가지고 있다. 하지만 여기에서 중요한 것은 그 불가능한 싸움에서 나타나는 어민 대표 이형준 선장과 그의 단짝 친구인 김문호 선장 사이의 관계의 드라마다. 월남할 때부터 아버지를 따라 함께 내려온 두 사람은 30여 년을 함께 살아온 깊은 우정을 갖고 있다. 하지만 매립 저지 문제에 있어서 서로 의견을 달리한 것이 원인이 되어 두 사람의 우정은 위기에 처한다. 어민 대표에 뽑힌 이형준 선장은 김문호 선장에게 총무를 부탁했다가 거절당하고, 출어하지 않기로 한 어민 회의의 결의를 어기고 몇몇 선장과 함께 바다로 나간 친구에게 배신감을 느끼고, 자신이 설치해놓은 어망에 손을 댄 친구에게 분노를 느낀다. 싸움의 현장이 그러한 것처럼 급박하게 돌아가는 상황 속에서 오해의 여지가 있는 김문호 선장의 행동은 철저하게 매도된다. 그러나 오해의 출발은 그가 매립 저지 운동 자체를 불가능한 싸움으로 보고 거기에 적극적으로 가담하지 않은 데서 비롯된다. 그러한 분위기 속에서는 다수의 전횡이 소수 의견을 용납하지 않는 전제적 사고 때문에 개인의 진실이 외면당한다. 작가는 여기에서 어민들과 대기업의 싸움을 도식적으로 보고하고 있는 것이 아니라 그 속에서 고통받고 파괴되어가는 개인의 모습을 감동적으로 제시하고 있다. 끊임없이 흑백논리에 의해 전개된 싸움을 보고한 가벼운 소설들(주제와 분위기의 무거움에도 불구하고 그런 소설들은 얼마나 경박하게 보이는가!)에 비해서 그의 소설이 신선하게 보이는 이유도 여기에 있다.

이 작가가 상황 속에서 고통받는 개인을 진정으로 파헤친 작품은 「천사의 날개」이다. 월남전에 참가했던 파월 정찰대 출신 인물들의 삶과 죽음을 다룬 이 작품은 월남전을 소재로 한 작품 가운데 손에 꼽을 정도로 뛰어난 작품이다. 작품의 서두는 참전 용사들 가운데 우상이었던 '신태민 하사'가 죽었다는 소식을 당시의 종군 목사인 장선목 목사에게서 듣고 그와 함께 신태민의 고향인 김포로 찾아가는 그의 옛 동료 '박광현'의 시점으로 되어 있다. 그는 그 당시 정찰대에 근무했던 모든 사람과 마찬가지로 파월 당시의 기억을 잊고자 한다. 그래서 제대하고 20여 년 가까운 세월 동안 서로 만나지도 않고 소식도 전하지도 않은 채 제각각의 삶을 살아간다. 그렇다면 "그 시절을 모두 잊어버려야 한다는 방어 의식"을 갖게 된 까닭은 어디에 있는가? 그것은 남을 죽이지 않으면 자신이 죽을 수밖에 없는 잔혹한 현실의 기억 때문이다. 그들이 고국에서 받은 공수 특전대의 훈련은 양민과 적을 철저하게 구분할 것을 요구하고 있다. 그러나 신태민 하사가 월남에서 영웅이 된 것은 의심이 가는 모든 사람을 적으로 간주하고 일체의 연민의 감정을 버리고 냉혹한 태도를 견지함으로써 전과를 올린 데서 비롯된다. 그는 놀라운 감각으로 적과 양민을 구별하여 위기에서 동료들을 수없이 구출하고 빛나는 전과를 올린다. 그는 치밀하고 대담하고 용기 있는 정찰 대원으로서 한치의 오차도 없이 맡은 임무를 수행한다. 그가 그렇게 할 수 있었던 것은 그의 타고난 성격이 난폭하고 잔인해서가 아니다. '평범하고 겁 많은' 그가 작전에 임할 때마다 '작은 악마'처럼 용감하고 무자비할 수 있었던 것은 그 순간에는 어떤 생각도 하지 않는 단순한 상태에 빠질 수 있었기 때문이다. 단순한 상태에 빠진다는 그의 원칙은 생존의 본능에 모든 것을 맡기는 동물적인 원칙에 다름 아니다. 그런데 그러한 그가 한 번의 판단 착오로 양민을 죽게 만든다. 그것은 그의 정확한 판단력을 흐리게 했을 뿐만 아니라, 그에게서 행동의 정당성을 빼앗아버린 결과를 초래한다. 그는 자신들이 살아야 하는 절체절명의 위기를 극복하기 위해 아직 생명이 붙어 있는 부상당한 양민들을 사살함으로써 정찰 대원으로서의 자신이 쌓아온 명예를 더럽히고 양민을 죽이지 않는다는 자신의 양심에 먹칠을 하고 만다. 그는 양민을 죽였다는 죄책감에 시달리고 동료들로부터 실수에 대한 비난의 눈초리를 의식하게 된다. 그것은 그로 하여금 정찰의 현장에서 더 이상 치밀하고 용기 있는 날렵한 행동을 하는 것을 방해하고 외출 중 술에 취해서 난동을 부리게 만든다. 그는 판단 착오로 여러 차례 동료들을 위기에 빠지게 하고 마침내 정찰 업무를 하지 못하고 취사 당번으로 파월 기간을 마친다. 그의 판단력이 흐려져서 양민을 죽게 만든 그 사건의 직접적인 원인은 군목의 동행에 있었던 것으로 나타난다. 군목은 전쟁터에서 순간만을 생각하게 하지 않고 내세까지 염두에 두게 만들기 때문에 냉혈의 전사로 행동해야 하는 그에게 판단 착오를 일으키게 만든 것이다. 전장터에서 매 순간 삶과 죽음이 교차하는 상황에 대응하기 위해서는 정신을 집중하고 순간적인 판단에 의해 행동을 해야 함에도 불구하고 다른 생각을 함으로써 집중력이 떨어지고 잡념에 의해 판단력이 흐려진 것이다. 그는 다시 비상한 '작은 악마'에서 소심한 일상인으로 돌아오지만 그로 인해 입은 상처는 그의 의식의 내면에서 그를 괴롭힌다. 민간인을 죽게 한 자신의 잘못으로 인해 깊은 상처를 입은 그의 정신은 그로 하여금 옛 농가에 묻혀 살게 만든다. 그가 죽고 난 다음에 보게 되는 날개 단 사람의 모습은 이 세상에서 더 이상 살고 싶지 않은 그의 심정의 표현이다. 제대 후 그의 고통스러운 생활의 무게가 느껴지는 이 그림을 수없이 그리는 동안 자신의 잘못에도 불구하고 자신들의 생명을 구하기 위해 양민의 목숨을 빼앗은 죄책감에 그가 얼마나 시달렸는지 알 수 있게 한다. 그의 친구이며 화자인 박광현이 그 그림을 불 속에 넣어 태우면서 전쟁 디에서 진 빚 가운데 자신의 몫까지 태운다는 생각을 갖는 것은 그의 빚이 그 시대를 함께 산 우리 모두의 빚임을, 그럼에도 불구하고 우리가 잊어버리고자 한 빚임을 상기시켜준다.

이 작가의 대부분의 주인공들이 편안한 생활을 하고 있음에도 불구하고 그들의 과거는 편안한 것이 아니었다. 그것은 그들의 안락한 현재가 고통스러운 과거를 바탕에 깔고 있다는 것을 의미한다. 「신열」의 주인공인 화자는 재벌의 넷째 아들로서 "아버지 덕분에 군대도 피하고 유학까지 다녀와서 대학 강단에"서 강의를 하고 "45평짜리 아파트"에서 편안한 삶을 살고 있다. 우리 사회에서 특혜를 받은 계층으로 불릴 수 있는 주인공은 아버지 세대로부터 "자유 경제 사회에선 개인의 능력에 따라 차별이 있을 수밖에는 없는 거"라는 교육을 받고 살아오면서, 이북에서 넘어와 맨손으로 출발하여 대건축회사의 경영주가 된 아버지에 대해 존경심을 가지고 있다. 그의 현실 인식은 부유한 가정에서 다복하게 성장한 사람의 그것으로서 자기 부류 이외의 다른 부류에 대한 이해가 부족한 특성을 가지고 있다. 그래서 아버지의 65세 생일의 가족 모임에서 학생 데모는 "반미·반정부·반자본주의"로만 규정되고 군부 통치가 가지고 있는 모순은 전혀 고려되지 않는다. 그러나 그의 이러한 삶에 전환적인 사건이 일어난다. 30여 년의 감옥살이를 하고도 사회안전법에 의해 아직도 자유롭게 살지 못하는 박성국 노인의 출현이 그것이다. 그의 출현으로 인해 그는 박성국 노인과 마찬가지로 몸살을 앓는다. 그의 몸살은 이제까지 그가 보아온 역사와 현실에 대한 새로운 관점을 갖게 한 역사의 몸살이다. 아버지의 베일에 가려졌던 과거가 하나하나 벗겨지고 박성국 노인의 억울한 옥살이의 진실이 알려지자 화자는 그 두 사람 사이의 맺힌 원한을 풀어보려 한다. 다시 말하면 공산 치하에서 민청에 가담했던 것도 이데올로기 때문이 아니라 그들의 목숨을 부지하기 위한 수단이었고, 포로가 된 미군들을 빼돌려 함께 섬을 탈출한 아버지의 행동도 살아남기 위한 방법이었으며, 그로 인해서 친구인 박성국 노인을 끝까지 모른다고 한 아버지의 부인도 그가 이룩한 삶의 보존을 위한 행위였음을 인정하게 된다. 그러나 아버지의 그러한 행동이 할아버지와 할머니의 생명을 빼앗아갔을 뿐만 아니라 박성국 노인의 일생을 옥살이로 보내게 만들었다는 사실을 깨닫는다. 화자는 결국 아버지의 죽음이라는 대가를 치르고 나서 비로소 역사와 현실에 대한 새로운 인식을 갖는다. 그것은 능력이 있으면 잘살고 능력이 없으면 못산다는 아버지의 가르침에서 벗어나서 이 세상에는 억울하게 살며 부당하게 억압을 당하는 능력 있는 사람들이 얼마든지 있다는 사실을 깨닫게 되고 그들에게 눈을 돌릴 수 있는 시야를 갖게 되는 것으로 나타난다. 화자가 마지막에 아버지의 죽음에 대한 죄책감을 잊기 위해 휴직을 하고 미국으로 떠나려던 계획을 세웠다가 포기하는 것은 그 자신의 변화가 진정한 것이었음을 이야기해준다.

이러한 작중인물들을 볼 때 이 작가가 다루고 있는 인물은 가벼운 인물이 아니라 역사와 현실의 무게를 느끼게 하는 인물이다. 그들은 대부분 오늘의 산업사회가 부여하는 안락을 누릴 수 있는 입장에 있지만 그들 자신의 의도에 의해서든 그들의 의도와 상관없이 우연에 의해서든 주어진 안락의 밑바닥에 깔려 있는 고통과 불행의 정체를 발견한다. 그것은 그들의 일상생활에서 그들이 끊임없이 외면해왔던 세계에의 눈뜸이며, 그들이 감추고자 했던 비극의 드러냄이다. 이 눈뜸과 드러내만 아니었으면 그들의 일생이 행복하게 끝났을 것으로 생각할 수 있겠지만 그것은 진정한 행복이 아니라 위장된 행복이며 가짜 행복이다. 그렇기 때문에 주인공은 자신의 신분상의 위험에도 불구하고 아버지의 과거(「신열」), 삼촌의 과거(「까치산의 왕벌」), 친구의 과거(「천사의 날개」), 친구의 배신(「포구의 달빛」) 등을 밝히는 작업에 나선다. 그런 점에서 인물을 흑백논리와 같은 단순한 분류에 의해 파악하려 하지 않은 것은 이 작가가 대가가 될 수 있는 가능성으로 보인다. 이 작가에게는 절대적으로 선한 사람도 절대적으로 악한 사람도 존재하지 않고 오직 상황과 우연에 따라 상대적인 인물이 있을 뿐이다. 그것은 작가가 인물에 대한 평가를 전혀 고려하지 않는다는 것을 의미하는 것이 아니라 그 상황과 우연의 진정한 의미를 알고자 하는 노력이 선행되어야 인물에 대한 평가가 정당할 수 있다는 것을 의미한다. 그것은 작가가 인물에 대한 이해를 피상적으로 한 것이 아니라 깊이 있게 접근한 것임을 알게 한다.

작중인물에 대한 작가의 이해가 보다 특징적으로 나타나는 것은 이 책에 실려 있는 다섯 편의 중편이 모두 작중인물의 죽음을 중심으로 이루어지고 있다는 사실에서다. 「까치산의 왕벌」에서는 아버지의 죽음과 제니의 죽음이 가난에 직접적으로 연결되어 있다면, 「무너지는 바다」의 박성구 선장의 죽음과 「포구의 달빛」의 우용근 선장의 죽음은 대기업과의 싸움에서 패배한 것이 원인이고, 「천사의 날개」의 신태민 하사의 죽음은 전장에서 입은 정신적 외상을 극복하지 못한 것이 원인이며, 「신열」의 아버지 김상근의 죽음은 그의 과거를 밝힌 옛 친구 박성국의 출현으로 충격을 받은 것이 원인이다. 그러나 이들의 죽음의 원인을 보다 깊이 파헤치면 모두 불행한 역사, 어려웠던 상황과의 싸움의 결과가 이들을 죽음으로 몰고 갔음을 알 수 있다. 그것은 모든 죽음에 이유 없는 죽음이 없다는 보다 근원적인 문제에 작가가 깊이 천착하고 있음을 의미한다. 그렇기 때문에 작가가 내보이고 있는 이념적 성향은 상당히 진보적이면서도 그의 작품이 그리고 있는 세계는 온건하다. 문학이 작가의 주장을 큰 목소리로 내세우는 것이 아니라 그것이 그리고 있는 세계를 이해시키는 것이라면, 이 작가는 탁월한 리얼리스트로서의 가능성을 가지고 있다. 그는 어떤 사건을 보고하면서 빠른 결론을 내리는 것이 아니라 독자로 하여금 기다리게 할 줄 알고, 그 기다림이 헛되지 않음을 알게 한다. 그가 작품의 결말에서 낙관적인 전망을 버리지 못하는 것 때문에 삶의 비극적 성질에 대한 인식이 부족하다는 오해를 받을 수도 있지만, 그것은 그의 삶에 대한 관찰이 작가적 연륜과 함께 깊어질 경우 얼마든지 극복될 수 있다. 그것은 마치 그의 행복한 주인공들이 어느 날 불행한 세계를 발견하는 것과 다를 바 없는 일이다. 세계와 삶이 행복한 사람의 것만도 아니고 불행한 사람의 것만도 아니라 두 부류 모두의 것이라는 인식을 갖고 있는 작가의 관점이 깊이 있고 공정한 현실 인식을 가능하게 해준다. 그는 비관적 세계관이 지배하고 있는 현실에서 아직도 이 세계에 희망이 있음을 보여주고자 하는 드물게 보이는 무게 있는 작가다. 세계가 그의 시도대로 될 경우에는 그 이상 바랄 것이 없겠지만 그렇지 못한 경우에도 그의 문학 자체가 가지고 있는 절망적인 노력이 그렇지 못한 세계의 비극성을 훨씬 더 설득력 있게 제시하는 결과를 가져올 것이다.
〔1994〕

Ⅲ

설의 진실」은 인터넷이나 디지털, 영상 매체의 등장으로 인해 급변한 20세기와 21세기 문학의 결절점에서 김치수 문학 비평이 보여준 응전의 궤적이다. 수록된 평문들의 제목이나 실제 내
과 순응, 남성과 여성, 파괴와 창조 등 서로 대립적이면서도 상보적인 개념들이 많이 등장하는 것도 두 극단 사이를 오가는 탄력을 통해 시대의 변화와 문학의

두 개의 욕망
—이인성의 『강 어귀에 섬 하나』

1

새로운 소설을 쓰는 사람은 외롭다. 그가 새로운 소설을 쓰는 것은 그 새로움이 아니고는 자신이 쓰고자 하는 것을 쓸 수 없기 때문이겠지만 그것을 읽는 독자는 자신이 그것을 읽어야 하는 필연성이나 당위성을 느끼지 못한다. 독자는 소설을 읽을 때 자신이 기대한 것을 확인하는 기쁨과 자신이 예견치 못했던 것을 발견하는 희열을 느낀다. 새로운 소설은 독자가 예견치 못한 것을 제시하는 소설이다. 소설의 새로움은 독자가 예견치 못했다고 해서 독자에게 이해되지 않는 것은 아니다. 그 새로움은 독자의 주변에 늘 있는 것이지만 독자의 눈에 띄지 않은 것이며 독자가 평소에 보고자 하지 않은 것이다. 좀더 부연하면 독자가 사물을 보는 것도 독자가 살고 있는 세계가 지시하는 바에 의해서이며 독자가 받은 교육에 의해서이다. 모든 인간이 그렇지만 독자도 어떤 사물에 흥미를 느끼고 그것에 매혹되는 것을 습관에 의존하게 된다. 습관은 그가 살아온 환경이나 받아온 교육에 의해 형성된다. 따라서 습관에 의존하게 되면 소설의 새로움을 이해할 수 없고 사물에 대한 새로운 감각을 지닐 수 없다.

그런데 사람이란 특이한 것이어서 자신의 습관을 스스로 깨뜨리고자 하는 내적인 욕망을 가지고 있다. 그 내적인 욕망은 누구나 표현할 수 있는 것이 아니라 자신의 욕망의 정체를 의식하는 사람만이 표현할 수 있다. 습관의 지배를 받는 사람은 자신의 내면에서 어떤 욕망이 꿈틀거리는지 알아차리지 못하고 습관이 지시하는 바에 따라 행동한다. 작가는 자신의 내적인 욕망의 움직임에 민감한 사람이다. 그는 자신이 살아온 습관에도 불구하고 습관의 노예가 되지 않고 새로운 것을 쓰고자 한다. 쓰는 행위 자체에서도 습관화가 일어날 가능성이 있다는 것을 알고 있는 작가는 그러한 작가의 부류에 자신이 속해서는 안 된다는 것을 확신하고서 거기에 속하지 않는 방법을 모색한다. 그는 남이 쓰지 않은 작품을 쓰고자 하며 남이 말하지 않은 것을 말하고자 한다. 그는 새로운 작품을 쓴다.

대부분의 독자들은 자신이 알고 있는 것을 소설에서 확인하고 싶어하고 자신이 기대한 대로 소설이 진행되기를 원한다. 자신이 받은 교육이 소설이란 어떤 것이라고 정의하고 있기 때문이고, 자신이 배워서 알고 있는 것을 소설에서 확인하고 싶기 때문이다. 그러나 그러한 기대와 원망을 들어주는 작품이 바로 소설의 함정이라는 것을 알아야 한다. 누구나 다 알고 있는 것을 무엇 때문에 다시 소설화할 필요가 있겠는가. 자신이 살고 있는 삶 자체가 불확실하고 알고 있는 지식이 불

완전하며 행위의 원리가 흔들리기 때문에 현대를 '의혹의 시대'라고 반세기 전에 선언하지 않았는가. 따라서 현대 소설의 특색은 독자가 기대하지 못했던 것을 제시하는 것이고, 독자가 알지 못했던 것을 알게 하는 것이며, 독자가 보지 못하고 있는 것을 보게 하는 것이다. 현대 소설에 대한 이해는 독자가 소설에 대해서 취하는 태도에 따라 결정된다. 자신이 모르는 것, 기대하지 않은 것, 보지 못하는 것을 새롭게 발견하고자 하는 태도를 가진 사람에게는 삶과 세계에 대한 새로운 이해의 길이 열릴 것이고 그런 것을 부인하고자 하는 태도를 가진 사람에게는 오늘의 삶과 세계가 말도 안 되는 것이라고 매도하는 것으로 끝난다. 소설은 전자에게는 풍요로운 삶의 배움터이지만 후자에게는 삶과 동떨어진 난장에 지나지 않는다. 문학에 있어서 모더니즘과 리얼리즘의 논쟁도 여기에서 기인하고 있지만, 오늘의 문학을 이해하는 데 꼭 거쳐야 할 관문이 있다면 바로 이러한 전혀 다른 두 관점의 길항관계이다. 문학을 개인의 욕망의 표현으로 보아야 하느냐 아니면 사회적 관계의 표현으로 보아야 하느냐에 따라서 갈라설 수밖에 없는 이 두 개의 관점은 문학을 설명하는 서로 상보적인 관계의 것이지 모순되는 관계의 것은 아니다. 해체주의가 논의되는 시대에 있어서 모더니즘이냐 리얼리즘이냐 하는 문제는 이미 낡은 논제에 속한다. 그것이 모두 문학의 이해에 보다 깊고 넓게 가기 위한 하나의 길이라는 것을 전제로 하고 서로를 인정한다면 그 어느 쪽이 옳다거나 우세하다고 이야기하는 우를 범하지는 않을 것이다.

2

이인성의 창작집 『강 어귀에 섬 하나』는 모더니즘이나 리얼리즘이라는 경직된 개념으로 이해하기는 어려운 소설이다. 이 소설집은 '메마른 강줄기' '강 어귀에 섬 하나' '강 어귀 바다 물결'이라는 제목을 가진 3부로 구성된 소설집인데 제1부는 「유리창에 떠도는 벌 한 마리」「무덤가 열일곱 살」「문밖의 바람」「편지쓰기」 등 4편으로 구성되어 있고, 제2부는 「강 어귀에 섬 하나」 한 편으로 구성되어 있으며, 제3부는 「순수한 불륜의 실험」「마지막 연애의 상상」 등 2편으로 구성되어 있다. 이 작품집을 손에 든 독자는 처음부터 전통적 소설 문법과는 전혀 다른 작품을 읽고 낯설게 느낄 수밖에 없다. 그 낯섦은 그의 작품이 단순한 이야기의 전달에 급급한 것이 아니라 전혀 다른 세계를 그리고 있기 때문이다. 이인성의 소설이 낯선 것은 그의 작품 전체에서 작중인물이 '그'나 '그녀' '그 여자' '그 남자' 등 대명사나 보통명사로 지칭되고 있기 때문이다. 작중인물이 자신의 고유명사를 지니지 않고 있다는 것은 자신의 고유한 세계를 지니지 않고 있다는 것이고 그가 누구인지 투명하지 않다는 것이고 그의 출신 성분이나 그가 받은 교육이나 타고난 성격이나 생김새가 어떤 것인지 알 수 없다는 것이다. 요컨대 작중인물로서 그는 정의할 수 없는 흐릿한 인물이다. 그렇다고 해서 작중인물이 존재하지 않는 것이 아니라 화자에 의해 그의 모든 행동이 묘사되고 서술된다. 여기에 나타나는 묘사나 서술은 화자의 눈에 포착된 것 전체를 대상으로 삼고 있기 때문에 전통적인 소설보다 훨씬 더 자세한 것처럼 보이지만 실제로 그것을 읽는 독자는 작중인물 개인에 관한 정보를 제공받았다고 생각하지 않는다. 그것은 개인에 관한 정보로 기대했던 것과는 전혀 다른 정보들이기 때문이다. 그에게는 어떤 가문 출신인지, 직업이 무엇인지, 어떤 사람을 친구로 가졌는지, 어떤 집에서 살고 있는지, 취미는 무엇인지 등등의 정보가 전혀 없다. 요컨대 그의 작중인물들은 '사회적 자아'를 전혀 가지고 있지 않기 때문에 독자들이 그에게 쉽게 접근할 수 없게 만든다.

그의 작중인물들은 간혹 어머니와 아들, 어머니와 아버지, 아내와 애인 등 최소한의 관계를 드러내고 있지만 그것이 곧 작중인물을 정의내릴 만큼 투명한 관계인 것은 아니다. 그들은 자아를 의식하는 자아를 표현하고 있다는 점에서 '내면적 자아'라고 일컬어질 수 있다. '사회적 자아'가 배제된 상태에서 '내면적 자아'만이 묘사의 대상이 되고 있다는 점에서 이인성의 소설은 대단히 낯선 소설이다. 어쩌면 이상이나 최인호의 일부 작품에서 확인할 수 있는 세계를 이 작가는 탐구의 대상으로 삼고 있는 것 같다. 그것은 작가 자신이 자신의 독창적 세계를 '내면적 자아'의 탐구로 파악하고 있음을 말한다. 사람이 어떤 행동을 했을 때 그 행동 자체를 전달하는 데 충실하고자 하는 경우 그것을 관찰하는 모든 사람의 동의를 끌어낼 수 있다. 그러나 모든 사람이 동의했다고 해서 그 행동의 전달이 가장 정확하게 이루어졌다고 말할 수 있는 것은 아니다. 작가는 바로 그 다수의 동의 속에 빠져 있는 진실을 보고, 그것이 가지고 있는 함정에 빠지지 않고자 새로운 노력을 하는 사람이다. 그렇기 때문에 그의 소설은 이야기 자체가 자연적 시간 순서에 의해 구성된 것이 아니라 작중인물의 '내면적 자아'가 체험한 순서에 의해 구성된다. 거기에는 분명한 인과관계가 보이지 않고 뚜렷한 연대 순서도 보이지 않는다. 의식의 깊은 바닷속에서 끊임없이 출몰하는 부유물처럼 어떤 대상이 의식의 표면으로 떠올랐다가 가라앉고 가라앉았다가 떠오르는 현상이 그의 소설에서 목격된다.

3

이 소설집의 제1부 '메마른 강줄기'는 이미 「유리창을 떠도는 벌 한 마리」 「무덤가 열일곱 살」에서 '철들 무렵'이라는 부제가 붙어 있는 것처럼 주인공 자신의 청소년 시절을 그리고 있다. 「유리창을 떠도는 벌 한 마리」에서 화자인 '나'는 아버지가 부재하는 가운데 홀어머니와 함께 산다. 그는 사춘기의 정서적 불안 상태에서 자기 내부로부터 끊임없이 솟아나는 욕망과 싸운다. 자신의 욕망에 비추어서 어머니의 모든 행위를 욕망의 표현으로 읽고 있는 '나'는 어머니를 욕망의 대상으로 느끼기도 하고 어머니로 느끼기도 하면서 자신의 내부에 자신의 욕망을 억누르는 자아의 존재를 느끼기도 한다. 그러나 보다 엄밀하게 말하면 '나'라는 존재는 유리창의 벌처럼 투명한 유리창의 존재를 모르고 그곳을 뚫고 끊임없이 자아의 바깥으로 탈출을 시도하는 존재다. 철이 아직 들지 않아 유리창의 존재를 모르고, 투명하므로 나갈 수 있다고 생각하는 '나'는 유리창을 떠돌 수밖에 없다. '나'는 그 벌의 날개를 뜯어내서 바깥으로 나가고자 하는 욕망의 날개를 떼어버리고 싶어 한다. 여자와 육체적 관계를 가지면서 자신의 욕망을 해결하는 순간 '나'는 '엄마'를 부른다. 사춘기의 억압된 욕망에 시달릴 때 '나'는 근친상간의 환상에 사로잡히지만 거기에서 벗어날 때 어머니의 존재를 인식한다.

「유리창에 떠도는 벌 한 마리」의 속편에 해당하는 「무덤가 열일곱 살」은 여전히 '나'와 '어머니'의 욕망의 관계를 추적하고 있다. 아버지의 무덤을 찾아다니는 '그'는 어머니의 행동을 관찰하고 아버지의 죽음에 대한 어머니의 이야기를 믿고 싶어 한다. '그'가 자주 보게 되는 '뱀'의 이미지가 어머니를 감고 있는 허물처럼 생각되며 자신이 뱀이라는 착각에 사로잡힌다. 대학에 가는 것보다 시인이 되고자 하는 그에게 서정주의 『화사집』은 그의 의식을 결정한다. '징그러운' 뱀이 성적 상징으로 등장하면서 뱀과 마주치면 어머니가 '그년'으로 변하고, 어머니가 뱀에 의해 감겨 있는 상상을 하게 되고, 개옻나무 잎으로 성기를 감싸고 자위행위를 함으로써 자신의 성적 욕망을 발산한다. 아버지의 죽음이 아버지의 거세를 의미한다면 그 아버지의 자리에 자신이 서고자 하는 그의 욕망은 그와 어머니의 관계를 오이디푸스적 근친상간의 관계로 파악하고자 한다. 사춘기의 그의 문제는 사회적 자아와는 상관없이 자기 안에서 솟아오르는 욕망을 어떻게 처리하느냐 하는 데 있고, 그의 의식은 그런 점에서 방황의 길을 걷고 있다. 오이디푸스가 자신의 과오를 깨닫고 혹독한 징벌을 받는 것과 마찬가지로 어머니에 대한 그의 욕망은 그를 언제나 나락으로 떨어지게 할 위험을 내포하고 있다. 따라서 그의 내적인 욕망이 강하면 강할수록 그의 방황은 절망적이 되고 그의 의식은 어머니의 방황에 편승하고자 한다.

뮤직 박스의 DJ로 있는 주인공이 등장하는 「문밖의 바람」은 이제 청년이 된 인물이 타인과 의사소통을 하고자 하는 욕망을 보여주는 작품이다. 자신이 소유하고 있는 공간이란 폐쇄된 공간으로서 거기에는 일체의 말이나 소리가 차단된 채 음악만이 존재한다. 유리창으로 외부 세계와 차단된 공간 속에서 주인공은 신청곡을 쓴 메모지만으로 외부와 소통하고 그 자신은 음악을 내보냄으로써 음악으로만 대답을 하는 기이한 상황에 대해 의식을 하게 된다. 그는 유리창에 씌어진 '배면체 언어'에 대한 의식을 갖고, 거꾸로 된 글자만을 읽어야 하는 자신의 운명에 대해 자각하고, 그것을 내재화시키는 과정을 겪고 난 다음 '나'라는 인칭을 사용하게 된다. 그러나 그는 자신에게 만남의 제안을 한 여자와 만나지 못함으로써, 밀폐된 공간 속에서 폐쇄적인 의식을 가지고 있는 자신의 비사회적 자아에서 탈출하고자 하는 자신의 욕망을 실현하지 못한다.

행운의 편지를 받은 주인공이 자신이 당한 폭력을 타인에게 행사하고자 하는 「편지쓰기」는 타인과의 의사소통의 왜곡된 관계를 통해 주인공의 실패한 삶에 대한 이야기이다. 자신에게 가해진 위협과 협박에 대해서 불안과 분노를 느낀 주인공은 자신도 타인에게 그 이상의 위협과 협박을 시도하고자 한다. 편지가 주체와 객체 사이의 의사소통의 욕망을 채워주는 역할을 하는 매개체라면 행운의 편지는 그 익명성과 비상호성 때문에 폭력의 성질을 띤다. 주인공은 그러한 폭력에 대해서 폭력으로 맞섬으로써 자신의 존재 이유를 보여줄 수 있으리라고 생각하지만 그것이 의사소통의 욕망을 채워줄 수 없는 폭력이기 때문에 성공하지 못한다. 오히려 그러한 폭력성으로 인해 그 자신의 의식은 집안의 모든 사물마저 적대적이고 공격적으로 받아들임으로써 그의 존재 자체가 위기에 빠진다.

이러한 과정을 통해서 주인공의 성장기는 가장 큰 위기를 경험한다. 자기 안에서 일어나는 원초적인 욕망과 자아의 테두리를 벗어나 타인과 의사를 소통하고자 하는 사회적 욕망 사이에서 자신의 존재론적 자아와 사회적 자아의 성장을 꿈꾸지만 그를 둘러싸고 있는 모든 여건은 그로 하여금 실패의 길을 걷게 한다. 그 실패의 중심에 있는 것이 그가 시도하고 있는 타자와의 의사소통이다.

4

언어에 의한 의사소통에 이르지 못한 주인공은 제2부에서 전혀 다른 시도를 하고 있다. 「강 어귀에 섬 하나」는 이 소설집의 중심에 자리 잡고 있으며 동시에 중심적 테마를 대변하고 있다. 섬은 물속에 있는 곳으로서 인간이 살 수 있는 공간이다. 그런 점에서 섬이 현실적인 공간이라면 강은 물이 흐르는 환상적인 공간이다. 현실적인 공간은 자신의 욕망을 억압당하는 공간이지만 환상적 공간은 상상으로 욕망을 실현할 수 있는 공간이다. 그래서 이 작품은 처음에 현실성을 띠고 시작되지만 석양의 강물에 떠 있는 순간부터 환상적 공간으로 바뀐다.

> 그 섬 너머로는, 서해의 수평선이 막 잦아들려는 황금빛 줄 하나로 단면의 암청색 공간을 가로지르고 있었다. 그 배경 앞에서 섬은, 처음엔 얼핏, 강 어귀 바닷머리에 버티고 누워 있는 장승처럼 보였다. 그리고 그 장승이, 곧 스러져버릴 수평선의 마지막 황금빛을 모두 제 안에 끌어모으고 있는 듯이 보였다. 잠시 뒤, 수평선이 홀연 사라지고 나면, 섬의 갈대들은 어둠의 치맛자락이 스쳐가는 대로 굽이치며 그 은은한 금빛을 바람결에 흩뿌리기 시작했다. 칠흑의 어둠 속에서도 밤새 꺼지지 않을 그 섬은, 그러면서 조금씩조금씩 허공으로 들어올려졌으며, 자정쯤엔 거의 눈높이에 이르러 손에 닿을 듯 환히 건너다보였다. 그럴 때는 그 섬을 바라보는 그 자리의 그 집이 바로 그 섬인 듯싶어, 자칫 갈대숲 속에 알을 품고 잠든 철새라도 밟으랴, 온몸은 일어선 장승처럼 그 자리에 그대로 박혀버리는 것이었다.

이 아름다운 묘사를 통해서 우리는 섬이 얼마나 환상적인 자리에 자리 잡고 있는지 알 수 있고, 그 섬의 아름다움을 감상할 수 있는 위치가 바로 '그 집'이라는 것을 확인할 수 있다. 그런 점에서 그 집 자체가 현실과 환상의 경계를 형성하고 있는 장소다. 그 집의 주인은 '그 여자'이다. 그녀도 따라서 현실과 환상의 경계를 넘나들고 있다. 그녀가 '나'의 방문을 받고 여러 차례 질문을 받지만 그녀는 거기에 현실적인 대답을 하지 않는다. 그녀는 '나'를 처용으로 명명하고 자신의 이름을 '만희'로 명명한다. 자신의 이름이 30개도 더 될 것이라고 말하는 그녀는 자신이 꾸미고 있는 일에 희열을 느끼고 있다. 그녀의 집은 어떤 때는 4층-5층이었다가 어떤 때는 29층-31층이기도 한데, 여기에서 그녀는 탈놀이를 시도한다. 탈놀이는 그녀의 욕망의 표현으로, 그녀와 그가 여러 개의 탈을 쓰고 변용함으로써 하나의 존재 내부에 감추어져 있는 욕망의 다양한 모습을 드러내준다. 얼굴에는 탈을 쓰지만 몸에는 아무것도 걸치지 않고, 자신의 몸에 새겨진 문신이 뱀으로 변하게 되자 그 뱀과 입을 맞추는 과정은 전도된 성적 욕망의 표현이다. 처용이 역신에게 아내를 빼앗기자 노래와 춤으로 역신을 물리친 이른바 축제의 인물이라면 만희는 다른 남자와 쾌락을 누릴 수 있는 처용의 아내 같은 인물이다. 그들이 쓰고 있는 탈이 여러 겹인 것은 그들의 욕망이 여러 겹이라는 것을 의미한다. 여러 겹의 탈을 쓰고 자신의 욕망을 발산하는 축제는 언어에 의한 의사소통이 불가능한 세계에서 몸으로 의사소통을 시도하는 것이다. 탈이 없으면 자신의 존재를 가릴 수 없고, 자신의 존재가 적나라하게 드러난 상태에서는 자신의 욕망을 표현할 수 없는 제도적인 억압 때문에 이를 극복하기 위해서 탈을 쓰고 축제를 벌인다. 축제를 통해서 억압된 욕망을 표현하고 탈을 통해서 자신의 존재는 감추면서도 자신의 욕망을 드러내는 이들의 행동은 분명히 환상적이지만 상징적이다. 여주인공이 "처용의 탈은 분명 아주 여러 겹이었을 거야. 여러 얼굴이 쌓여 하나가 된 거지"라고 말하는 것은 하나의 탈이 하나의 욕망의 표현이 아니라 여러 가지 욕망이 겹쳐져서 나타난 것임을 말한다. 그것은 하나의 인간이 하나의 욕망만을 가지고 있는 것이 아니라 비록 표현된 것은 하나의 욕망으로 보일지라도 그 안에 복합적 욕망이 집약되어 있다는 것을 의미한다. 여기에서 끊임없이 여러 가지 교접이 일어나는 것은 욕망의 표현이 혼자서는 이루어지지 않고 타인과의 관계 속에서 가능하다는 것을 보여준다. 타인과의 관계란 개인이 추구하는 의사소통의 근원적인 방법이다. 욕망이 없으면 의사소통도 없다. 무의식적 욕망은 끊임없이 응축되고 전이된다. 따라서 의사소통의 방법도 언어만으로 가능한 것이 아니라 전이의 정도에 따라 다른 방식으로 나타난다. 여기에서의 축제는 그러므로 여러 가지 방법이 혼합되고 변형될 수 있는 가능성을 열어놓고 있다. 그리고 그것이 일어나는 장소로서 섬 하나와 집 하나를 선택한 것은 그것이 현실과 환상의 경계선에서 일어난다는 것을 보여주고자 하는 작가의 보이지 않은 의도가 작용하고 있는 것 같다. 그의 세밀한 문체가 오히려 사물의 정확성을 흐리게 만드는 효과를 주는 것도 그러한 의도의 일환으로 보인다.

5

제3부 '강 어귀 바다 물결'에 실려 있는 두 작품 「순수한 불륜의 실험」과 「마지막 연애의 상상」은 지금까지 주인공의 욕망이 단순한 자연 발생적인 분출만이 아니라 거기에 반제도적인 의도마저 개입되어 있다는 것을 보여준다. 모두 53개의 장면으로 구성되어 있는 「순수한 불륜의 실험」은 영화적 기법으로 개개의 장면을 하나의 테마로 엮어가면서 인간의 욕망을 영상적으로 묘사하고자 한다. '나'를 바라보는 '나'

와 그 '나'를 관찰하는 '그'라는 극단적으로 의식화되어 있는 시선을 가메라의 렌즈처럼 묘사의 도구로 삼고 있는 이 작품에서는 누가 '보느냐'에 따라 대상이 얼마든지 달라질 수 있는 가능성을 실험하고 있다. 그 실험은 단순한 대상에 대한 실험일 뿐만 아니라 불륜이라는 개념 자체에 대한 실험이기도 하다. 그렇기 때문에 그것은 현실에서 이루어질 수 있는 것의 한계를 넘어설 수도 있고 새나 뱀이나 물고기와 같은 동물적인 이미지로 환치될 수도 있다. 사랑의 진실에 불륜이라는 개념이 도입되는 것은 제도적인 윤리의 개입이 이루어진 결과이다. 그렇기 때문에 거기에는 제도적 억압이 존재한다. 주인공은 바로 이러한 억압에 저항하기 위해 자신이 사랑하는 사람에게 자신과 제삼자의 육체관계를 보여주는 위악적인 행위를 하기에 이른다.

억압된 욕망의 진실을 찾고자 하는 이인성의 소설은 억압의 정체를 사회적 제도에서만 찾고 있는 것이 아니라 제도화된 소설 자체에서도 찾고 있다는 점에서 전복적인 힘을 가지고 있다. 그의 고통스럽고 난해한 작업을 소설적 재미로 읽을 수 있을 때 그의 소설은 소설의 역사에서 중요한 자리를 차지할 것으로 기대된다. [2000]

아버지 부재 속에서 살기

—채영주의 『목마들의 언덕』과 김소진의 『고아떤 뺑덕어멈』

1

오늘의 소설을 이야기하기 위해서 문학의 위기를 말한다는 것은 쉬운 일이다. 문학이란 끊임없는 변화 속에 존재하면서 동시에 스스로 끝없이 변화하는 것이기 때문에 변화하지 않는 눈에는 위태롭게 보인다. 이것은 자칫 변화하는 모든 것을 긍정적으로 보고자 하는 시류에 편승하는 태도로 보일 수 있다. 하지만 그런 위험에도 불구하고 문학의 변화를 인정할 수밖에 없는 것은 그것이 하나의 현실이기 때문이다. 변화하지 않는 것은 썩을 수밖에 없고 썩은 것은 인간에게 해로울 뿐이다. 썩지 않기 위해 변화한다? 그것은 문학이 우리의 삶과 공유하는 성질이다. 우리의 삶의 조건이 달라지고 있는 현실 속에서 문학은 달라질 수밖에 없다.

매일 노동을 하지 않으면 입에 풀칠할 수 없는 조건 속에서 문학은 무엇일 수 있는가? 하루 종일 골프장에서 시간을 보내고 사우나를 한 다음 포도주를 곁들인 식사를 즐기며 여가 생활만 할 수 있는 사람에게 문학은 무엇일 수 있는가? 일하지 않는 시간에는 24시간 재미있는 프로그램을 선택할 수 있는 유선·무선의 텔레비전 시대에 문학은 무엇일 수 있는가? 인터넷이라는 새로운 매체 때문에 전 세계의 학술적인 문헌에서부터 포르노그래피에 이르기까지 개인이 소화하기 힘든 엄청난 정보의 홍수 속에 살고 있는 시대에 문학은 무엇일 수 있는가? 모든 신문과 잡지가 우리의 삶과 그 삶을 지배하고 있는 체제에 대한 진지한 분석과 해석보다는 영상 문화 스타들의 사진과 가십으로 가득 차 있는 시대에 문학은 무엇일 수 있는가? 동서 이데올로기의 대립이 무너진 다음 미국식 자본주의가 최고의 가치로 등장하여 그 비교의 대상을 잃어버린 시대에 문학은 무엇일 수 있는가? 북한이 전쟁만 일으키지 않는다면 분단된 현실에서도 아무런 불편 없이 살 수 있는 시대에 문학은 무엇일 수 있는가? 아파트의 보급과 함께 변해버린 가족제도와 풍속 속에서 새로운 자아의 실현을 찾을 수밖에 없는 시대에 문학을 무엇일 수 있는가? 수많은 사건과 사고가 충격적으로 주어지는 시대에 문학은 무엇일 수 있는가? 모든 것이 기능적인 가치에 의해서만 평가되고 그것의 본질적인 가치에 대한 질문이 불가능한 시대에 문학은 무엇일 수 있는가?

이 모든 현실적 조건의 변화 속에서 문학은 스스로의 존재 방식을 모색할 수밖에 없고 그 결과 변화된 모습을 띨 수밖에 없다. 영상 문화의 영향으로 문학이 묘사적인 세밀성에 집중되기도 하고, 극적인 장면 구성으로 이야기의 흐름을 도외시하기도 하고, 그동안 감추어졌거나 미화되어서 묘사의 대상이 되었던 성적인 장면이 노골적이고 즉물적인 현실로 제시되기도 하고, 성에 관한 기존의 금기를 깨뜨리는 행위들을 서슴지 않기도 하고, 아버지 세대가 물려준 책임과 윤리적 문제를 던져버리고 컴퓨터나 비디오와 같은 새로운 매체의 유희에 빠져버리기도 하고, 영상 문화 스타들을 거리감 없이 모방하기도 하고, 사회의 변화에 자신의 젊음을 걸었던 과거에 대한 패배 의식으로 삶에 대해 반성적으로 사유하기보다는 주어진 삶에 자신을 맡겨버리기도 하면서 기존의 관념을 깨고자 여러 가지 시도를 하고 있다. 그것은 때로는 경쾌한 문체로 삶의 표면만을 스치고 지나가는 수법으로 새로운 세대의 독자들과 호흡을 맞추기도 하고, 때로는 과감한 반복과 생략의 수법으로 기성세대의 독자들을 불편하게 만들기도 한다. 이처럼 다양하고 다층적인 현상들을 포스트모던한 것으로 설명하기도 하지만 그것의 전폭적인 부정은 오늘의 문학에 대한 이해의 문을 닫는 것이고 그것의 무조건적인 긍정은 문학 본래의 반성적 역할을 포기하는 것이다. 그렇기 때문에 이들의 문학에 대한 보다 진지한 분석과 정확한 평가가 이루어져야 하는 것은 당연하다. 이 당위적인 현실을 인정함에도 불구하고 그것이 이루어질 수 없는 조건 앞에서 오늘의 문학비평은 왜소화되고 무기력하게 보일 수밖에 없다. 왜냐하면 그것을 읽고 평가하기에는 새로운 문학이 엄청난 양적 팽창을 보이고 있기 때문이다. 아마도 컴퓨터의 보급과 함께 이루어진 현상이기도 하고 문학이 부의 축적의 수단이 될 수 있다는 상업주의의 결과이기도 하겠지만 매일매일 쏟아져 나오는 유명·무명의 소설가들의 작품을 읽어낸다는 것은 그 자체가 비평가의 즐거운 비명의 대상이어야 한다. 읽어야 할 작품이 많다고 하는 것은 게으른 비평가의 불평의 대상이 되어서는 안 된다.

그러나 문학이 재능 있는 '천재'의 전유물이 아니라 민중들의 삶의 진솔한 기록이라는 이른바 군사독재 시대의 민중문학 이론의 영향임에 틀림없는 양산된 문학은 옥석을 구분하는 기능적인 여과 장치가 없는 비평가에게 엄청난 노동을 강요하는 한편, 문학 작품을 황금 알을 낳는 거위쯤으로 생각하는 상업주의의 제물로 전락시킨다. 물론 한 사람의 천재가 등장하기 위해서는 위대한 작가를 꿈꾸면서 실패한 무수한 무명 작가들의 희생이 필요하다. 세계적인 문호들 가운데는 돈이 필요해서 작품을 쓴 경우도 많지만 자신을 그러한 작가와 비교하면서 스스로 위대한 작가가 되고자 하는 야망을 가진 작가들도 있다.

그러나 새로운 세대에 속하는 작가라고 해서 모두 문학을 부의 축적의 수단으로 생각하는 것은 아니다. 그들 가운데는 문학을 그들의 선배 작가들처럼 삶의 반성의 도구로 생각하고 자신이 어떤 작가여야 하는가 끊임없이 질문하는 작가들도 있다. 물론 그 질문 자체가 자신의 문학의 질을 결정하는 것은 아니지만 그 자체로 이미 다른 작가와 출발을 달리한다는 것은 의미 있는 일로 보인다.

2

채영주의 『목마들의 언덕』과 김소진의 『고아떤 뺑덕어멈』은 두 작품이 모두 일종의 연작 형식을 띠고 있다는 점에서 유사하게 읽힐 수 있다. 『목마들의 언덕』은 화자가 일정한 반면 사건의 주인공들이 바뀌는 나무랄 데 없는 연작소설이다. 반면에 『고아떤 뺑덕어멈』은 화자도 일정하지 않고 사건의 주인공들도 꼭 일치하는 것은 아니지만 대부분의 이야기가 이북에서 월남한 아버지와 '철원댁'이라는 이름으로 불리는 어머니를 둔 작중인물을 중심으로 전개된다는 점에서 연작에 가까운 소설이라 할 수 있다. 두 작품 모두 새로운 세대의 감각으로 씌어진 것이라고 할 수 없을 만큼 전통적인 소설 문법을 좇고 있다. 이 작품의 주인공들은 산업화 이후에 성장했으면서도 그들과 동시대의 인물들과는 달리 빈곤의 체험을 갖고 있는 점에서도 유사하게 보인다. 그러나 이러한 외형과는 달리 이 두 작품을 읽으면 독자는 두 작품에서 전혀 다른 인상과 느낌을 받게 된다. 그 원인을 찾기 위해서는 작품을 보다 자세히 읽어야겠지만 우선 그 다름의 첫인상을 검토한다면 다음과 같다.

『목마들의 언덕』은 개개의 작품이 비교적 단순한 구조를 갖고 있고 화자의 관점이 일정하며 각 작품의 초점이 주인공에게 맞추어져 있다. 특히 화자의 나이가 중학교 1학년부터 고등학교 3학년이라는 소년기에 있기 때문에 관심이나 사물을 보는 눈이 복잡하지 않다. 반면에 『고아떤 뺑덕어멈』에 수록된 작품들의 화자는 대부분 성인일 뿐만 아니라 사회적인 체험이 다양해서 사물을 보는 눈이 단순하지 않다. 그러나 그보다 더 큰 이유는 이 작품이 전통적인 단편소설의 문법에 얽매여 있지 않은 데 있다. 하나의 단편소설이 몇 개의 에피소드를 하나의 주제에 의해 배열시키면서 마지막의 반전을 클라이맥스로 삼는 것을 원칙으로 한다면 이 작품집에 수록된 대부분의 작품들은 그 주제에 도달하기 위해서 마치 발자크의 장편소설에서 볼 수 있는 것처럼 여러 가지 우회 과정을 거친다. 왜 그런 우회 과정을 거쳐야만 했는지 알기 위해서는 작품을 다 읽고 난 다음에 다시 되돌아보지 않고는 불가능하며, 경우에 따라서는 되돌아보아도 알 수 없어서 소설이 꼭 매끄러운 줄거리를 가져야 하느냐는 현대 소설의 이론에 의존해야 하기도 한다. 그러나 보다 자세히 읽으면 김소진은 자신의 소설 속에서 하고 싶은 이야기가 너무 많은 작가라는 사실을 발견하게 된다. 작가가 하고 싶은 이야기가 많다고 하는 것은 그 작가의 세계가 이성적인 성질을 띠고 있음을 의미한다. 실제로 그의 주인공들은 타고난 삶의 조건에 대해서 질문을 던지고, 이를 개선하기 위해서 군사정권 아래서는 한때 운동권에 가담해서 투쟁을 전개하기도 하고, 문민 정부가 들어선 다음에는 생계를 유지하기 위해 현실 논리에 맞추면서도 끝없는 갈등을 체험한다. 반면에 『목마들의 언덕』의 작품들에서 주인공은 언제나 감성적인 선택을 한다. 그들이 벗어나고자 하는 고아원이란 이성적으로는 어느 시기까지 벗어날 수 없음을 알 수 있음에도 불구하고 그들은 끊임없이 그곳을 떠났다가 되돌아온다. 또 그들의 거짓말이나 도벽은 조금만 이성적이면 들통난다는 것을 알 수 있음에도 끊임없이 되풀이된다. 그것은 그들이 전혀 이성적이지 못한 감성적인 인물임을 입증한다. 그런 점에서 전자는 성인이 주인공인 데 반하여 후자는 화자가 이론적으로 자신을 설명하기에는 부족한 아직 미성년이라는 사실로 설명될 수 있다. 그러나 이러한 차이는 근본적으로 그들이 함께 체험한 가난의 양상에서 유래한다고 볼 수 있다. 그들은 모두 산업화와 군사문화의 지배를 받은 이 사회의 그늘에서 자란 체험을 갖고 있지만 한쪽에서는 그 체험이 이론화될 수 있었고, 다른 한쪽에서는 이론화되기 이전의 느낌 혹은 정신적 외상으로 남아 있다. 그렇기 때문에 두 작가가 이야기하고자 하는 것은 전혀 다른 것일 수 있다.

3

『목마들의 언덕』은 '영암 천사의 집'이라는 고아원을 구성하고 있는 인물을 중심으로 전개된 사건들의 기록이다. 얼른 보면 기록물의 형식을 띠고 있는 것 같지만 사실은 중학교 1학년생인 화자가 그곳에서 보고 느끼고 성장하는 과정을 그리고 있다고 할 수 있고, 달리 보면 '천사의 집'이라는 공간 자체를 묘사하고 있다고 할 수도 있다. 고아원이란 일반적으로 가족 관계가 정상적이지 못한 불행한 아이들을 수용하여 사회에 나갈 수 있도록 보호하고 성장시키는 곳이다. 그렇기 때문에 그곳에 수용된 아이들은 그 나름의 과거와 상처를 가지고 있고 이 세상에서 누릴 수 있는 기본적인 행복과는 거리가 먼 현실 속에 살고 있다. 그들이 살고 있는 공간은 흔히 '가정'을 가리키는 말인 '집'이라는 표현으로 지칭되기는 하지만 아무도 그곳을 그들이 살 만한 공간, 가정으로 의식하지 않는다. 그들은 언제나 할 수만 있으면 그곳을 떠나고자 한다. 가정이 부모와 형제라는 관계에 의해 이루어진 것이라면 그들에게는 근본적으로 그 관계가 결핍되어 있다. 물론 고아원 안에는 부모와 형제를 대신해주는 인물이 있다. 원장에서부터 총무, 집사, 그리고 '이모들'이 그들이다. 그러나 그들은 모든 아이들의 보호자이지 '자기' 개인의 보호자가 되지는 못한다. 그들에게는 언제나 남들처럼, 집이 있는 것도 아니고 부모가 있는 것도 아니며, 원하는 음식을 먹을 수 있는 것도 아니라는 사실 때문에 고아원 안에서의 삶을 떠나고자 하는 욕망이 있다. 그 욕망의 저변에는 그곳을 떠나면 마치 부모도 있을 것 같고, 집도 있을 것 같으며, 맛있는 것도 얼마든지 먹을 수 있다는 믿음이나 희망이 깔려 있다. "거기에서는 매일처럼 과자랑 아이스크림을 간식으로 준"다는 것이고 "신발도 두 달에 한 켤레씩 나오는데, 나이키 아니면 프로스펙스"라고 하는 말을 듣고 '가출'을 한 '성우'의 경우를 보면 그들에게 기본적인 의식주의 문제가 있는 것이 아니라 먹고 싶은 간식이나 신고 싶은 특정 상표의 신발에 문제가 있음을 알 수 있다. 그들은 이미 가정이 있는 아이들에 대해서 상대적인 빈곤 의식을 가지고 있고 그로 인해서 현재의 삶에 대한 불만을 지니고 있다. 그들은 불만을 해소하기 위해서 수단과 방법을 가리지 않는다. 그는 머리가 좀 모자라는 '형국'에게 알사탕 하나를 사주고 달리기 연습을 구실로 새 운동화를 빌려 신고 돈을 훔쳐서 광주의 어린이 대공원으로 간다. 그곳에서 그가 하고자 하는 것은 공원을 구경하고 난 다음 스스로 미아가 되어 광주의 다른 고아원에 수용되어 먹고 싶은 것과 입고 싶은 것을 모두 소유하는 것이다. 그것을 위해서 그는 자기를 보호해주는 천사원을 떠나고자 수단과 방법을 가리지 않는다. 정상보다 두세 살 어려 보이는 그는 친구들이 감춰둔 동전을 자기 것처럼 찾아 쓰고, 자물쇠가 채워진 부엌에서 먹을 것을 꺼내오는 능력을 갖고 있을 뿐만 아니라 동네 과수원에 비밀 통로가 몇 개 있고, 어느 시간이 가장 안전한 시간인지도 알고 있다. 이처럼 거짓말과 훔치기를 서슴지 않는 그를 보면 고아원 '총무'의 말 그대로 '악마의 혼'이 깃들여 있는 것으로 볼 수 있다. 그러나 그가 이처럼 먹는 것을 밝히는 것은 그의 생존 본능에 의한 것이다. 그의 형제 셋이 고아원에 넘겨졌을 때 그들은 이미 네 끼를 굶은 상태였다. 굶어본 사람이 가지고 있는 생존 본능은 거짓말이나 훔치기와 같은 것이 아무리 나쁜 행위라고 교육을 받아도 그것을 수용할 수 있는 여유를 허락하지 않는다. 부모가 있고 먹을 것이 있으면 누구도 고아원 생활을 할 필요가 없기 때문이다.

고아원에 수용되어 있는 모든 아이들은 그러한 결핍과 상처의 흔적을 가지고 있다. 제 나이 또래보다 정신연령이 뒤떨어진 '형국'이는 네 살 때인 1980년 5월, 젊은 부부의 시체 사이에서 젖가슴에 흐르는 피를 핥고 살아난 경우로 먹는 것에 모든 신경을 집중하고 산다. 야구공을 갖기 위해 총무가 나누어준 50원짜리 동전을 10원짜리로 바꾸어 차액을 취한 '영진이,' 외진 곳에 세워둔 자전거를 고물 장수에게 팔고, 밭에 널려 있는 호박을 따다가 시장에 팔고, 휴가를 다니러 온 옛 원생의 양복을 팔고 감옥살이를 한 다음에 급기야는 자신을 받아들인 아저씨의 경운기를 팔아 달아난 '상두,' 이들은 대부분이 역사의 희생자의 가족으로 태어난 사람이다. 어떤 아버지는 광주의 민주화 운동의 가해자로, 어떤 사람은 피해자로 사라져버렸고, 어떤 아버지는 미군의 총에 맞아 사라졌고, 어떤 아버지는 한국전쟁에 참여한 참전 용사이면서도 가정을 이루지 못하고 전국 방방곡곡을 누비며 책임지지 않는 아이만 남겨놓고 사라져버렸다.

부모도 가정도 없이 남겨진 고아원의 아이들이 가장 바라는 것은 질리도록 밥을 먹어보는 것이다. 밥은 그들에게 모든 결핍의 상징이다. 그들은 자기에게 결핍된 것을 보충하기 위해 제일 먼저 밥을 찾고 먹을 것을 찾는다. 여기에서 아버지는 밥의 대명사이다. 그들에게 밥을 주고 그들에게 삶의 규범을 주고 그들로 하여금 혼자 설 수 있는 자신감을 불러일으키는 것이 바로 아버지이다. 그들이 원장님이나 총무님이나 집사님이나 이모들로부터 바르게 사는 길에 대한 교육을 받고 있음에도 불구하고 먹을 것을 위해서는 거짓말과 훔치기를 서슴지 않는 것은 그들의 마음속에 아버지가 부재하기 때문이다. 아버지란 단순히 먹을 것만을 주는 사람이 아니라 그들의 성장의 규범이 되면서도 그의 존재 자체가 사랑에 대한 확신을 심어주기 때문이다. 보다 과감하게 말하면 아버지란 믿음을 심어주는 사람이라기보다는 그 존재 자체로 사랑과 신뢰의 필요충분조건을 수행하는 존재이다. 이에 반해서 고아원의 운영자들은 그들의 선의에도 불구하고 사랑에 대한 확신을 심어주지 못하고 그들에게 결핍의 충족이라는 역할을 수행하지 못하는 존재이다. 그들이 그와 같은 한계를 지닐 수밖에 없는 것은 그들이 타자의 아버지라는 사실에서 기인한다. 부재하는 아버지는 어린아이에게 자기에게 맞는 아버지를 상상하게 만든다. 프로이트가 말하는 가족소설의 이론에 따르면 현재의 자신에게 아버지 역할을 하는 사람은 진정한 자신의 아버지가 아니라 아버지를 대신하는 사람이다. 자신의 진정한 아버지는 이곳에 있지 않고 다른 곳에 있는 사람이다. 그는 지금의 아버지 역할을 하는 사람보다 재력과 권력을 가지고 있는 모든 면에서 뛰어난 능력의 소유자이다. 따라서 그 진정한 아버지에게서는 모든 규범을 따를 수 있지만 현재의 가짜 아버지 앞에서는 그 자체의 정체성이 의심되는 것과 마찬가지로 그가 제시하고 따르기를 요구하는 규범도 그 진정성을 의심받을 수밖에 없다. 그들이 먹고 싶은 것, 신고 싶은 것, 입고 싶은 것 하나 제대로 해결해주지 못하는 아버지의 무능 앞에서는 법도 권위도 없다. 그래서 그들은 거짓말과 훔치기를 죄의식 없이 할 수 있다. 그들은 공부마저도 사치스럽다는 인식을 갖고 있어서 "형국인 이제 공부 같은 것 하지 않아요. 그딴 건 큰 도시의 부잣집 아이들이나 하는 거래요"라고 주장한다. 그들에게는 미래가 아닌 현재만이 있을 뿐이다. 아버지의 부재는 눈앞의 밥의 결핍과 직결되어서 미래와 관련된 가치는 인정되지 않는다. 그들은 학교 교육이 체제 속에서 잘 살 수 있는 미래의 준비 과정임을 알고 있다. 그들에게 중요한 것은 현재의 밥이다.

그렇다고 해서 이 작중인물들이 모두 아버지의 부재만을 개탄하면서 현재의 밥에만 매달리는 것은 아니다. 이들 가운데 화자인 동우에서부터 연미 누나와 광준이 형에 이르는 인물들은 눈앞의 현실에만 매달리지 않는다. 중학생인 동우는 동생 성우의 가출 사건이 나자 눈앞의 밥을 보고도 식욕을 느끼지 못한다. 그는 연미 누나나 광준이 형처럼 공부를 잘해서 광주에 있는 고등학교로 진학하고, 광준이는 연미가 대학에 진학할 수 있도록 자신의 진학을 포기하고 힘든 석공예 회사에서 일을 하며 동우의 학업 뒷받침을 한다. 연미는 자신 때문에 대학의 진학을 포기한 광준에 대해서 인내와 사랑을 쏟는다. 그들은 서로에게 힘이 되고 규범이 되어 절망적인 현실 속에서 버틸 수 있는 능력을 소유하게 된다. 그것은 그들이 스스로 그들 자신에게나 타자에게나 아버지가 되고 아버지의 역할을 하는 것이다. 아버지가 부재하는 세계 속에서 이처럼 아버지가 되는 이야기는 남의 이야기로 읽을 때는 아름답고 감동적으로 받아들여지지만 자신의 삶으로 실천한다는 것은 얼마나 절망적이고 고통스러운 것인지 작가는 구체적으로 보여주고 있다. 물론 여기에서 이룩한 아버지 되기가 당장으로서는 성공적인 것으로 보이지만 그다음에는 실망스러운 모습으로 변할 수 있다. 그러나 작가는 이 작품에서 절망을 희망으로 바꾸고자 하는 낙관적인 세계관을 내보이고 있다. 그것은 어쩌면 이 작은 천사들에 대한 우리 모두의 희망을 대변하는 것일 수 있다.

4

채영주의 소설에 비하면 김소진의 세계는 훨씬 더 복잡하고 비관적이며 뒤틀려 있다. 『고아떤 뺑덕어멈』에 수록된 작품의 주인공들도 어린 시절의 체험으로 가난과 배고픔을 가지고 있다. 그뿐만 아니라 주인공의 현재 삶 자체가 곤궁한 것이다. 「파애」의 화자 '나,' 「개흘레꾼」의 화자 '나,' 「고아떤 뺑덕어멈」의 '나,' 「혁명 기념일」의 화자 '나,' 「세월의 무늬」의 화자 '나'는 동일한 이름을 소유하지는 않았지만 소설가로 데뷔하였으나 아직 그것으로 크게 명성을 떨치거나 생활을 할 만한 수준은 아닌 청년으로서, 이따금 출판사 직원으로 생계를 유지하기도 하고 마누라의 수입에 의존하여 생활을 꾸려가기도 한다. 그렇기 때문에 넉넉하지 못한 살림을 살고 있는 그들은 그렇다고 해서 자신의 삶의 방식이나 이념에 대해서 자긍심을 가질 수 있는 형편도 아니다. 대학 시절에 운동권에 가담해서 "철저히 계급 의식으로 단련된 프롤레타리아가 주도하는 조직적인 혁명을 부르짖던" 인물들이 이제는 생활인이 되어 모두 과거를 망각의 공간 속에 묻어버리고 산다. 그러한 세계 속에서 '나'가 소설을 쓴다는 것은 대단히 의미심장하다. 왜냐하면 다른 사람들이 모두 삶의 일회성과 망각의 편리성을 가지고 자신이 책임져야 하는 밥의 양을 확보하기 위해 매달리고 있을 때 그는 그러한 현실, 삶의 조건에 대해 되짚어보고 반성하는 역할을 자임하고 나섰기 때문이다. 자신이 책임져야 하는 밥의 양을 확보하는 일에 매달리고 싶은 유혹—그쪽이 심리적으로 편한 것이 분명하기 때문이다—을 떨쳐버리고 고통스러운 과거를 되돌아보고 현재의 삶에 대해 질문하는 직업을 선택한 것은 그가 자신의 과거를 지나가버린 꿈으로 소모해버리는 것이 아니라 현재의 삶의 밑거름으로 생산적인 것이 되게 하는 것이기 때문이다. 그것은 현재의 삶을 행복하게 만드는 것이 아니라 무의미화하지 않게 하고 비존재화하지 않게 하는 방법이다. 그렇기 때문에 화자의 목소리는 편안하지 않고 불만에 가득 차 있으며, 비판적인 어조를 띠고 있다.

삶에 대한 반성적인 태도를 취하는 그가 근원적으로 불편하게 인식하고 있는 것은 아마도 가족 관계인 것 같다. 이북에서 월남한 아버지를 둔 그는 자신의 어머니를 '철원네'라는 이름으로 자주 부른다. 그것은 어머니를 지워버리고 싶은 그의 무의식의 표현으로 보인다. 왜냐하면 어머니를 제삼자가 부르는 호칭으로 부른다는 것은 그녀가 자신의 어머니가 아니었으면 하는 바람의 다른 표현이기 때문이다. 이러한 현상은 그가 자신의 출생을 부인하고 싶은 심리에서 기인하는 것처럼 보인다. 다른 말로 바꾸면 그것은 아버지의 비극적 운명을 부인하고 싶은 심리이기도 하다. 여기에서 아버지의 비극적 운명이란 40여 년 전에 있었던 아버지의 월남과 관련된다. 거리에서 공연하고 다니는 약장수 여인을 쫓아다니는 아버지에게는 월남할 때 이북에 남겨두고 온 본래의 부인과, 그녀와의 사이에 태어난 아들이 있었던 것이다. 이러한 사연을 통해서 '나'가 알게 된 것은 자신의 출생이 그들의 비극적인 운명을 통해서 이루어졌다는 사실이다. 그것을 한마디로 역사의 아이러니라고 할 수 있다면 문제가 거기서 끝나겠지만, 작가이기를 선택한 화자에게는 그것이 자신의 현존과 관계되어 그의 의식을 건드리는 것이다. 다시 말하면 아버지 본부인의 존재는 '나'의 존재를 사생아화할 수 있다. 그럼에도 불구하고 그 사실을 감추어오던 아버지가 그것을 밝히자 '나'는 돈을 구해서 아버지로 하여금 본부인을 닮은 '뺑덕어멈'을 만나게 만든다. 이 행위는 자신이 운동권에 있을 때 아무런 존재도 아니었던 아버지를 비로소 인정하는 것이며 스스로 아버지가 되는 행동이다. 우리의 역사를 '아버지는 종이었다'에서부터 '아버지는 남로당이었다' '아버지는 군인이었다'를 거쳐 '아버지는 자본가였다'로 이어지는 아버지 위상의 변화로 설명하던 그에게 그 어느 아버지도 아니었던 아버지를 인정하지 않던 태도를 떨쳐버리고 '아버지는 개흘레꾼이었다'는 것을 인정하는 단계에 이른 것이다. 아무것도 아닌 아버지에게서 개인과 역사의 진정한 비극성을 발견하고 '아버지는 무엇이었다'라고 하는 말 속에 담겨 있는 허위의식을 통렬하게 드러내고 있다. 아무것도 아닌 아버지를 부인하고 권능을 가진 아버지를 찾고자 했던 그의 '아버지 찾기'는 '아버지는 무엇이었다'의 아버지로부터 '아버지는 개흘레꾼이었다'의 아버지의 발견으로 끝난다. 그 순간 주인공은 스스로 아버지가 된다. 이러한 작중인물을 통해서 작가는 "너 같은 애가 베껴먹을 거라곤 네 애비밖에 더 있겠어"라는 비난을 함으로써 이제 자신의 문학이 아버지 찾기에서 벗어날 것을 예고하고 있다.

5

채영주나 김소진의 소설에서 볼 수 있는 아버지 찾기는 아직 그들의 아버지가 그들의 선배들의 아버지와 별로 다르지 않다는 것을 확인시켜줄 뿐만 아니라 그들이 추구하고 있는 방식도 같은 세대 작가들의 가벼움과는 달리 진중하고 반성적이다. 그것은 그들이 아직도 문자 문화에 대한 신뢰와 그것의 아름다움을 추구하고 있다는 것을 입증하고 있다. 그러나 우리가 살고 있는 세계의 아버지가 오늘날 어떻게 변화하고 있는가 하는 것은 그들만이 추구해야 할 문제가 아니라 오늘의 한국 문학 전체가 추구해야 할 문제이다. 〔1995〕

소설의 반성, 반성의 문체

—최윤의 『열세 가지 이름의 꽃향기』

1

최근에 와서 한국 소설에 대서사가 없다는 주장이 한국 소설에 대한 힐난의 목소리로 들려오고 있다. 여기에는 대문자로 쓴 주인공이 없다는 이야기이면서, 동시에 주인공의 일생이 우리의 일상적 삶과는 다른 거대한 모험의 연속이기를 바라는 원망이면서, 그 모험들이 일정한 형식으로 구성되어야 한다는 당위적 주장이다. 소설이 이야기여야 한다는 기본적인 발상은 소설이 어떤 것이어야 한다는 전제 위에 이루어진 것이다. 세계가 변하고 사회가 변하고 삶이 변함에도 불구하고 소설은 변하지 않는다는 생각은 소설의 죽음을, 혹은 문학의 죽음을 가져온다. 이미 문학에서 작가의 존재가 절대적인 힘을 잃고 독자의 존재가 부각된 것을 작가의 죽음으로 이야기하고 있지만, 그것은 문학의 살아가는 방식을 말해준다. 급변하는 세계 속에서 작가가 죽음으로써 문학은 살아서 독자에게 역할을 하고 변화하는 세계에 대응한다. 그런데 소설이 이야기여야 한다는 것은 변화하는 세계와 무관하게 소설은 존재해야 한다는 것을 의미한다. 그것은 소설을 심심할 때 시간을 메우는 오락 기구로 생각하거나 출출할 때 먹는 간식거리로 생각하는 태도다.

하지만 소설은 삶을 진지하게 살고자 하는 사람에게는 삶의 방식이고 동시에 우리에게 삶을 보장해주는 밥이다. 매 순간마다 하나의 선택을 하도록 운명 지어졌다는 것을 자각하고 있는 사람은 소설을 통해서 자신의 보이지 않는 삶을 인식하고 그 삶을 영위할 수 있는 방향을 잡을 수 있게 된다. 소설을 읽지 않으면 정신의 허기를 감당할 수 없을 정도로 소설은 자신의 진정한 모습을 보고자 하는 사람에게는 필수품이다. 1960년대 작가에게 소설은 집단적 삶에 있어서 개인의 발견이라는 의식을 대변해주었고, 1970년대 작가에게 소설은 산업화의 과정에서 상품화되어가는 인간 조건의 발견이라는 생각을 표현해주었다면, 1980년대 작가에게 소설은 군사정권의 억압적 구조 속에서 민중적 삶이 가지고 있는 변혁의 꿈이 일상적 삶에서 어떤 힘으로 작용할 수 있는지 보여주는 가능성을 열어주었다. 1990년대 작가에게 소설은 그 앞 세대의 작품에서 작용하고 있는 이야기로서의 역할을 포기한 듯한 모습을 보여준다. 소설 속의 개인은 자신을 억압하고 있는 이데올로기도 없고 상품화를 부도덕한 것으로 규정하는 이념도 없고 개인을 지배하고자 하는 집단의식도 없다. 군사정권의 붕괴로 민주화되고 동구권의 몰락으로 이념적 우상이 없어지고 산업화의 가속으로 개인의식이 극대화된 사회에서 소설은 개인의 편집광적 욕망의 절망적이며 과장된 표현의 도구가 되고 있다. 그들에게는 생활하는 고통, 이 세계에서 생존하는 고통이 보이지 않기 때문에 공동체적 삶에 대한 꿈이 보이지 않고 대량생산 사회의 소비적 삶만이 드러난다. 모든 금기의 타파가 그들의 목표이기나 한 것처럼 때로는 독선적이라고 할 수 있을 만큼 종교적인 모독을 행하고, 때로는 감정의 추이와는 상관없이 성적인 관계를 가지면서 비정상적인 쾌락을 추구하고, 때로는 모든 것에 무관심해져서 철저하게 무료한 생활 속에 빠지기도 한다. 그들의 표현은 PC 통신에서 볼 수 있는 것처럼 재치와 유머로 가득 차 있지만 전체적인 구성이 없고, 그들의 문체는 단선적으로 연결된 것이 아니라 만화의 장면처럼 단편적이고 입체적인 문단을 형성하고, 그들의 작품은 예술적 완성이 아니라 유희처럼 보인다. 이러한 1990년대의 문학을 지나간 세기의 문학이라고 일거에 매도할 수만은 없는 것이 오늘의 현실이라면, 그것이 과연 한국 소설에 대한 진정한 반성에 토대를 두고 있는지 검토해보아야 한다. 왜냐하면 그들은 그들 나름으로 전통적인 소설로는 그들의 삶을 표현할 수 없고 그들의 감정의 의미를 규명할 수 없으며 독자들과 공감대를 형성할 수 없다고 판단했기 때문이다.

2

최윤의 문학적 활동은 대부분 1990년대에 이루어졌기 때문에 그를 1990년대 작가로 분류할 수 있다. 하지만 최근에 펴낸 작품집 『열세 가지 이름의 꽃향기』를 읽으면 그를 그 이전의 세대에 속하는 전통적 작가의 범주에 분류할 수도, 위에서 언급한 1990년대 작가의 범주에 넣을 수도 없다는 것을 알 수 있다. 그와 동시대 작가들의 작품에는 역사적 자아가 아니라 사적인 자아만이 살아 움직이고 있고, 그의 선배 작가들의 작품에는 사적인 자아보다는 역사적 자아가 더 중요시되고 있다. 그런 점에서 그는 두 세대의 틈새에 자리 잡고 있는 작가일지도 모른다. 그의 데뷔작인 「저기 소리없이 한 점 꽃잎이 지고」는 미쳐버린 한 여자아이의 불행한 유랑의 궤적을 통해서 1980년 광주 항쟁의 아픔을 간접화법으로 이야기하지만, 그것을 직접화법으로 이야기한 어느 작품 못지않은 감동을 준다. 그에게 동인문학상을 안겨준 「회색 눈사람」은 하나의 지하 조직 사건을 통해서 1970년대 민주화 운동의 역사 전체를 간접화법으로 이야기한 감동적인 작품이다. 이들 작품에서 이미 감지할 수 있지만, 작가는 자신이 살았던 유신 시절과 신군부 시절을 누구보다도 더 아픈 상처로 간직하고 있으면서도 그것을 겉으로 내색하지 않고, 그것을 아프다고 하는 순간 상처 자체가 망각의 세계로 사라질 것을 두려워한 나머지 자기 안에서 그 아픔을 쓰다듬고 보존하고 길러왔다. 그는 자신이 살았던 과거를 직설법으로 이야기하는 것이 아니라 그 과거를 집약시켜서 보여줄 수 있는 사건이나 인물을 내세워 상징적으로 이야기한다. 그렇게 함으로써 그는 독자들로 하여금 그 아픔을 자신의 것으로 삼고 아파하게 만든다. 그런 점에서 그의 문학에 대한 근본적인 태도는 상징을 최고의 문학적 기법으로 생각한 그의 선배 작가들의 생각에서 그렇게 멀리 떨어져 있지 않다.

그러나 그의 작품을 직접 읽어본 독자라면, 그가 그처럼 쉽게 그의 선배들과 연결되지 않는다는 것을 알 수 있다. 오히려 동시대 작가들과 공통점을 갖고 있음을 발견하는 것이 더 쉽다는 것을 알 수 있다. 이 작품집에서 볼 수 있는 것처럼 그의 대부분의 작중인물은 이름을 갖고 있지 않다. '그' '그녀' '나'와 같은 대명사로 지칭되거나 아니면 p, y, j, k, c, h, o, e 등과 같은 이니셜로만 표시되는 작중인물은 그들이 동시대의 누구이거나 상관없다는 것을 의미한다. 가령 「하나코는 없다」와 같은 작품에서 "코 하나는 정말 예뻤다"는 이유로, "정면에서 보건, 옆에서 보건 일품인 코를 가진 여자"라는 이유로 '하나코'라는 별명으로만 불려지는 여자도 특별한 여자가 아니다. 그들의 만남은 일상적인 대화로 일관되며 그들이 불러들인 '하나코'도 이름만큼 별난 성질을 가진 것이 아니다. 그러나 그녀가 특수한 것은 술자리에서 남자 친구들이 부를 때 설득력 있는 이유를 댈 수 있는 날이 아니면 거절을 하지 않을 정도로 편안한 여자, 그 모임의 구성원들 하나하나와 별도의 만남을 가진 경험이 있지만 한 번도 그 사실을 밝히지 않는 여자, 남자 친구들의 일상적인 고민들을 아무런 불평 없이 들어주고 진지한 의견을 제시해주는 여자, 남자 친구들의 편지에 꼬박꼬박 답장을 해주는 여자라는 것이다. 그녀의 이름은 '장진자'이지만 그녀는 이 작품에서 끝까지 하나코로 불린다. 이 작품에서 특이한 것은 그들의 모임 자체가 일상적인 모임으로서 월급쟁이들의 답답한 일상적 삶의 한 양상이라는 사실이다. 그들은 일상적 삶의 틀을 깨뜨리고자 모임을 가져보지만 기껏해야 악을 쓰며 노래를 부르는 정도이고, 그들이 좀더 일상의 틀을 벗어나본다고 해도 낙동강까지 자동차를 몰고 간 정도이지 그다음에는 모두들 후회의 빛을 감추지 못하고 말없이 서울로 돌아온다. 주인공 자신은 4년 동안의 결혼 생활에서 아내와 말다툼을 하고 출장을 빙자하여 이탈리아에 갔으나 하나코에게 전화만 하고 되돌아오고 만다. 결국 그들의 일상적 삶은 그들에게 만족할 만한 것은 아니지만 그들은 그것을 뛰어넘을 만큼 모험을 하지 못한다. 그러니까 이 작품에서 작가는 일상의 틀을 벗어나지 못한다는 점에서 그와 동시대의 작가들과 공통점을 갖고 있지만, 그들의 일상적 삶은 마치 고인 물처럼 지나가는 바람에 잔물결을 일으킬 뿐 아무런 변화를 일으키지 않고 아무런 사적인 욕망마저도 지니지 않고 있다는 점에서 동시대의 작가들과 차이점을 갖는다. 그들이 할 수 있는 일은 '장진자'라는 여자를 '하나코'라는 별명으로 부르는 정도이지만, 그것도 그녀 앞에서가 아니라 그녀가 없을 때 남자 친구 사이에서뿐이다. 그가 자신의 아내와 불화를 겪는 것은 "시시껄렁한 물건 구입이나 중간부터 치약을 짠다든지, 또는 늘 조금은 연기가 풍기게 담배를 비벼 끄는 그의 일상의 습관 같은 사소한 일을 두고 생겨나는 말다툼"에서부터 출발해서 "두 사람의 온 존재를 부정하고 뿌리에서부터 뒤흔든다." 그런 불화로 인해 이탈리아 여행을 결행한 주인공은 '하나코'에게 전화를 걸고 찾아가겠다고 약속을 하고도 그것을 이행하지 못하고 서울로 되돌아온다. 하나코는 무기력하고 무능한 그들의 일상적 삶에서 희망의 상징이며 도피처에 해당한다. 그들은 하나코와 함께 있을 때 그들이 해결하지 못하고 소화하지 못한 문제들을 그녀에게 제기하고 하소연하고 의논하여 해답을 구하고자 한다. 그들은 일상적 삶의 공간에서 스스로 창조하는 삶을 사는 것이 아니라 주어진 삶을 그대로 사는 사물화된 존재에 지나지 않는다. 주인공이 이탈리아에 사는 하나코를 찾아가는 것은 아내와의 불화로 인해 막혀버린 일상적 삶에 어떤 돌파구를 얻기 위한 것이다. 그러나 그가 하나코를 만나지 않고 귀국하는 것은 돌파구를 마련하는 능력마저 없음을 보여준다. 그는 귀국함으로써 일상의 늪으로 되돌아온다.

일상적 삶의 공간에서의 탈출을 시도하고 있는 작품으로서 「열세 가지 이름의 꽃향기」는 압권이다. 전투 비행사가 되고자 하는 꿈을 실현시키지 못하고 가난한 트럭 운전사로 죽어간 삼촌의 뒤를 이어 트럭

운전사가 된 '그'는 북극의 에스키모 여인과 결혼하는 꿈을 갖고 '바이'라는 환상적 이름을 갖게 되고, 산골에서 할머니와 단둘이서 살던 '그녀'는 달려오는 차에 뛰어들어 자살을 하려다가 '바이'를 만나 '파랑손'이라는 이름을 갖게 된다.

> "나를 바이라 불러줘. 내가 만든 별명이지. 낮에는 이삿짐을 날라주는 일을 하고 밤에는 북극으로 가는 꿈을 꾸지. 바이는 북극 평원을 걷는 남자라는 뜻이야."
>
> "내 이름은 파랑손. 산간 마을에서 태어났는데 여기까지 왔어요. 구월이면 열일곱이 된답니다."

이렇게 만난 그들은 한순간도 떨어져서는 살 수 없을 만큼 강력한 자기장을 느끼다가, "마침내 그들은 둘이서 어디론가 가버리자는 똑같은 결론에 이르"러 멀리 길을 떠난다. 그들은 이렇게 수개월 동안 달리다가 파랑손의 고향에 닿게 된다. 그들은 여기에서 '바람국화'라는 희귀한 꽃의 탄생을 보게 된다. 그들은 그곳에 바람국화의 군락지를 만드는 데 성공한다. 그들은 여덟 가지 향기를 내는 바람국화의 종류를 재배하는 데 이르고, 저지대병 환자를 고치는 '바파정'이라는 약을 만드는 데 성공한다. 그들은 땅끝 마을을 바람국화의 군락지로 만들고 수많은 관광객을 불러들인다. 그러나 바람국화로 저지대증 환자를 낫게 한다든가, 치매 환자를 고친다든가, 비뇨기 계통의 병을 고칠 수 있다는 등 여러 학설이 등장함으로 인해 오히려 어느 하나도 발전시킬 수 없게 된다. 그들은 학명에 관한 토론을 벌이다가 k씨, l씨, m씨 등이 "바람국화라는 식물에 대한 수많은 오해를 불식하고 건전하면서도 미래적인 방향을 제시하기 위해 뜻깊게 만나 공동 연구를 하게" 된다. 하지만 과거의 열정적인 구매자들과 바림국화와는 무관한 선천적 탈모증 환자, 만성 심장병 환자 등이 나서 역풍의 역할을 함으로써 군락지대가 녹지대로 바뀌는 운명을 겪는다. 바이와 파랑손은 트럭을 몰고 폭풍이 일고 있는 바다로 와서 물속으로 사라진다. 일상에서 탈출하려는 그들의 노력이 결국은 그들을 소멸의 세계로 인도하여 비극적 결말에 이르게 한다. 그렇게 되면 이 작품은 처음의 장면으로 되돌아오고 그동안에 있었던 온갖 사건을 무화시키는 결과를 가져온다. 바이와 파랑손이 살면서 시도했던 모든 꿈과 노력은 그들이 파도 속에 묻혀버림으로써 마치 없었던 것처럼 되고 이 세상에 비존재의 상태로 존재하게 된다.

「물방울 음악」의 주인공인 '나'는 스물아홉의 나이에 상처를 한 사람이다. 그는 아내를 잃고 난 다음 수영장에서 규칙적으로 수영을 한다. 그는 수영장에서 호루라기를 불고 있는 옛 동료인 '킬리 페퍼'를 만난다. 대학 시절에 음악 그룹으로 '미시킨 k'를 조직했고 거기에 목숨을 걸고 영원한 그룹이 될 것을 약속했지만, 그 그룹은 6개월이 못되어 해체되었다. 그리고 2년 후 어떤 책방에서 책 한 권 때문에 시비가 붙은 그녀를 먼발치에서 본 적이 있고, 그러고 나서 아내가 죽은 지 사흘 만에 나오기 시작한 수영장에서 그녀를 다시 발견한 것이다. 그녀는 수영 강사도 아니고 강습생도 아니면서 친구를 따라와서 친구를 도와 호루라기를 불었던 것이다. 그 자신이 어떤 주관을 갖고 사는 것이 아니라 주어진 삶을 거역하지 못하고 살고 있는 것처럼 '킬리 페퍼'도 주어진 여건을 거역하지 않고 흐르는 물결에 자신을 맡기듯 살아간다. '내'가 그녀의 집에 따라가서 풀지 않은 여행 가방을 보고 "여행에서 돌아온 거야? 막 이사 온 거야?"라고 물었을 때 그녀가 "둘 다"라고 대답한 것은 그녀의 그러한 삶의 태도를 단적으로 드러내주고 있다. 그리고 "풀지 않은 작은 여행 짐이 흩어져 있는 그녀의 방 안은 내게 이상한 안식을 주었다"라고 하는 것은 '나'에게도 그녀와 똑같은 방랑벽이 있음을 이야기해준다. 마음만 먹으면 언제든지 훌쩍 떠날 수 있는 가능성이 그에게 안식의 느낌을 주는 것은 낯선 곳을 여행하는 여행자에게는 삶이 여행에서 만나게 되는 사람이나 사건처럼 우연의 연속이라는 인식으로 받아들여지기 때문이다. 확실한 것은 삶의 속성이라는 것이 새롭고 불확실하다는 것이다. 그래서 그녀는 자신의 이야기를 3인칭으로 이야기하고 싶어 하고 '나'는 그녀의 제안에 즉시 동의한다. 그것은 건조한 보고서 형식의 말로서 이를테면 '말의 껍질'에 지나지 않는다. 알맹이가 없어진 말에 부담을 느끼지 않는 것은 그들의 삶에 알맹이가 없기 때문이다. '나'는 갑자기 사라진 '킬리 페퍼'를 찾아서 트럭을 몰고 달려간다.

「전쟁들: 그늘 속 여인의 목선」에서는 군에 입대한 남자 친구를 면회 가는 도중에 노점 행상을 하는 여자들의 목선을 보며 어린 시절 친구 어머니의 아름다운 목선에 관한 추억을 되살린다. 동네에서 제일 잘살던 김내과 집 여주인의 슬픈 운명이 월남전에서 엄청난 부를 축적한 김내과 5층짜리 병원의 모든 것을 버리고 떠나는 데 있었다면, k2 소총을 가지고 탈영한 병사의 운명도 같은 것일 수밖에 없다. 이 모든 것에도 불구하고 그녀에게 남아 있는 것은 김내과 집 딸인 친구의 우울한 모습이다. 면회 가던 날 탈영 사건 때문에 비상이 걸리고 버스가 끊겨서 부대까지 가지 못하고 도중에서 숙박하지 않을 수 없는 주인공은 전쟁 불구자와 어디론가 잠적한 한 여인의 이야기를 통해서 옛 친구 어머니의 가출을 이해하게 된다.

「전쟁들: 집을 무서워하는 아이」에서 주인공 '나'와 남편 규수는 둘만의 공간을 갖게 된 것에 만족을 느끼고 같은 단지 안에 살면서 이웃 k씨와 팬플루트를 함께 배우며 그들에게서 남미 이야기를 듣는다. 그들의 평화로운 생활은 어느 날 k씨 부부의 자살로 여지없이 무너지고, 그들이 남기고 간 아이의 무시무시한 침묵과 만난다. 그럼에도 불구하고 아이를 갖기 위해서 병원을 찾아다니며 임신 가능성을 모색할 때 정자가 난자를 공격하는 현상을 설명하는 의사의 표현과 남편 규수가 신문에서 읽고 있는 걸프전 이야기는 우연하게도 유사한 형태를 띤다. 즉 하나는 인공수정이라는 과정을 통한 생명의 탄생을 나타낸다면 다른 하나는 생명을 죽이는 무시무시한 살상을 나타낸다. 그러니까 꿈많은 k씨 부부의 죽음과 그로 인해서 고아로 남은 그들의 아이, 그러한 광경을 목격하면서도 아이를 갖고자 인공수정을 시도하는 그들의 행위와 컴퓨터 게임 같은 걸프전의 살상 행위를 통해서 작가는 일상적 삶의 표면적 정적 속에 엄청난 폭풍이 준비되고 있음을 상징적으로 제시하고 있다.

「전쟁들: 숲속의 빈터」에서 '나'와 '민구'가 살고 있는 시골집은 숲속에 있고 숲에는 빈터가 있다. '나'는 그 빈터에 나타나는 광인을 보며 자신의 눈을 의심하지만, 남편인 민구마저 그 광인을 목격하고는 공포의 체험을 한다. 그러나 이 사건은 뒤에 벌어지는 조대완의 총기난사 사건과 연결되고 '나'와 민구는 숲속의 집에 만들고자 했던 목욕탕을 완성하는 것을 포기한다. 그들의 일상의 공간은 마치 허깨비와 같은 광인의 존재로 공포를 느끼기에 충분하지만, 그것은 일상의 저 심연 같은 무료함을 깨뜨리기에는 너무나 하찮은 사건으로 흡수되고 만다. 무엇인지 굉장한 것이 일어난 것 같지만 시간이 지나고 보면 거의 아무것도 일어나지 않은 것 같은 일상의 저 어쩔 수 없는 부동의 존재, 무료의 바다에 대해서 누구도 저항할 수 없는 무게가 느껴진다. 주인공들이 살고 있는 세계가 우리가 살고 있는 일상적 공간과 하나도 다를 바 없다. 그것을 대변해주고 있는 것이 다음과 같은 문단이다.

> 하루의 일상이 끝났다. 어제보다 더 피곤하지도 덜 피곤하지도 않은 하루 근무를 끝내고 귀가해 별스러울 것 없는 일로 작은 집 안을 서너 바퀴 돌고 나면 어느새 늦은 밤이 되어 있다. 제대로 듣지도 않으면서 건성으로 켜놓았던 텔레비전의 웅얼거림이 어느 순간 멎으면, 정수는 끙 소리를 내면서 일어나 퍼즐판이 놓여 있는 거실 구석에 켜진 집중 조명 속으로 퇴거한다. 그는 빛 속에 갇히고, 소파에 앉아 있는 내 가슴은 바로 그때부터 정체불명의 고통으로 조금씩 조여온다.
>
> —「창밖은 푸르름」

3

이러한 최윤의 소설에서 작가는 일상의 저 무의미하고 나른한 현실을 문체의 힘으로 지탱하고자 한다. 그의 주인공들은 무언가 골몰하고 있는 듯이 보이지만 대서사의 관점에서 보면 사소하고 하찮은 것들에 집착한다. 그것들은 정교하고 짜임새 있는 문체로 묘사되고 서술되어서 마치 굉장히 중요한 것을 붙들고 있는 것 같지만 실제로는 일상적 삶의 한 모습에 지나지 않는다. 작가는 무미하고 건조한 일상의 모습에 어떤 덧칠이나 의미 부여를 하고자 하지 않으면서 그것이 가지고 있는 음모와 함정에 빠지지 않으려고 의식의 눈을 똑바로 뜨고 세밀한 부분까지 포착하고자 한다. 그렇게 함으로써 작가는 현실을 보다 흐리게 만들고 애매한 상태에 빠지게 한다. 그 순간 현실의 내면에 자리 잡고 있는 보이지 않는 엄청난 폭력의 존재가 드러나게 된다. 그의 소설이 끊임없이 정치소설로 읽힐 수 있는 가능성은 여기에서 비롯되고 있다.

최윤이 작가로서 가지고 있는 야심은 문체만으로 완성된 작품을 만드는 것이다. 그의 지적인 문체는 그 하나하나가 완벽한 명증성을 지니고 있으면서 개개의 문장의 결합이 분명한 대상을 지칭하고 있지만 그것으로 끝나지 않고 융합이 가져오는 또 다른 의미를 산출하고 있다. 그가 대명사나 이니셜이나 별명으로 인물을 지칭하는 것도 개개의 인물에 어떠한 선입견이나 성격을 부여하지 않으려는 그의 의도를 드러내준다. 작중인물들이 계속되는 서술을 통해서 일상에 자리 잡는 방식을 보면 그의 작중인물이 소설 속에서 끊임없이 생성되고 있음을 알 수 있다.

이러한 주인공의 모습을 보면 최윤 소설에 하나의 공통점이 드러난다. 「하나코는 없다」의 주인공은 아내와 불화를 겪고 나서 '하나코'를 찾아 이탈리아로 여행을 떠나고, 「열세 가지 이름의 꽃향기」의 바이는 파랑손과 함께 '바람국화' 군락지를 찾아 트럭을 몰고 한없이 달려간다. 그리고 「물방울 음악」의 주인공도 '킬리 페퍼'를 찾아 트럭을 몰고 간다. 그들에게는 삶의 장소가 지정되어 있지 않다. 그들은 끊임없이 그들의 정착지를 찾아나서지만 그곳을 발견하지 못하고 또다시 길을 떠나야 하는 운명을 타고났다. 그들의 여행은 그들에게 새로운 모험을 하게 하는 것이 아니라 어디에 가든지 모험도 경이도 없는 똑같은 삶을 발견할 따름이다.

최윤의 작가적 재능은 작중인물에 대한 묘사에 있는 것이 아니라 일상적 공간에서 볼 수 있는 사물에 대해서도 엄청난 묘사의 힘을 보여주는 데 있다. 작가의 집필 노트와 같은 성격을 띤 「파편자전: 사물이 영향을 미치는 몇 가지 방식」은 작가가 일상적 사물에 대해서 얼마나 예민한 느낌을 가지고 있는지 알게 한다. 작가의 사물에 대한 감각을 고백하는 이 작품은 작가 자신이 소설에 대한 반성을 어디에서부터 시작하고 있는지 알게 한다. 사물에는 사물 자체가 본래적으로 가지고 있는 형태가 있고, 그것이 세월과 함께 지니게 된 역사성이 있고, 그 사물에 대해서 개인이 겪은 정서적 체험이 있다. 그것을 제대로 파악하기 위해서 작가는 자신의 촉수로 사물을 끝없이 더듬고 있다. 이 과정은 최윤으로 하여금 단시일 안에 자신의 문학의 독자성을 확보할 수 있게 만들었다는 것을 알게 한다. 그가 우리 작가들 가운데 보기 드문 인문주의자로 보이는 이유가 여기에 있다. 〔2000〕

슬픔의 현상학, 혹은 잃어버린 시간 찾기
—신경숙의 소설

1

신경숙의 소설을 읽게 되면 산다는 것이 슬픔을 안고 사는 것이 아닌가 생각하게 된다. 아니 그보다는 신경숙의 소설을 연상할 때 내게 제일 먼저 떠오르는 단어가 '슬픔'이라고 하는 것이 더 정확할 것 같다. 그의 작품 가운데 『깊은 슬픔』이라는 작품이 있기도 하지만 그보다는 『풍금이 있던 자리』에서부터 『외딴방』 『기차는 7시에 떠나네』 그리고 최근에 발표된 「그가 모르는 장소」(『문학과사회』 1999년 겨울호)에 이르기까지 그의 작품들을 읽고 책을 덮으면 슬픔의 여러 가지 양상이 앙금처럼 남아서 그 정체를 밝히고 싶다는 생각을 하게 된다. 그의 소설이 내게 이런 느낌을 남긴 것은 줄거리 자체에서 기인하는 것일까, 혹은 이야기를 하는 화자의 목소리가 슬픈 어조를 드러내고 있기 때문일까, 혹은 인간의 존재 자체가 타고난 운명이 슬프기 때문일까 자문하게 된다. 신경숙 소설에서 화자의 목소리는 전혀 흥분하지 않는 듯한 가라앉은 목소리다. 어떤 열정도 없는 것처럼 그저 있는 현상만을 보고하는 그런 목소리다. 그 목소리가 하고 있는 보고는 다른 사람에게는 전혀 실감을 주지 않는 극히 사적인 보고처럼 받아들여진다. 가령 「풍금이 있던 자리」의 화자는 편지를 쓰고 있다. 편지는 그 자체가 사적인 의사소통의 수단이기 때문에 거기에서 제시된 모든 정보를 개인적인 것으로 만든다. 이 편지가 발송되지 않았다는 것은 그것이 수신자를 갖지 못했다는 것을 의미하며 따라서 독백의 상태를 벗어나지 못했음을 의미한다. 화자가 편지를 부치지 않은 것은 타인과의 의사소통에 이르기 이전의 단계에 머물러 있음을 알게 한다. 편지를 쓰되 부치지 않은 편지는 독백의 단계에 머물러 있어서 상대편과의 대화의 끈을 연결하는 데 실패했음을 의미한다. 여기에서 실패했다는 말은 정확하지 않은 말이다. 실패란 주체가 적극적인 의지를 가지고 시도했지만 이루지 못한 것을 의미한다면, 여기에서 주인공은 편지를 부치겠다는 적극적인 의지를 가지고 있는 것이 아니라 편지 그 자체를 쓰는 것으로 만족하고 있다. 따라서 상대편에게 자신의 생각을 전달하기 위해서 편지를 쓴 것도 아니고, 자기 자신의 생각이 어떤 것인지 알아보기 위해서 편지를 쓴 것도 아니다. 그의 삶에서는 무엇을 위해서 무엇을 하는 일이 일어나지 않는다. 그가 편지를 쓰는 것은 사람들이 끼니때 밥을 먹는다거나 졸릴 때 잠을 잔다거나 하는 것처럼 그냥 쓰는 것이지 자신의 의사를 적극적으로 표시하기 위한 것도 아니고 자신의 생각을 전달하기 위한 것도 아니다. 그런 점에서 그가 사는 것은 살아 있으니까 그냥 사는 것과 다를 바가 없다.

신경숙의 주인공은 자신이 살고 있는 현실에 대해서 만족하지 않으면서도 그것을 극복하고자 하는 적극적인 의지를 가지고 있지 않다. 그의 주인공은 개인으로서는 어쩔 수 없는 거대한 현실의 흐름 속에서 스스로 거기에 거스르고자 하지 않고 그 흐름에 자신을 맡기는 편이다. 그는 자신이 아니라고 생각하는 현실을 거역하지도 않고 그 현실에 적극적으로 뛰어들지도 않는다.

「풍금이 있던 자리」에는 남녀의 사랑이 불륜의 관계로 나타나고 있다. 화자인 '나'와 수신자인 '당신'의 관계나 '아버지'와 '그 여자'의 관계, '점촌 아저씨'와 '다른 여자'의 관계, 스포츠 센터의 에어로빅 반에 나오는 중년 부인의 남편과 젊은 여자의 관계 등은 모두 부인이 있는 남자와 이루어진 불륜의 관계로서 피해자가 있음을 전제로 한다. '나'와 '당신' 사이에 있는 당신의 아내, '아버지'와 '그 여자' 사이에 있는 '어머니,' '점촌 아저씨'와 '다른 여자' 사이에 있는 '점촌 아주머니,' 남편과 젊은 여자 사이에 있는 에어로빅 배우러 온 중년 여인 등은 남편의 외도로 상처를 받은 사람들이다. 그들에게 남편의 외도는 불륜의 관계이기 때문에 지탄의 대상이고 부도덕한 행위이다. 그러나 불륜이라고 해서 두 사람 사이의 사랑이 의심받을 수 없다는 데 삶의 비극적 성질이 있다. 삶이 모순된 것은 자신에게 주어진 것과 자신이 살고 있는 것 사이에 상반되는 것이 너무나 많은 데 기인한다. 사랑하는 사람이 아버지의 원수 집안의 아들이라는 고전적인 주제는 사랑과 의무 사이에서 선택을 해야 하는 인간의 비극적 운명을 드러내준다. 바로 그 비극적 운명을 철저하게 산 인물들이 고전극의 영웅적 주인공들이라면, 근대 이후의 소설에서는 사랑과 윤리는 동일한 차원에서 다루어질 수 없는 성질의 것으로 취급된다. 그래서 대부분의 소설은 법이나 제도나 도덕적으로 금지된 사랑을 그림으로써 그 안에 들어 있는 진실을 규명하고자 한다. 그것은 제도나 법, 혹은 윤리가 인간이 만들어놓았기 때문에 완전하지 못하고 불합리하고 부당하다는 것을 보여주고자 한다. 그렇기 때문에 근대 이후의 소설은 당대 사회에서 불법과 불륜의 진정한 의미를 묻고 있고, 그래서 법이나 윤리로 표현되는 제도 자체를 문제로 삼아 삶의 진실된 표현에 이르고자 한다.

「풍금이 있던 자리」에서 '나'는 사십대 기혼 남자인 '당신'과 사랑에 빠져 있다. 사랑하는 사람이 '당신'의 가족을 버리고 '나'와 함께 외국으로 떠나자는 제의를 했을 때, '나'는 법과 윤리의 경계선을 벗어나고자 하는 그 제의를 받아들이기로 마음먹고 고향 집에 다니러 가지만, 사랑의 선택을 포기하고 주저앉는다. 그것은 '나'가 이제 '당신'을 사랑하지 않아서가 아니다. 사랑을 하지만 그 사랑으로 인해 다른 사람에게 상처를 주는 것을 견디지 못하기 때문이다.

> 이 말을 하지 않으면, 제 말이 모두 당신에게 오리무중일 것만 같으니. 점촌 아주머니를 혼자 살게 한 점촌 아저씨의 그 여자, 그 중년 여인으로 하여금 울면서 에어로빅을 하게 만든 그 여자…… 언젠가, 우리 집…… 그래요, 우리 집이죠…… 거기로 들어와 한때를 살다 간 아버지의 그 여자…… 용서하십시오…… 제가…… 바로, 그 여자들 아닌가요?

어렸을 때 "그 여자처럼 되고 싶다"는 희망을 가져온 주인공이 정작 그 여자와 같은 입장이 되자 자신의 사랑이 타인의 상처를 딛고 이루어진 것임을 깨닫게 된다. 그의 주인공은 사랑을 하는 것이 사랑하는 두 사람 사이의 관계로만 끝나지 않는다는 것을 경험적으로 알고 있고 그것이 그의 사유 체계에 본능적으로 작용을 받고 있음을 깨닫는다. 어린 시절 자신의 어머니 자리에 들어와서 열흘 동안 살다가 간 아버지의 '그 여자'에 대한 기억은 사랑이 아름다운 것만 아니라 많은 사람들에게 상처일 수 있다는 사실과 연결된다. 그의 일곱 살 때의 기억에 남아 있는 마을 여자들은 어머니처럼 "머리에 땀이 밴 수건을 쓴 여자, 제상에 오를 홍어 껍질을 억척스럽게 벗기고 있는 여자, 얼굴의 주름살 사이로까지 땟국물이 흐르는 여자, 호박 구덩이에 똥물을 붓고 있는 여자, 뙤약볕 아래 고추 모종하는 여자, 된장 속에 들끓는 장벌레를 아무렇지도 않게 집어내는 여자, 산에 가서 갈퀴나무를 한 짐씩 해서 지고 내려오는 여자, 들깻잎에 달라붙은 푸른 깨벌레를 깨물어도 그냥 삼키는 여자, 샛거리로 먹을 막걸리와, 호미, 팔토시가 담긴 소쿠리를 옆구리에 낀 여자, 아궁이의 불을 뒤적이던 부지깽이로 말 안 듣는 아들을 패는 여자, 고무신에 황토흙이 덕지덕지 묻은 여자, 방바닥에 등을 대자마자 잠꼬대하는 여자, 굵은 종아리에 논물에 사는 거머리가 물어뜯어놓은 상처를 서너 개씩 가지고 있는 여자, 계절 없이 살갗이 튼 여자……" 등 "일에 찌들어 손금이 쩍쩍 갈라진 강팍한 여자들"뿐이다. 그러한 주인공에게 아버지의 새로운 여자로 나타난 '그 여자'는 '뽀얀' 피부를 가졌고, '은은한 향내'를 풍겼고, "그네 밑에 깔아놓"은 닳아빠진 아버지의 내복 대신 "잔꽃이 아른아른한 병아리색 작은 요를 깔았"고, 끼니때마다 다른 종류의 밥을 해서 식욕을 돋우어주었고, 이따금 책을 읽어주었기 때문에 어린 주인공의 경이의 대상이 된다. 가난과 불결과 그을음과 억셈으로 기억되는 어머니를 비롯한 마을 여자들 속에서 부유와 청결과 뽀얌과 세련으로 기억되는 아버지의

'그 여자'는 찌그러져가는 낡은 교실에 놓여 있는 풍금처럼 그 환경과는 전혀 다른 청아하고 아름다운 음악 소리와 같은 존재이다. 어머니를 비롯한 마을 여자들처럼 살아야 하는 현실에서 전혀 희망이 보이지 않는 캄캄한 주인공의 미래에 '그 여자'는 한 줄기 빛으로 보인다. '그 여자'가 들어오면서 어머니가 나갔기 때문에, '큰오빠'가 "그 여자는 악마야"라고 하면서 주인공에게 그 여자를 따라다니지 못하게 했지만 주인공은 "그 여자같이 되고 싶다"는 생각을 한다. '그 여자'는 열흘 만에 집을 나가면서 주인공에게 "나…… 나처럼은…… 되지 마"라고 말하지만, "그 여자같이 되고 싶다"는 주인공의 희망은 사라지지 않는다. 그러나 주인공이 정작 "그 여자같이 되"었을 때 그녀도 '그 여자'처럼 사랑하는 사람을 떠난다. "예전이나 지금이나 아버지 인생에서 가장 환했던 때는 그 여자가 있던 그 시절이라고 생각"하면서, "그 여자가 떠나주지 않았어도 과연 우리 가족들이 지금 이만한 평온을 얻어낼 수 있었을까" 결론처럼 말한다.

이러한 결론은 얼른 보면 문제의 해결처럼 보이고 따라서 '나'의 사랑을 희생해서 가정의 평온을 지킨다는 도덕적인 교훈으로 해석될 수 있다. 그러나 주인공은 매일 "숯불에 얹혀지는 뜨거움이 가슴에 치받치"는 체험을 한다. "양잿물을 들이마신 것같이 쓰라리게 당신이 그리워요"라는 고백을 보면 주인공이 받는 고통의 깊이가 얼마나 큰지 알 수 있다. 그 치유할 수 없는 고통을 주인공은 글로 씀으로써 자신의 것으로 삼고자 하고 철저하게 살고자 한다. 이름 없는 풀꽃에서부터 하늘에 떠 있는 구름 한 점까지 예사롭게 보지 않을 정도로 예민한 감수성을 가진 주인공이 쓰는 글은 그래서 자주 사용되는 쉼표에 의해 끊어지고 "초여름, 여름…… 이겠지요"라든가 "초록이, 진초록이……

될 테지요"라는 문장에서 볼 수 있는 것처럼 '……'표를 사용해서 말을 길게 끌고 있다. 그것은 내성적이고 우유부단하며 맥없는 주인공의 성격을 드러내는 데 효과적이다. 주인공은 스스로도 망설이고 주저하는 이러한 문장으로는 수신자에게 이해와 설득을 이룩해내지 못하리라는 것을 알고 있지만, 그것마저 쓰지 않았을 때 자신의 정체성을 찾을 길이 없다. 그렇기 때문에 주인공은 불륜의 사랑보다 더 힘겨운 글쓰기를 선택하고 있다.

2

말더듬이처럼 느리고 반복되는 신경숙의 문체는 그렇기 때문에 이야기의 진전이 대단히 느린 대신에 사물의 디테일을, 그리고 사물에 대한 세밀한 느낌을 전달하는 데 탁월한 효과를 보이고 있다. 그의 주인공들은 유난히 예민한 감각을 가지고 있어서 사물의 디테일이 기억되는 과거를 되살리지 않고는 자신의 존재를 받아들이지 못하는 경향이 있다. 일곱 살 때의 기억을 되살리며 현재의 사랑과 결별하는 작품이 「풍금이 있던 자리」라면, 열여섯 살 때의 기억을 되살리고 있는 작품이 『외딴방』이다. 30이 넘은 현재, 작가가 된 주인공은 "우리나라 어디에서나 볼 수 있는 한 농가의" "열여섯의 소녀"의 삶을 추적한다. 그렇기 때문에 이 작품에는 두 개의 시간 축이 문제가 되고 있다. 그 하나는 '사건의 시간' 축으로서 열여섯 살 때부터 열아홉 살에 이르는 과거의 축이고, 다른 하나는 '글쓰기의 시간' 축으로서 현재의 시간 축이다. 이 작품 전체는 이 두 가지 시간의 축이 교차하도록 엮어져 있다. 30세가 넘은 화자는 작가로서 자신의 잊힌 과거를 되살림으로써 현재 자신의 정체성을 찾고자 한다. 그의 정신 속에서 사라질 수 없는 시기가 작가의 꿈을 실현하기 위해 시골 생활을 벗어나는 열여섯 살 때이다.

가난과 절망의 나날 가운데 새로운 삶에 대한 강한 의지에도 불구하고 시골을 떠날 수 없다는 절망감 때문에 '나'는 자신의 발바닥을 쇠스랑으로 찍는 자학 행위를 한다. 서울에 간 '오빠'에게 자신을 데려가달라고 편지를 썼다가 찢어버리고 절망의 심정으로 자학 행위를 한 '나'는 다시 편지를 쓴다. "나 좀 이곳에서 빨리 데려가줘"라고. 그녀가 생각한 서울은 그러나 그처럼 호락호락한 곳이 아니다. 직업 훈련원에 들어간 그녀는 열아홉 살의 외사촌과 함께 20여 명이 함께 자는 방에서 서울 생활을 시작한다. 그녀는 야간학교에 다니기 위해서 노조 결성에 가담하지 않고 온갖 고초를 겪는다. 오로지 학교에 다니기 위해 온갖 수모와 고초를 겪어낸 그녀의 과거는 망각 속에 묻혀 있다가, 하계숙을 비롯한 옛 친구들의 전화를 통해서 기억의 실마리를 풀어헤치는 형식을 취한다. 자신이 작가가 된 것은 그 시절 그 친구들의 이야기를 통해서 자신의 과거를 되찾는 행위가 된다. 친구의 전화 소리를 듣고 친구가 "16년 전의 교실 문을 쓰윽 열고 있었다"라고 표현한 것은 마치 무대의 막을 여는 역할을 하는 것처럼 보인다. 열여섯 살에서부터 그녀가 산 인생은 우리 사회의 산업화 과정의 온갖 모순을 함께 산 삶이다. 30여 개의 방이 함께 있는 '벌집'으로 표현되는 숙소와 저임금을 극복하기 위해 끝없이 계속되는 야간작업과, 그럼에도 불구하고 공부를 해야 하는 야간학교 생활, 여기에다가 노동자를 제대로 대우하지 않음으로써 더욱더 부를 축적하고자 하는 사용자들의 횡포, 그것은 우리 사회의 산업화 과정에서 볼 수 있었던 열악한 사회적 조건들의 축도라고 할 수 있다. 정확한 보도 없이 소문으로만 들은 광주의 민주화 운동이 화자에게는 '셋째 오빠'의 온몸에 든 멍으로 체험된다.

작가는 이러한 소재가 이미 한국 소설에서 무수하게 다루어진 소재라는 것을 너무나 잘 알고 있다. 그러니까 작가가 그리고 싶어 한 것은 망각된 세계를 그러한 소재를 통해서 다시 복원하고자 하는 사실주의적 재현이 아니다. 그러한 과거를 산 사람이 현재에 어떤 삶을 살 수 있으며 그것의 의미는 무엇인가 하는 질문을 작가는 던지고 있다.

화자는 작가의 삶을 삶으로써 끊임없이 현실의 간섭을 받는다. 화자가 과거의 기억을 되찾는 것은 '하계숙'을 포함한 옛 동료들의 전화에 의해서다. 그들은 때로는 "너는 왜 우리들 이야기를 쓰지 않느냐"는 비난을 받기도 하고 때로는 그 시절에 보았던 영화 제목이 「금지된 장난」이 아니라 「부메랑」이라고 하며 사실과 달라진 부분의 수정을 권유받기도 한다. 만약에 작가가 사실주의적 관점에서 기억을 되살리고자 했더라도 그것이 르포르타주와 같은 기록문학이 아니라면 제목의 오류가 지적의 대상이 될 수 없다. 화자가 자신이 쓴 작품이 소설이라는 것을 상기시키고 「금지된 장난」으로 바꿔 쓴 것이 의도적인 것임을 밝히고 있는 것은 오히려 소설과 기록문학의 경계를 밝히는 것이다. 이러한 사실은 작가란 독자들에게 끊임없는 간섭을 받고 있으며, 작품이란 비록 사실에 근거해 있더라도 작가의 상상력의 소산임을 드러낸다.

'사건의 시간'에서부터 15년의 간격을 두고 '글 쓰는 시간'에 서 있는 화자는 자신이 작품을 쓰고 있는 현실이 15년 전의 과거와 분리되거나 동떨어져 있을 수 없다는 것을 인식하고 있다. 그것은 글을 쓴다는 것이 지금까지 자신의 삶 전체를 걸고 쓴다는 것을 의미하며, 따라서 한 편의 작품을 쓰기 위해서 전력 투신을 하지 않으면 안 된다는 철저한 작가 의식을 보여주고 있다. 15년의 간격을 두고 자신의 성장

과정을 그린다는 것은 그 성장기의 상처와 절망이 깊으면 깊을수록 현재의 삶을 받아들이는 데 겸허해질 수 있는 가능성을 보여주는 것이다. 화자가 동시대의 시인과 작가의 작품을 읽는다는 것은 그러한 겸허한 자세의 표현이다. 글쓰기의 시간에 있는 화자의 현재는 과거의 연장선에 있으며, 동시에 현재 살고 있는 삶의 여러 요소들과 연결되어 있다. 그래서 글쓰기의 시간은 사건의 시간과 통시태적 관계를 갖고 있고, 현재의 여러 요소들과는 공시태의 관계를 맺고 있다. 작가인 화자는 자신의 작품이 시간의 축을 수직으로 따라가면서 동시에 시간의 축을 수평적으로 따라간다. 일반적으로 사건의 시간과 글쓰기의 시간 사이에는 길항 관계가 있어서 드라마가 형성된다. 작가를 주인공이나 화자로 내세웠을 때 제기되는 문제는 작가가 사건을 모두 보고할 수 있기를 바라지만 글 쓰는 행위 자체가 사건이 됨으로 인해서 모든 것을 언어화하고자 하는 작가의 꿈이 좌절된다는 것이다. 현재가 글자화되는 순간에 과거로 변해버리는 시간의 속성 때문에 작가는 자신의 작품 속에 모든 것을 그리고자 하는 꿈을 포기하는 비극적 존재가 된다. 그래서 작가는 자신이 쓰고자 하는 것에 항상 못 미친다는 의식 때문에 새로운 작품을 쓸 수밖에 없다. 새로운 작품을 통해서 그 이전 작품에서 미진했던 것을 보완하고자 한다. 화자의 친구들이 "우리들의 이야기는 쓰지 않더라"라고 화자를 비난하는 것이나 화자가 쓴 과거의 이야기가 실재와 다르더라고 항의하는 것은 그들에게 문학에 대한 이해가 부족해서일 수 있지만 작가로서는 자신의 글쓰기가 완전하지 못하다는 것을 의미한다. 그래서 화자는 동시대의 시인이나 작가들의 작품을 읽고 감탄하고 그들을 만나고자 한다. 그러나 그 만남이 곧 자신의 문학의 완성을 가져오지는 않는다.

실제로 작가 신경숙은 화자를 통해서 자신의 소녀 시절에 만났던 무수한 사람들의 삶을 단편적으로 재현함으로써 시적인 효과를 거두고 있다. 하늘에 있는 무수한 별들이 한순간에 나타났다가 스러지는 것처럼 그 시절에 만난 소녀들의 가난하고 찌들어진 삶의 파편들이 그의 기억 속에 명멸하면서 소설의 현실을 구축한다. 생명 자체로 보면 누구나 귀한 것이지만 생명을 유지하기 위해 그들이 지불해야 하는 노력이나 받아야 하는 대가는 암담하고 절망적이다. 작가는 그러한 그들의 이야기를 인과관계에 의해 완전하게 복원해놓은 것이 아니다. 만일 그 이야기를 완전하게 복원해놓았다면 이 작품은 민주화 운동으로 격렬해 있던 1980년대의 처절한 노동소설의 범주를 벗어나지 못한 채 과거의 작품이 되었을 것이다.

신경숙의 뛰어난 점은 같은 소재를 자기 식으로 재구성해서 표현하는 데 있다. 과거의 잊힌 이야기를 마치 생각나는 대로 적어놓은 것처럼 이 작품은 문단 하나하나가 메모 형식을 띠고 있다. 그 시절에 만났던 사람들의 이야기를 처음부터 끝까지 서술하지 않고 그 현장에서 겪은 것만을 단편적으로 기록하고 있다. 신경숙의 서술에는 인과관계에 의한 완결된 문장으로 이루어진 것이 거의 없다. 종결어미로 끝마친 문장이 많지 않고 미완으로 끝나거나 말줄임표로 끝난 것이 많은 것은 그의 소설이 새로운 문법을 사용하고 있다고 보아야 한다. 시에서나 볼 수 있는 이러한 문장이 소설 전편에 흐르고 있기 때문이다. 그런데 바로 그 단편적 기록들이 퇴적층에 쌓인 석탄처럼 단단하게 구축되어서 켜켜이 벗길 때마다 빛나는 보석들이 나타난다. 3년여 동안의 고단하고 힘들었던 외딴방 생활이 과거의 파편들에 의해 재구성되는 것을 보면, 그 기억의 파편들이 찬란한 보석처럼 보인다. 모든 찬

란한 것은 우리에게 슬픔을 주는 것처럼 그의 소설을 읽고 나면 가슴에 깊은 슬픔을 간직하게 된다.

이 작품은 신경숙의 작품 가운데 작가가 소설 속에 가장 많이 개입된 작품이다. 작품의 끝에 가면 작가는 다음과 같은 고백을 한다.

> 이 글은 사실도 픽션도 아닌 그 중간쯤의 글이 된 것 같다. 하지만 이걸 문학이라고 할 수 있을 것인지. 글쓰기를 생각해본다. 내게 글쓰기란 무엇인가? 하고.

그에게 글쓰기는 그와 동시대를 살았던 슬픈 기억을 가진 사람들에 대한, 그리고 자기 자신의 삶에 대한 일종의 빚 갚기인 것처럼 보인다.

3

신경숙은 문학이 무엇인지, 소설이 무엇인지에 대해서 질문하고 고민하는 우리 시대의 드문 작가 가운데 한 사람이다. 그것은 그가 쓰고 있는 작품마다 비슷한 문체를 가지고 있으면서도 소설을 쓰는 방식을 끊임없이 새롭게 모색하고 있기 때문이다.

스물한 살 때의 기억을 찾아 헤매는 『기차는 7시에 떠나네』는 망각 속에 들어가버린 자신의 과거를 되찾아가는 주인공의 여정이다. 잊힌 과거는 구체적인 디테일 없이는 복원되지 않는다. 망각 속에 묻혀 있던 과거는 차 한잔이나 과자 하나의 맛과 함께 전광석화처럼 의식의 표면에 떠오른다. 그 순간 과거의 한 장면이 구체적인 디테일과 함께 유도선을 따라 재구성된다. 라디오 방송에서 목소리로만 이야기하는 성우인 주인공은 중국 여행에서 돌아오는 날 스무 살 된 조카 미란의 자살 기도 소식을 듣는다. '김하진'이라는 주인공-화자는 어려서부터 놀라운 감수성을 가지고 있어서 "서글픈 마음이 되면 걷잡지 못하고" 예언을 하고 나서 자신의 예언이 적중하는 것을 본다. 대개의 경우 예언의 결과는 슬픈 소식으로 나타난다. 중국 여행 중에 자신의 카메라에 미란이 나타난 것을 보고 미란에게 나쁜 일이 일어날 것을 예견했던 것이다. 무엇이 스무 살의 미란으로 하여금 자살을 기도하게 하였을까, 서른다섯의 화자가 스스로에게 질문을 던진다. 미란의 기억상실증을 보면서 화자인 김하진은 그 원인을 찾아나선다. 어머니를 기피하는 미란을 자신의 집으로 데려온 김하진은 미란의 머리를 감겨주고 목욕을 시켜주며 미란을 이해하고 사랑한다. 미란의 이모라는 인척 관계를 제외하고 미란과 특별히 가까워질 이유가 없으면서도 김하진은 미란을 정성껏 돌보아준다. 미란의 야행에 뒤를 쫓고 예민해진 신경질을 받아들이는 가운데 미란이 어떤 충격으로 기억상실증에 걸려 있는지 알게 된다. 이러한 미란에게 애틋한 마음을 갖고 정성을 다할 수 있었던 것은 인척 관계보다 더 깊은 무엇이 있었기 때문이다. 그것은 아마도 김하진이 스무 살 때 자신의 모습을 미란에게서 보았기 때문일 것이다. 미란은 자신의 친구 '인옥'에게 임신을 시킨 지환을 받아들일 수 없게 되자 자살을 기도한다. 그리고 그 시절의 기억을 상실한 미란이 그 이야기를 이모인 김하진에게 하기까지는 이모도 자신과 같은 과정을 겪었다는 것을 알고 난 다음이다. 지금은 김하진이라는 성우로 알려져 있는 이모는 어느 날 '옥상에서'라는 사진에서 다른 사람들과 함께 찍은 자신의 모습을 발견하고서 스무 살 무렵의 자신의 삶이 망각의 세계에 사라졌음을 알고 그것을 찾아나선다. 김하진은 미란에게 "너만 한 시절의 나를 잃어버렸다고. 지금부터 찾아나서려고 한다고.

네가 함께 동행해줬으면 좋겠다고. 혼자서 용기를 내려면, 매번 아까 처럼 맥주를 마셔야만 될 것 같으니 미란아, 네가 좀 있어줘야겠다"라고 간청한다. 그것은 김하진이 미란에게서 자신의 짝패를 발견했기 때문이다. 바꿔 말하면 김하진은 미란에게서 자신의 젊은 날을 발견했을 뿐만 아니라, 그로 인한 상처가 자신이 지금 겪고 있는 것과 똑같이 미란에게 일어나지 않을까 두려워하고 있음을 의미한다. 자신의 잃어버린 과거를 찾아 떠나는 길에 동행하자고 하는 것은 자신의 과거의 상처를 미란에게 보여줌으로써 미란의 병을 치유하고 자신과 같은 불행한 삶을 살게 하지 않기 위해서다. 미란의 현재의 불행이 자신의 과거의—미란과 같은 나이의—불행과 닮아 있기 때문이다.

미란과 함께 떠난 여행에서 그가 되찾은 기억은 1980년대에 그녀의 이름이 오선주였고, 다른 친구들과 함께 노동운동을 벌이다가 경찰에 끌려가서 모진 고문을 이겨내지 못하고 동료들의 이름을 자백해버림으로써 조직 전체가 무너져버리고 동료들이 붙들린 사실이다. 그로 인해서 그녀는 동료들을 배반했다는 죄책감에 사로잡히고 노동운동의 동료이며 사랑하는 사이인 유은기와의 사이에 갖게 된 아이를 유산함으로써 충격을 받고 기억상실증에 걸린다. 그녀는 오선주라는 이름으로 살아온 과거를 잃어버리고 김하진이라는 새로운 이름으로 성우 생활을 한다. 그녀의 현재는 자신이 사랑하는 '당신'에게서 결혼하자는 제의를 받자 이를 거절하며 방황의 길을 걷는다. 사랑은 하지만 결혼을 거절하는 그녀의 무의식 속에는 젊은 날의 상처가 자리 잡고 있다. 그 상처의 근원에는 대학 선배이며 애인이었던 유은기와 그의 동료들이 자신의 배반으로 인해 붙들려갔고, 그로 인해 아이를 유산했다는 죄의식이 깔려 있다. 그러한 과거를 되찾게 된 김하진은 현재의 '당신'

과의 사랑을 이룩하기에 이른다.

이 작품의 구성은 처음 7장까지는 현재의 사건들이 글쓰기의 시간과 일치하며 현재진행형으로 진행된다. 따라서 8장이 이 작품의 전환점이라고 할 수 있다. 여기에서부터 시간은 과거와 현재를 오가며 잃어버린 과거를 복원하고 있다. 김하진이 유은기를 찾아가는 과정이 마치 탐정소설과 같은 과정을 밟고 있지만, 사실은 여기에서부터 사건의 시간과 글쓰기의 시간, 과거의 시간과 현재의 시간이 교차함으로써 이야기의 날줄과 씨줄을 형성하며 이 소설을 구축하고 있다. 15년의 시간적인 간격으로 인해 화자인 김하진은 1980년대 초의 무시무시한 군사정권의 피해자로서 고통과 절망을 체험하고 기억상실증에 걸리지만, 그보다 15년의 세월이 지난 현재의 미란은 싸워야 할 대상도 없이 밤중에 시내를 질주하며 울음을 울어야 한다. 그들은 어느 시인의 말처럼 '젊음' 자체가 '저주'로 느껴질 정도로 사랑의 상처를 입고 있다. 김하진이 오선주라는 이름을 되찾았다고 해서 잃어버린 젊음을 되찾을 수 있는 것은 아니다. 마찬가지로 미란이 잃어버린 기억을 되찾았다고 해서 그의 상처가 아물 수 있는 것은 아니다. 그렇기 때문에 그들의 삶은 슬픈 운명을 타고난 것이다.

그런 점에서 이 작품의 전반부는 현재의 사건이 전개되는 것을 시간의 순서로 기록한 평면적인 구성을 가졌다면, 후반부는 현재의 사건을 과거라는 거울에 비추어 반사하게 함으로써 현재의 사건 뒷면을 보게 하는 입체적인 구성을 가졌다. 그러니까 전반부는 미란의 자살 소동에서부터 시작해서 문제를 제기했다면, 후반부는 전반부의 문제에 대한 해답이며 설명이다. 평면적인 구성을 가진 전반부는 사건의 표면만을 보여주는 데 반하여 후반부는 전반부에서 볼 수 없었던 사건의 이면을 과거라는 거울을 통해 보여주고 있다. 그 결과 이 작품은 김하진과 유은기, 미란과 지환, 김하진의 친구 윤과 현피디 등이 이루는 쌍 사이에 있는 사랑의 상처를 문제로 제기하고 그것의 해석을 시도하고 있다. 그것은 완전한 사랑이란 상처 없이 이루어질 수 없다는 것이다. 완전한 사랑은 상처를 포용할 때 가능하다는 것을 김하진과 '당신'의 관계에서 이루어진 화해적 결말에서 볼 수 있다.

이처럼 그의 작품이 이중적인 구조를 갖고 있다는 것은 그의 문체의 독특성과 함께 그의 소설을 빨리 읽는 것을 방해한다. 소설을 빨리 읽지 못하도록 쓴다는 것은 작가에게 하나의 전략일 수 있다. 모든 것이 속도 중심으로 변화하는 오늘의 문명 속에서 그것이 무엇을 위한 속도인지 질문하게 만드는 것이 소설이기 때문이다. 그의 소설을 빨리 읽지 못하게 하는 또 하나의 요인이 있다면, 그의 주인공들이 모두 너무나 민감한 감성의 소유자여서 예감을 대단히 중요시한다는 사실이다. 뿐만 아니라 사물이나 사건에 대해서 예민한 감성을 보이기 때문에 그의 예민한 문체를 고려하지 않고 줄거리만 좇아간다면, 그 독자는 그의 소설의 풍성함을 전혀 느끼지 못할 것이다. 아니, 그의 소설이 줄거리 중심의 소설이 아니라는 것을 알아차리지 못하게 된다. 이따금 잠언처럼 씌어진 문단을 음미하지 않고 빨리 읽는다는 것은 안 읽은 결과를 낳는다. "잊으려고 하지 말아라. 생각을 많이 하렴. 아픈 일일수록 그렇게 해야 해. 생각하지 않으려고 하면 잊을 수도 없지. 무슨 일에든 바닥이 있지 않겠니. 언젠가는 발이 거기에 닿겠지. 그때, 탁 차고 솟아오르는 거야"라고 하는 문장처럼 화자가 자신에게 하는지 미란에게 하는지 독자에게 하는지 얼른 보아서는 모를 문장들이 많다. 그의 소설은 느린 독서를 통해서 눈으로 읽는 것이 아니라 피부로 느끼고 머리로 읽기를 요구한다. 감성적인 그의 문체가 신경숙의 독창성의 한쪽 끝이라면, 이야기체가 아닌 소설적인 구성은 그 다른 한쪽 끝으로 보인다.

4

최근에 발표된 신경숙의 중편소설 「그가 모르는 장소」는 그의 소설 가운데 비교적 평면적 구성을 가진 작품이다. 결혼해서 딸 하나를 둔 아들과, 젊어서 홀로된 어머니가 밤낚시를 가서 하룻밤을 보내는 이야기인 이 작품은 아주 느린 속도의 세밀한 묘사를 통해 이루어져서 그의 기존 작품과는 다른 인상을 준다. 낚시터에서 일어나는 일들을 극사실주의적 기법으로 묘사하고 있는 이 작품은 낚시터의 모습이나, 낚시의 찌 하나하나의 움직임이나, 이를 지켜보는 작중인물의 시선까지 마치 세밀화의 그것처럼 자세하게 묘사하고 있다. 그래서 이야기의 줄거리만 따라가면 이 작품은 처음부터 끝까지 낚시 이야기로 일관할 것 같은 인상을 주는데, 이야기의 속도가 느린 만큼 어느 순간 새로운 정보가 제공됨에도 불구하고 그것이 그렇게 놀라운 정보인지 알아차리지 못하게 만든다. 그것은 화자의 어머니가 생모가 아니라는 사실이다. 그는 어렸을 때부터 어머니에게 사랑의 매질도 당하지 않고 극진한 돌봄을 받으며 성장해왔고, 그래서 회사에서 만난 여자와 결혼을 하고 슬하에 딸까지 하나 두고 있는 행복한 '남자'로 보인다. 더구나 그는 회사에서도 원만한 대인 관계로 인해서 IMF의 위기에도 불구하고 확고한 자리를 차지하고 있다. 그가 어머니와 둘이서만 있는 밤낚시의 현장에서 고백하고 있는 것은 외형적인 성공에도 불구하고 그가 행복하지 못하다는 사실이다. 그가 아내와의 이혼을 거론하는 목소리는 너무나 조용하기 때문에 그것이 그의 외형적인 행복을 깨뜨리는 목소리로 들리는 것이 아니라 단순한 사실의 확인으로 들린다. 하지만 여기에는 그가 자신의 어머니와 사이 좋은 모자 관계를 유지해온 것과 마찬가지로 자신의 결혼 생활을 행복한 것으로 믿어온 착각이 자리 잡고 있다. 그가 사회적으로 성공할 수 있었던 것은 다른 사람과 깊은 관계를 맺지 않고 적당한 거리를 유지하며 모든 사람과 원만한 관계를 유지함으로써 가능했다. 이와 마찬가지로 그가 가정 생활을 행복한 것으로 믿을 수 있었던 것은 생활비를 지불하면서 그것으로 가부장적인 자신의 역할을 수행하고 있다고 믿으며 아내와 딸이 그에게 무엇을 기대하고 있는지 전혀 고려하지 않았기 때문이다. 아내가 어느 날 "사랑하는 사람이 생겼다"라고 고백한 것은 자신의 존재를 인정하고 자신과 의사소통이 가능한 남자가 생겼다는 것을 의미한다. 그가 떠돌이 강아지를 돌보는 것과 같은 것을 사소하게 생각한 것은 생활한다는 것이 바로 하찮고 보잘것없는 것들로 이루어져 있다는 것을 망각하고 있는 데서 기인한다. 사람이 함께 산다는 것은 함께 노력해서 만든 공동의 공간 속에서 이루어지는 모든 것에 공동의 관심과 애정을 기울일 때 가능하다. 이 작품에서 드러나는 신경숙의 생각은 모자 관계의 유형이 부부 관계의 유형으로 연결된다는 것이다. 그의 어머니는 자신이 생모가 아니기 때문에 아들에게 사랑의 매질을 하지 않고 어머니로서 할 수 있는 온갖 기능적 역할만을 수행함으로써 완전한 모자 관계가 이루어진다고 생각한다. 이와 마찬가지로 화자는 자신의 아내에게 생활비를 지불하는 기능적인 역할만을 수행하고 떠돌이 강아지에 대한 아내의 관심을 무시함으로써 부부 사이의 의사소통의 기회를 완전히 배제해버린다. 그의 아내가 수의사를 찾아가는 것은 작은 생명체에 대한 그녀의 관심을 수의사가 이해해주기 때문이다.

여기에서 강아지 사건은 하나의 상징적인 사건에 지나지 않는다. 그는 아내의 욕망, 아내의 요구가 무엇인지 알고자 하지 않았고 아내에게서 받는 섬김을 당연시하고 자신의 지각이 자동화되는 것을 방치하여왔다. 그는 타인과 깊은 관계를 갖는 것이 부담으로 작용한다는 것을 알고 모든 타인과 일정한 거리를 유지하고 그 거리 속에서 원만한 관계를 유지할 줄 안다. 그의 아내가 이러한 그를 비난하는 것은, 그들 부부 사이에서조차도 서로 깊은 관계를 갖지 않으려고 하는 것 자체가 서로에게 책임을 지기 싫어하는 데 기인한다는 것을 알기 때문이다. 그의 아내는 자동화된 그들의 관계가 아무런 생산성도 없고 생명력도 없다는 것을 알고 있다. 그것은 곧 그녀의 죽음을 의미하며 그녀의 존재 자체가 비존재화된 것이다.

이미 『기차는 7시에 떠나네』를 비롯한 다른 작품들에서 신경숙은 인간의 관계에 있어서 스킨십을 중요시한 적이 있다. 그것은 사람과 사람의 관계가 정신적인 것으로 충분한 것이 아니라 몸과 몸의 부딪침이 필요하고 그 경우에만 영혼의 교감이 가능하다는 것을 강조하는 것이다. 이 작품에서도 작가가 보여주고 있는 것은 사람의 삶이란 본질적으로 쓸쓸한 것이라는 그의 생각이다. 젊어서 홀로된 어머니가 외롭고 쓸쓸하면 찾아오곤 하는 호수와, 어려서부터 홀로된 어머니를 동행해서 자주 찾아왔던 호수는 그들의 외로움을 달래주는 유일한 장소이다. 그들이 위로받는 장소인 호숫가에서 그는 이제 그에게 동생도 하나 못 만들어주는 불모의 자궁을 가진 자신을 부끄러워하는 어머니를 업고 어머니와의 화해에 들어가지만 그것으로 아내와 영원히 이별하게 된다. 그의 쓸쓸함은 영원히 치유될 수 없는 숙명적인 병이다. 그러므로 그 병에 걸린 사람은 그것을 지니고 살 수밖에 없다.

이 작품이 그의 초기작 「풍금이 있던 자리」와 비교할 때 달라진 것이 있다면, 그것은 「풍금이 있던 자리」가 불륜의 관계라는 도덕적인 지탄에도 불구하고 이를 선택하려 했던 주인공으로 하여금 자신의 사랑의 진실을 선택하는 데까지는 이르지 못하게 한 반면에, 「그가 모르는 장소」는 주인공의 아내로 하여금 불륜의 관계라는 인식에도 불구하고 사랑의 진실을 선택하게 만든 데 있다. 이것은 여성주의적 관점에서 본다면 작가의 의식의 발전을 의미한다. 자신이 알고 있는 진실에도 불구하고 사랑을 포함한 모든 것을 적극적으로 수용하지 못하던 신경숙의 초기 주인공과는 달리 「그가 모르는 장소」 주인공의 아내는 자기의 일상적 삶이 가지고 있는 허위의식을 발견하고 자기 안에 감추어져 있던 열정을 인식하면서 새로운 선택의 길을 걷는다. 중요한 것은 그 선택 자체에 있는 것이지 그것이 곧 그녀에게 행복을 보장해주느냐 주지 않느냐 하는 데 있지 않다. 행복이란 주체의 선택으로만 이루어지는 것이 아니라 객체의 호응도 있어야 하고 주변 환경의 협조도 동반되어야 가능하기 때문이다.

그런 점에서 동일한 유형의 소설을 쓰지 않으려는 노력을 기울이는, 작가로서의 신경숙의 생명은 길 것으로 보인다. 그는 소설을 써버리는 작가가 아니라 써서 남기고자 하는 노력을 보이고 있는 작가이기 때문이다. 풍금이 있던 '자리'와 그가 모르는 '장소'에서 신경숙이 사용하고 있는 공간 개념의 변화에 대해서 주목할 필요가 있다. 전자가 과거적이고 정태적이라면 후자는 현재적이고 역동적이기 때문이다. 그것은 신경숙 작품의 앞으로의 변화에 중요한 단서가 될 것이다. 〔1999〕

여성주의자를 만드는 것

—서하진의 『사랑하는 방식은 다 다르다』

1

서하진의 소설집 『사랑하는 방식은 다 다르다』에 수록된 작품들은 「홍길동」을 제외하고는 모두 여자가 주인공인 소설이다. 그들은 결혼을 한 여성이지만 행복한 결혼 생활을 하지 못하고 있다. 「나무꾼과 선녀」의 주인공 지수는 미국 생활 15년 만에 귀국해서 18세의 나이로 20세의 영화를 만나 결혼 생활에 들어간다. 딸 둘에 세번째 임신을 했을 때 남편이 폐결핵에 걸린 것을 알고 그것이 배 속의 아이를 기형으로 만들지 않을까 고민하며 출산을 한 지수는, 무슨 일이나 혼자 결정하고 혼자 흥겨워하는 남편과 의견의 일치나 공감대를 형성하지 못하고 산다. 지수는 그렇게 태어난 아이가 울지 않는 것에 대해 불안해하지만 남편 영화는 그 불안을 알아차리지 못한 채 "우리 순둥이 착한 공주님"이라고 부르며 즐거워한다. 또 갑자기 휴가를 얻어 괌 여행의 비행기표와 여권을 주면서 그 정도는 늘 하는 일인 것처럼 이야기하는 남편에 대해서 한마디 대꾸도 하지 못하는 지수는 스킨 스쿠버와 낚시 장비를 가지고 뱃길로 한 시간 거리의 섬으로 떠나자는 남편의 제안에도 불구하고 혼자 남아서 여러 가지 상념에 사로잡혀 있다. 그녀는 "잠이 오지 않는 밤이면 늘 그렇듯이 잠들기 위해 아무런 노력도 하지 않"고 수많은 소리들에 귀를 기울이지만, 그녀의 남편은 그러한 그녀의 불면을 모른 채 잠을 잔다. 그녀는 낮 동안에는 언제나 모든 사물을 관찰하면서도 혼자서 침묵을 지키며 지낸다. 그녀의 결혼 생활은 "장난처럼 시작한 일이었다. 백일이 지나면 돌아갈 것이라고, 이 땅에서의 일은 그날로 모두 마감하는 거라고, 돌아가면 예전과 다름없는 자신의 자리가 남아 있을 거라고……" "터무니없는 믿음"을 가지고 살아온 지수는 자신을 나무꾼과 사는 선녀로 인식하고 있다. 여기에는 물론 여권을 감춰버린 남편의 행위가 상징적인 작용을 하고 있지만, 수평선에 떠오르는 달을 보며 그 흰 빛줄기를 타고 날아오르는 꿈을 꾸고 있는 데서 뚜렷하게 볼 수 있다. 나무꾼과 선녀라는 제목 자체에서 주인공의 불행이 드러나고 있기도 하지만 지수는 아주 예민한 감수성의 소유자인 반면에 남편은 나무꾼처럼 무딘 감수성의 소유자이다. 그렇기 때문에 지수는 무슨 소리를 끊임없이 듣게 된다. 그녀는 결혼하기 전에도 언니가 가출한 미국 생활에서 불면의 밤을 새우면서 온갖 소리를 견딜 수 없어 마리화나에 의존한 바 있지만, 결혼한 뒤에도 잠 못 이루는 밤에 남편과 고통을 함께 나누지 못하고 무수한 소리를 들으며 밤을 새운다. 선녀가 나무꾼과 살면서 행복할 수 없는 것처럼 나무꾼이 선녀의 예민한 감수성을 이해할 수 없는 것이다. 선녀는 자신이 떠나온 세계를 꿈꾸고 나무꾼은 선녀와 사는 현실을 붙들고 싶어 한다.

「타인의 시간」의 주인공 '나' 말희는 자신을 위해 모든 것을 버리고 미국에 온 남편, "가족과 직장과 그의 경력 전부를 낯선 땅의 편의점 정리 요원이라는 초라한 직업과 맞바꾼" 남편 '대일'과 결혼하여 살고 있지만 "가도 가도 만나지지 않는 두 개의 바퀴 자국"처럼 평행선을 긋고 있는 자신과 남편의 관계에 절망을 느끼고 있다. 영어를 잘 못하기 때문에 타인과 의사소통이 원천적으로 힘든 '나'는 유일한 통로인 남편과 말을 하고자 한다. '나'는 집안의 반대에도 불구하고 선택한 남편에게서 끊임없이 사랑을 확인하고자 한다. 미쳐서 아버지에게 버림받은 어머니를 둔 '나'는 어머니의 삶이 자신에게 일어나지 않을까 하는 강박관념에 사로잡혀서 "내가 미치면 당신 어떻게 할 거야?"라고 끈질기게 묻다가 결혼 1년도 되지 않아서 남편의 입을 막아버린 결과를 가져온다. 남편은 이제 '나'와 함께 있을 때는 최소한의 말만 건네고 '나'도 따라서 침묵으로 살아간다. "나를 그러안고 제주도의 푸른 풀밭을 뒹굴며 웃음소리를 날리던 그 남자" "그 남자의 가슴을 치면서 영화 속 주인공처럼 행복해하던 여자"로서의 그들 부부는 이제 서로 수면 시간까지 어긋나서 영원히 화해할 수 없는 길을 걷고 있다. '나'는 갈수록 말을 하지 않음으로 인해서 같은 아파트에 살고 있는 사람들이나 남편에게 "거기 있었어?"라는 말을 듣는다. 그것은 '나'의 존재가 철저하게 비존재로 취급당하고 있음을 의미한다. 있으면서 없음으로 취급당하는 것은 존재자에게 가장 큰 모독이고 모멸이다. 단 하나의 방에서 함께 동거하는 남편의 "거기 있었어?"라고 하는 물음은 마치 그녀가 있을 곳에 있지 않았다는 이야기로 들린다. 자기 존재의 당위성마저 상실해가는 '나'라는 존재는 귀가한 남편의 웃옷을 받아 걸거나 갈아입을 옷을 내주려다가 남편에게 "이제 이런 거 하지 마. 내가 할 테니 나가서 당신 할 일 해"라고 거절을 당한다. 말도 통하지 않고 특별한 직업도 없이 집에서 살림만 하는 여자에게 그것마저 하지 말라고 하는 것은, 여성에게 그렇게 살 수 있는 여건을 마련해주지 않고 차별 없는 생활을 하라고 하는 것과 마찬가지로 잔인한 이야기이다. 그는 이제 더 많은 것을 요구한다. "내 책상에 손대지 마. 책상 정리는 내가 할게. 은행 갈 일 있으면 말해. 매장 캐시 머신에서 뽑아다 줄게. 필요한 거 적어놔. 돌아오는 길에 장 봐다 줄 테니." 이러한 요구는 더 많이 하라는 요구가 아니라 아무것도 하지 말라는 요구에 지나지 않는다. 그는 아내의 일을 빼앗음으로써 인간으로서의 생명력을 제거하고 아내를 하나의 인형으로 만드는 것이다. 요컨대 그는 아내에게서 아내로서의 역할과 존재를 인정하지 않는다. 그는 "아무런 일에도 아무런 설명을 해주지 않는 나날"을 보내기 시작한다. 그것은 그가 그의 아내에게서 그녀의 어머니가 앓았던 병의 흔적을 발견하였기 때문이다. 추수감사절 휴가를 맞아서 그는 라스베이거스로 떠난다고 하고 실제로는 로스앤젤레스에 가서 그동안 자신의 부인이 자신의 직장으로 끊임없이 전화를 했다가 통화를 하지 못한 채 말없이 전화를 끊은 것을 확인한다. 이제 남편은 슈퍼마켓의 지배인으로서 모든 타인들에게는 상냥한 태도를 보이고 경제적 안정을 누리면서도 아내인 '나'에게는 무시와 침묵으로 일관하는 이중적 삶을 산다. '나'도 또한 끊임없이 남편과 대화를 원하면서도 정작 남편 앞에 서면 아무 말도 못하고 혼자서 외로움을 달래는 이중적 삶을 산다. 한집안에 살면서 엘리스나 조에게는 즐겁게 이야기를 하면서도 아내인 '나'에게는 침묵을 지키는 남편과의 삶은 지옥과 같은 고통의 삶이다. 남편이 같은 건물에 사는 사람들과 즐겁게 먹고 마시며 떠드는 장면을 보면서 '나'는 "그 모든 것들이 내 앞에서 공연되는 연극이었다"고 느끼고 그들을 "완벽한 방음이 된 유리의 장막 너머 사람들"로 표현한다. 이러한 구도는, 『이방인』의 뫼르소가 그를 둘러싸고 있는 모든 사람과 의사소통이 되지 않는 것을 공중전화 부스에서 전화를 걸고 있는 사람의 몸짓은 보이지만 목소리는 들리지 않는 현상으로 설명한 카뮈의 비유를 연상시킨다. 카뮈는 그처럼 의사 전달이 되지 않는 현상을 부조리로 설명하면서 그 순간에 인간이 왜 사는지 질문을 던지게 한다고 말한다. 사르트르는 『이방인』 해설에서 카뮈가 뫼르소와 그를 둘러싼 사람들 사이에 유리벽을 의도적으로 끼워넣었다고 하면서 거기에 이 작품이 가지고 있는 유머가 있다고 주장한다. 작가가 대화의 발신자와 수신자 사이에 유리벽을 의도적으로 설치했을 때 그들 사이에 의사가 전달되지 않는 것은 유머로 보이지만, 대화의 당사자 가운데 한 사람이 자신과 상대편 사이에 의사소통을 방해하는 유리벽이 존재한다는 것을 알았을 때 그 유리벽을 제거할 수 없다는 것은 절망이 아닐 수 없다. '나'는 그들의 세계에 합류할 수 없다는 소외감과 그들과 대화할 수 없다는 절망감으로 인해 절대의 고독을 느낄 수밖에 없다. 그러나 '나'에게 그처럼 혹독하게 대하는 남편이 외롭지 않은 것은 아니다. 한밤에 화장실 한구석에서 쪼그리고 앉아 울고 있는 남편을 통해서 '나'는 남편의 외로움을 발견한다. 그렇지만 그 외로움이 '나'를 그에게 다가가지 못하게 한다. "낮의 가면 같은 얼굴과 저 처절한 울음 사이 어디에도 나는 속해 있지 않았다"는 느낌은 '나'를 더욱 절망하게 한다. "절망의 끈으로 이어진" 그들 사이를 '부부'라고 하기에는 너무나 다른 삶의 방식을 취하고 있다. 서하진의 대부분의 작품에서 그러한 것처럼 '나'는 혼자서 밖으로 나와 하늘의 무수한 별빛을 보며 밤을 새우고 커다란 그림자가 자신을 덮쳐오는 것을 느낀다.

「사랑하는 방식은 다 다르다」는 세 편의 짧은 이야기로 이루어져 있는데, 방식은 서로 상이하지만 불행한 여자의 이야기라는 공통점을 지니고 있다. 첫번째 이야기 '환상'은 미대 출신으로 두어 번의 공모전에 입상한 경력을 가진 주인공 정애가 결혼과 함께 미술을 그만두고 평범한 전업주부로 살아가는 이야기다. 결혼한 지 5년 만에 33세의 생일을 축하받기 위해 그녀는 약속 장소인 일식집에서 남편 강영욱을 기다린다. 걷기 시작한 아들 '준수' 때문에 집을 벗어날 수 없는 미국 생활에서 어렵게 아이를 이웃집에 맡기고 나온 '정애'는 회사 일로 더 기다려 달라는 남편의 전화를 받지만 그 기다림도 헛된 일이 된다. 남편이 오지 않은 것이다. 그녀는 남편과의 관계가 기다림의 관계임을 깨닫는다. "그가 제대하기를, 석사 학위를 받기를, 결혼 자금이 모이기를, 한없이 이어지는 회식이 끝나기를…… 그리고 오늘처럼 그의 상관들이 그를 놓아주기를" 기다려온 그녀는 자신의 삶이 기다림으로 일관된 것을 깨닫고 남편 대신에 저녁을 사준 남자와 하룻저녁을 보낸다. 그녀는 남편과 헤어져 귀국한 후 3년 동안 새롭게 그림을 그리기 시작하고 한 번의 초대전을 가진다. 그렇지만 그녀는 서울에서도 또 그 남자를 헛되이 기다리는 입장이 된다. 이번에도 그 남자는 나타나지 않고 다른 남자가 나타남으로써 그녀의 삶에서 기다림을 피할 수 없음을 암시한다. 그녀는 단호하게 그 남자를 남겨놓고 얼어붙은 강 위로 걸어나간다.

「욕망」에서 서른일곱 살의 주인공 여진은 허니문 베이비로 딸 쌍둥이를 낳는다. 그녀는 그 후 아들을 낳기 위해 네 번의 중절을 체험하지만 남편 재회가 피아노 학원 여자와 살림을 차리고 아들을 낳은 것을 알게 된다. 그녀는 그러면서도 아들을 낳을 노력을 포기하지 못하고 매달리는 자신을 발견한다. "놓으려 애쓰면서 다시 그 끈에 엉겨붙은 자신을 보"고 여진은 "놓여나기 위해, 벗어나기 위해 파고드는 그 슬픈 모순"을 느낀다. 그녀는 "목숨을 끊어내면서 목숨에 대한 지독한 욕망에 불붙는 것"을 사랑의 다른 방식으로 인식한다. 그것은 자신의 모순된 운명에 대한 수용이다.

「동물의 왕국」에서 주인공 천혜는 신혼 초부터 포르노 테이프를 빌려오는 남편 '재용'과 함께 그것을 구경하지만 남편에게서 만족을 얻지 못한다. 「동물의 왕국」이라고 할 만큼 본능을 과장하는 테이프의 주인공들을 보면서도 딴짓을 하는 남편 때문에 고통을 받는 천혜는 결혼 후 10년이 되도록 아이가 없음으로 인해서 자신의 자궁이 오그라드는 강박관념에 사로잡힌다.

이 세 여자가 얼어붙은 강 위에서 만난다. 그것은 방식은 서로 다르지만 사랑에 실패한 세 여자가 행복할 수 없는 자신들의 운명을 자각하고 새로운 길을 모색하고 있음을 암시하고 있다. 그들은 남편이라는 존재를 통해서 자신의 행복을 추구하고 있지만 남편이 타자로 머물러 있음을 알게 된다. 그것은 남자라는 이성을 통하지 않고는 여성으로서의 자신의 정체성을 스스로 발견하지 못한다는 여성 운명의 비극성을 표현한다.

이처럼 서하진 소설의 여자 주인공들은 남자와의 만남을 열망하고 그들과의 결혼을 통해서 행복을 추구하지만 삶이란 결국 혼자 사는 것이라는 근원적인 외로움을 벗어날 수 없다는 데 대해 절망한다. 주인공들은 절망적인 가정에서 스스로 나오거나 쫓겨나오지만 그것이 그들의 운명을 바꿔놓지는 못한다. 그들은 여성이 지불해야 할 대가를 치르고도 그 운명에서 자유롭지 못하다.

이 작품집에서 이러한 여성적 삶을 가장 종합적으로 드러내고 있는 작품이 「깊은 물 속」이다. 「타인의 시간」에서 다루어진 주제를 수용하면서도 그 주제를 보다 더 진전시키고 있는 이 작품의 여주인공은 '재은'이다. 그녀는 스물한 살의 나이에 연극제에서 만난 '민영'이라는 법대 학생과 사랑에 빠진 1년 후 "그와 헤어지는 순간을 도저히 견딜 수 없"기 때문에 결혼하고자 한다. 하지만 그녀의 아버지와 민영 부모의 반대에 부딪혀 결혼이 불가능해지자 집을 나온 그녀는 민영과 동거 생활에 들어가서 아이를 갖게 된다. 출산을 앞두고 아버지에게 끌려간 그녀는 시골의 외딴집에서 출산을 하지만 태어난 아이를 빼앗긴 채 집으로 되돌아와서 집에서 선택한 미국 유학생과 일주일 만에 결혼한다. 미국에서의 결혼 생활은 이미 문단에 등장한 그녀에게 아무런 할 일을 주지 않는다. 그녀가 하는 일은 남편을 기다리며 공포 영화를 보는 것인데, 영화 속에는 자주 임신 중절의 장면이 나온다. 남편이 귀가하면 "밥 먹었느냐" "오늘 발표는 잘했느냐" "당신 샤워할래요?" 하는 따위의 질문이 그녀가 할 수 있는 몫의 이야기이다. 현재의 어머니가 생모가 아니라는 사실의 확인과, 민영과의 동거 생활과, 성별도 모른 채 빼앗긴 아이와, 민영의 결혼으로 인한 최초의 검사 부부의 탄생 등을 겪으면서 '나'는 말을 잃고 이제는 아이를 갖지 않기로 결심한다. 그녀의 삶은 부모와 남편의 억압 아래서 여성적 삶이라고 알려져 있는 요소들의 지배를 받고 있다. 사랑에 자신의 삶 전체를 걸고 있는 감정적 행동이라든가, 아이에 대한 집념으로 사로잡혀 있는 모성적 애착이라든가, 부모의 완력에 가까운 강요에 따른 현재의 결혼 생활 등은 전통적인 여성적 삶이 가지고 있는 비극의 탄생 과정을 그대로 드러내고 있다. 그러한 '재은'의 태도와 결심은 돈을 모아야 하는 필요성을 지니고 있는 남편의 생각과 일치하는 데가 있어서, 그녀의 미국 생활은 겉으로 보기에 그런대로 별탈 없이 이루어진다. 그녀는 남편이 요구하는 대로 벼룩시장의 승합차를 인수해서 장사를 한다. 그러나 남편의 통장에서 친정아버지의 월례적인 송금을 발견한 나는 최초로 남편과 언쟁을 벌인다. '나'는 자신의 지난날로 인해 아버지가 송금하는 것을 알게 됨으로써 '팔려 왔다'는 자의식에 사로잡힌다. 그 결과 '나'는 더욱 침묵을 지키는 자폐의 생활에 빠진다. 그녀는 유학생 부인들의 모임에서도 말이 없는 것 때문에 따돌림을 받고 남편과의 일상적 생활에서도 대화가 이루어지지 않기 때문에 자신의 내면에 감추어진 욕망을 표현할 기회를 갖지 못한다. 소극적이고 피동적으로 살고 있는 그녀의 태도는 그녀 자신의 현재가 과거에서 자유롭지 못한 데서 기인한다. 그녀가 기대하고 있는 것은 세월과 함께 자신의 상처가 망각의 세계 속으로 사라져주는 것이다. 상처가 아물고 과거가 망각 속으로 사라진다면 또 하나의 새로운 삶이 가능할 수도 있기 때문이다. 그러나 그녀의 상처는 아물지 않고 현재의 삶을 아프게 만든다. "매일 닳아지는 신발 밑창의 두께를 잴 수 없듯이 그렇게 조금씩조금씩 삭아가는 것은 쉽게 알지 못한다"라는 그녀의 의식처럼, 그녀의 고요한 듯한 일상은 흔들리고 있고, 그녀와 남편 사이의 간격은 놀랄 만큼 벌어져 있다. 그녀에게는 과거를 말하는 것이 금지되어 있기 때문에 과거에서 자유로워지지 못한다. 그녀는 자신이 흔들릴 때마다 나타나서 자신을 도와주는 '황'에게 자신의 과거를 모두 털어놓음으로써 과거에서 벗어나고 내면의 욕망을 해소하지만, 그것으로 인해 남편의 분노를 사게 되고 집에서 쫓겨난다. 그 쫓겨남은 그녀의 의지와는 상관없는 것이지만 그녀에게 진정으로 새로운 삶을 살게 하는 길을 열어줄 수 있다. 그녀가 낡은 승합차를 몰고 달려가는 것은 지금까지 살아온 피동적인 삶을 버리고 새로운 길을 향한 떠남을 상징적으로 보여준다. 여리고 상처받기 쉬운 영혼은 수많은 시련을 겪음으로써 강하고 단단해질 수 있고 타인의 시선을 무시할 수 있게 된다. 예민한 감수성과 타인을 통한 행복에의 꿈을 가지고 살아온 여성적 삶이라는 '신화'에 얽매여 있던 여성이 가정이라는 신화의 공간 밖으로 본의와는 상관없이 내쫓겨감으로 인해서 그녀는 새로운 삶을 살지 않을 수 없게 된다.

2

위에서 살펴본 작품들은 여주인공들이 모두 가장 여성적 성격을 지니고 있음을 보여준다. 그들 대부분은 예민한 감수성을 가진 인물들로서 무언지 모를 상처를 안고 있다.

> 사리. 조금. 그런 말들을 떠올리면 가슴이 아프던 시절이 있었다. 밀려오고 떠나가는 물처럼 어쩌지 못하는 것들. 손가락 사이로 빠져나가는 모래를, 그 흔적을 잡아두려는 양 하나, 둘 주워든 조개 껍질들이 물의 기억을 잊은 채 서랍 어느 한쪽에 갇힌 듯, 어둠 저편으로 사라져버린 날들. 아주 가끔씩, 발을 베는 조개 껍질처럼 날카로운 섬광으로 기억 한켠을 찌르는 안개 속의 시간들.

「나무꾼과 선녀」의 서두 부분은 이렇게 시작된다. 과거형으로 되어 있는 위의 고백에서 물속에 있던 "조개 껍질"의 행복이 서랍 속에 갇혀 있음으로 해서 잊혀 있지만, 순간적으로 기억의 표면을 뚫고 나와 날카롭게 찌른다. 그것은 과거의 한순간이 행복한 삶이었던 것에 반해서 현재의 삶이 그만큼 더 고통스럽다는 주인공의 인식을 나타내고 있다. 「나무꾼과 선녀」의 주인공은 두 번의 상처를 안고 산다. 하나는 미국에 이민 간 다음 비록 어머니는 없었지만 아버지와 언니와 함께 살던 행복이 무너진 기억이다. 세 사람의 가정에 어느 날 가정부로 들어온 여자가 비어 있던 어머니의 자리를 차지함으로써 언니가 가출하고 '나'는 불면의 밤을 견딜 수 없어서 열여덟 살의 나이에 마리화나를 피우게 된다. '도덕'과 '헌신'의 대명사였던 아버지가 계모를 들임으로 인해서 '나'와 '언니'를 실망시키고 불화 속에 빠진다. 다른 하나는 '100일 동안의 고국 바로 알기'를 위해 방학 중에 귀국했다가 '영화'와 결혼한 '나'가 세 아이를 두었음에도 불구하고 남편과 하나가 되지 못하는 자신을 발견하고 외로워하는 현실이다. 그러니까 첫번째 상처는 부모에게서 주어진 삶에서 이루어진 것인 반면에 두번째 상처는 스스로 만들어가는 삶에서 이루어진 것이기 때문에 보다 근원적이고 치유가 불가능한 것이다. 상처를 안고 살아야 함에도 불구하고 문득 떠오르는 행복한 시절의 추억은 순간적으로 날카로운 섬광처럼 아픔을 가져온다. '나'는 남편과 의사소통에 이르지 못하게 됨으로써 자신이 사랑으로 살고 있는 것이 아니라 습관으로 살고 있다는 사실을 깨닫고 자신이 쫓겨온 세계로 가는 꿈을 꾸게 된다.

어머니의 부재라는 테마가 여주인공의 삶에 미치는 영향이 보다 적극적으로 드러나는 것이 「타인의 시간」이다. 미쳐버린 어머니를 정신병원에 입원시켜버리고 자신은 '고귀한 교육자'로 살다가 죽은 아버지를 둔 '나'는 "가계가 어수선한 여자를 아내로 삼았던 것을 절절히 후회하며 없었던 일로 하고 말"까 두려워서 남편에게 안긴 다음에는 언제나 자신을 버리지 않는다는 약속을 받고자 한다. 여기에서도 '나'의 가장 큰 과거의 상처는 미친 어머니를 아버지가 버렸다는 데 기인한다. 그 기억은 자신에게도 어머니의 광기가 나타나지 않을까 하는 강박관념으로 나타나 현재의 삶에 작용하게 된다. 집안의 반대에도 불구하고 '나'와 결혼하고 자신의 사회적 지위를 버리고 미국으로 건너온 남편과의 행복한 시절은 1년을 넘기지 못한다. '나'의 강박관념을 견디지 못한 남편이 입을 다물어버림으로써 '나'는 그 침묵 앞에서 외롭게 살며 신혼 초의 행복했던 시절을 아프게 그리워한다. '미친 어머니'에 대한 기억을 떨쳐버리고 행복한 결혼 생활을 위하여 남편과 함께 미국으로 건너온 '나'는 남편과 불화 속에 빠지면서 돌아갈 수 있는 곳도 없이 절대 고독의 상태에서 괴로운 삶을 살아간다.

또 하나의 작품 「깊은 물 속」은 여러 가지의 상처가 있는 미국 유학생의 부인 이야기이다. 여주인공 '나'는 대학 시절 사랑에 자신의 전부를 건 격정적인 인물이지만 현재는 자신의 의사를 좀처럼 표현하지 않는 수동적인 인물이다. 그녀가 말이 없는 것은 사랑의 상처가 너무나 크기 때문이다. 그녀가 민영과의 사랑에서 가장 크게 실망한 것은 자신이 아버지에게 붙잡혀 간 다음 아무런 소식이 없다는 사실, 그가 검사가 되어 여자 검사와 결혼한 다음에 전화를 걸어 확인하고자 한 것은 '나'의 안부가 아니라 그들 사이에서 잉태된 아이의 안부였다는 사실 등이다. 이미 '나'의 임신 사실을 알았을 때 '나'의 설렘과 기쁨에 비해 마지못해 인정하는 태도를 보인 그는 어쩌면 사랑이 자신의 삶의 전부가 아니라는 생각을 가졌을지도 모른다. 그러한 혐의는 그녀가 아버지에게 이끌려 낯선 곳에 납치되다시피 갇혀 있게 되자 그가 재빨리 집을 내놓고 다른 곳으로 이사를 가버린 사실에서도 발견할 수 있다. 그녀가 갇혀 있는 동안 그가 무슨 수단을 써서라도 찾아와서 구해주리라는 그녀의 꿈을 그는 실현하지 않는다. 그녀의 아버지가 그들이 동거하는 집을 찾아낸 사실과 대조를 하면 그가 그녀에 대해 가지고 있는 사랑의 강도를 짐작하게 된다. 한 여성이 사랑을 위해 집을 뛰쳐나오고 스스로 생계비를 벌면서 동거 생활을 하는 것은 우리 사회의 통념으로 보면 매우 어려운 일이다. 그만큼 그녀의 사랑은 자신의 목숨을 건 대담하고 격정적인 사랑이다. 그럼에도 불구하고 그 사랑이 이루어지지 못하고 아버지에 의해 강요된 결혼으로 귀결된다는 것은 한 개인의 운명으로서는 너무나 비극적인 것이다. 자신이 선택한 길을 통해 삶을 살아가는 것이 하나의 인격체에 부여된 권리라고 한다면 그 권리는 남성에게는 허용되고 여성에게는 허용되지 않는 것이 아니다. 이 작품에서는 여자 주인공이 선택한 사람은 아버지에게 거부되고, 아버지가 선택한 미국 유학생은 그녀에게 받아들여지도록 강요되는 전근대적 현실과 그로 인해서 고통받는 여성의 삶을 드러내고 있다. 그렇기 때문에 이 작품은 '아버지/나'의 대립과 '나/남편'의 대립으로 이루어진 드라마로 읽힐 수 있는 구조로 되어 있다. 그러니까 성장기의 '나'에게 억압적인 존재가 아버지라면 성장 후의 '나'에게 억압적인 존재는 남편인 것이다. 그리고 이 억압을 뒷받침해주고 있는 것이 유교적인 가부장제의 이데올로기다. 삶의 매 순간은 여러 가지 가능성으로 열려 있지만 우리는 그 가운데 하나만을 선택하지 않을 수 없다. 그 선택의 권리에 책임이 따른다면 각자가 사는 삶은 그 책임의 표현이다. 이 작품의 주인공이 지니고 있는 상처는 아버지로 인해서 실패한 사랑의 상처이면서 동시에 남성 중심의 사회에서 이루어진 여성의 실패한 사랑의 상처이다. 그것은 여성의 삶이 구태의연한 사랑의 신화에 빠져 있을 때 여성을 얼마나 비하하고 비존재화하고 모독하는지 적나라하게 보여주고 사랑의 신비화가 우리의 삶에 얼마나 큰 허위의식으로 작용하고 있는지 아프게 보여준다.

서하진 소설에서 어머니 부재 테마는 「깊은 물 속」에서도 확인할 수 있다. 이 작품의 주인공인 '나' '재은'은 집안의 막내로서 고집을 부려도 관대하게 길러진다. 자신이 원하는 일은 무엇이든지 할 수 있다고 생각한 '나'는 재학 중에 결혼을 반대하는 가정을 뛰쳐나와 사랑하는 사람과 동거 생활에 들어간다. 여기에 직접적인 계기를 마련해주는 것이 현재의 어머니가 생모가 아니라는 사실이다. "제 어미도 결국 그 끼를 못 버려서 그렇게 됐지……"라는 아버지와 어머니 사이의 대화를 듣고 그녀는 집을 나선 것이다. 그것이 그녀의 심리에 얼마나 큰 상처로 자리 잡게 되었는지에 대해서는 더 이상의 거론이 없기 때문에 알 수 없지만 그녀가 22년을 살아온 집을 박차고 나온 것만으로도 그 사실이 그녀에게 충격이었으며 상처로 자리 잡게 되었다는 것을 알 수 있다. 일반적으로 소설에서 문제가 되는 것은 아버지 부재가 주인공의 무의식에 콤플렉스로 나타나는 현상인 데 반하여 서하진의 소설에서는 이처럼 어머니의 부재 현상이 자주 나타난다. 그것을 주인공의 정서적 불안의 원인이라고 한마디로 단정 지으면 쉽고 명쾌한 해답은 되겠지만 작중인물이나 작가의 무의식을 이해하는 데는 아무런 도움을 주지 않는다. 따라서 그의 소설에 대한 깊이 있는 이해를 위해서는 그의 소설에 자주 나오는 어머니 부재 테마가 어떤 무의식에 근거를 두고 있는지 분석해보아야 할 것이다. 그것은 아마도 그의 주인공들이 살고 있는 세계로 자주 나타나는 미국이 그의 무의식에서 어떤 식으로 작용하는지 분석하는 것과 함께 서하진의 작가 세계를 이해하는 열쇠가 되리라고 믿는다.

3

서하진의 여자 주인공들이 바라는 행복의 꿈은 소박한 것이다. 그것은 오늘날 우리 사회가 여성들에게 부여하고 있는 행복의 범주를 벗어나지 않는다. 사랑하는 사람을 만나서 가정을 이루고 서로 의사소통을 하며 아이들을 낳고 사는 것이 그들이 꿈꾸는 행복이다. 그런 점에서 그의 주인공들은 굉장한 이데올로기로 무장된 투사가 아니라 평범한 가정주부처럼 보인다. 그들이 일상적인 주부와 다른 점이 있다면 감수성이 예민해서 작은 것 하나하나에도 주목하고 반응을 보인다는 것이다. 그들은 가정주부로서 할 수 있는 사소한 일에 충실하려고 하지만 그들과 함께 사는 남성들이 그러한 그들의 행복을 방해하고 짓밟는다. 때로는 그들의 아버지가, 때로는 그들의 남편이, 심지어는 그들이 사랑하는 남자에 이르기까지 그들에게 억압적인 존재가 된다. 억압의 방법은 물리적인 폭력에서부터 언어적인 폭력에 이르기까지, 언어에서부터 침묵에 이르기까지, 정신적인 것에서부터 육체적인 것에 이르기까지, 학대에서부터 무시에 이르기까지, 희롱에서부터 경멸에 이르기까지 다양하다. 서하진의 소설에서 볼 수 있는 이러한 억압은 그것이 여성의 평범한 꿈마저 짓밟고 있기 때문에 참을 수 없게 만든다. 생명 자체의 존재를 완전히 거부하는 것 같은 이러한 억압은 모멸적이고 불평등한 사랑의 신비화를 깨뜨리게 만든다. 일상생활에서 여성에게만 남성 이데올로기를 강요하는 현실을 일깨워주기 때문에 그의 주인공들은 여성주의자가 되지 않고는 살아남을 수 있는 탈출구가 없다. 이러한 작품을 읽은 독자도 여성주의자가 되지 않을 수 없다. 우리나라가 여성의 사회적 진출에 있어서 세계 어느 나라보다도 후진국에 속할 수밖에 없는 모순을 극복하는 길은 보다 많은 사람들이 여성주의자가 되는 것이다. 그렇게 되기 위해서는 여자들을 우선 여성주의자로 만들어야 한다. 여자는 태어나는 것이 아니라 만들어지는 것처럼 여성주의자도 태어나는 것이 아니라 만들어지는 것이기 때문이다. 〔1998〕

저항과 순응
—김운하의 『언더그라운더』

1

한 편의 소설을 쓴다는 것은 이 세상의 삶에 대한 하나의 질문을 제기하는 것이다. 모든 사람이 아무런 의심이나 거부감 없이 살아가는 삶에 대해서 그대로 순응하는 사람은 소설을 쓸 필요성을 느끼지 않는다. 반면에 그러한 삶에 대해서 자신의 존재와 관련을 지으면서 왜 그렇게 살아야 하는가, 그것이 무슨 의미를 지니는가 질문하는 사람은 그 질문의 방식을 소설 속에서 찾고자 한다. 왜냐하면 한 번뿐인 삶은 그 자체로서는 질문을 허용하지도 않고 반성을 허락하지도 않는 반면에 문자로 된 소설은 언제나 되돌아올 수 있고, 읽을 때마다 다시 살아볼 수 있기 때문이다. 삶은 언제나 하나만을 선택하게 만든다. 소설은 바로 하나만의 선택을 여러 번 가능하게 하고 그 선택의 결과가 어디로 가게 되는지 실험하게 한다. 그 실험을 통해서 개인은 자신의 불완전하고 불만족스러운 삶을 보완하고 보상하고자 한다. 자신이 살고 있는 세계 속에서 자신이 무엇인지 질문하는 사람은 혹은 소설을 쓰고자 하고, 혹은 사진과 같은 예술에서 어떤 진정성을 획득하고자 하며, 혹은 그러한 정신을 담은 책을 냄으로써 보다 많은 사람들과 그러한 삶의 경험을 공유하고자 한다. 반면에 이처럼 예술적·지적 작업에 투신하는 경우에는 자신이 생각하고 있는 삶의 방식 자체를 현실에서 실천하고자 함으로써 거기에서 야기되는 문제와 직접 부딪치고 표현하고자 한다. 그러니까 한쪽은 저항의 방식에 대하여 사유하면서 그것이 무슨 의미를 지니는지 질문하는 것이고, 다른 한쪽은 저항의 몸짓을 선택하고 그것으로 세계의 변혁에 기여하고자 한다. 두 경우 모두 기성세대와 기존 질서에 대한 반항이고 모반이기 때문에 현실에서는 철저한 보복의 위험을 지니게 된다. 일반적으로 모든 전위예술은 바로 그런 위험을 무릅쓰고 세상에 태어날 뿐만 아니라 그런 위험에서 자유로워지기를 꿈꾸며 세상에 도전한다. 그것은 기성관념을 깨뜨리며 새로운 관념을 태어나게 하고 창조의 길로 들어서게 한다. 그러나 불온한 창조는 언제나 핍박의 대상이 되기 때문에 그 핍박을 넘어서지 않으면 제도적으로 인정받을 수 없다.

2

김운하의 장편소설 『언더그라운더』는 그러한 점에서 우리에게 많은 생각을 하게 하는 역작이다. 이 작품은 1인칭 소설이다. 대부분의 신세대 작가가 그러한 것처럼 이 작가도 다른 사람의 이야기가 아니라 자신의 이야기를 쓰고 있다는 것을 처음부터 표방하고 있다. 작가가 자신의 이야기임을 강조하고 싶을 때 그는 1인칭 소설을 씀으로써 화자로 하여금 작기의 목소리를 내게 하거나 이야기 자체에 작가가 개입하고 있음을 드러내게 된다. '준희'라는 이름을 가진 '나'의 시점에서 모든 작중인물과 그들에 얽힌 사건들을 서술하고 있는 이 작품은 화자가 사건의 '보고자'이면서 동시에 사건의 주인공으로 등장하는 작품이다. '나'를 포함하여 이 작품에 등장하는 작중인물들은 비슷한 나이의 젊은이들로서 『언더그라운더』라는 전위적인 잡지를 만드는 사람들이다. 그들은 소설가·철학자·사진작가·여성운동가·동성애 지지자·편집자·영화인 등으로 구성되어 있지만 잡지를 만드는 그들의 정신은 『언더그라운더』라는 잡지 제목에서 짐작할 수 있는 것처럼 기존의 제도와 관념에 도전하여 새로운 문화를 창조하는 데 있다.

이 잡지의 편집위원으로서 고정 칼럼을 쓰고 있는 '나'는 대학원에서 철학을 전공하였고 미국으로 유학을 갔으나 학위를 마치지 못하고 귀국한 다음 소설을 쓰는 작가이다. 그는 자신이 소설을 쓰는 사람이라고 스스로를 소개하고 있으면서도 어떤 작품을 얼마나 발표했는지 알려주지 않는다. 그는 다만 "우리 얘기를 쓰고 있어"라고 말함으로써 『언더그라운더』 이야기라는 것을 밝히고 자신이 가지고 있는 문학 혹은 소설에 대한 생각을 여러 차례 표명하고 있다.

> 소설이라니? 나는 도대체 잘 꾸며진 이야기에는 관심이 없다. 그런 것이라면 텔레비전 연속극을 보거나 영화관을 찾는 게 나을 것이다. 소설이 단지 이야기인 것만은 아니다. 이야기 이상의 이야기, 이야기 아닌 이야기, 혹은 글쓰기 자체일 수도 있는 것: 사실 문제는 문학이다; 시도, 소설도 아닌 문학, 혹은 글쓰기, 반(反)소설! 반(反)문학!

반(反)예술! ―내 머릿속을 지배하는 다다이즘의 유령들! 파괴하라! 전복하라!

이러한 그의 생각은 문학이 이야기를 만들어내는 것이 아니라 문학에 대한 반성으로서 기존의 형식과 관념을 파괴하고 새로운 형식과 개념을 만들어냄으로써 이야기로서의 한계를 뛰어넘고자 하는 것이다. 그의 생각의 기저에는 20세기 초의 다다이즘이나 초현실주의, 그리고 1950년대의 누보로망이 주도했던 문학에 대한 반성이 자리 잡고 있음을 간파할 수 있다. 여기에는 삶 자체가 소설에서 볼 수 있는 것처럼 인과관계에 의해서 이루어져 있는 것이 아니라 매 순간 때로는 독립적으로 때로는 무질서하게 이루어져 있다는 현실 인식이 있다. 하루의 일과가 계획에 의해 이루어지는 것만도 아니고 현실 자체가 이성이나 논리로 설명할 수 있도록 정연한 것이 아님에도 불구하고 전통적인 소설의 개념은 잘 짜여진 구성에 따라 이야기를 잘하는 것이었다. 그는 '이야기 아닌 이야기' '글쓰기 자체'로서의 이야기 등을 논의함으로써 전통적인 소설에 반(反)하고 전통적인 문학에 반하는 전위적인 글쓰기를 시도하고 있다. 그것은 이미 19세기에 플로베르가 제기하였던 '무(無)에 관한 책'의 개념과 유사한 것으로서 모든 새로운 작가가 꿈꾸고 있는 새로운 글쓰기에 해당한다. 그것은 독자들이나 기성 작가들의 머릿속에 들어 있는 소설 혹은 문학의 개념을 '파괴'하고 '전복'하는 작품을 쓰는 것이다. 이러한 생각은 작가 자신이 기존의 개념에 의거해서 소설을 쓰지 않겠다는 의지의 표명이며, 소설에 대한 기성관념에 대한 저항감의 표현이다. 그는 자신이 쓰고 있는 작품을 연인인 '민재'가 보여달라고 해도 보여주지 못하고 여성학 강사인 '경희 선배'나 '블루 데빌'의 '마담 블루'가 보여달라고 해도 아직 보여줄 단계가 아니라고 한다. 그 이유는 그의 말 그대로 누구에게 보여줄 만큼 작품이 진전되지 않았기 때문일 수도 있지만 불온한 작품을 미리 보여주어서 독자들로부터 있을 수 있는 간섭을 미리 차단하기 위한 것일 수도 있다. 실제로 그가 쓰는 작품이 주제나 플롯도 없이 시작된 『언더그라운더』의 이야기라는 사실은 그가 다른 사람에게 자신의 작품을 미리 보여주지 못한 이유가 된다. 그것은 작품이 보여줄 만큼 진전되지 않았기도 하지만 '우리들'의 이야기라는 사실로 인해 다른 사람들의 간섭의 대상이 될 수 있기 때문이다. 그가 소설을 쓰는 것은 자기 자신이 무엇을 할 수 있는지 시험해보기 위해서다. 이러한 생각은 정연한 이야기로서의 소설이란 텔레비전 연속극이나 삼류 영화와 다를 바 없다는 생각에 근거를 두고 있다. 그러한 이야기는 우연을 인과관계로 보이게 하고 삶이란 이처럼 사필귀정의 과정이라는 저급한 교훈을 주고자 한다. 그 결과 이야기에 빠져든 독자나 시청자는 자신을 작품 속의 주인공으로 착각하여 작품 속에서 대리 만족을 얻고 현실에서 당하는 고통을 잊어버리며 자기 안에서 일어나는 충족되지 않은 욕망을 해소해버린다. 이러한 문학이 독자로 하여금 현실에 순응하게 하면서 변혁에의 의지를 상실하게 한다는 것을 알고 있는 한 작가는 뚜렷한 주제와 완벽한 구성을 미리 갖추어서 모든 이야기가 잘 흘러가게 하는 작품을 쓸 수 없다. 그러한 작가에게 삶이란 무질서한 상태로 그냥 내던져진 것이다.

그는 문학적인 태도에서만 저항적인 것이 아니라 그가 쓰고 기획하는 글 전체에서 저항적인 인물이다. 그는 매월 "서평이나 시론 따위"를 쓰는 문화비평가로서 "도덕에 어긋나고 신성을 모독하는" 책을 골라서 칭찬해주고, 점잖은 책을 골라 비판한다. 그가 그렇게 비판하는 데는 "확고한 신념"도, 어떤 것에 대한 "사명감"도, "미래에 대한 희망도" 없다. 그는 "염소 몸뚱이에 인간의 얼굴을 한 한 마리의 음탕한 사티로스"를 자처한다. 그가 서평으로 고른 책이 "도덕에 어긋난"다고 하는 것은, 도덕이라는 것이 한 집단의 위계질서를 유지하고 공동의 생활을 영위하기 위해 사람으로서 지켜야 할 도리로서 선(善)의 상징임에도 불구하고 그것을 거스른다는 것을 의미한다. 또 점잖은 책을 비판하고 "신성을 모독하는" 책을 칭찬한다는 것은 종교적으로 거룩하다고 인정된 것을 욕되게 한 책을 높이 평가하는 것을 의미한다. 그것은 그가 도덕적 가치와 종교적 가치를 부정하는 것이 아니라 그것이 지니고 있는 위선(僞善)의 요소를 견디지 못하고 그것을 혐오하며 그것으로부터 자유로워지고자 하는 정신의 표현이다. 그는 이러한 정신의 모험을 이론적으로 무장이 되어서 행하는 것도 아니며, 자신의 평소의 소신 때문에 추구하는 것도 아니며, 그럼으로써 미래에 어떤 변혁을 가져올 것으로 생각하기 때문에 당위의 대상으로 삼는 것도 아니다. 그는 포스트모더니즘 세계에 살고 있는 사람들이 그러한 것처럼 논리적으로 따지거나 이해관계에 따라서 사유하고 행동하는 것이 아니라 순간의 기분에 따라서, 혹은 어떤 이유에서가 아니라 자신의 취향에 따라서 사유하고 행동한다. 그는 남들이 좋아하는 방식이나 선호하는 대상을 기피하고 자기에게 주어진 삶을 자기 방식으로 살아가는 것을 선택한다.

글쓰기라는 고독에 빠져드는 행위는 곧 죽음에 대한 끊임없는 유혹에 굴복하는 행위다. 씌어지는 글 속에서 작가의 존재는 사라진다.

그는 부재한다. 그 부재 속에서야 또한 비로소 그는 존재한다. 부재 속에서 존재함——이 과정 속에서 작품이 탄생한다. 그러므로 작품은 부재의 글쓰기의 결과이며, 죽음과 교환된 생이다.

그의 글쓰기는 위대한 작가가 모든 것을 다 알아서 어리석은 독자를 감동시키고 교화시키는 전통적인 글쓰기의 개념과는 전혀 다르다. 자기 존재의 하찮음과 외로움을 확인하는 그의 글쓰기는 존재를 확인하고자 하면 할수록 자신의 비존재를 깨닫게 되고 사소한 현실의 한 단편으로서의 자기 존재는 현실 속에 부재의 상태로 존재한다는 것을 알게 한다. 자신의 부재를 통해서 존재를 확인하는 글쓰기란 그런 점에서 자신의 죽음을 통해서 얻어낸 삶이라고 할 수 있다.

이처럼 비관적인 자기 인식에 도달한 그의 삶의 태도 밑바닥에는 극도의 위악(僞惡)적인 자기 비하가 자리 잡고 있다. 그가 스스로를 "염소 몸뚱이에 인간의 얼굴을 한 한 마리의 음탕한 사티로스"라고 말한 것은 자기 비하의 삶의 방식을 표현하고 있다. 여기에서 그것은 성적인 쾌락의 극단적인 추구로 나타나고 있다. 그는 '민재'라는 애인과 만나면 어김없이 섹스를 하면서도, 블루 데빌의 마담 블루, 형민의 후배 미라, 민재의 동성애 애인 진화, 사창가의 정미 등 다른 여자와도 기회 있을 때마다 성관계를 갖는다. 그는 포르노 필름에서 나타나는 대로 성관계를 시도하기도 하고 여자가 요구하는 방식대로 좇아가기도 한다. 그는 성관계가 곧 사랑을 의미한다고 생각하지 않는 것 같고, 사랑이 곧 결혼으로 귀결되는 것을 믿지도 않고, 사랑의 대상이 하나여야 한다는 신념을 갖고 있지도 않다. 그들에게는 성욕이 "식욕이나 수면욕처럼 자연스럽고 아름다운 본능" 가운데 하나이지만, 그것의

"만족이 서로 주고받기라는 데서" 섹스는 "사람이 할 수 있는 의사소통 행위 가운데서 가장 완벽한 거"로 인식되고 있다. 혼전 섹스가 금지되고 일부일처제가 최고의 결혼 가치로 인정되는 그들이 살고 있는 세계에서 이와 같은 섹스에 대한 인식은 사회 자체에 대한 도전이며 체제의 전복을 꿈꾸는 기존 가치에 대한 저항이다. 이러한 태도는 문학을 악의 표현으로 본 바타유의 개념이 '도덕의 부재'를 의미하는 것이 아니라 '도덕을 넘어서는 도덕'을 의미한다는 논리의 뒷받침을 받게 된다. 젊은 철학도인 민재는 그래서 섹스를 "몸으로 하는 철학 행위"라고 생각한다. 사람의 몸을 하나의 우주로 볼 때 우주의 본질을 이해하는 것이 철학의 할 일이라면 사람의 몸을 이해하는 것도 철학이라는 주장은 요즈음 사람의 몸이 철학적 사유의 중요한 대상이 되고 있는 현상을 설명해주고 있다.

이와 같은 관점에서 본다면 이들이 동성애의 문제에 관심을 갖는 것은 당연해 보인다. 『언더그라운더』 다음 호의 '동성애도 아름답다'로 내세운 특집이나 동성애자인 '진화'를 중심으로 '민재' '마담 블루' 사이에 있는 동성애의 행위는 그것이 사회에 노출되었을 때 철저한 제재를 받게 된다. 그들에게는 몸에 관심을 갖고 섹스의 문제를 제기할 때와 마찬가지로 동성애도 '사랑의 한 형태'에 지나지 않는다. "동성애가 사회에 악영향을 미친다거나 건전한 성 풍속을 해친다는 주장은" "남성 위주로만 되어 있고" "여성들을 억압하는 고루한 봉건 가부장 윤리"에 의거한 것이지 "성 평등을 기초로 하는" 윤리에 의거한 것이 아니라고 그들은 주장한다. 그들의 생각의 밑바탕에는 그리스 시대부터 미셸 푸코에 이르기까지 동성애의 역사가 자리 잡고 있다. 그러나 동성애 특집을 한 그들의 잡지가 세상에 나오자 그들은 사회적 지탄의 대상이 되고 검찰의 조사를 받으며 배부된 잡지의 수거 명령을 받는다. 그들이 겪게 되는 더 큰 수난은 광고주들의 반란이다. 월간 무가(無價)지로 보급하고 있는 『언더그라운더』는 광고 수입에 절대적으로 의존하고 있는데 그것이 사회적 물의를 빚게 되자 "포르노 잡지에 광고를" 실을 수 없다고 하며 다음 달부터 광고를 취소하는 사태가 벌어진다. 그들은 '진화'를 중심으로 언론기관을 통해 자신들의 입장을 변호하지만 잡지 자체의 생명은 오래갈 수 없는 운명에 처하게 된다.

이러한 과정은 이들의 운동이 이론이나 이데올로기로 무장된 것이 아니라 낭만적인 성격을 띠고 있음을 단적으로 보여준다. 우선 광고주들의 지원 없이는 잡지를 발간할 수 없음에도 불구하고 무가지로 발간함으로써 자본의 허약성을 가지고 있고, 그들의 저항이 견고한 유교적 가부장 제도에 대한 것이기 때문에 체제로부터 철저한 보복이 있을 수 있다는 사실을 예견하지 못하고 있으며, 그들 구성원 각자가 이념적으로 모인 것이 아니라 개인적인 관계에 의해 모인 것이기 때문에 위기의 순간에 응집력이 없다는 것을 간파하지 못하고 있다.

가령 '나' 자신은 잡지의 발간에 적극적으로 뛰어들지 않지만 자신의 예술관에 대해서는 깊은 통찰력을 보여주고 있다. "예술은 기존의 어떤 가치로부터도 자유롭다. 그러나 그 절대 자유가 절대적 속박을, 구속을 잉태한다"고 하는 것은 예술 작품이 자기 자신에 대해서 절대적인 책임을 진다는 것을 의미한다. 그는 사실주의소설의 불가능성을 "주관이 개입되고, 사실들에 대한 선택과 가감이 있게 마련이니, 소설이란 현실의 반영이 아니라 그 자체가 또 하나의 현실일 뿐"이라고 인식하고 있다. 이러한 인식은 사진 작품을 하는 그의 친구 형민의 예술관과 유사하다. 그가 찍는 사진들은 "유일하고 예외스러운 방식으로만 해석"되고 인정되어야 하는 것처럼 "예술가란 종족은 인간들 가운데서도 가장 예외적인 존재들"로 파악된다. 실제로 그는 죽음을 주제로 한 사진을 찍음으로써 죽음 속에 있는 삶을 표현하고자 하지만 그것이 그의 작품을 예외적으로 만들면서도 그것을 감상하는 사람에게 섬뜩한 느낌을 주는 것은 사실이다. 관 속에 죽어 있는 개의 네 다리에 대못을 박은 사진을 보면서 '나'는 "이거 정말 심하다. 이 개 사진은 신성모독이야"라고 함으로써 『언더그라운더』 그룹에 속하는 '나' 자신이 이제 신성모독을 이야기한다. 자신은 '신성모독하는 책'에 관한 서평을 쓰고 칭찬하면서 형민의 사진에 대해서 신성모독이라고 비판적인 입장을 취하는 것은 그의 서평이 일종의 포즈에 지나지 않았거나, 아니면 친구인 형민의 작품에서 비극적인 죽음의 그림자를 보았기 때문일 수 있다. 어떻든 그의 입장에 일관성이 결여된 것은 그 자신의 전위 운동도 낭만적인 성격을 띠고 있음을 의미한다.

이러한 현상은 언제나 확고한 신념을 갖고 적극적으로 사는 것처럼 보인 '민재'의 경우도 예외가 아니다. 그녀는 스스로 '양성애자'를 자처하며 이론과 실천의 괴리 없는 삶을 사는 것 같지만 어느 순간에 프랑스 유학을 결심한다. 그러나 그 결심은 갑자기 이루어진 것이 아니라 평소의 자신감과 신념에 찬 행동의 이면에 그런 결심을 하게 될 소지를 갖추고 있었던 것이다. 왜냐하면 그녀처럼 성적인 자유를 느끼고 구가하기 위해서 필수적인 전제 조건이 독점욕이나 질투심에서 벗어나 있어야 함에도 불구하고 그렇지 못하기 때문이다. 그녀는 스스로 양성애자를 자처하면서도 애인인 '준희'에 대해서 호의를 보이는 다른 여자들에게 심한 질투를 느낀다. 그것은 그녀가 성 해방론자도 아니고 성 평등주의자도 아니며 진정한 의미에서의 동성애자도 아니라는 것을 입증한다.

> 모든 게 다 지겨워. 후배들 앞에서 강의하는 것도 지겹고, 철학 공부를 계속하는 것도 지겨워. 내 목소리가 아닌 남의 목소리를 마치 내 목소리인 것처럼 떠들어대는 게 얼마나 서글픈 건지 모를 거야. 내 철학은 없어. 그리고 어떤 철학도 날 만족시켜주지 못해. 난 이 세상을 이해할 수 없어. 아니 인간의 삶이란 것 자체를 이해할 수 없어. 나는 마치 모래사장에서 열심히 모래성을 쌓고 있는 어린아이 같은 기분이야. 모래성을 쌓았는가 싶으면 파도가 밀려와서 흔적도 없이 사라져버리고, 쌓으면 쌓는 대로 다 무너져버리는 그런 공허한 작업에 평생을 묶여 있는 기분. 나는 나 자신에 대해 확신을 가지려고 끊임없이 노력해왔지만, 세월이 흐르면 흐를수록 가지고 있던 그나마의 확신조차 점점 무너지고 있을 뿐이야.

그녀가 '준희'에게 하는 이러한 고백은 전위적 삶을 살고 그 운동에 뛰어든 사람으로서 할 수 있는 가장 진솔한 고백이 아닐 수 없다. 인간은 성장 과정에서 언제나 '아니다'를 말할 수 있지만 거기에 대한 완전한 '대안'을 가지고 있지 않다. 산다는 것은 말하자면 그 대안을 모색해가는 것이다. 그러나 모색의 과정은 불안과 허무와 절망을 동반할 수밖에 없다. 어떤 이론이나 이데올로기로도 정답을 제시한다는 것은 거짓이다. 양성애를 통해서 그녀가 누린 성적 쾌락은 진실이기는 하지만 성적 쾌락만으로 인생을 살 수 없다는 데 인간의 비극적 운명이 있다. 어떤 이론으로도 해결되지 않는 슬픔과 고통, 허무와 절망이 있다는 삶의 진실의 발견이 그녀로 하여금 이러한 고백을 하게 만든다. 만일 그녀가 철저한 이론으로 무장되고 거기에 따라서 다른 여자에게 질투를 느끼지 않고 어떠한 절망도 체험하지 않는다면 그녀는 이론으로 만들어진 기계 같은 인물에 지나지 않거나 아니면 아무런 감정도 없는 바보 같은 인물에 지나지 않을 것이다. 그 경우 그녀는 작가의 이론으로 만들어진 하나의 꼭두각시에 지나지 않는다. 이성의 동물로서 배운 바대로 살아보고 싶고 행하고 싶지만 감정의 동물로서 겪게 되는 희로애락에서부터 자유로울 수 없다는 인간의 운명을 그녀는 체현하고 있다.

이러한 관점에서 작중인물들을 보면 잡지의 경제적 뒷받침을 해온 '범수'가 가족의 요구에 의해 맞선을 본 여자와 결혼을 하게 되는 것이나, 청년이 되도록 순결을 지켜온 형민이 창녀에게 실연을 당하고 우울한 삶을 살아가는 것이나, 『언더그라운더』의 실패를 인정한 강현이 대중이 아니라 지식인들을 상대로 하는 새로운 잡지를 낼 생각에 몰두하고 있는 것은 모두 이들이 공통의 이념으로 모인 것이 아니라 젊은 날의 열정과 고뇌를 함께 나누기 위해서 모인 것임을 알 수 있다. 그들은 제도화된 사회가 보지 못하고 있는 세계에서 그들의 열정과 고뇌를 안고 씨름하고 있다.

3

그런 점에서 그들의 문화는 겉으로 드러나지 않은 채 진행되고 있는 '지하의 문화'이고, 기성세대가 이룩하고 있는 제도권의 문화는 '지상의 문화'이다. 그러므로 『언더그라운더』의 목표는 "우리 사회에 존재하는 언더그라운드 문화를 양지로 끌어내는 것"이다. 그들이 『언더그라운더』를 낸다는 것은 제도 속에 들어오지 않은 지하의 문화를 월간

지라는 제도 속에 끌어들이는 것이며 지상의 문화가 되게 하는 것이다. 거기에는 기성 문화와의 충돌이 필연적으로 있게 마련이며 그래서 '동성애도 아름답다'라는 특집호가 스캔들로 받아들여지고 잡지 자체가 제도권의 핍박의 대상이 된다. 지하 문화가 지상 문화가 되기 위해서는 지하 문화가 지상 문화의 그러한 핍박을 이겨냈을 때만 가능한 것이다. 모든 지상 문화에는 그것이 제도권의 문화이기 때문에 금기와 터부가 있게 마련이다. 반면에 모든 지하 문화는 바로 지상 문화가 가지고 있는 그 금기와 터부를 깨뜨리고 그것을 다룸으로써 지상 문화에 저항하고 도전하는 것이다. 어느 사회나 그 사회와 체제를 유지하기 위해 그 나름의 금기와 터부를 가지고 있다. 그러나 그 금기와 터부는 절대적이고 영원히 변하지 않는 것이 아니라 시대에 따라, 환경에 따라, 생활양식에 따라 변하게 되어 있다. 그것은 사람이 만든 금기요 터부이기 때문에 변할 수밖에 없는 운명을 지니고 있다. 그 변화에 결정적인 역할을 하는 것은 지하의 문화다. 지상에서 금지되어 있는 것을 지하에서 실험해보고 그것을 통해서 지상 문화에 도전한다. 금기나 터부는 깨지기 위해 존재하며 문제는 그것이 어떻게 깨지느냐 하는 데 있다. 한 사회가 건강하게 발전하기 위해서는 지하의 문화와 지상의 문화가 부딪치고 충돌하면서 서로 새롭게 생성되어야 하며, 그 둘 사이에 끊임없는 교류가 이루어져야 한다. 그런 점에서 언더그라운드 문화가 없는 사회는 죽은 사회나 다름없고, 그것을 불온하게 생각해서 탄압하고 억압하는 사회는 지상의 문화를 꽃피울 수 없는 사회이며, 장래가 보이지 않는 폐쇄된 사회이다. 그렇기 때문에 언더그라운드 문화를 담당하고 있는 사람은 제도에 편입된 기성세대가 아니라 아직 아무런 사회적 보장이 이루어지지 않은 새로운 세대이다. 그들은 성장하는 과정에서 억압으로 느낀 것에 저항하며 그것으로부터의 해방을 꿈꾼다. 그것을 위해 그들은 타고난 감수성과 재능을 발휘하고 배운 지식을 동원한다. 그들이 종사하는 분야는 무용이나 음악이나 미술이나 연극이나 영화나 문학과 같은 창조적인 분야이다. 이 작품의 등장인물들이 속해 있는 분야가 다른 것은 그들이 형성하고 있는 문화의 다양성을 의미한다. 그들은 제도권의 문화를 변화시키는 전위 부대로서의 역할을 맡고자 한다. 그들은 "이 세계를 불행한 질료로 만들어진 창 없는 구조물이라고 생각하며" "이 세계를 거부하는 것을 자신의 숙명으로 삼는" 자들이다. 그들은 이 불행한 세계를 전복시키는 꿈을 꾸지만 실패의 쓴맛을 보고 흩어지게 된다. 그러나 그들의 운동은 여기에서 끝나는 것이 아니다. 그들은 전위주의를 표방하는 새로운 종합 문예지를 준비함으로써 그들의 운동이 계속될 것을 예고하고 있다. 그 이유는,

> '언더그라운더'들은 이 병든 세계가 억지로라도 마셔야 하는 쓰디쓴 보약이지. 우리는 이 세계를 전복시키려 하지만, 사실은 이 세계와 진정으로 화해하기 위해서 전복시키려 하는 것일 뿐이야.

라는 데 있다. '화해하기 위한 전복' 그것은 모든 새로운 문학이 꿈꾸는 것이다.

소설 『언더그라운더』는 바로 그들의 지하 문화를 지상의 문화로 바꿔놓고자 한 사람들의 실패한 이야기다. 작가는 여기에서 극도의 자괴감에 빠져 있다. "몸은 땅속에 박아두고 목만 바깥에 내민 채 세상을 두리번거리고 있는지도 모른다"는 반성을 하면서 "두려움과 겁에 질

려 온몸을 바깥 세상에 내놓기를 망설이는 두더지 같은 존재" "지상에 나오면 도리어 불편을 느끼고 지하 세계에 파놓은 땅굴의 짙은 어둠 속에서 배회하며, 한편으로는 어둠을 벗어나지 못하는 자신의 운명을 한탄하고 자학하고 있는 존재"로 자신을 인식하고 스스로를 "지상에서 지하 세계로 부당하게 추방되었다고 생각하며 지상 세계를 향해 분노하고 원망하며, 그 마음속의 양심을 지상 세계의 전복에 대한 꿈으로 치환시키고는 그러한 발버둥을" 자신의 "권리이자 의무로 정당화시켜오지 않았던가" 반문하기에 이른다. 이러한 반성과 반문이 그로 하여금 『언더그라운더』라는 소설을 가능하게 만든다. "지향하는 이상이나 투쟁에 임하는 자세는 제각각" 다를지라도 이 세계의 전복이라는 거대한 꿈을 가지고 고뇌와 방황과 절망을 경험하는 지하인들을 그리면서 자신의 삶과 글쓰기를 접합시키고자 하는 작가의 고뇌가 소설 속의 작가인 '나'를 통해 나타나고 있다. 여기에는 자신의 삶과 소설이라는 허구 사이의 경계를 파악하기 힘든 글쓰기의 고통이 동반되고, 동시에 자신의 삶과 허구 사이에 어느 쪽이 진실에 더 가까운가 하는 글의 진정성의 문제가 제기되고 있다. 그의 고민은 자신의 작품이 "독자들에게 읽혀지는 순간부터 한 권의 책으로서 현실성을 갖게 된다면" 바로 그 책이 "진정한 현실을 대변하"게 됨으로써 "책이 현실이 되고 그 속에 씌어진" 삶이 "허구로 전락하고 마는" 데 있다. 그것은 한 편의 작품이 갖는 중요성이 작가에게 엄청난 무게로 다가오고 있다는 깨달음이다. 그 깨달음은 가볍게 씌어진 듯한 이 작품을 무겁게 읽게 만든다. 그것은 새로운 세대에 속하는 젊은 작가에게서 오늘의 문학이 무엇이어야 하는지 발견하게 만드는 전언과 같다.

> 예술가는 위험한 존재들이다. 〔……〕 그들은 언제나 그 시대에 대해 반기를 드는 인간들이며 오로지 그럴 때만 그들의 존재 의의를 긍정하는 인간들이다. 지하에서 지상 세계의 전복을 꿈꾸는 자들; 그들 자신의 행위와 작품의 유죄를 솔직하게 인정하면서도 범죄를 중단할 수 없는 굴레를 쓴 자들; 신을 두려워하고 인정하면서도 스스로 신이 되기 위해, 혹은 신을 완전히 긍정하기 위해 신을 배반하는 자들이다. 자신의 작품이 신의 질서의 표상이길 갈망하는 자들이다. 신의 영원함과 불멸의 운명을 작품 속에 새기려 드는 자들; 이 평온하고 질서 잡힌 세계로부터 영원한 추방령을 선고받은 유배의 운명을 타고난 자들, 예술이라는 광기의 불치병에 사로잡힌 자들.

그러나 그가 진정으로 새로운 세대의 소설가인 것은 그가 써온 작품을 마지막에 가서 지운 데서 나타난다. 작품의 무게에도 불구하고 그는 언제나 다시 시작할 수 있고 따라서 언제나 원점으로 돌아갈 수 있다. 그것은 한 편의 작품을 위대한 창작으로 생각하는 것이 아니라 우리의 일상적인 삶과 끊임없이 치환될 수 있는 것으로 파악하는 새로운 세대의 문학관 때문에 가능한 것이다. 그렇다. 작품은 언제나 다시 시작할 수 있는 것이다. 앞으로 씌어질 그의 작품들이 맥빠진 채 시들어가고 있는 이 세계를 기습하여 충격을 주는 레지스탕스들로서의 역할을 해줄 것을 기대한다. 〔1998〕

새로운 감각, 새로운 감수성

—김영하의 소설

1

지난해에는 새로운 밀레니엄이 다가온다고 해서 미래에 대한 전망을 다루는 담론들이 여러 가지로 진행되었다. 그 가운데 21세기를 문화의 세기라고 정의하면서 그 문화를 주도하는 것이 디지털 문화가 될 것이라는 주장이 상당히 설득력 있게 유포되었다. 사실 최근에 이루어진 인터넷의 보급이나 통신기기의 발전은 정보에 대한 종래의 개념을 바꿔버리고 있고, 우리의 생활환경도 근본적으로 변화시키고 있다. 그것은 자연스럽게 인간의 조건이 새로운 환경 속에 들어가게 되었고 따라서 지금까지 인간의 존재와 그 문화에 관한 연구를 담당해온 인문학이 위기를 맞이하게 되었음을 깨닫게 하는 계기를 마련해주었다. 새로운 세기에 문학은 어떤 모습을 가지고 어떻게 존재할 수 있을까 하는 논의와 함께 문학의 역할은 확대될 것인가 축소될 것인가 하는 질문이 제기되었다. 인터넷은 정보를 담는 수단이고 도구이지 내용은 아니기 때문에 인터넷의 보급이 곧 문화의 변화를 가져오지 않을 것이라는 주장이 있는가 하면, 정보의 전달 방식이나 수단이 달라지면 그것으로 인해 문화 자체가 변화할 것이고 따라서 문자 문화의 시대에서 영상 문화의 시대로 바뀌게 될 것이라는 주장이 있다. 지금까지 문자 문화를 주도해온 인문학, 그 가운데서도 문학의 입지가 축소될 것으로 생각하는 사람들이 다수를 형성하고 있다.

그러나 좀더 깊이 있게 따지고 보면 문학의 위기는 어제오늘의 문제가 아니라 이미 20세기 중반 이후 약 반세기 동안 계속 제기되었던 문제이다. 이미 대서사가 사라지고 소서사가 주류를 이루기 시작하면서 문학은 문화의 중심에서 주변으로 밀려나기 시작하였다. 대문자로 쓴 '작가'의 죽음이 선언되고 독자의 역할이 강조된 이후 문학은 '천재'들의 '창작'이기를 그만두고 일상적 독자의 참여를 통해서 완성되는 운명을 지니게 된다. 20세기 초 발레리는 벌써 "후작 부인은 오후 5시에 외출하셨다"와 같은 이야기를 써서 독자의 관심을 끌고자 하는 소설을 이제 더 이상 쓸 수 없다는 것을 선언한 바 있다. 그것은 19세기적인 소설의 종말이 다가왔다는 예언이었다. 게다가 아날로그 체계이기는 하지만 텔레비전과 비디오의 보급은 20세기의 문화가 문자 문화에서 영상 문화로 이동할 것을 예견하게 하였다. 신문이나 잡지와 책과 같은 출판 문화가 텔레비전이나 비디오와 같은 영상 문화의 지배를 받게 됨에 따라서 퇴조의 길을 걸을 것이라는 예측은 '저자의 죽음'과 같은 선언과 함께 설득력을 얻고 있다. 우리나라가 다소 예외적인 경우를 보여주고 있지만, 세계적으로 시집이 독자를 잃어가고 있고, 대중

소설이 소설의 독자 대부분을 차지해가는 경향이 있으며, 신문과 잡지의 영향력이 감소되고 있다는 현상들은 그러한 예측을 뒷받침해주는 것 같다. 더구나 최근 10여 년 동안 PC의 광범위한 보급과 인터넷의 세계적인 구축은 디지털 문화가 새로운 밀레니엄 문화를 주도할 것을 의심할 수 없게 만들고 있다.

그러나 발레리의 예언은 "후작 부인은 오후 5시에 외출하셨다"와 같은 형식의 소설이 불가능하다는 것을 이야기했지만, 소설 자체의 죽음을 의미하지는 못했다. 그 후의 소설은 '옛날 옛적에 어느 산골에……'와 같은 이야기체 형식으로 작품을 구성할 수 없었던 것처럼, 19세기 소설에서 볼 수 있었던 형식을 사용할 수 없게 되었을 뿐 새로운 형태로 존재 가능성을 모색하고 있다. 텔레비전의 뉴스는 신문의 그것을 대체하지 못하고 기능을 달리하며 서로 공존의 길을 걷고 있다. 신속성과 현장감이 텔레비전 뉴스의 특성이라면, 정확한 분석과 해석이 신문 뉴스의 특성이다. 서로 다른 역할을 분담하고 있는 이 두 가지 매체는 개개의 특성을 개발함으로써 어느 한쪽이 다른 한쪽을 지배하는 구조는 구축되지 않고 있다. 이와 마찬가지로 디지털 미디어의 발달은 그것이 음악·미술·무용·문학 등을 시각화하고 통합하는 역할을 할 수는 있지만 기존의 문학이나 다른 예술을 대체하지는 못할 것으로 생각된다. 컴퓨터 그래픽이 디자인이나 색채를 구성하고 재현할 수는 있지만, 물감이나 종이나 천이 주는 물질성을 제공하지는 못한다. 이와 마찬가지로 PC 통신 문학이 이야기를 만들고 구성하여 하나의 문학 작품을 만들 수는 있지만, 그것이 개인의 문체가 가지고 있는 물질성까지 확보하지는 못하고 있다. PC가 가지고 있는 영상적 성격은 문학 작품이 가지고 있는 문자성마저 영상화하고 만다.

그렇다고 해서 문자 문화인 문학이 영상 문화인 디지털 미디어의 영향에서 자유로울 수 있다는 주장을 펼치고자 하는 것은 아니다. 이미 PC 통신 문학이 등장한 1990년대부터 한국 소설은 엄청난 변화를 겪고 있다. 모든 표현이 익명의 상태로 가능한 PC 통신 문학은 문학이 특권적인 엘리트의 전유물이 아니라 보통 사람들의 억압된 욕망의 표현이 될 수 있다는 것을 보여주게 된다. 그리하여 문학에서 금기로 되어 있던 표현들이 거침없이 등장하고 그런 글을 검색하는 사람들이 글의 완성에 참여하게 됨으로써 개인이 자신의 이름을 새겨넣은 창작으로서의 문학은 익명의 창작이 되어버린다. 그것은 어쩌면 문학 작품을 소비만 해버리던 기존의 독자를 문학 작품의 창작에 참여시키고자 했던 40여 년 전 프랑스의 누보로망 작가들의 꿈을 실현하는 것처럼 보이기도 한다. 억압된 욕망의 분출로서의 문학은 선조적인 묘사를 영상이나 만화에 어울리는 묘사로 바꿈으로써 문자 문학이 가지고 있던 무겁고 반성적인 성질을 떨쳐버리고 가볍고 감각적인 성질을 띤다. 그것은 분명히 기존의 문학에 대한 근원적인 도전이고 전면적인 반기라고 할 수 있다. 그렇기 때문에 그러한 작품을 읽는다는 것은 그 자체가 하나의 모험일지 모른다. 그러나 그것을 읽어내지 않고 오늘의 소설을 이야기한다는 것은 불가능하다.

2

새로운 세대의 작가 가운데 김영하의 소설을 읽고 충격을 받지 않은 기성 독자는 아마도 없을 것이다. 동성애 관계에 있는 두 여자와 한 남자 사이에 삼각관계가 이루어지기도 하고, 형제 사이인 두 남자와 한 여자 사이에 육체관계가 이루어지기도 하고, 처음 보는 젊은 여자에게 호출기를 주기도 하고, 십자드라이버 하나로 모든 기계 종류를 분해하듯 자신이 좋아하는 여자를 죽이고, 총을 가지고 탈영한 무장한 주인공이 한 가정에 들어가 그 가족을 붙들고 인질극을 벌이기도 하고, 불법 복제품 CD를 만들어 팔다가 경찰서의 신세를 지게 되기도 하고, 자신과 관계를 가진 남자로 하여금 자신의 몸에 문신을 만들게 하기도 하는 등 그의 소설은 신문의 3면 기사에서 자주 목격될 수는 있지만 소설에서는 낯선 이야기들로 가득 차 있다. 우리 사회에서 일어나고 있는 엽기적인 사건을 소재로 하기도 하고, 최근의 젊은 세대에게 인기를 끌고 있는 호출기나 휴대전화를 일상적 삶의 도구로 사용하고 있고, 끝없이 섹스에 빠져 있으면서도 어느 순간 그것에 대해서 무관심해지는 모습을 통해서 그것이 꼭 그가 추구하는 것이 아님을 보여준다. 주인공들은 때로는 환상소설과 같은 상상력을 동원해서 예기치 못한 사건을 제시함으로써 우리를 놀라게 하고, 불필요한 감정 개입을 최소화함으로써 냉혹한 잔인성을 그리기도 하며, 자세한 묘사를 통해서 현실의 재현을 실험하기도 한다. 그의 문장은 짧은 단문으로서 아무런 군더더기가 없고, 엄청난 속도감으로 읽는 사람에게 현기증을 일으키기도 한다.

날카로운 칼로 현실의 깊은 상처를 도려낸 듯한 그의 문장은 그가 1960년대의 김승옥 이후 나타난 새로운 감수성의 소유자 가운데 하나라고 해도 지나치지 않을 것이다. "이 시대에 신이 되고자 하는 인간에게는 단 두 가지의 길이 있을 뿐이다. 창작을 하거나 아니면 살인을 하는 길"이라고 말하면서 작가가 되는 일이 불가능한 상황에서 자살을 하게 하는 살인 청부업자 모습을 띤 주인공이나, 자신이 궁지에 몰리면 살인과 같은 행위를 아무런 거리낌 없이 행하는 주인공은 그것이 모두 그들의 '비상구'임을 보여주고 있다. 작가가 삶의 비상구를 이야기하는 것은 그의 작품 도처에서 목격되는 광주 항쟁과 1980년대의 민주화 운동의 남아 있는 기억 때문이다. 군사정부가 무너지고 동구권이 몰락한 1990년대에 들어서면서 싸워야 할 대상도 없어지고 추구해야 할 가치도 사라진 세계에서 풍요만을 누리기에는 모든 것이 너무나 하찮아 보이고 삶 자체가 허무해 보인다. 그리고 그동안 죽어간 옛 친구들은 인간은 누구나 죽는다는 사실을 먼저 일깨워주었을 뿐 그것이 우리와 상관없는 것이 아니라는 것을 시시각각 깨닫게 한다. 그의 작품에는 유난히도 죽음에 관한 이야기가 많이 나온다. 사진작가가 인간의 죽어가는 순간을 사진으로 찍고자 한다든가, 우연히 버스에서 만난 여자와 섬에 갔을 때 여자가 남자에게 고백한 것은 사디스트인 남편을 죽이고 도피 중이라는 사실이며, 자신이 목을 매달아 자살하는 장면을 사진으로 찍어달라고 한다든가, 욕조에서 여자에게 살해당한 마라의 죽음을 그린 그림 이야기로 시작해서 욕조에서 죽어가는 여자에 대한 묘사로 끝난다든가 하는 등, 그의 작품 전체에 죽음의 그림자가 드리워져 있음을 볼 수 있다. 주인공들이 느끼는 죽음에의 유혹은 죽음을 예찬하는 것도 아니고 죽음을 두려워하는 것도 아니며 죽음이 삶의 일부라는 것을 일깨워준다.

이 작가는 분명히 우리와 동일한 감수성을 지닌 것 같지 않다. 일상적 삶에서 우리가 우연의 산물로 생각할 만한 것을 이 작가는 삶의 근원적인 한 모습으로 그리고 있기도 하고, 일상적 삶에서 엽기적인 사건으로 취급될 수 있는 것을 아무런 경악 없이 담담하게 이야기하기도 한다. 그의 작품에는 수많은 섹스 장면이 나오지만 그것이 에로티시즘에 토대를 두고 있지도 않을 뿐 아니라 배가 고플 때 밥을 먹듯 생활의 한 부분으로 나타난다. 그들 가운데는 섹스에 굶주린 것처럼 거기에 탐닉한 사람도 있고, 욕망에서 완전히 자유로운 것처럼 섹스에 무관심한 사람도 있다. 작중인물들은 따라서 섹스 자체에 큰 의미를 부여하지도 않고 그 때문에 갈등을 일으키고 고뇌에 잠기지도 않는다. 그들은 자신들의 행동에 방해가 되는 일이 벌어질 때에는 아무런 거리낌 없이 폭력을 행사하기도 하고 사회 속에서 자신의 출세나 신분 상승 따위에 대해서는 철저하게 무관심하다. 그렇다고 해서 그들을 철저한 야만인으로 취급할 수 있느냐 하면 그렇지도 않다. 그들 가운데는 작가도 있고 시인도 있고 평론가도 있으며 은행원도 있고 회사원도 있기 때문이다.

3

김영하의 소설집 『엘리베이터에 낀 그 남자는 어떻게 되었나』를 좀더 자세하게 읽으면, 그의 작품에 나타난 죽음의 진정한 의미를 알아볼 수 있을 것 같다. 첫번째 작품인 「사진관 살인 사건」은 탐정소설의 구조를 가진 소설의 도식 그대로 화자를 경찰관으로 설정하고 있다. 교회에서 예배를 드리고 있는 가운데 호출을 당한 화자는 사진관 살인 사건의 전말을 밝히고자 한다. 이를 위해서 그는 가장 가까운 주변 인물인 사진사의 아내부터 수사를 시작하여 그 사진관의 단골손님인 아마추어 사진작가에게까지 수사를 펼친다. 사진사의 아내는 자신이 그 살인 사건과 아무런 관계가 없다는 것을 증명하기 위해 정명식이라는 아마추어 사진작가에게 혐의를 둘 수 있는 이야기를 한다. 사진관에 자주 사진을 맡기면서 이상한 사진을 찍어서 그것으로 자신을 유혹했다는 이야기와, 그가 가장 최근에 맡긴 사진이 사진사가 살해된 현장에서 발견되었다는 이야기를 함으로써 살인 사건과 정명식 사이에 어떤 관계가 있을 것 같은 인상을 준다. 죽은 사진사의 아내는 그 이야기로 자신의 혐의를 벗고자 한다. 반면에 정명식은 자신이 사진사 부인의 나신을 찍은 것은 그녀의 요구에 의한 것이고 '사랑해 경희'라고 씌어진 글씨는 초등학교 다니는 아들이 같은 반의 여학생 경희를 두고 쓴 것이라고 말함으로써 혐의를 벗고자 한다. 그의 혐의는 용의자가 붙잡힘으로써 벗겨진다. 그러나 그가 내세운 알리바이는 성립했지만, '경희'라는 이름을 가진 아이가 자기 아들의 반에는 없는 것으로 밝혀진다. 이 작품이 탐정소설의 형식을 갖추고 있으나 탐정소설이 아닌 것은 용의자가 잡힘으로써 모든 것이 명백해져야 함에도 불구하고 사진사 부인과 정명식 사이의 관계는 불투명한 상태로 남아 있기 때문이다. 불투명한 상태는 사실은 자신의 남편을 다른 사람이 죽여주기를 바라는 사진사 아내의 욕망과 아마추어 사진사인 정명식의 욕망이 동일하지만 두 욕망의 만남이 어떻게 결말 나게 될지 모르는 데 있다. 더구나 아내의 발을 붙들고 잠이 든 경찰관의 꿈에 자신이 과일이 되어 껍질이 벗겨지고 있었다고 하는 것은, 완전한 사랑이란 상대편을 죽이지 않고는 불가능하다는, 고전적 명제를 확인시켜준다.

「흡혈귀」에서는 시인이면서 시나리오 작가이기도 하고 문학평론도 하며 가끔 소설도 쓰는 작중인물이 서재에 관을 놓고 이따금 그 관 속에 들어가서 잠을 잔다. 그가 쓴 시집의 해설에는 그 시인의 세계를 "삶이라는 존재를 완전히 추방하고 죽음에 대한 무한한 동경만을 담아놓았다"라고 씌어 있으면서 "어디에서 이 도저한 허무주의가 발원한 것일까"라고 질문을 제기한다. 또 그는 자신의 단편 영화 시나리오에서 '흡혈귀'에 관한 이야기를 쓰고 있다. 그가 쓴 평론은 "예찬한 소설이나 시는 모두가 죽음이나 삶의 허무를 다룬 것들"이며, "미시마 유키오를 비롯한 일본 작가들의 작품도" 다루고 있고, "오스카 와일드나 로트레아몽, 보들레르의 작품들도" 다루었으며, 저자의 첫번째 장편 『나는 나를 파괴할 권리가 있다』를 다루기도 했다. 그것은 주인공이 죽음과 소멸에 특별한 관심을 가지고 있음을 의미한다. 그가 죽음과 소멸에 관심을 갖고 있다는 것은 삶과 생존에 특별한 의미를 부여하지 못하고 있다는 것을 의미한다. 이 작중인물은 삶의 가치가 어디에 있는지 알고자 하지 않고 자기 안에서 분출되는 욕망에 따라서 행동하고 감각에 따라서 표현한다. 그는 자신의 욕망의 끝이 무엇이고 그것이 어디에서 분출되는지 묻지 않고 그것의 결과가 자신의 삶에 어떤 결과를 초래할지 생각하지 않는다.

그러한 인물은 과거도 미래도 없고 현재만이 있는 존재라고 할 때 그의 삶에는 어떤 계획이나 비전도 없다. 「바람이 분다」라는 작품에서 화자는 '바람이 분다'와 '바람은 분다'를 다섯 번에 걸쳐서 반복한다. 그것은 PC에서 똑같은 문장을 5회에 걸쳐 되풀이해 적고 있다는 것을 의미한다. 눈앞의 목적을 위해서는 얼마든지 같은 행동이나 말을 할 수 있지만, 그것은 어디까지나 컴퓨터의 게임과 같이 순간적인 즐거움을 위한 것이다.

> 눈을 뜨면 가장 먼저 하는 일은 컴퓨터를 켜는 일이다. 물론 자기 전에 마지막으로 하는 일도 그것을 끄는 일이다. 창이 없는 이 방에서 컴퓨터는 내 창이다. 거기에서 빛이 나오고 소리가 들려오고 음악이 나온다. 그곳으로 세상을 엿보고 세상도 그 창으로 내 삶을 훔쳐본다.

이처럼 컴퓨터에 붙어서 하루 종일 시간을 보내며 생활하는 인물은 불과 10년 전에는 소설에서조차도 상상할 수 없었다. 주인공은 단순히 컴퓨터로 시간을 보내기 때문에 새로운 인간형이라고 할 수는 없다. 그가 사고하고 행동하는 방식을 보면 책을 읽고 사색에 잠기고 자신의 이론을 내세우는 인문적인 사람과 전혀 다른 삶을 살고 있다. 매일 컴퓨터에서 채팅만 하며 살고 있는 주인공은 "킬리만자로에 오르기 위해 석 달 동안 새벽 신문을 돌렸습니다"라는 광고 문구를 보고 "꿈꾸는 일을 위해 석 달을 하루같이 뭔가를 할 수 있는 그가 경이로웠다. 나였으면 단 일주일도 힘들었을 터이다"라고 고백하고 있는 것처럼 매일 세상으로부터 비켜선 채 창문이 없는 지하에서 컴퓨터를 창문 삼아 살고 있다. 불법으로 복제한 CD를 팔아서 생계를 유지하는 주인공은 컴퓨터 통신망을 통해서 사람을 구한다. 여기에 나타난 인물이 그와 비슷한 생활을 하는 '송진영'이라는 여자다.

> 아무것도 잘하는 게 없어요. 워드를 조금 치고 컴퓨터 통신은 채팅만 잘해요. 종교도 없고 친구도 없어요. 야근할 수 있지만 토요일은 일하고 싶지 않아요. 영화를 좋아하고 소설을 싫어해요. 바흐와 너바나를 좋아해요. 일터가 조용한 곳이면 좋겠어요. 호출기로 연락 주세요.

그녀는 완전한 신세대라고 할 수 있다. 그 여자를 채용해서 함께 불법 복제한 CD를 시중보다 훨씬 싼값에 파는 것으로 그는 생계를 유지한다. 컴퓨터로 채팅을 하며 그들의 복제품에 관심이 있는 사람에게 그것을 팔고 빌려온 ID를 바꾸면 거의 완전 범죄나 다름없다. 그들은 시간이 날 때마다 컴퓨터 게임에 몰두하다가 어느 순간에 자연스럽게 둘이서 함께 게임을 한다. 그들은 격투사가 되어 서로 싸우기도 하고 비행기 조종사가 되어 함께 폭격에 나서기도 한다. 가끔 그녀가 늘씬한 미녀로 변신하여 그를 흠씬 두들겨 패면 그는 일부러 나가떨어지기도 한다. 어느 날 그녀가 "왜 이렇게 살아요?"라는 질문을 던진다. 그 질문은 그의 일상적 삶에는 존재하지 않는 질문이다. 그것은 그에게 너무나 갑작스럽고 생활을 근본적으로 흔드는 질문이다. 그가 "이렇게 사는 게 어떤 건데요?"라고 되물은 것은 그 자신이 자신의 삶에 대한 반성을 해보지 않았기 때문이다. 하지만 그녀가 모든 것을 다 팔아서 함께 세계 일주 여행을 가자고 제안했을 때 혼자만 살아온 그의 생활은 무너질 수밖에 없게 된다. 둘 사이에 공범 관계가 성립되면서 그의 삶에 그녀가 끼어드는 불길한 징조를 그는 느끼게 된다. 그들은 컴퓨터 안에서 놀이를 하듯 아무런 의식이 없이 생활을 하다가 게임을 하듯이 정사를 나눈다. 그가 컴퓨터 시대에 혼자서 기계와 함께 사는 삶을 진정한 삶으로 생각해왔음에도 불구하고, 그리고 그가 5년 전에 이미 누구를 기다리는 삶을 청산했다고 자부하고 있음에도 불구하고, 그녀가 그의 생활을 비집고 들어오자 어쩔 수 없이 함께 떠나는 여행을 계획한다. 무엇을 계획하고 살 수 없다고 하면서 즉물적이고 즉각적인 행동을 하는 그는 분명히 만화적이고 영상적인 시대의 감수성을 지닌 인물이다. 그가 세계 일주 여행이라는 장기적인 계획을 세운 것은 혼자 살기를 포기하고 타자와 함께 살기 위한 것이다. 그러나 그 순간 그의 계획은 수포로 돌아가고 그는 여전히 혼자서 메마른 삶을 살 수밖에 없게 된다. 그는 소설의 서두에서처럼 '바람이 분다'를 반복해서 써넣고 '게임을 한다'를 반복해서 치고 '떠난다'를 반복해서 친다. 그것은 새로운 세대에게 내려진 천형과 같은 것이겠지만 그들은 그것을 모른다.

4

「엘리베이터에 낀 남자는 어떻게 되었나」라는 표제 작품은 모범적인 한 회사원의 이야기다. 아침에 면도를 하는 도중에 면도기가 부러져서 반쯤만 면도를 한 얼굴을 한 그 회사원은 운수 나쁜 하루를 겪는다. 15층 아파트에 사는 그는 아침에 출근할 때 엘리베이터가 고장나서 걸어서 내려가다, 5층과 6층 사이의 고장 난 엘리베이터 안에 한 남자가 끼여 있는 것을 본다. 그러나 출근길에 바쁜 모든 사람들이 그 사람을 구하려 하지 않고 출근해버리자, '나'도 버스를 탄다. 그러나 돈이 든 지갑을 집에 놓고 와서 운전 기사와 버스비 시비가 붙고 그러는 사이에 중앙선을 침범한 덤프 트럭이 버스와 정면충돌을 해서 교통사고가 난다. 그다음 버스에 올라탄 '나'는 만원 버스에서 치한으로 몰려 회사에 도착하기 한 정거장 전에 내려 걸어서 회사의 건물에 도착하지만 이번에는 그 건물의 엘리베이터가 고장 나서 여직원 한 사람과 갇히게 된다. 여기에서 가까스로 구조가 된 '나'는 뒤늦게 회사에 올라가서 흉악한 몰골로 브리핑을 하지만 상사에게 핀잔만 듣는다. 그는 하루 종일 엘리베이터에 낀 남자를 신고하려 하지만 아무도 그의 말을 믿어주지 않아 신고에 실패한다. 저녁에 아파트에 돌아와보았을 때 엘리베이터는 제대로 작동하고 있고, 아무도 그 남자가 끼였다는 사실을 모르고 있으며, 그의 설명을 들으려 하지 않는다. 그리하여 엘리베이터에 낀 남자 이야기는 미궁 속에 빠져버린다. 이 작품은 일상적인 우연한 사고 이야기를 통해서 오늘날 아파트에 살고 있는 사람의 희비극적 상황을 경쾌하고 빠른 속도로 서술하고 있다. 너무나 어처구니가 없어서 웃을 수도 없고 그렇다고 해서 타인의 비극적인 하루를 슬퍼할 수도 없는 이 이야기는 젊은 작가의 놀라운 필치로 예리하게 포착되어서 아프게 읽힌다. 이러한 이야기를 읽으면 사람은 무엇 때문에 사는지 질문을 던지지 않을 수 없다. 웃을 수도 없고 울 수도 없는 희극적인 일상생활 속에서 주인공이 기껏 브리핑을 해야 하는 일이란 화장실에서 화장지를 절약하는 방안에 관한 것이다. 물자를 절약하는 것이 현대의 대량 소비 사회에서 윤리적 덕목으로 요구되는 것은 사실이지만 화장실에서 휴지를 절약하는 것과 같은 발상은 물자 낭비의 수많은 현상들을 도외시한 채 사소한 것 하나를 가지고 물자를 절약한다는 거대한 표어를 충족시킨 것으로 생각하는 나쁜 관료주의를 대변한다. 처음부터 끝까지 한꺼번에 읽을 수 있게 씌어진 이 작품은 이야기의 속도가 너무나 빨라서 마치 영상물을 보는 듯한 느낌이다. 우리가 사는 것이 얼마나 희극적인지, 그래서 얼마나 비극적인지 보여주는 이 작품은 채플린의 단막극을 보는 듯한 속도감 속에서 웃음과 아픔을 동시에 체험하게 한다. 우리가 살고 있는 현실을 예리한 칼날로 도려낸 듯한 이러한 패러디는 이 작가의 새로운 감수성과 문학적 재능을 인정하게 한다.

「고압선」의 주인공은 은행원이다. 그는 "외국어에 능통하지도, 줄이 튼튼하지도 않았다. 좋은 대학교를 나오지도 못했고 아부를 잘하지도 못했다." 그는 남들에게 내세울 만한 아무런 장기도 가지고 있지 않은 평범한 월급쟁이다. 그래서 그는 늘 자신이 감원의 대상이 되지 않을까 불안해하며 한눈팔지 않고 남보다 열심히 일한다. 그는 홀어머니를 너무 사랑한 나머지 자주 아내와 싸운다. 어머니는 아들 내외가 섹스 중이라는 것을 알면서도 아들이나 며느리를 불러낸다. 그는 자신의 의지대로 사는 것이 아니라 주어진 여건을 좇아가며 산다. 어느 날 대학 시절의 친구 B의 애인이었던 여자가 찾아와 난생처음으로 그녀의 대출 편의를 봐주고 그녀와 불륜 관계에 빠진다. 그녀에게서 처음으로 억제할 수 없는 욕망을 느끼고 그 욕망을 채울 수 있게 되었을 때 그는 그것을 사랑이라고 생각한다. 그가 사랑을 하기 위해 옷을 벗었을 때 그는 옛날 점쟁이의 예언대로 투명인간이 된다. 그는 수위들에게 몰릴 때나 가정으로 돌아왔을 때나 직장인 은행에 갔을 때 투명인간이 되어 '있으나마나 한 존재'가 된다. 그가 옛날 친구 B의 애인이었던 여자와 사랑을 하려 한 것은 한낱 은행원으로서는 엄청난 모험의 주인공이 되고자 한 것이다. 그러나 그것은 그를 은행원이라는 일상적 존재도 되지 못하게 만들어버린다. 그는 이제 누구의 눈에 보이지도 않는 비존재가 되어버린다. 이러한 과정을 보면 그의 주인공이 처음부터 세속적인 가치에 대해서 무관심한 것이 아니라는 것을 알 수 있다. 자신이 그러한 가치를 추구하는 순간부터 사회에서 소외되고 존재 자체를 증명할 수 없는 비존재가 된다.

5

투명인간이 된다는 모티프는 김영하 소설에 들어 있는 환상적인 요소 가운데 하나다. 그것은 어느 날 아침에 잠에서 깨어나 보니 자신의 몸이 벌레가 되어 있는 것을 발견한 카프카적인 주제이지만 카프카에게서 볼 수 있는 인간 조건에 대한 고발 의식을 전제로 한 것은 아니다. 여기에서의 환상적 체험은 현실과는 다른 세계에의 꿈에 지나지 않는다. 그 대표적인 경우가 「피뢰침」이다. 주인공은 유년 시절에 벼락을 맞는 충격적인 체험을 한다. "어두운 대기를 뚫고 푸른 섬광이 내 몸을 통과해나가는, 그리하여 어둠과 빛과 대기와 땅이 내 몸을 통과해 하나가 되는, 고통과 쾌감이 동시에 교차하는, 그런 감정의 교란이 일어났다." 자신이 죽었다고 생각한 순간, 또 다른 번갯불을 보고 벼락치는 소리를 듣고 자신이 벼락을 맞고도 살아 있다는 것을 깨닫는다. 그녀는 사이버 스페이스에서 형성된 '아다드'라는 모임에 가입하여 유년 시절의 체험을 이야기하고 인위적으로 다시 벼락 맞는 꿈을 실현한다. '벼락 맞고 살아난 사람들의 모임'인 아다드에서 그녀는 다른 사람들과 함께 탐뢰 여행을 떠나 다른 사람이 벼락을 맞는 모습을 목격하고 자신도 벼락을 맞는다.

> 그때 나는 보았다. 폭우 속에서 그의 몸이 요동하며 천천히 무너지는 것을. 그리고 그 순간 내 몸 구석구석 깊은 곳의 온갖 체액들이 격렬하게 요동쳤다. 나는 허물어졌고, 허물어진 그 자리에 쭈그리고 앉아 오줌을 누었다. 질척한 공기엔 강렬한 락스 냄새가 팽만했다. 머릿속까지 하얗게 표백되는 느낌이었다.

이러한 체험은 거의 성적인 쾌락에 가까운 것으로서 그녀의 몸 구석구석까지 전달된다. 그녀는 자신과 함께 벼락을 맞은 J의 뜨거워진 입술에 입을 맞춤으로써 그의 몸속에 남아 있던 미량의 전류가 자신의 몸속으로 흘러들어오는 것을 느끼고 그것을 스위치 삼아 자신의 온몸의 전원들이 일제히 켜지는 체험을 한다. 환상에 의한 이러한 쾌락의 체험은 그녀가 현실에서 전혀 느껴보지 못한 것으로, 그녀는 자신의 그림에 엄청난 힘으로 작용할 것으로 기대한다. 그녀는 탐뢰 여행이 끝난 뒤에 "지금, 이렇게 집에 앉아 그 여행을, 표백제 냄새를, 습기 찬 전하들을, 하늘을 향해 발기한 피뢰침을 그리워하면서 아크릴화를 그리고 있다. 멋진 그림이 될 것 같다"라고 고백한다. 그것은 환상적인 섹스 체험과 너무나 닮아 있다. 그것은 그녀가 환상의 세계에서 쾌락의 절정을 체험하고 그것이 그녀의 창작의 원동력이라는 것을 이야기함을 의미한다.

「비상구」에 나오는 작중인물들은 우리 사회의 뒷골목 이야기처럼 들린다. 주인공은 "내 나이도 올겨울만 지나면 스물하나가 된다. 오토바이 타고 장난질 칠 때도 지났고 삐끼질할 짬밥도 아니다. 조직에 들어가서 허리 굽히고 살기도 싫다. 집구석으로 들어가는 건 더 좆같다. 집에 가봐야 눈칫밥밖에 더 먹나. 괜찮은 년 하나 있으면 살림 차리고 씨팔, 이삿짐이라도 날라볼까" 생각하면서도 자신의 장래를 생각하지 못한다. 그는 자신의 눈앞에 주어진 현실에 대해 만족할 수 없는 성질을 가졌지만, 그렇다고 그곳에서 빠져나올 대책이 있는 것도 아니다. 그의 꿈은 돈 벌어 노래방이나 하나 차리는 것이지만 그것마저 뜻대로 되는 것이 아니다. 그는 싸구려 여관방에 앉아서 여자 친구의 비상구에 면도질이나 하며, 쾌락을 좇는다. 그는 자신의 여자 친구에게 폭력을 행사한 사람을 찾아 폭력을 행하고 지갑을 탈취하다가 경찰의 추격을 받는다. 그는 여자 친구의 섹스가 그에게 유일한 비상구라고 생각한 반면에 경찰에 쫓기는 그의 인생이 어떤 비상구도 없는 비극적 운명에 지나지 않는다고 생각한다.

6

「사진관 살인 사건」에서 작가는 삶에 있어서 진실이란 하나만 있는 것도 아니고 한마디로 말할 수 있을 정도로 명확한 것도 아니라는 것을 보여준다. 이 작품이 탐정소설이 아닌 것은 작품의 결말에 모든 것이 해결되는 것이 아니라 미해결 상태로 끝나기 때문이다. 작가는 여기에 실질적인 살인 용의자가 체포되지만 사진사의 아내와 아마추어 사진사 정명식 사이의 관계는 미궁 속에 빠뜨린다. 이처럼 작가는 독자에게 완성된 작품을 제시하는 것이 아니라 미완의 작품을 제시함으로써 문제를 제기한다. 그것은 독자로 하여금 문제에 대한 해답을 모색하게 함으로써 작품의 완성에 참여하게 하기 위한 것이다. 작가가 작품을 완제품으로 제시했을 때 독자는 그것을 소비만 하면 되는 반면에 미완의 작품을 제시했을 때 독자는 작품을 완성시킴으로써 작품의 창작에, 다시 말해서 작품의 생산에 참여하게 된다. 이처럼 작품을 미완의 상태로 놓아두는 것은 「엘리베이터에 낀 그 남자는 어떻게 되었나」에서도 마찬가지이다. 작가도 작중인물도 그리고 독자도 그 남자가 어떻게 되었는지 알지 못한다. 그 대답을 알고자 하는 사람은 자신이 그 후일담을 쓰는 수밖에 없다. 「비상구」의 폭력적인 주인공도 자신의 비상구를 어디에서 다시 찾게 될지 기약 없이 끝난다. 「바람이 분다」라는 작품도 마지막에 "바람이 분다. 바람이 분다. 바람이 분다. 한 여자를 기다리고 있다. 바람이 분다. 바람이 분다. 분다"로 끝나면서 주인공이 그 여자를 다시 만나게 될지, 그리고 그의 삶이 어떻게 결말을 보게 될지 이야기하지 않고 미완으로 끝난다. 「흡혈귀」에서도 화자는 김희연이라는 자신의 독자를 기다리지만 전화조차도 받지 못한다. 그는 그녀가 흡혈귀가 아닐까 짐작만 할 뿐 독자들에게 그 대답을 맡긴다. 그런 점에서는 「고압선」이나 「당신의 나무」나 「어디에도 있고 어디에도 없는」도 마찬가지다. 작품의 모든 결말을 독자에게 맡김으로써 독자 참여의 길을 열어놓은 작가의 소설 기법은 독자를 단순한 소비자로 전락시키지 않는 놀라운 결과를 가져올 수 있다. 그는 참을 수 없이 가벼운 우리의 일상적 삶을 충격적인 기법으로 도려내서 깊이 있는 세계로 환원시켜주고 있다. 우리가 신문이나 잡지에서 하나의 토픽으로 보아 넘기는 사건들에서 그는 삶의 허구성을 끌어내고 우리 사회의 부랑자들의 환상 속에서 현실의 깊이를 상상할 수 있게 해준다. 그의 모든 작품은 만화나 영화에서 볼 수 있는 몽타주와 환상, 그리고 속도감 있는 이야기체로 자기 시대의 감각과 감수성을 뚜렷하게 보여주고 있다. 그는 문학의 위기를 극복할 수 있을 만큼 이야기의 충분한 재미를 확보하고 있다는 점에서 탁월한 작가로 생각된다. 그의 치열한 작가 정신이 대중성의 유혹을 이겨내고 문학성을 확보할 수 있을 것으로 기대된다. 〔2000〕

순환하는 입문 의식
—이재실의 『오디』

1

한 작가가 한 편의 작품을 쓴다는 것은 자신이 살아온 삶과 받아온 교육과 타고난 재능을 바탕으로 형성된 세계관을 발휘하여 하나의 언어의 집합체를 만든다는 것을 의미한다. 그렇기 때문에 누구나 작품을 쓰는 일에 쉽게 덤비지 못하고 언젠가는 작품을 쓰겠다는 꿈을 가지고 있을 뿐이다. 그럼에도 불구하고 작품을 쓰고자 하는 것은 작가로 태어나기로 결심한 것이다. 이재실 교수가 나에게 소설을 썼다는 사실을 조심스럽게 알려왔을 때 나는 그가 기어이 판을 벌였구나 하는 생각이 들었다. 왜냐하면 그는 오래전부터 문학에 대한 깊은 갈망을 가지고 있었기 때문이다. 그 갈망은 그가 석사 학위 과정에 있을 때 많은 문학 작품을 섭렵한 사실로 표현되고 또 박사 학위 과정에서 문학의 원형에 관한 공부를 하면서 더욱 심화되었다. 그가 소설을 썼다고 했을 때 나는 대뜸 그가 서양 무당 이야기를 쓰지 않았을까 하는 생각을 하게 되었다. 물론 그런 짐작을 가능하게 한 이유가 어디에 있었는지 나 자신도 모른다. 그런데 그의 작품을 받아보고 그것이 우리의 무당 이야기라는 것을 알게 되었다. 무당이란 원래 '들린' 사람이다. 그가 들린 것은 하늘의 점지에 의한 것이다. 융의 원형 이론을 공부한 이재실 교수는 인간에게는 인간 스스로 어떻게 할 수 없는 운명 같은 것이 주어진다고 생각하고 있는 것 같다. 보통의 인간은 그것을 알아차리지 못하고 살지만 무당은 그것이 가까워질 때 두려워서 피하다가도 어쩔 수 없는 지경에 이르면 받아들이지 않을 수 없게 된다. 평범한 삶을 살고자 한다고 해서 그렇게 살 수 있는 것이 아닌 운명은 비범한 세계에 눈뜬 사람의 그것이나 마찬가지로 그 자체가 드라마다. 그는 분명히 자신이 알고 있는 세계의 어떤 비밀을 다른 사람들과 공유할 수 있다고 생각한 것 같다. '들린' 사람은 '신이 내린' 사람이다. 그에게는 보통 사람에게는 보이지 않는 세계가 보인다. 그는 '보는 사람'이다.

그런 점에서 작가란 무당과 같은 사람이다. 보통 사람이 범상하게 보아 넘기는 것을 그는 비상하게 보고 보통 사람이 보지 못하는 것을 뚜렷하게 보는 사람이다. 이재실 교수가 여기에서 보고 있는 것은 그러므로 작가로서의 자신의 운명이라고 할 수 있다. 한 사람의 교수로서 자신의 삶을 그대로 받아들이는 데 만족하지 못하고 소설을 쓰는 작가로서의 삶을 살고자 하는 그의 태도는 이 작품 주인공의 운명을 상징적으로 보여주는 것이다. 그에게는 글을 쓰지 않고는 견딜 수 없는 운명이 예정되어 있고 따라서 힘들고 고통스럽지만 그것을 받아들이기로 결심한 것이다.

2

이 작품의 주인공이며 화자인 '유오니'는 무당의 딸로 태어난다. 더 정확하게 말하면 그녀의 어머니는 처음부터 무당인 것이 아니다. 그녀의 어머니 '동암'은 선주이며 '해창 선구'의 주인인 외할아버지의 맏딸로서 탁월한 미모를 지니고 있어서 많은 남자들의 관심의 대상이었으나 운명처럼 다가온 유효치의 손에 끌려 결혼을 하고 딸 '오디'를 낳는다. 혼전에 갖게 된 오디의 태몽은 장군봉 장군당 안의 목마가 애꾸눈 여자아이를 주고 간 것이었다. 오디를 얻고부터 만선을 거듭하여 7년 동안 행복하게 산 다음 아버지와 어머니는 엄청난 횡액을 맞게 된다. 어머니는 무병(巫病)에 들어 "낮에는 몸이 개운치 않고 머리가 맑지 않다가 땅거미만 지면 머릿속에서 별이 반짝이면서 밤에는 뭔지 모를 꿈이 꾸어진다며" 괴로워하고, 아버지는 수사체(水死體)를 잘못 다루었다가 횡액을 당하여 죽는다. 용하다는 무당을 찾아갔더니 어머니가 아픈 것은 "두 신장(神將)이 와서 삼지창과 월도로 머리를 건드리고 온몸을 훑고 있"기 때문이며, 그렇기 때문에 "내림굿을 받아야 한다는 것"이다. 내림굿을 받은 어머니 동암은 "파랗게 날이 선 작두 위에 올라"서서 "당당하고 섬뜩"한 모습을 보여주었고, 얼굴에서는 "빛나는 신성(神性)"이 느껴졌다. 말하자면 신이 내리는데 신 받기를 피해온 데서 어머니의 병과 아버지의 재난이 있었던 것이고, 신을 받기로 결심을 하자 어머니의 병은 쾌유된다. 그것이 바로 어머니가 무당이 되는 과정이다.

어머니를 무당으로 둔 딸 유오디는 무당의 딸이라는 놀림을 받자 가장 심하게 놀린 아이의 이름을 종이 한가운데 쓰고 그 주변을 ×자로 둘러싼 부적을 두 개 만들어 한 장은 대나무 밑에 묻고 다른 한 장은 태우려다가 어머니에게 들켜 야단을 맞는다. 어머니는 오디가 무당인 어머니 곁에서 자연히 무업을 배울까 두려웠던 데 반하여 오디는 그때까지 부적이 무엇인지 모르고 그것을 만들었던 것이다. 이 사건을 계기로 서울로 유학을 가서 대학을 마치고, 부산에 와서 대학원에 진학한 오디는 한국 소설에 나타난 무속에 관한 논문을 쓰고자 한다. 그녀는 도서관에서 별이 쏟아지는 체험을 하고 그날 밤 꿈을 꾼다. 그 꿈은 "북극성이 떠 있던 곳에 큰 구멍이 나더니 흰 자작나무 한 그루가 하늘에 뿌리를 박은 채 대지로 뻗어왔다. 거대하게 펼쳐진 일곱 가지 주위에는 일곱 행성이 떠돌고 있었다"라고 되어 있다. 이 꿈 이후에 어머니의 죽음을 당한 오디는 2학기 개학을 앞두고 온양 민속박물관에서 열리고 있는 '백민애' 만신의 무구(巫具) 전시회에 가서 또 하나의 이상한 체험을 한다. 그것은 손이 마비되면서 온몸이 떨리는 발작이다. 오디는 자신에게 신기(神氣)가 내려오고 있음을 느낀다. 그래서 어머니가 자신을 잉태한 '우도'의 오디나무를 찾아가서 아래쪽에 있는 빈 구멍에다가 삼전불(三典佛)이 그려진 부채와 더께가 앉은 명도와 방울·장군칼·제금 등 어머니가 자신에게 남긴 무구를 넣고 "나는 무당으로 살고 싶지 않아요. 엄마, 나에게 다가오는 신기를 거두어 달라구요"라고 기원한다. 그녀는 자신에게 다가오는 신내림을 피하고자 노력하면서 '이히서'의 프러포즈를 받아들이는 것을 망설인다. 오디는 자신과 한집을 사용하고 있는 무용가 '차지수'가 프랑스에 가서 명상의 집에서 수련을 받은 결과 안무할 때 가벼워지는 자신의 몸을 느끼는 경지에 도달했음을 알게 된다. 오디는 '이히서'가 집안의 권고에도 불구하고 무당의 딸인 자신에게 접근해오는 것에 대해서 선뜻 응하지 못하고 있던 차에 두번째 꿈을 꾼다. 그것은 온갖 종류의 언어로

된 글씨가 새겨진 커다란 전나무가 자신의 몸속에 들어와 자신의 신경계를 대신하는 꿈이다. 그 꿈 이후 오디에게 찾아온 현상은 지도 교수에게 제출한 리포트의 글씨가 거꾸로 나타나는 것이다. 그것을 정신과에서는 "무의식의 에너지가 의식으로 유입되어 넘쳐나는 상태에서 이루어진" 현상으로 설명하기도 한다. 그다음에 나타난 현상은 역서법으로 씌어진 글자가 고대 북유럽의 글자인 '룬 문자'라는 것이다. 그래서 찾아간 무당에게서 "피할 수 없어, 찰랑찰랑 다 돼가는데. 자꾸 피하면 신병만 깊어지잖아. 그만 빼고 이제 몸주를 알아 모셔야지"라는 권고를 받는다. 그 후 집안의 반대 때문에 일시적으로 피해 있는 이히서를 찾아 옥천사에 갔다 오는 길에 칠성신의 말을 듣고 우도의 오디나무를 찾아가서 잠이 든다. 그때 꿈에 아름다운 '이그드라실 나무,' 전에 차지수가 도서관에서 찢어온 이그드라실 나무를 보게 된다. 그리고 '위대한 샤먼'을 자처하는 애꾸눈 오디를 만난다. 아흐렛날 오디는 지혜와 예언을 얻기 위해서 밤의 눈이자 자신의 과거의 상징인 오른쪽 눈알을 뽑아버린다. 그것은 그녀가 어머니에게서 태어날 때 어머니 '동암'이 꾸었던 태몽을 완성하는 것이다. 어머니 동암이 꾼 태몽에 나타난 여자아이가 애꾸였던 것이다. 그리하여 접신의 상태에 들어간 오디는 옥천선원으로 가서 아홀을 만나 신어머니로 삼고 수련을 마무리 짓는다. 아홀을 스승으로 삼고 부적을 쓰는 법을 배우고 천도재를 지내는 것도 배운다. 그리고 산기도에 갔다가 구을(丘乙)이라는 도명(道名)을 받는다. 오디의 삶은 이제부터 무녀로서 17년의 세월을 견뎌야 하기 때문에 이히서에게 자신을 포기할 것을 요구한다.

3

이러한 줄거리를 가진 이 작품은 우리 소설에서 보기 드문 무당 2대의 삶을 소재로 하고 있는 점에서 주목을 끌 수도 있다. 그러나 그것은 소재 자체의 특이성 때문에 이 작품이 가지고 있는 진정한 의미를 간과하게 할 수 있다. 이 작품의 진정한 의미는 우리의 삶이 의식의 차원에서는 전혀 간파되지 않고 있으나 무의식의 차원에서는 이미 예정된 길을 좇아가게 되어 있다는 데 있다. 그것은 이 작품의 주인공이 자신에게 주어진 운명과 싸워야 하는 비극의 주제를 살고 있음을 말한다. 어머니 동암이 신이 내려 무당이 되기 전에 꿈을 꾸고 온몸이 가려운 것이 딸 오디에게도 꿈으로 나타나고 떨림으로 나타난다. 그리고 동암이 임신할 때 꾼 태몽처럼 오디는 스스로 눈알을 뽑아 애꾸가 됨으로써 애꾸눈 여자아이의 태몽을 완성한다. 그것은 무당에게서 볼 수 있는 입문 의식initiation의 한 전형이라고 부를 수 있는 것이다. 따라서 이 작품은 무당의 이야기를 소재로 삼고 있으면서도 그 과정에서 일어나는 갈등과 고통을 보편적 삶의 과정으로 제시한 점에서, '데바'가 공연한 민속 가면극 「벼락신 인드라」에서 '차지수'가 보편적인 공감을 받은 것과 다를 바 없다. '데바' 자신이 "내 작품이 민속극 수준을 넘어선 이유는 인류 공통의 신화를 다루었기 때문이죠. 여러 나라의 신화는 겉모습은 제각각인 것처럼 보이지만 다양한 의상 아래서 똑같은 얼굴을 하고 있어요. 인드라 신화가 아리안족 고유의 신화로 보이겠지만, 생식과 활력을 주관하는 폭풍신은 어느 나라에나 있죠"라고 말한 것은 이 작품의 진정한 의미를 드러내고 있다. 그것은 이 작품의 주제가 누구에게나 있을 수 있는 보편성을 띠고 있을 뿐만 아니라 무의식 속에 자리 잡고 있는 초감각적 지각이 작용할 때 누구나 '신들림'의 경지를 체험하게 되고 있음을 제시하고, 그때마다 두려움을 갖게 되는 현상을 보여주고자 한다는 것을 알게 한다. 어찌 두렵지 않겠는가. 그것은 마치 신(神)의 것을 훔친 프로메테우스나 하나님의 금지 명령을 어긴 아담처럼 보통 사람에게 보이지 않는 것을 볼 수 있게 된 스스로를 두려워하는 것과 다를 바 없다. 자신의 본의와는 달리 초능력을 갖게 되고 투시력을 갖게 되며 자신에게 씌워진 굴레를 볼 수 있을 때, 그러한 현실을 수용하고 행사하게 되기까지 그는 그 운명과 처절한 싸움을 벌여야 하고, 그 운명에 굴복하는 순간 세속적인 삶을 떠나야 한다. 오디는 그럼으로써 어머니와 똑같은 입문 의식을 거쳐서 어머니가 살았던 삶을 되풀이해서 살게 되고, 사랑하는 사람과 헤어질 수밖에 없다.

이 작품은 작가 자신이 무의식의 세계나 초능력의 세계에 대한 이론적인 성찰을 거친 결과 이루어진 것으로 보인다. 그러나 한 편의 작품이 이론으로만 씌어질 수 없는 것처럼 작가가 작중인물의 구체적인 삶을 통해서 그것을 형상화하는 데 성공하고 있기 때문에 이 작품은 작가의 문학적 야심을 독자에게 드러낸 셈이다. 이 작품이 메마른 가지만 앙상하게 뻗은 나무가 아니라 촉촉한 잎이 우거진 풍성한 나무처럼 생명력을 갖게 된 것에서 작가의 재능을 느끼게 한다. 그의 새로운 상상력이 독자들에게 많은 공감을 불러일으키고 우리 소설을 풍요롭게 하는 데 기여할 수 있기를 바란다. 그러기 위해서 그는 언제나 다시 시작하는 마음으로 새로운 소설에 도전하고 무한한 상상력에 자신을 맡겨 치열한 세계를 구축해야 한다. 그것이 이론에서 소설로 넘어올 때 빠지기 쉬운 함정에서 완전히 벗어나는 길이기 때문이다. 좋은 작가 한 사람을 만난다는 것은 언제나 행복한 일이다. 〔1999〕